文苑新葩

主　编　邓国军　刘华俊
副主编　康　超　许小涛

西南交通大学出版社
·成都·

图书在版编目（ＣＩＰ）数据

文苑新葩/邓国军，刘华俊主编. —成都：西南
交通大学出版社，2017.9
ISBN 978-7-5643-5793-1

Ⅰ．①文… Ⅱ．①邓… ②刘… Ⅲ．①中国文学－当
代文学－作品综合集 Ⅳ．①I217.1

中国版本图书馆 CIP 数据核字（2017）第 235530 号

WENYUANXINPA
文 苑 新 葩

| | 主编 | 邓国军 | 责任编辑 罗在伟 |
| | | 刘华俊 | 封面设计 严春艳 |

印张　19　字数 311千

成品尺寸　170 mm × 230 mm

版次　2017年9月第1版

印次　2017年9月第1次

印刷　成都勤德印务有限公司

书号　ISBN 978-7-5643-5793-1

出版发行　西南交通大学出版社

网址　http://www.xnjdcbs.com

地址　四川省成都市二环路北一段111号
　　　西南交通大学创新大厦21楼

邮政编码　610031

发行部电话　028-87600564　028-87600533

定价　68.00元

序

　　《文苑新葩》是内江师范学院文学院一群热爱文学的中文专业学生创作的一部作品集，由西南交通大学出版社出版。西南交通大学出版社的编辑老师非常敬业，多次与文学院沟通商讨，遴选出大家现在见到的这个作品集。

　　内江师范学院文学院的前身是内江师专、内江教育学院中文系。自中文系开办以来，培养了一大批作家、诗人。他们中间颇有影响的如黄济人、杨继仁、傅恒、黎威等人。黄济人、傅恒、黎威分别担任了重庆、成都、内江的作家协会主席。特别是现任重庆作家协会名誉主席黄济人在全国影响甚大。他的《重庆谈判》《将军决战岂止在战场》家喻户晓。黄先生曾几次回内江师范学院讲学，他深情款款地在回忆曾在内江师专学习、写作的难忘生活，极大地鼓舞了有志于文学创作的同学们。

　　从中文系到文学院，我们历来都很重视学生的创作，道理很简单——学生只有在写作实践中反复摸索才能真正提高写作水平，就像学游泳一样，不管有多么好的方法技巧，不下水练习，都是学不好游泳的。我们不仅努力为学生搭建发表作品的平台，而且向老师们发出倡议：尽量多参与学生的创作活动、多指导学生。最近几年来，不少老师带头在由文学院创办的文学创作刊物《荷韵》上发表诗文，形成了很好的创作氛围。特别是孙自筠、肖体仁、戴前伦、高卫红、王彤等老师课内、课外指导学生创作，与学生结下了深厚的友谊。孙自筠老师还自己出资设立"孙自筠文学奖"，极大地激发了中文专业同学们的创作热情，甚至吸引了外系其他同学加入到文学创作的大军中来。

　　近年来，有不少同学在创作道路上取得了较为突出的成绩，如习修鹏、李航、王小方、肖明国等同学还出版了自己的诗集和小说。特别是王小方同学，她家境贫寒，自强不息，坚持创作，并荣获了2015年度"中国大学生自强之星"的荣誉称号、"中国大学生新东方自强奖学金"，2016年她又摘取了四川大学生创作唯一的一等奖，为学校和文学院赢得了荣誉。

文学创作到底有什么用？

在今天这个日益浮躁的时代，这个问题似乎不合时宜，但其实非常重要。创作是与自己灵魂的对话，是整理自己与古今中外的思想家、文学家、小说家、诗人、散文家的灵魂感应图谱。读书多、思考多的同学能够与先贤对话，无论他们的处境如何，他们的眼光都是澄澈而坚定的，他们的步履都是匆匆而沉稳的！他们没有浪费青春，他们迎着缪斯女神的轻灵光辉放飞自己的梦想，也许他们从来没有思考过文学创作到底有什么用。孟子曾言"得天下英才而教育之，三乐也"，韩愈曾言"弟子不必不如师，师不必贤于弟子"。我为文学院这些痴迷读书与写作的同学感到自豪，同时也自警——务必多读书、多思考、多写作，否则何以为师？

著名文学评论家李敬泽先生在他的文章《好书及读好书的时间》中说："读书本就是无用的——我指的是读教科书之外的书——或许有一个无用之用，就是让我们停下来片刻，静一会儿，在这片刻和一会儿里，我们可能看看我们忙忙碌碌的生活：其实也是假忙，其实也是无事忙，其实忙碌中我们忘了什么是幸福。"他的话值得我们深思。

今天我们急匆匆走在路上，我们可能忘了安顿我们的灵魂，我们可能忘了思考什么是真正的幸福。这个集子代表着文学院学子们对幸福所作的一个小小注脚。

是为序。

邓国军

2017 年 7 月于北京

目　录

散文

诗歌

夏夜

肖明国

九天十斛凌云骨，流转星河万象森。
任尔大千翻混沌，燃身西照一丹心。

春江燕

肖明国

娉婷紫燕空江上，翩翩斜飞二月风。
丝雨天来轻似梦，双双对对入朦胧。

登览家山

肖明国

天风十路八方临，云叶飘飞万马喑。
纵罢他年天地改，欲除侠骨问丹心。

夏日咏怀

肖明国

暑气东来浑万里，苍茫无际水流新。
竿头学得惊姜尚，何待文王渭水滨？

立 秋

肖明国

薄暮峰眉收夏色，何曾添却两腮愁？
赊来一段云天淡，盉里羊头啃夕秋。

题分水罗汉林

肖明国

林海蹈空翻翠浪，白云飞外有仙踪。
山风奔策千千马，岚雾流乘九九龙。
绿竹吹凉酣碧夏，红梅傲雪醉银冬。
欲吟天地烟霞色，回首江阳第一峰。

注：江阳，泸州的古称。

国庆咏怀两首

肖明国

其一
国诞宏辉铺大地，庆歌一片感霄云。
快风万里红旗满，乐在川南建卓勋。

其二
碧空无际鹰飞远，十月金风万里吟。
一片国情天地感，千山红叶是吾心。

党心高骨

肖明国

天地风云惊洗卷，红军自是有兵神。
一朝定下乾坤策，铁骨丹心铸党身。

忆王孙

肖明国

一声欸乃过三江，柳带清风剪夕阳。纵罢还凭年少狂，舞青釭，斩却哀程跨五洋。

如梦令

肖明国

目断楼头红树，秋叶飘飘万斛。音讯破苍穹，雁字空排人赴。江暮，江暮，人旧不知归路？

上联：天上月圆云翻浪，却得黑影千重，还添秋风三两

下联：人间月半桂溢香，虽无清光万地，惟醉夜雨一窗

横批：香雨中秋

上联：春风两袖，丹心育桃李，香馨天下

下联：正气一身，朱墨扶栋梁，才贯中华

横批：师情长驻

七 夕

易 寒

微阳潋潋波声远，星月临空万象奇，

银汉迢迢愁过渡，鹊桥稳稳喜迁移。

嫦娥后羿无逢日，织女牛郎有见期，

此夜心情人各异，或如含蜜或愁思。

秋寄两首

吴 松

其一

万马齐嘶动九霄，伏尸埋骨鬼凄涧。

布衣农事精图治，鸠浅尝心卧刃桥。

其二

遥想周公意气颜，雄滔浪滚卷峰关。
烟昏炊火平阳落，千古兴亡泯故还。

伤春怨·柳浪闻莺
刘　达

醉柳瑶池处，渐有黄莺迎路。三月舞黄蜂，应有百花无数。
满目蓬蒿聚，兵燹已成归去。举酒送今朝，且闻浪声留步。

忆友人
张正国

阑干倚处颙愁望，天际归舟无汝冠。
沧海桑田终有泪，金兰结义永存怀。
青藤云上相思树，寂寞如花枕梦欢。
梦醒江河风露蘸，倾言莫论酒家还。

桃　夭
秦　娟

缘因
那一抹红
漫了冬季的寒

从此
飞鸟盘着惦记
云天守着柔蜜

待你
相思染红脸颊
倩妆一树云霞

盘旋

你是凤凰

风中扬着涅槃的暖

如归

缱绻三月

一池羞涩

余　温

王雪梅

顾怜一泻怅然蕴染的秋色

末路之年，几分执念

多情墨客写尽生命悲歌

情缘愁，愁似长个秋

在那车马时代的年少里

你一无所有，只得惜墨如金

万语千言，不知所起

灯芯灼烈，心绪惴惴

寥寥数字写不尽人意

直至家世殷实，卷帙百千

你已白发苍苍

那年

寄满心事的宣纸随风沉转

被绿皮大肚箱遗失，遗弃，遗忘

人情温润，不似纸，张张薄

许是那博爱信使动了心

生出一双翅膀飘飘扬扬钻进姑娘梦里

不曾开出过花，却长出盘虬的根须
根条尖利，密密麻麻，锢起了囚笼

往事不堪，浅笑如安
小巷长长，红漆陆离
魂牵梦萦的旧地还是当年模样
只是蹉跎岁月，沧桑了时光
却温暖了时光里的故人
少年心事竟在夕阳余晖中倒映出来
倒影拉成了两弯长长的月牙

三里桃花
汪江莉

隐秘于四季的开头
你回眸的目光
如繁星陨落在我的胸膛
俘获砰然心跳
芬芳紧紧贴在心坎上
久久弥香

三月的暖阳，抹不去你的粉妆
转角，你掩面含羞，嫣然一笑
笑，点亮苍白的心房
轻柔的颤抖
你，曼妙的舞手

我双手合十，把你捧在手上
触及你剔透的脸庞
低语一声，低语一生
你可安好

新闻人的使命——赤城

尹清龙

一颗热血凝练的心脏
不守安宁，沸腾
极限，极限——
雷雨，闪电，尽管大胆地出现吧
就算立马轰然一声
恫吓的也只是循环的温度

一只岩浆冷却的手膀
不愿僵硬，移动
挣扎，挣扎——
烈日，狂风，尽管地不顾颜面吧
就算即刻四下飞崩
石化的也只是表面的脆弱

一支秋毫捻聚的笔挺
不爱沉沦，激昂
书写，书写——
断芯，滴墨，尽管有意地抹黑吧
就算鲜血跃然纸上
也无法阻挡一片赤诚初心

无梦者

尹清龙

我是一个无梦的家伙
困于追梦的生活
你说这是矫揉造作

如何向你道清我的困惑
你所说的懦弱

过往漫天星辰颗颗坠落
新月影里许下的承诺
早已随流星划过
料想往日却没有假若
如同原野的光辉不屑雕琢
又何苦在意结果

荒径沉沦在烟笼雾锁
看不透明天背后是熊熊烈火
还是早已注定的错
没有什么可以安妥
梦，只将我层层包裹

被历史尘封的女人

杨　杰

穿绿色底纹旗袍的阮玲玉
朦胧的情谊
或轻或重
谁又能知道
金钱、辉煌、虚名
不过过眼云烟
几番温情一朝冷却
聚散离合仍觉太匆匆

我说浮生若梦为欢几何
你说那赌场欢厅皆是天堂
可华美的绿色旗袍底纹

上面不也长满着虱子

你竹马少爷张达民

不过一狂吠无赖

你富商唐季珊

不过喜滥爱的一登徒

只可恨

夜已深

风吹过来

明亮的明月

问起过往是非

流言蜚语终难挡

无奈惊起心中自卑

导演你教我演新女性

可你却忘了给我一武器

要知道我只是一片落叶

在这第二十五个寒春里

我得吃了这粥归根去

只是我若此时死了

定说成畏罪自杀

但我何罪之有

只人言可畏

这路难行

得早早

归去

奔跑吧，青春

曾　念

雪化了，春来了，青春的路铺上了
树发芽，枝开花，青春的灯亮起了
背着背包，穿着跑鞋
狂奔在青春的世界里
带上伙伴，拉紧双手
挥洒在青春的热血里
我们一起狂奔
一起呼喊属于自己的青春

青春，青春
让我迷恋的风景
我们一起狂奔
共同尖叫属于自己的未来
青春，青春
让我疯狂的魔咒
脚下踩过的路
身边划过的风景
无不怀恋，无不清晰

当一切沉寂
只留下奔跑的脚步
只留下奔跑的喘息
花开了，又谢了；青春来过，又走了
回眸，我尖叫的青春，依然热情
回望，我奔跑的青春，依然年轻

不打扰，是我的温柔

叶玉梅

你路过我的春光明媚
离开我的望穿秋水
当冬日暖阳妩媚
岁月斑驳
回忆迷醉

带我走过小桥流水
跋涉高山，越过谷堆
却忘了
烟花易冷
画骨成殇

当我铭记这里的羊群与青草
当你忘记那时的白云和晚霞
当我终于输给了等待
当你终于转身离开

没有一段感情
不经历千疮百孔
但爱过
便是谱就的最美华章

黎明时
偷来你的肋骨酿酒
百年后
醉得有血有肉

黄昏时
在寂寥的苦海幽游

解脱后才明了

不打扰

是我最后给你的温柔

故事的开头在内师
曾逸微

石坛开满三色堇明亮地花红点点

在深邃无涯的书海抬头放眼窗外

绿意尚暖，草木从容

蜜蜂低语，蝴蝶翩跹

记得当时年少，我把青春留在这里

漫步蓝花楹掩映的落花小巷

让风托起过肩长发

一个人、一颗心、一片寂静

携一份素心，欣赏沿途缱绻时光

记得当时年少，我把回忆留在这里

阳光探过木樨洒落细碎花影

牵着手肆无忌惮地遇见暖景

你白衣飘飘眉眼清朗

我裙摆飞扬嫣然浅笑

记得当时年少，我把爱恋留在这里

记得当时年少

那份喜欢刚好

记得当时年少

那份故事刚好

我们的四月

陈　静

四月的雨

我们相约在鲜花盛开的校园

听小鸟唱着春天的故事

微风轻拂额前的发丝

濛濛雨烟，宛如醉人的江南

雨滴落心间

比花儿还让人迷醉

四月的天

抚一缕轻柔的阳光

披一件春风的衣裳

沿着条条绿色长廊

几朵花红，几处柳绿

采最美的花赠你

娇羞的微笑

比轻柔的阳光更要迷人

四月的你

在花间轻盈漫步

我在树下注目凝望

你若是花

我就幻化为柳

任柳絮飞落发间

依偎于你

在这浪漫四月

铺就一场缠绵

这一段故事，悄悄盛放在

属于我们的四月

故 事

覃 雪

错过四月的海棠拂晓的窗

爱人眼里常含的柔光

也愿你像风一样

晒一整天太阳

与云捉迷藏

同蓝天翱翔

到了晚上

有人伴你入梦乡

路过一夏的时光毕业的课堂

栀子花饱含深情的芬芳

也愿你像孩子一样

度一夏童年好时光

同精灵歌唱

与怪兽对抗

到了课堂

有人陪在你身旁

故事还是一样

路却很长

难免会有皱眉有迷茫

而那些痛苦与悲伤

不过是天边的一抹残阳

所以跑吧

尽可能远

直到你回头

除了风声和白云

什么也听不见

什么也看不见

光辉岁月

——风雨激荡六十年，内师豪迈谱华章
叶玉梅

岁月的指针轮转

光阴的钟声敲响

九月的丹桂盈盈清香

收获的季节迎来了又一群稚嫩的面庞

内师啊

您已悄然谱写了一个甲子的华章

莘莘学子为你热情歌唱

微风飘扬承载着希望

十月的内师意气飞扬

欢欣喜悦在所有学子心中涤荡

内师啊

您已历经风雨重新起航

六十年

一道绚烂夺目的彩虹

一曲爱与美的乐章

六十年

一段难忘的光辉岁月

一篇蕴染墨香的诗行

重温过去

回首以往

您也曾似孩童

失意彷徨，沮伤迷茫

也曾是热血青年

志气昂扬，激情满腔

而如今

您愈发成熟，自信坚强

您用六十年的历程让我领略了

一路鲜花的盛放

一段光阴的铿锵

一往无前的坚持

和那如大海般胸怀的宽广

花草葱茏见证茁壮

课桌黑板是无限的遥想

笔墨纸砚书写眷念

桃李天下是您成就的

大爱无疆

六十年往昔岁月

算不得沧桑

六十年的风雨漫漫

却也是一路衷肠

内师精神薪火传扬

内师风骨劈波斩浪

团结博学

笃行创新

是您为之奋斗终身理想

六十年生辰快乐

是所有内师人心中最深的期望

花 浓

张怀兰

花絮簌簌飞

簇簇锦华团

风拂发，发缠绕

美人如玉

娉婷袅袅，款款生姿

树叶摇曳着细碎的阳

逶迤了一地的暖

拂了一地花浓

散了一室馨香

琴弦断落，十指纤纤

残面、素衣

颜无回

花钿浓，人情薄

陌陌残红

花　树

叶玉梅

南风轻轻淡淡

抚开绽满花树的堤岸

花开得宁静而淡雅

是一首素涩而多情的诗篇

花树下

着绿裳的女子惊鸿翩翩

她浅笑不语

相顾无言

可我知道

她的名字叫春天

因为

那是我在月光妩媚的晚上

许下的清风沉醉

和用千年

书写的箴言

夜夜枕着清霜的玉人

用泛冷的指尖

晕染徽墨

侧身写下扎扎尚未寄出的

心酸

某年某月某日

有一白衣少年

打马走过堤岸

衣角抚过花子眉梢

沾染了三生三世的眷恋

那有着桃花娇颜的女子呵

如今

早已忘却了前缘

化作了三月的春天

花开满眼

朵朵都是今世明媚的期盼

记　忆

叶仁芳

是谁挖起了墙外一排苍老古树

禁封了那条我行走多年的坦途

记得去年时候这里一片安静

烟花爆竹的轰鸣也无法抵达

一直在少年的褴褛里把自己抚慰

尤其在一切滋生惰性的寒冬时候

在甜城我不曾看见春天的足迹
徘徊于寒冬直奔炎夏的每一次

那天我脱去夏季大衣行走在雨中
看着莘莘学子都是那样行色匆匆
慢慢感受漫无尽头的隐隐悲伤
面馆的老倌说夏雨之后气温凉了

早饭之后享着热夏而我不曾快乐
我已逝的往昔都将不复存在
青春随着春景一同漫步人间
自此迷惘和遗憾在一起飘飞
于是，我开始怀着以往游吟唱
在盛夏之后的雨中发出声响

你若是佳人，我愿为才子

寒嘉文

若不能把你的骄姿
凿刻在悬崖峭壁
路人岂能为之喟叹
若不能把你的容貌
撒播于万花之间
后世岂知绝代风华

若不能把你的优雅
沁入到心扉之中
他人岂知绰约多姿

若不能把真情流露
把心托出

你何知其坚贞

与伊相识的日子
何时出现
与伊相拥的道路
几时再见
此生
若可得
你是佳人
我愿为才子

空　城

黄泽东

藏在回忆里的背影
一晃而过
唯独留下那片黄昏

从此
湮没在尘埃里
那可恨的背影
竟滚成一个密封的圆球
再裹上一层浓密的釉
沉浮在浪潮里

骤然的松懈
被黑夜乘虚而入
望见的
是焦糖般的思
更是山风一样的念

又在觥筹中闭合
望见的
却是蚕茧一般的蛹
浴火烧不尽的痛

凝固成透明的蛛网
不经意间的触碰
沾染一地的尘埃
久了
便塑起一座城
外表固若金汤
实则遍体鳞伤
从此
不堪一击
少一人
空一城

鲲　鹏

刘　达

听你说想看看山的那一边
于是我变成鹏飞过高山
替你去先探一探最险的路

听你说想看看海的最深处
于是我变成鲲潜入深渊

我被深渊困住的时候
你说只想过平常的生活

今生来世

黄泽东

你渴望流萤——照亮屋顶
我拼命地找寻

突然，我听到你的心声
对着我虔诚地许愿——或许你不知道
我假装很冷静

然后我被放归寂寥
四处乱撞，终于停靠在你的指尖
你的手没有我想象的那样温柔

我要加快速度，用尽最后一丝力气
飞往你的屋顶
却找不到来时的轨

最终，我掉落在地上
四肢无力地挣扎

看着手中窜动的流萤
我虔诚地许了一个愿
然后将它带到屋顶放飞

握着与它的约定——它的来世，我的今生
我要抓住它的翅膀
去我去不到的地方
赶在清晨第一丝温暖之前

蓝色的希望

刘媛媛

没关系
虽然我们的视野局限在了一座又一座耸立的山体之中

没关系

虽然我们居住的地方狭小粗陋

没关系

虽然我们没有节日的佳肴和父母的陪伴

但我们有手有脚有衣有房

我们不怕黑夜读书，白日挑水搭瓦

我们不怕冬日手脚皲裂，夏日烈火炙烤

我们不怕那未知的阻挡我们梦想进军的障碍

因为，我们有梦想

因为，我们有希望

每当我们失落沮丧时

抬起头

那绵延无边的蔚蓝天空

指引着我们的希望的方向

我们时刻坚守着

心中蓝色的希望

一瞬间的夜晚

林张辉

在这样转瞬即逝的夜晚

一切显得那么宁静

那么悲伤

大块的云团即将吞噬星星

在屋檐下

滴滴的雨的残渣

清脆地敲击乌黑的石板

石板如同他裸露的胸膛

显得坚硬，然而沉默

一个人的絮絮私语必定装不够他的胸膛
他如同百岁的老人
接受了无数的秘密
然后深藏，然后无数个夜晚地反复思量
变得疲惫不堪

在今晚，他沉默，我也沉默
我的目光所及之处
一盏灯忽然熄灭
熄灭后的房间混入其他熄灭的房间
漆黑，不见
仿佛一个人在我眼前消失

呵！一瞬间
一瞬间的光阴能有多长
有一辈子那么长吗
凉意透过我的皮肤
直达我的神经
啊
除了悲伤，我真应该留下点其他什么
……

故　乡
刘　霞

从血肉凝成的土地中长出来
那是你繁衍子孙的方式
把血脉化成甘甜的乳汁
将稚嫩的娃娃养育成一座座坚实的臂膀

那是双足到过的最深地方
那是午夜梦回最朦胧的美好

落雨夜，酣睡在父母的故事里
艳阳天，畅游在田间的歌谣中
影影绰绰，勾勒出年少的孩子
恍恍惚惚，描摹出青涩的少年

远处的风景住进了眼睛
少年背起行囊只留下背影
辗转经年，戾气尽褪
万千浮华，心如止水

故乡唱起幽远的歌
宽慰着苍老的脊背
摩挲着疲沓的双足
然后我们死了
灵魂和躯肉一起
融进了故乡的血脉

遇见沱江
刘晓雪

我终于明白
世间有一种情绪
无法用言语形容
美丽而忧伤
如若
第一次相遇

最好
着一袭长长的裙
最好
下一场不大不小的雨

最好

执一把素色油纸伞

彷徨而哀怨地踱步

聆听

一场雨敲木板

鞋踏桥上的音乐会

黑夜里

会有一轮月

亦或无

总之

淡妆浓抹总相宜

光与水

一同摇曳生姿

似裙摆

随走动变幻

听说

水与山是一对

但她——水

自生魅惑

皆因她

过分美丽

爱　你

刘杨佳

我把爱你讲给月亮听

它会陪伴那孤独的背影

我把爱你讲给太阳听

它会烘干那潮湿的心灵

我把爱你讲给大树听

它会遮挡那肆意的风雨

我把爱你讲给小草听

它会点缀那疲惫的旅程

我把爱你讲给山川、讲给大地

讲给春风、讲给秋雨

但何时

我可以把它讲给你

轮 回

黄泽东

悄生的桎梏，在黑暗中蔓延

抱住缄默一世的轮回

舍弃最后一丝余温

留下——湮没在尘埃中可恨的背影

骤然的松懈，乘虚而入

撕扯开一条罅隙

遍体鳞伤

窥见——浴火烧不尽的痛

被湮没在人潮里

失去逃避的机会

就像那消逝生气的黑夜

褪去残存在天边的光晕

被拉扯入洪荒里

丧失反抗的余力

就像那颓然崩塌的黑夜

舔掉最后一层提拉米苏

在另一个轮回里

晨曦褪去黑衣

四散飘零的意识

再无拼凑的余地

像枫叶般

生前乘风起舞

死后踏风而去

弹奏着涅槃的调子

携一只行旅箱远行千山

装满沿途的风光

再塞进些许感悟

漫行，慢行

一个轮回，一场醍醐灌顶

心游道外

法之自性

难舍熔岩中的浴火

一个轮回，一场刻骨铭心

前世的犹豫未决

今生的踏行无憾

缠绵千里

浩气无双

内江师院六十年校庆

陈高芸

春华秋实六十年

辛勤耕耘，细心浇灌

播种一畦又一畦绿色的希望

春华秋实六十年
桃李满枝，硕果飘香
收获一个又一个人生的璀璨

六十年
一步一个坚实的脚印
都镌刻着美丽温馨的力量
六十年
一年一层喜人的发展
都酝酿成如诗如画的辉煌

六十年
在漫漫的历史长卷
时间，只能算是不经意的短暂

六十年
在秀丽的沱江大地
母校，是横扫愚昧和落后阴影的阳光

六十年
风风雨雨
你我添彩
奏响艰难创业中激昂的乐章

六十年
日日夜夜
继往开来
谱写锐意改革里骄人的辉煌
啊，内江师院
即将是您六十周年的华诞
湛蓝的天空写满了温馨的阳光
靓丽的校园流溢着喜悦的馨香

让我们一起呈上我们的祝愿
祝您雄姿英发，日日荣昌
祝您康健如愿，年年辉煌

你爱我时的模样
陈镜西

第一年木棉花开
春深草木流水潺潺
她在野地浅眠
听微风深情呢喃
你爱的这模样

第二年菡萏初放
夏日赤炎流水迢迢
她在湖上歌唱
听青山绿水为她欢笑
你爱的这模样

第三年菊盛蓉败
秋风萧条流水溯溯
她在夜里斑斓
听一池星辉为她悄然绽放
你爱的这模样

第四年梅香胜雪
初冬严寒流水遥遥
她在梦境沉没
听一腔少女心事归为静寂
你爱的这模样

第五年紫薇争艳

春风盛尽流水隐隐

她在烟雨穿梭

听一晚雨打萍碎四处伶仃

你爱的这模样

第六年茑萝居魁

夏暑褪散流水洙洙

她在晨曦晓光

听江山锦绣因她放浪

你爱的这模样

第七年九里十香

秋叶别红流水菁菁

她在薄雾回望

听远方若有似无温柔成钢

你爱的这模样

第八年君子结兰

冬雪冷霜流水趄趄

她在晨光合眸

听几处冬深暮歌转眼彷徨

你爱的这模样

第九年音讯杳杳

人事如烟两两不见

细水长流难言江湖相忘

再听一听秀丽山河轻语呢喃

你爱我时的模样

破 碎

孟振通

太阳拨不开阴暗的内心
探不尽岁月的漫长
避不开人世间的琐事
当我们一次次地出现裂痕

沉默吧
什么也别说
于是，年轻的我们缄口不语
就像不是每条鱼都生活在同一片海洋

有些笑容只适合搁置在回忆里
该庆幸至远至疏
你我还未至陌路

青春岁月

叶仁芳

四季再度轮回的时候，一年记忆填进人生
去年花开的时候，我在青草丛中为你写诗
淫雨飘洒在异乡的空中，所有感怀纵生
多少年爱慕的人儿，随着流时远嫁他乡
花季哟——花季，年年如是悲我 已不再年少
凉凉微风吹奏新生的乐曲，大地在欢笑
一幕幕喜与悲的过往，一次次浮现又隐去

原谅我已无力在花季为你继续停留等候
你的爱意会伴着我的青春走到美好终时
如果我们在昨天里错过了什么良辰美景
请别再怀抱期待的憧憬继续到青春迟暮
花季哟——花季，原来生命的职责还远远未够

秋　韵
唐　萍

窗外落叶仍在雨中轻舞吟唱
零落成泥后是否记得曾经的纷扬
池间残荷在风中挺立微笑
有意落花怎敌它无情流水

层层艳丽的枫火还在山野翱翔
点点凋残的花舟仍在水面流浪
自然的秋韵将你我的心灵点亮
木棉花的怒放
转眼间却是朵朵残花在枝头摇晃
梧桐叶的纷扬
回首处却是层层落叶在林间叠殇

自古逢秋悲寂寥的忧伤
谁懂得秋韵的诗行
月圆而聚的欢畅
月残而散的忧伤
玉桂上的离合悲欢
人间的秋韵将你我的灵魂点亮

携手夕阳
饶　庆

柔和的春风中
我静静地站在远处
久久注视着这对老人
相偎相伴
弥合了

岁月的冷漠

时光的无情

此刻

在这花香四溢的空间中

我感受到了别样的春意

两张饱经风霜的面容上

那丝丝的满足

那缕缕的柔情

那不经意的笑容

是那样的令人动容

在这夕阳映照的黄昏美景中

我只想

轻轻去体味这份恬然

慢慢去感触这份宁静

残烛

不是泪也有光辉

白发里

也有动人的声音

内师校庆感怀

任　丽

忆往昔岁月峥嵘

今朝喜逢花甲

欣闻学子作栋梁

举觞共饮

春华秋实六十年

奏响既往开来的激昂乐章

戎马书生颂长江

泼墨未干忆大千

贞吉牧歌真情意

古宇湖畔励心志

风雨六十载

内师谱写如诗如画的辉煌

大洲无愧

青莲赠诗于北郭

人杰地灵，书画之乡

待君再著雄章

榕　树
黄泽东

晨曦中的第一道光

缀满了枝桠

悄然入地

勃发根须

触摸每一块土壤

足以拦下洪水猛兽

泽润光辉

葱茏馥郁

连接每一条纹路

堪以挡住暴风疾流

岁月的打磨

让你全身遍布裂痕

义无反顾燃烧自己

只为护住稚嫩的肉体

一圈圈的年轮

灌满沧桑和你的故事

你用那双苍老的手

刨出一个个防空洞

透过你的眸子

我看到了清澈的灵魂

它和山风一样自由

在时空里酝酿发酵

香传万里

你是朱砂痣

你是相思扣

我的心

随你跳

如果日月失辉

王礼炜

如果日月失辉

你在人群中

无意的回眸

我寻觅了千年

灿烂的唐诗宋词

光辉照亮神域

漫步九州

举杯邀月

跃过江河

踏过高山

乘风破浪去

明皇奈我何

荡开战争的浓雾

和迫于流离的人

簇拥南徙

汴京古道声乐绝

北国风景此生休

此恨凄凄

便多了许多华丽的语言

余音萦绕了千年

弹唱了千年

亦等待了千年

日渐暗淡的霞晞

摇摇欲坠的星辰

是美的埋没

还是凡人的遗弃

春光旖旎

却不见你

三行情诗
王礼炜

其一

轻风带起桃花笺

似流泪的红烛

滴落片片思恋

其二

那次回眸在下雨时熙攘的人群

缘碾

嫣记有你就有晴天

其三

你，明媚如阳

我，鲜明似叶

惟愿握住彩光

其四

倾尽繁华

任乾坤

说一段不朽神话

其五

御剑浪迹天涯

付一帘翘楚

陪你袖手天下

其六

着一袭汉服，执一柄纸伞

三生石前

等候你锦裳翩翩

其七

水笼月，镜刺花

半生浮华

梦里千回只为寻她

其八

为你一句耳间磨牙

百里王朝

拱手让与他家

其九

执着地相守

轮回之后，我还停留在那个渡口

等你回头，话说一厢春秋

其十

那年

你舞水袖，眉间婉转的温柔

终究无法放手，注定爱恨喜忧

十一

从此

花拾落雨，只共卿山水之间

舍尽仙凡，再看一城灯火阑珊

十二

生出爱恋，日月相思醉

妖娆魂牵天作媒

斜阳春波醉

十三

芙蓉映日，嫣然胜潇湘

画舫携引，月老钦定三生郎

芍药妖娆至天荒

十四

去岁相思水，化作种花泪

谁家少年踏春来

摘下枝头红玫瑰

十五

欢意温情

雯弥倚心扉

永期作连理

十六
爱慕萦绕天地情
何则缕愿独恋卿
德才娇颜胜群

十七
一夜泪眼，何人今朝受长怜
奈何流年
素秋金钩月，独照白头殿

祝福你，我的母校
丁　琴

山顶的梧桐，枯了又绿
老图书馆的爬山虎
油油的青衣掩映了红墙
商业街拥挤的人流
熙熙攘攘
着了薄衫，换了新裙
正午的阳光，躁动着青春的气息
我却数不清
游泳池那一面垂下的藤蔓
六十年来，沉淀了多少叹息

中文楼前树影斑驳
三月的海棠尽数被风撷走
四月里桐花零落成泥
我看着五月依旧吐绿的三叶草
那小小白色的笑脸

多少人曾辛苦寻觅

那掩藏其中，多了一叶的

难得的幸运

沱江依旧无言沉默

窥探不出六十年前的姿态

该怎样风情或怎样缱绻

又或者，是怎样迷人的智慧

木质的走廊被摇曳的水草辉映

声声响起的脚步

通向未来亦或怀缅过去

谁曾还记得

那被环绕的小小学府

曾经，经历怎样的涛声和波澜

阳光敛翅的时候

连天空都寂静

我们叹息不曾参与的过去

把数不清的风刀霜剑

——温习

还好

未来的河流依旧穿梭在我们脚下

那摇曳的波光

在黑夜里别样美丽

那一代代人走过的足迹

清晰而模糊

终将在我们身后，花开如锦

那是一个崭新的明天

荣耀而骄傲

把六十年的风风雨雨一瞬绽放

书写着一个世代传承的梦

滋养着这片喧嚣而沉默的土地

携带万千学子，步步向前

多年后，我将无声离开

多年前，我欢悦而来

多年后，我将向旁人描摹你的曾经

多年前，我徜徉你怀间

多年后，我重回此地

多年前，你江波四季不改

我想

是否有另一个六十年

而那个六十年

你依旧有熟悉的容颜

那么是否你还记得

我们这一代代走了又回来的匆忙游子

你又将看遍，多少个重复的六十年

祝福你

我亲爱的母校

让与你有关的点点滴滴

在记忆的长廊

安放，安好

时间将印证

你的明天该怎样的荣光

沱江有思

章 静

平湖漫阶碧螺春，两岸光景入影深。

青天化蝶归思梦，简字难付陇寄人。

筑·校

——江之彼，庠之生
秦　娟

引凤之桐

铸琴之梓

桐梓之坝，巍庠生之

六十甲子，辉煌如歌

红泥堡坎作学府

流水淙韵不曾换

当年

三校扎根洲坝之上

浅滩，厚壤

生命的肌理汲水舒展

东方，西方，日月星光

端详年轮的还有如梭之江

再年

红砖，青石

苍劲的身影神形饱满

岁月，涤荡

秀林未曾掩映

花瀑尚在萌芽

水塔已化作堡顶之眼

横贯历史如烟

揽输水之臂，补给水源

那年

水石移家，输运如蚁

师生同力，桶盆铿锵

层层基石垒成了山巅的模样

图书之馆，始临江畔

儒道之风，方正中和

意气风发，纵横逶迤

神临天窗，挑灯夜战

爬山之虎不忘指点江山

经年

暮霭，晨光

峥嵘岁月滋养了敦厚之容

旭日，流岚

泼墨春秋生发了神韵之姿

飞檐，翘角

秀椽，栋梁

风霜母校

三江汇流，百废待兴

筚路蓝缕，改写乾坤

白衣学子与天共证

跳动脉搏如歌

健走笔墨似书

焚膏继晷业求精

星火辉映技传人

而今

沱江一脉源生

剑穿东南

翠林蓊郁，翔鸟奏鸣

四合旧舍揭去陈纱

至高一教已成袖珍

朗朗书声仍在斑驳墙缝中流淌

木轩西礼涵纳了代代艺体之光
山顶篮板犹存
田径风姿已新
最忆红楼书香，紫薇落花满径
定有成蹊桃李，化育学界脊梁

时光旅程
李　萌

六十年风云激荡
六十载岁月沧桑
香樟树记录着她的年年岁岁
沱江水流淌着她的朝朝暮暮
任光阴流转
仍记得她的绿意满园
任韶华如逝
仍记得她的书香满庭
说不完
她的明媚如画
道不尽
她的云淡风轻
淡然
花开花落
守望
悲欢离合
葱茏岁月
因有她而美好
人生旅途
因有她而温暖
林荫道

繁花香

愿她

清影独立

永世安好

谁的青春不迷茫

张　凤

惬意的时光

尘埃，挤满了

伤感的小曲儿合着坚强的过去

希望和失望

在平淡的回味中得到再失去

穿上风雨

身后尽是深深浅浅的脚印

荒凉的路一程又一程

有些累

冷，也有些

风尘多变

我俏丽的文字

只是寒月残花

多少次煎熬的呼吸

已成谷底呐喊的回音

月光有多凄清

我的双眸，尽染湿意

那聚成孤独的落叶

那起起落落飘摇在风里的坚持

辗转着，翩跹着，黑与白的交替

我看见模糊的背影

朝着久违的脚步声寻去

在咫尺天涯的地方

梦，站在荒芜的池城里

门庭破旧

半掩沧桑

我拉起衣袖

遮挡着呼呼的寒风

看无声的寂寞踏过薄薄的雾

灯微黄，夜未央

烈风冷雨

不问今昔

素　描

黄泽东

静心描绘你的线条

奢求抓住每一个棱角

却模糊了你的色调

"嘶啦"一声，记忆蜕变成煎熬

佛说：假亦真，真亦假

或许没有色彩会更单纯

……

像指兵作战

隔着纸，望穿你的温度

有朝一日

在树的年轮上

瞥见你和过往

岁　月

蒲云佳

光脚走在沙滩上

漫过脚裸的海水

在日光下斑斓

远处的白帆

那驶过的船

生活处处有旅客

渔夫们，捕鱼晒网

说悄悄话在耳畔

涨潮时

夕阳映红裤管

时间在沉淀，谁来陪伴

渔人归家早，夜更显孤寂

带着腥味的海风

吹拂着头发

潮水带走思绪

生活简单也实在

渔人出海，日出东头

岁月的琴音那样精彩

日　落

马文强

木樨流香

天渐晚，人渐寒

万家灯火

唯一盏，待人还

楼上青鸟归，雁南回

锦书好寄，意难会

试问佳人

何时还

待十五月圆

所谓梦

止不住

黑色在深夜聚集

缕缕烟尘在指端环绕

是在生活中

被网束缚不能自已

还是思绪万千

任凭无趣，灰暗渐渐吞噬

终日苦寻

梦中所恋

在最近的江河里

沉淀成一粒粒泥沙

存在

却又随波

桃花劫

王礼炜

浮华的生活

深锁我的心阙

谁将是我永远的结

荡起一片绯红

少女双颊上

羞答答的红晕

轻风拂波

摇曳着令人怜惜的纤腰

向阔别的恋人挥手

微风带起花浪

似流泪的红烛

滴落片片忧愁

引我殷切地念想

伏在一朵待放的花蕾上

期待那张熟悉的脸

踏破沉寂的山岗

你是我今生走不出的劫

天亮了

陈茜垚

天亮了

早上，天蒙蒙亮

四野无声寂静

柏树和松树的枝干影影绰绰

微风拂过

桂花开了

远处的天变了

一层层蓝一层层灰

光透过来

世界都亮了

甜城秋雨

金　旭

甜城岸，青木桥

伊人凭栏望

素罗衫，眼朦胧

烟雨甜城九月中

雨潇潇，人易散

倚栏思故人

故人何时归

何事迟不归

轻裘易素衣

憔悴损，芳华逝

飘然江河上

魂牵梦绕仍待君

哒哒马嘶鸣

故人归，空遗恨

烟雨甜城，雨潺潺，雾蒙蒙

水依旧，人不再……

初　见
赵浩森

昔时容颜，不负岁月如剑

莫问缘浅，只道终成夙愿

碧海青天，望尽倾城绝世无艳羡

心凝结，何人解我心中结

长夜孤寒，独坐廊中感念

时光荏苒，聚罢终有离别

执手共言，与卿归故不过是经年

盼经年，终再笑望你容颜

人生若初见，好似断句残片

起点多波澜，结局却未完结

若还付初见，我愿倾尽此生的眷恋

蓦然间捧起你的脸

人生若初见，望尽风花雪月

我也曾希望，你还在我身边

若还付初见，驿外桥边对望月婵娟

一双人相守到永远

我站在高岗之上
王志珍

我站在高岗之上

听沱江潮落潮涨

年轻的它不羁张狂

用生命的激昂

撞击出澎湃绝响

如今的它历经沧桑

只是缓缓流淌

奏出一曲琴声悠扬

但它从不曾放弃对海的向往

那是它的信仰

只有深入骨髓的渴望

才能迸发出震撼人心的力量

我站在高岗之上

看满院桃李芬芳

知识的甘泉将人心涤荡

千锤百炼意志淬火成钢

求索之船从此扬帆启航

千百年前的书声琅琅

如今似乎已在悄然回访

莘莘学子的脸庞

有微笑在悄然绽放

尽管前路还很迷茫
但只要内心有坚定方向
就不怕经历风霜
也不会原地徜徉

我站在高岗之上
闻满城甜蜜芳香
闭上眼想象
千年前的蔗林莽莽
跨越历史长河源远流长
如今仍被人传诵四方
古道上马蹄惊起尘土飞扬
也不知记载在史书哪行
百年前的笔墨余香
依然在城的上方飘荡
被人千百次地咀嚼回想
画家无数次观望的荷塘
不知沐浴过多少年的月光
不复当初模样
却以画的方式得以封藏
让无数人流连欣赏

我站在高岗之上
忆伟人胸襟坦荡
峥嵘岁月里穿梭沙场
一支笔写尽世态炎凉
彻悟人间正道是沧桑
阅不尽东逝滚滚长江
看不完英雄神采飞扬
黄花岗鲜血恣意流淌

为国为民甘捐躯舍项

如今战地黄花分外香

追忆故人却空余惆怅

谁推崇天下为公的思想

让历史增添出一份重量

我站在高岗之上

数甜城旧颜新妆

掘出埋藏千年的陈酿

回味年代积蕴的醇香

划破西林古渡的船桨

翻开历史新页的篇章

无 题

黄 菲

雨后初晴的霞光

踏着你缓缓归来的步调

繁华入梦满目紫霜

遥想是否在深秋的尽头

有你陪伴的在水一方

是否在无眠的夜里

有你深情的驻足守望

蔷薇花

四季弥香

我躺在蓬松的草窠里

细数过往的时光

原来流失的光阴

已悄然打湿我的脸庞

你说你渴望自由得像风一样

我悄悄隐藏

藏在你行过的路旁

岁月苍茫

遗失的终究是美好

送走夏日最末一缕夕阳

轻轻把眼泪挂在树梢

默

温凌霄

此刻你在思念谁

如洪水般汹涌

此刻你在拥抱谁

坚定而又温柔

此刻我在思念你

如洪水般汹涌

此刻我想再拥你入怀

可再无坚定而温柔的理由

你不再问我，不再看我

我该何去何从

一生够不够长，将你遗忘

沉默是我最后的温柔

遇见

文怡

多少次在梦里遇见

你的烟雨朦胧，青石小路

那撑着油纸伞

在雨巷留下叹息般的姑娘

那摇荡着的乌篷船

桨声灯影里的秦淮河

你像烟，像雾，如梦似幻

萦绕在我的心上

亭台楼阁

飞檐翘角

春雨江南在这里相遇

挂起一串串莹润剔透的珠帘

长廊古寺看雨

好一番江南滋味

悦山，悦水，悦诗

遇见

最悦是江南

与中原君书

唐　艺

我生在北国

捧着破碎的心

怀着至诚

一路向南

原就不安的身体越发不堪重负

最绝望的时候

本是踏破万水千山的颠沛流离

却发现这竟成了我的——归宿

我蜗居中原

撑着不屈的腰

鬓霜尘面

一路寻你

原就顽强的心灵越发坚韧如铁
最激动的时候
本是寻你见或不见的优柔寡断
却发现你却成了他的——爱人
往矣……
往矣……
我居山北君山南
十年夜雨十年灯
捕风逐影绝雁书
断你悠悠愚公念
难矣……
难矣……
山河瞬逝六十年
故人生离眠中看
春风桃李莴萝酿
江川倏忽十四春

旧事重提

——你的姥爷，我的爷爷

樊颖婕

（一）一个月吃大的孩子

我的出生过程，挺"突然"的，妈妈怀我三个月去医院检查，医生说孩子太小了，出生很危险，于是妈妈就回到了我姥爷家，告诉了姥爷这一"堪忧"的消息。直到现在妈妈只要嫌弃我总会说"看看你，当初我怀你还比你瘦呢"！所以可想而知当时的我有多么的小，妈妈有多么的纤细。而后，当然姥爷和姥姥担负起了"喂大"我的任务。那时，爸爸在部队，照顾妈妈的只有姥姥姥爷。先说说妈妈每天的食谱吧，现在看来，简直让人有种想吐的感觉！早餐两大海碗奶茶，两个一指节厚的烙馍，还有一碗卤肉。午餐每顿都有一碗肉汤（你要懂，孕妇的肉汤是只有盐和一层厚厚油脂的基本美味的水），晚餐妈妈吃的是两个人的饭。看着很简单吧，但是，但是，吃完饭，姥爷只让妈妈做一件事那就是睡觉。所以那时候的妈妈可以说是过得如同世界最快乐的动物的生活。就这样日复一日，一个月之内妈妈再去医院检查时，医生说"嗯嗯，这个孩子达标了"。听妈妈说那时她的食量如果没有老爸的粮食支援，估计姥爷家就被妈妈吃穷了。但是妈妈也给我讲过这个故事，每晚姥姥都要发面，爷爷每晚都会问："老婆子，你这每天都发面干嘛啊？""这老头子，你丫头每天两个烙饼，我俩一个烙饼，你觉得能够吗？"姥爷沉默一会儿然后冲着厨房的姥姥就喊"老婆子没事！好好发面，你女婿会拿面，我外孙要长大"如果从我成为胚胎开始就有了记忆，那我估计我对那段每天吃了睡睡了吃的日子肯定充满怀念，我也会对每个清晨的烙馍中的香豆记忆深刻。（现在想来，后来我在姥爷家待着爱吃烙馍也有这个隐藏的原因吧）过了不久，当然我如约而至了，出生在这个让我怀念的家庭，出生在这个老头子的溺爱里，出生在只有爷爷奶奶没有姥姥姥爷的家庭环境。我和我爷爷这一老一少胡闹的故事就这样开始了。

（二）桌上小霸王诞生记（1）

我从医院出生以后，然后姥爷姥姥就准备迎接我回家度过和姐姐一样的童年。那天，姥姥准备好一切，姥爷这个体面爱干净的老帅哥为准备迎接我洗澡回家等出门买菜的姥姥，但是就是这时候吧，估计老天爷知道姥爷未来会对我与别的孙儿不同，所以开了个玩笑，姥爷突发脑溢血，一个酷似周恩来的一米八几的帅老头就倒下了，我回姥爷家造反的时间就后推了。等我再回到姥爷家，姥爷开始柱起了拐杖。小时候的我，因为身体太弱，每个月只要妈妈发工资，我总会去医院的儿科报道，当然儿科的护士阿姨都认识我了，每个月都会热情的对我说"哎呦～妞妞又来了啊"第一天没精神的我只能在阿姨打针的时候说"阿姨，轻轻打，轻轻打"后面还是会重复前一天的话，但是每次进门就像老熟人一样冲所有儿科护士大夫打招呼问好。估计我的无所谓性格就是那时候养成的吧。因此那时候姥爷也给老妈说"这孩子是来讨债的"虽然话这样说，但是因为爸爸妈妈的工作原因，我在妈妈工作的时候就欢快的被送回了姥爷家。你肯定想问我为什么不回爷爷奶奶家，这个故事就要等明天我再告诉大家了。就这样我回了姥爷姥姥家，一个桌上小霸王马上就要诞生了。

（三）桌上小霸王诞生记（3）

就这样，我被送回了我童年最欢乐的地方。每天早上的我不是被寻常人家的一样的温柔的话语叫醒，而是被姥爷姥姥的斗嘴叫醒，每天早上姥爷总会因一些小事去找姥姥的岔，而我因想维护姥姥爬起来去"教训"姥爷，等我起来，两个老小孩就开始各干各的事了。紧接着重头戏来了，姥姥做的蒸蛋是妈妈怎么都超越不了的，或许是因为姥爷比较挑，所以每天早上姥姥就是和姥爷争论是吃咸的蒸蛋还是甜的蒸蛋，但是我也比较"人性"，提议一天甜一天咸，我喜欢蒸蛋上撒上厚厚的白糖，等白糖融化成一层糖壳，然后勺子插入蒸蛋的瞬间糖粒立刻混入蒸蛋，再吃到嘴里，欲罢不能，一股鸡蛋的甜香和满口微化的砂糖颗粒总会让我忍不住想吃一大碗蒸蛋。姥姥姥爷为了不让我吃坏肚子，在吃之前我和姥爷就分好了鸡蛋羹，一人一半。

然后我们两老一少就在姥爷卧室里的蝴蝶牌缝纫机前玩耍了，这时候姥姥就是我的神，各种花花绿绿的布头，不同的样式，一会儿就被剪好样子，在缝纫机踏板的"呼啦"声中慢慢成为我的"钻钻儿""小被子""沙包""套袖"……各种各样独一无二的东西。我眼巴巴的坐在旁边，看着姥爷姥姥把棉花扯平放到衣服里缝好，感觉好神奇，然后姥姥又做几个漂亮的盘扣给我当扣子，或者子母扣（也称暗扣），穿上身的那一刻，我觉得我就是最幸福的人。

一天就这样过去了，这时候的小霸王还没出山呢～但是，晚上就是我这个霸王出山的时候了，等大家都在姥姥姥爷吃完饭以后，不论大家走没走，不管是姥姥还是大姨舅妈洗碗，第一件事就是洗好抹布，擦干净桌子，等我闪亮登场。那时候，新闻联播完了，我的戏就开始，披着床单，拿着枕头，先跟着《水浒传》的开头唱"大河向东流，天上的星星参北斗……"然后还扭呀扭呀，根本停不下来，接着抱着枕头当"贤妻良母"哄宝宝睡觉，这可都是我最乖的样子了，虽然这一系列的活动都在饭桌上进行。然后下一个节目就是抢遥控器，为了抢遥控器，我可是爬上爬下，趴在姥爷的腿上，干扰姥爷的视线，玩着姥爷的头，时不时还要搬姥姥"救驾"，一晚上折腾总会持续到最后一幕——我和姥爷抢厕所。只要姥爷上厕所，我就会飞快的跑到厕所"我先上"，然后进去不到两秒就出来，然后姥爷就去了，刚要进门，"我还要去！"如此循环，直到姥姥大喊"妖怪！别闹！"然后，还有什么然后，吐吐舌头洗洗睡了。

（四）每天都不一样

小霸王每天的生活都是重复的吗？不，本小霸王每天玩的花样都不一样！

第一天，布头，卫生纸，姥爷养的花，火柴盒。好了，齐备了，我自创的公主城堡就要开始建立了。卫生纸做的公主（现在想想做的和鬼娃娃一样，一身白）火柴盒做的床，布头缝的裙子，睡衣，披肩，各种各样想象中的衣服。当然为了满足小女孩的心理，我借用了姥爷的花，装饰了公主城堡。我这样玩，玩了一天，然后呢，一卷卫生纸华丽的被用完，姥爷好不容易养开的花也被折腾蔫死了。姥爷姥姥也只能碎碎念着"死丫头！死丫头！"然后把我折腾一团糟的卧室收拾好。

第二天，姥姥姥爷准备好好吃的，准备让除了爸爸妈妈以外的我的亲戚们吃饭。多好，多温馨，但是我呢就会默默拿个小碗给妈妈留下我觉得好吃的东西，一留有可能就会是半个月，等到妈妈来看我，我就向妈妈邀功，然后一边被姥姥姥爷嫌弃我是个"霸家孩儿"，一边有重新为老妈准备相同的好吃的。

第三天，一样喽，反正对于每个小孩来说每天都不一样。但是唯一不变的是，每天晚上我的纠结和矛盾。又怕一个人睡觉，又不想和姥姥睡，然后就是默默的死命不让姥姥上床，又眯睡到睁不开眼睛，最后就是攥着姥姥的被子，又抵抗着所有，然后就默默地睡着了，一般第二天我的状态就是一半在姥姥被子一半在自己被子里。

所以，我就这样习惯了在姥姥姥爷家里的日子。

（五）老帅哥

爷爷很帅，这是我常常想起来就立刻反射到大脑的一句话，我看过爷爷奶奶年轻时的照片，有点像周总理，浓眉大眼，关键是后来拄着拐杖我都觉得他至少有一米八。爷爷很帅，尤其是每次在厨房看他和奶奶在春节前夕忙碌的身影，左手拿着锅，右手现在我也模糊了具体在干什么，嘴里叨叨的永远都是向嫌弃奶奶这，嫌弃奶奶那。

爷爷每次做好好吃的等我们回来吃，临走还使劲装很多好吃的，每一次都是妈妈提着一大推回家，可能是当时妈妈作为唯一稍稍离爷爷家远的孩子缘故吧。但是那时候的我还小只知道爷爷很爱我，因为如果不是这样，我不会那么期盼待在爷爷家。爷爷，那时在我的记忆里是个帅老头。

爷爷比较爱唠叨。每次当妈妈开始唠叨我的时候，我总会在心中默想"有其父必有其女"，默默的埋怨，悄悄地记挂。因为在爷爷家住时，大早上我是被爷爷的唠叨唤醒的，年幼的我会一边维护奶奶，一边从床上爬起，嘴里经常说着："爷爷，别骂奶奶，你看奶奶都比你老了，被你说白了一头的头发"，其实，后来，也就是现在我才知道这叫爱，爱的表现有很多种，他们老两口的爱就是一个在埋怨，一个在笑着听，时不时的还互相笑骂一下。这是我后来明白的，也是我到现在都不敢去向奶奶证实的。我叫他爷爷，但是说来我的世界已经有八年几乎已经很少有这个称呼的出现了。

对，没错，八年前我明确了生死，但是到现在我都不知道为什么那天我哭不出来，还有一点莫名其妙的不知道怎么表达的感觉。我只知道那天和爸爸在那个特别黑的晚上我坐在出租车后座，后背挺得很直，脑子里闪现的那些碎片和空白，以及突然面对生死的好奇感。对，现在我才敢说我那时对于死亡有着足够大的新奇感和莫名的兴奋感。冲上楼，爸爸冲着爷爷睡的里屋喊了一声："爸，我们回来了"，我很好奇，把脑袋挤到大人的胳膊肘下往熟悉的床上瞅，但是刚塞进去的头，被舅舅推了出来，说了什么我忘了，我只记得一个瞬间家里的人都躁动了一会儿，然后大家有都进入了细小的哭泣。我没哭，我不知道用什么来打开我的泪点，不知道到底发生了什么，其实到现在我的印象中爷爷的形象还是原来我最熟悉的样子。我胆子真的很小，但是那个守灵的晚上，没有感觉到恐惧，反而觉得爷爷会随时醒来。这就是我那时唯一的感觉和现在记忆的断点。

我叫他，爷爷，我唯一的爷爷。

在南方的冬雨里想念北方的雪

樊颖婕

细细的算来，我已经不知是第几次在南方的冬雨中想念家乡的雪了。我，是那一个喝着西北风，就着馍和羊肉汤长大，时常被友人戏称的"汉子"的西北姑娘。按理来说我应该不是个矫情、瞎想的姑娘，但是还是经常有这样的想法——男子大可都生在北方，女子大可都养于南方，这样得来的男子各个豪爽、豁达；得来的女子个个温婉娴静，多情柔美。然而我还是很庆幸，庆幸西北的风，西北的山，西北的雪养育了这样的我，一个自己足够喜欢的我。

我不是嫌弃雨，只是觉得这南方的雨未免也太像暖糯的吴语，曲曲折折，绵绵长长，似绕指柔，也似纠结于颈间的发，难以摆脱还叫人厌烦。南方的雨啊，下起来就没完没了，还纠缠绵长，不论冬夏，不论年岁，随心所欲，每每想在一个清冷的夜去访访月景，数数叶影，访访冬天本该有的冷，可惜都被着淅淅沥沥的雨阻挡住脚步，稍微懒一点不打伞，只会湿了衣发，搅了心情，心里的烦闷也就不难说了，可偏巧这雨有时一下就缠绵良久。在这里我没几次感受过一场酣畅淋漓的雨，下起来就让人心生畅快，让人被雨点砸玻璃的声音吓醒在梦里。于是也常感慨——就是这雨啊，让这里的人儿变得委婉，细腻。

每逢这种时刻，想念北方的雪就更甚了。每年的冬天，当南方的温度还悬在零度以上时，北方的家哟，已经下了第一场雪。家中的亲人知道在外的孩子平日想家是想在嘴上，这一到冬天，想家就想在那一场雪上了。每每这时候当父母拍一两张熟悉的雪景照片发来时，心中的烦闷早被那雪消去了一半，足够透彻的白，白得凉人，白得更想家，白得让人忘记所有世间的烦闷。嚯！多豪气的北方雪！一下就什么也不管了，世间所有的都要先盖了去，都要先白个透彻。树上的雪松散的正是孩童们的好耍子，手一拉，脚一蹬，一树的落雪啊，美得那是没话说的，树下若是站着人，一下子就成了活动的雪人，管他平时是一个多么严肃的人，立刻变得像人见人爱的慈祥老人。乱飞的雪球，被化雪激的一寒颤的释放的尖叫，充斥着专属于冬天的快乐。北方的雪下起来也像北方的人，直愣愣的只会从小雪下到大雪，再然后肯定出个几天的大太阳，收收寒气，送送温润。北方的雪也是温柔的，她或许知道，下雪了，人们要回归童年，雪再大都不用打伞，头发、衣服一般是不会湿的，偶尔落在脖子里猛的冷一下，然后就化在皮肤里了。挺好的，时刻提醒一个北方人，冬天就回家吧，家里有雪。北方的冬除了冷色没有什么暖色，可这雪虽是白色却让整个北方有了特别的妖娆，像一个头戴毡帽长发披肩的藏族姑娘，手捧一碗滚烫的酥油奶茶，冻红的脸颊，扑朔着大眼睛看着你，多好，踏实。每每想起，总是那么的庆幸，多好，我是北方的姑娘。

我不知怎么描述"想家"这个词，可每每提起时，首先映入脑海的是妈妈嫌弃我又长高、长胖的嗔怪笑容，耳边响起爸爸的玩笑："丫头，又长圆了，越来越像 p-i-g 了"。现在，"想家"有时也会让我臆想，想想未来会有怎样的成长和陪伴。这时候总会羡慕——羡慕"父母爱情"。老来伴，就是老伴，两个人吵吵闹闹，互相看不顺眼，却还是在某个下雪的早晨互相搀扶着斗着嘴却担心对方摔倒。曾经的我总是喜欢把互相搀扶的爸妈从中间分开，自己做一个光荣的"电灯泡"，总觉得理所当然，他们二人有我才完满。后来一个偶然的机会，我走到了两人的身后，凑巧是一个雪天，周围一片雪白，刚下过雪的天不冷，甚至空气中还有雪独有的冷甜。妈妈穿着高跟鞋，左手里提着包，爸爸右手提着东西，左手习惯的架起，再一个抬头妈妈挂在爸爸的身上，虽然步伐还是小心翼翼，但明显两个人早已经习惯了彼此的陪伴，习惯了留着我的左手给你的右手。一首歌唱过"最美的不是下雨天，是和你一起躲过的屋檐"其实我也曾想过，和未来的某个他一起躲在记忆里的屋檐下。但是，在这缠绵的冬雨里我想念并希望——未来的某一天和某一个他，在一个下雪的早晨相约看雪，就一天，随便去哪里，走走停停，吵吵闹闹。随便聊一些天南海北，说一说未来过去。然后回头看看彼此，你我都白了鬓角，白了眉毛，再然后一不小心就白了头。

逐渐习惯了这个地方的冬天，我怕故乡拒绝我的想念。最初回家的期盼总会超过一切，现在偶尔会有点担心，自己开始接受这南方的种种，北方的一切会不会让我有些陌生和胆怯。还好，还好，这北方的雪总会在我归家的一两天落下，好似告诉我——北方的雪不曾忘记，再远那根还在那里。至少我不曾忘记雪，那雪也不曾让我习惯南方的雨。

窗外，南方的雨还继续地下着，在南方的冬雨里念想北方的雪，故乡，我不曾背叛。

老　狗
樊颖婕

回家的路上又遇到了那只我看着变老的老狗。

下午出门的路上看到那只在家门口小卖部的黄狗，跟着一个小孩子玩闹，老狗已经老了，没有了曾经闻到熟悉的味道就往上窜的冲动，也没有摇尾乞怜讨好人类的兴趣。有的只是对熟悉的味道一个冷漠的背影。我没有回头，只是加快了自己的步伐……继续我的生活和每天的安排，然后 3 个小时后，我原路返回，回家。在路口我又遇到了这只狗，这只老狗，孤孤单单地坐在路口，你可能会笑，这只狗多么像现在的一种人类——单身狗。

其实啊，这只老狗有过两窝可爱的小狗，每一只小狗都有属于他们的名字，每一只小狗都有喜欢自己的主人，有了与这只老狗不同的狗生。而这只老狗呢，她甚至连名字都没有，每一个路过的人，每一个孩子都会抱着玩闹的心态去逗一逗老狗，老狗最初会有偶尔的互动，慢慢地，慢慢地连一点反应都没有了。老狗，我没有像原来一样再去逗弄她，可能是自己有点累，同时也因为不想再去打扰她的那份清净，我绕过了老狗，当我与她擦身而过的时候老狗什么反应都没有，走了一两步，我在一种冥冥之中力量的趋势下回头又看了看老狗。老狗扭动变胖的身体回头也在看我，然后眨了眨眼睛又把目光望向了落下去的太阳。

回家吧，我已经不再是原来那个手里提着没吃完的打包的肉，玩闹的逗弄小狗的孩子，老狗也不再是曾经那只活跃，机敏的小狗崽子了。我们都在长大，时间一直在变化，而唯一可能不变的就是我回家的步伐和老狗守家的习惯。

挨　打

樊颖婕

今天给你们讲讲挨打的故事。

每个人小时候都挨过打，是吧。所以今天我也来讲讲原来让我泪流满面，现在想起来笑的喘不过气的挨打故事。当然除了我的，还有父辈的。小时候啊，一说起来就长远了……我爹，在家排行老二，也被大家戏称为樊老二，又因为属猴所以又被称为猴哥。小时候啊，真的是个猴崽子，上蹿下跳的，抢过女孩子的沙包、跳绳、皮筋，抓子儿，还有各种各样那时候女孩子玩的东西，因为年纪最小，所以善良的姑娘们也就吓唬吓唬他就完事儿了。可惜，男孩子们在一起就不一样了，生活在汉江边上的孩子，春天到了下河游泳，夏天到了摸鱼抓虾吃青蛙，秋天到了偷玉米偷水果偷各种各样能吃能玩的东西，冬天当然就是盼春节了，小时候的家就在一条街上，街是沿河而建的，街上的孩子们从小玩到大，大人们或多或少都有点亲戚关系，所以这年味就比现在浓厚很多。

话说回来了，咱继续说说挨打这事。这猴孩儿从小挨的打简直就要笑死我了。听老爹说，他呀小时候淘气，一天少不了一顿打，有时候甚至一天两顿打，每次挨打不是不写作业就是欺负同学，老师家访完那次的打估计是老爹挨的最狠的一次打，被爷爷吊起来打。妈呀，想想那个场景都有点怕怕的。还好，老爹就这样被打到了14岁当兵之前，然后我的"法西斯"生活就开始了。

这事儿咱以后再说。老妈从小没挨过打，挨打最多的就是我大舅舅了。大舅舅小时候顽皮得用现在的说法就是"熊孩子"一个。掏鸟窝，捅马蜂窝，弹弓打玻璃这些事都不在话下，最让人发笑的就是逃学了。爱玩的孩子最喜欢寻找逃学的刺激——每天早晨背着书包高高兴兴地上学去了，到了土墙根底下，刨出个坑书包就被"活埋"了，然后走走停停，玩玩乐乐，哪怕就是在土坷垃上面坐一上午，等到看到孩子们都要放学回家了，"装模作样"地挖出书包的尸体，拍拍灰，"放学"回家喽！玩得也挺开心的，但是逃学最怕的事儿发生了，大舅被告发了，等待的就是姥爷一顿"皮带炒肉"，再然后就是跪在地上头顶搓衣板，不服气地继续预谋下一次的玩耍。被打多了，也就皮了，继续找自己的乐子，继续挨自己的打，然后我的大舅舅也就慢慢到了那时候姥爷打他的年龄。

　　父辈的挨打事件听起来让我乐的不行，可是现在回想自己挨打的事儿，有时候还是心有余悸。我挨打不是因为调皮，而是因为每个父母望子成龙望女成凤心切，还有就是变相的"反抗"。记得那时候我挨打挨的最多的就是偷偷看电视和晚上练琴了。那时候的我为了练琴挨老妈的打可以说数不过来，两天一小打，五天一大打，真的是应了那句话"三天不打上房揭瓦"。小孩子呗玩心总有，每天晚上小伙伴们看电视，我就流着眼泪弹钢琴。那时候我总是在心里怨恨，这破钢琴，这破老师，这坏妈妈……可惜什么都没坏，什么都没变，每天晚上照样因为错音和错手型挨打，每周六早上还是要被拖去"老巫婆"那里上课，现在想想，其实如果没那时候挨的打，现在我也不会在无聊时有"琴"可弹。还有我挨打的原因就是偷偷看电视了。每次妈妈爸爸上班去，一个人在家的我就开始在各种好奇心和探险者精神的支配下开始造反了。写着作业的心早就飞出去了，好玩的电视机，好玩的笔，好玩的头发唯一不好玩的就是作业了！于是乎，开电视。《欢天喜地七仙女》、《春光灿烂猪八戒》、《白蛇传》、《青苹果乐园》、《还珠格格》，哇瑟太好看了！那个时间过得真快，瞬间就到 11:30，还有半个小时妈妈就要回来了，调到开机时的频道，声音大小，关电视，摆好遥控器的位置，凉毛巾，扇子，OK 全部备好，就等妈妈回来的脚步声和迅速降温的电视了，屡试不爽，次次完胜。当然说为了这偷看电视挨打我也是次次被打，次次继续啊。老妈办公室离家近，当然对于我这种小把戏还是很明白的，于是各种突然袭击，我那个狗胆子也是大，继续破罐子破摔。然后就是一顿胖揍，拖鞋，痒痒挠，各种"刑具"反正挨过的打也是多不胜数，以至于现在的我看到痒痒挠都有点心慌慌，就这样我度过了一个又一个刺激的暑假；一个又一个和老妈"斗智斗勇"的暑假；一个又一个"鬼哭狼嚎"的暑假。

　　现在老爹老妈早都不打我了，他们开始了言语结盟，我开始了无声或者有声抵抗，挺有趣的，估计这也是将来我给我的孩子说起来的故事了。有关挨打这回事儿，当时就一个字——疼，简直恨死了，现在想起来挺有意思的，也是个不错的回忆。故事还要继续，谁说这普通日子说起来不是一个个值得细细品味的故事呢？

小家大爱
樊颖婕

今天，我来讲一个小家庭里的小爱。半个世纪前，哎呦好久远的时间，那时候听老妈说生活就像木心写的那样"清早上火车站，长街黑暗无行人，卖豆浆的小店冒着热气"生活慢，人们也慢，不论生活还是和人处理关系。

所以半个世纪前啊一个有一米八几的帅气男人和一个可能说不是倾国倾城的女子组成了一个小家庭，然后女子继续在那时候被认为工作最好的食品公司工作，男子开着自己的照相馆记录下所有的美好和纯粹。慢慢的四个欢乐的的生命幸运的降临在了这个小家庭，小家庭变得有些庞大了。小小的四合小院充斥着争吵，欢笑还有幸福，大姐永远就是大姐带头调皮带头扛罪，大哥现在看着是一家的支柱其实曾经就是个淘气包，掏过蚂蜂窝，更可笑的应该就是把那个帅男人的洗照片的暗房弄的乱七八糟，二姐小时候不爱说话但也算是颜值担当，小弟最可爱，洋娃娃似得眼睛，一帮孩子被大姐蛊惑的连根剪了……他们玩过小狗，偷过果子，干过现在的孩子没有做过的一系列的好玩的事。日子就这样慢慢的过了，慢的没有边界，也快的不过眨眼。

四个孩子和猴儿一样的窜大了，美男子和美女子也褪去了青春的颜色，换上了被时光渲染的平静。孩子们各自要拥有自己的小家庭来填充大家庭了。故事也就从这里开始了。大姐从小就爱臭美，也是家里第一个要出嫁的孩子，所以她的爱情和家庭倍受两个父母的关注。上天注定了降生一个人就要再降生一个人来与之相配，所以厉害的大姐有了一个被大家可以说称赞的老好人，按现在的话说就是个"耙耳朵"不过挺好，至少现在的他们幸福而且很知足，他们爱的结晶成为两个老人第一次碰见的小天使，两个微老的人开始把对于子女的余下的爱，全部投入到了这个孩子的身上。慢慢的，大儿子也有了自己的家庭，当然也有了我记忆里的大黑狗和黑黑的小巷；颜值担当也有了自己的归宿，而这个归宿的终结就是有了我现在在这讲故事给大家听；小儿子是家里的宝，光我听到的故事就已经可以写一周的高质量说说了，所以，有机会我来慢慢的讲给大家听。小家庭慢慢的从两口之家变成十四个人的大家庭，小小的我们那时候吃饭挤在一个桌子上，我们长大了，然后最明显的改变就是一桌年夜饭变成两桌，然后可能会变得根本坐不下。生活还在继续，时间也在流逝。其实有太多的故事可以写，有太多的话需要说，14 个人从那一年变成 13 年，然后成为我们彼此的牵挂，就像微信里时刻地关心和电话里喋喋不休的唠叨，还有我们之间默契的只有我们之间能理解的关注和知足。

挺好的，故事有很多很多，故事可以用筐来称量，四个小小的家庭可能没有上一辈血缘的关联，可能只会是单独的个体，可能我们之间就没有那一份委屈了，憋着不说听到电话里熟悉的声音就会哭出的魔力，就没有了报喜不报忧的执著和关心彼此的纯粹。有时间，我再讲讲这个大家小爱的故事吧，很微小，很感动，至少会感动我。至少能让我想到那些听到的故事都会有写一写的欲望。

我记得，这穿越大半个世纪的故事可能在两个 50 年代的男女的世界里曾经都不曾想过的事，我，随便写写吧，稀稀拉拉的记录一下我听过的故事和有关这个普通小家庭的点点滴滴。明天，你还愿意听我絮絮叨叨吗？

遗憾的最美

樊颖婕

曾经看这部影片，被里面女孩的痛苦所充斥，被里昂的善良所打动，也被两个人默契地配合入室抢劫所吸引，也曾妄想能遇到这样善良的强盗，也爱上了剧里的那盆绿色的植物。这也就仅仅成为我少年时一段短暂而又有点模糊的记忆。可是，后来，再翻出这部片子，不是什么特别的原因就是因为开始迷惑大人眼中的爱情与我坚持的爱情到底有什么区别？

问问妈妈你能接受什么样的爱情？母亲觉得爱情不过就是门当户对。这种门当户对不是曾经的那种迂腐，而是有共同语言，有互补的性格，有一切在外人看来很搭配的感觉。但是当我用除人性以外的另一个角度去看这部片子的时候，对于这种不被外人看好，可以说一种畸形的感情我从最初的排斥到慢慢地希望他们可以一直那么默契，这种转变可能也是我自己慢慢成长，慢慢地看懂和明白一种守护的意义吧。其实我已经忘记最后的结局。我喜欢恰到好处的感觉，就像现在最强的摸头杀，各种各样的烂漫手法……有时候被感动被触动不过就是一瞬间，像这幅配图，有一种关爱。有一种恋爱更有一种遗憾。这可能就是那种遗憾的美吧，缺憾才是最美的，也是最让我耿耿于怀的。

可能就是那首诗吧——君生我未生，我生君已老，君恨我生迟，我恨君生早。君生我未生，我生君已老。恨不生同时，日日与君好。我生君未生，君生我已老。我离君天涯，君隔我海角。我生君未生，君生我已老。化蝶去寻花，夜夜栖芳草。如果可以，不要等太久，也不要再在错的时间遇到可能对的人。刚刚好就行，刚刚好就好。我在走向你的路上，你准备好了吗?

岁月打磨始为美

欧阳梦妮

这世间有太多的美，在刚刚出现的时候，往往被人们所忽视所无法品味。直到经过岁月的沉淀与打磨，终于，人们发现了她的美。

"众里寻他千百度，蓦然回首，那人却在灯火阑珊处。"我们不停地寻找美，努力发掘美，将好不容易发现的美树立为典型，纷纷有了"最美司机""最美医生"等等。香港人常说，想知道人们缺什么就去看人们的口号标语写了些什么。仔细想想，不无道理。比如某个医院的标语写着"献血光荣"，那么这个医院的血库可能不是特别充足，正是需要，正是缺少，才会不停地提醒人们献血是光荣的，人们应该多来献血。试想，这个社会的美如果已经多得人人都具有了，还需要树典型、喊口号吗? 那么，真的缺少美吗? 曾有一句名言说"这个世界不缺少美，缺少的是发现美的眼睛"。在我们努力向前方寻求时，是否也曾蓦然回首，发现美却在灯火阑珊处，等候我们多时了呢?

还记得二十世纪九十年代的一部电影《大话西游》吗? 可能更多的青年会对这部电影的记忆处在二十一世纪，但是我想说这部电影的首映的确是在九十年代。这意味着什么，在九十年代的时候这部电影被太多的人所忽视。如果这是一部烂片，那么忽视是必然的，那么我也不会在美的文章里用上这么一个例子。并且我个人觉得这部电影十分经典也不能证明什么，因为一个人的意见是偏见。但是今时今日人们普遍对这部电影是什么看法呢? 进入二十一世纪，首先对这部电影表示热衷的是清华和北大的学生，这也是后来周星驰前往北京大学做演讲的原因。再后来，各种电影史书，研究香港电影的书籍影评纷纷将这部电影作为经典研究对象纳入其中。有人曾说，这是一部第一遍看会笑，第二遍看会哭，第三遍看会沉默的电影。这到底是一部怎样的电影呢？这就是一部在如今被人们封为经典的电影，是在路边随便邀请一个人也能背出当中的几句台词的的电影。但是别忘了，在 1995 年这部电影首映的时候，票房惨淡。人们给予的评价是"看不懂"、"太吵闹"、"没主题，笑点不多"。到底是什么导致这种前后巨大的差别呢？答案很简单，缺少发现美的眼睛。

一提起周星驰，人们的第一反应便是"喜剧""笑点"。而对于这部《大话西游》，人们恰恰犯了惯性的错误。好比你和一个人谈话谈得津津有味，我把你正在喝的可乐换成矿泉水，你自然不会发觉，依旧用喝可乐的味觉来喝这瓶矿泉水，谈话结束后，你便开始埋怨这"可乐"没味儿。《大话西游》本身就是一部悲喜剧，是周星驰所营造的一种笑中带泪的氛围。习惯用喜剧眼光看周星驰的观众自然是不适应。但随着时代的发展，在都市的压力与紧张中艰难前行的人们，新一代迷茫，找不到方向的青年们再看这部电影，竟然从中找到共鸣。《大话西游》里让人捉摸不透的月光宝盒，不断的时光倒流，其实是周星驰想告诉人们时时刻刻都要知道自己的所想所爱，不能因为大时代的潮流而迷失自己。还有太多的经典之处，都等到岁月打磨后，人们才开始意识到，理解到其中的美。

这个世界并不缺少美，缺少的是发现美的眼睛。我们不能用惯性的眼光来看待周围，任何一件小事，一个小人物背后都有可能藏着大美。"黑夜给了我黑色的眼睛，我却用它寻找光明。"我们身处黑暗，但是我们不能与黑暗融为一体，我们要努力发现光明，破除黑暗的惯性，其实光明就在黑暗身后。

美始终在，岁月打磨的，只是人的眼。

奉以成长，奉以遗忘

马　瑞

时光偷走的，永远是你我眼皮底下看不见的珍贵。

——题记

长篇累牍地抒发与感慨之后，剩下的永远是讲不出的往事。

初识是一点也不美好的模样，可就是那些我不愿去提及的伤痛却教会了我成长。那是似一朵朵盛放在夏日里的玫瑰，最终被泪水浸泡得发了酵，以爱之名碾碎在年少而荒芜的土地上。

月亮好像也忘记了，某个晚上我们一起窝在被窝里诉说小秘密，睡去时唇边都带着笑意。在时过境迁之后，你是否忘了生日时你写过矫情的话曾让我涕泗横流。

在月凉如水的夜晚，躲在旧教学楼的二楼，赏着月色喝着酒，你的坚强我的坦然都成了纷杂的青春。

不是没有过美好到刻骨铭心的回忆，但我在一时之间竟不知从何说起。

没有深交亦非萍水相逢，你为了你等的人义无反顾地离开，我不该怨尤，时间本是该让感情如履薄冰的。是不是得不到的好东西好似都会比自己的要好，正如被遗失的过去比起现在安谧的时光似乎更令人怅怀。

那天我坐在路边的长椅上问你，是不是要撞到南墙才回头？

时下暮色将近，有轻风吹拂而过，看着你恬静的面容，我忽然有些后悔在这样惬意的光景提及这个问题。现实的镜像之后本来就是另外一个突破不了的镜像，但我迫切地需要一个人站出来告诉我不应该挽留你，不应该阻挠你去追寻心中憧憬的明朗爱情。

你一直沉默并未回答，我却已知你心意。

心中大片大片想要劝说你的台词都被咽回去，我怎么能成为你的牵绊。在我明知那个人是你梦中秘密的时候，在我目睹你众多的饱满情意的时候，在所有人都对你的执着充满质疑的时候。

有些事情，本应撑起一块丝绒布盖住眼睛的。而你清澈独立，偏将亲身涉水，行千里路翻起大地每一块石头才算甘心。

这样倔强的你啊，我又怎么能够挽留你。即使最后并没有想象中的碰壁碰到头破血流，而只是成为了直击心头的硬伤，那也是你一腔深情全部注入的青春啊。

或许那时的你经此一事后，已无谓再盛满一盏蓬勃心意。在此后漫长的年月里，只要一提笔沾墨，好似这情愫就被轻易复写，直到不再清晰，直到在寂寞深夜里想起也只有微丝哀情。

但你曾经真挚地努力过，我也竭尽全力让你没有遗憾过。生如逆旅，你我都在衡量。你的愿望我全力以赴，做过你最热诚的观众。尽管我坐井观天，心意潦草且未经裁剪，袒露给你的时候总是伤了体面。

但那至少是满满的赤诚。

你想哭我就给你唱伤感情歌，你想笑我就去借十万个冷笑话，你想要喝酒时我可以去后巷倒数第二家店里给你打二两自酿的梅子酒，你想要去旅行我可以清点清点我们俩的私房和零花钱，看能不能说走就走。

现在你想要去不顾一切追寻你憧憬的明朗爱情，我可以注视着你的背影祝福你走得更远直到成为我视网膜上一个微小的点，却不能再与你同行。

或许也会在漫漫长夜里推翻所有定义的爱恨恩情，怕这忧那，心念来回一圈，觉得万事不如长睡良策，全不重要。

"有时候，我们并不是在等什么人或者什么事，我们只是在静待岁月改变自己。"是了，我亲爱的姑娘，临走时我应当抱一抱你的。

要知道此刻我与你作别，恐是相逢无期。

奉以遗忘，奉以成长。

那晚的夜色很美。这是她第一次看到那么多的星星，在湛蓝色宝石的夜空下闪烁，她恍惚地望着天空，风呼呼吹着，发丝遮掩了她的表情，捉摸不清。

"我……我下个月的飞机。"他终于说出了口。他望了望天，又看了看她。虽然是夏天，但是山里的风还是很大，她只穿了一件薄薄的 T 恤，抱着肩，靠在墙上。他叹了口气，如果没有自己陪在身边，她该怎么办呢。把身上的外套脱下来给她披上，问："你会来送我吗？"

她披着他的外套，上面还有他的余温。她怔忡了半天，想道，他还是要走。

嘴角藏着苦涩，"嗯。"

他张了张嘴，想说点什么，但他发现说什么都是多余，她只是抬头茫然地望着星空。两人终究是沉默了。旁边敞开的房门缝里漏出来的光亮和说笑都不属于他们，沉默将他们隔成了两个世界，陷入了黑暗里。

那天是旅途的最后一晚。

第二天他们好像什么都没有发生过一样，在回程的汽车上并肩坐着。同行的朋友还是隐约从昨晚和今天的气氛中嗅到几分不妙。他几次欲言又止，而她只是默默地将脸朝着窗外，闭着双眼，一半淹没在窗棱的阴影里，眼缝悄悄滑下泪来。

高考的时候，为了和她上同一所大学，他故意早早交了卷子。她一直都为他的这个举动感动万分。可是之后，却愈感沉重。她知道，总有一天他会为自己年少时的冲动后悔。

她一直在等待这一天的到来。

终于还是来了。

她在心痛的同时又有一点洒脱。也许自己一直都觉得这是一种负担吧，肩负着他未来的人生。双方都明白远距离都意味着什么。也许，从今往后，他与她的人生再无纠葛，那段岁月也会尘封在往事的阁楼上。

在回家之后，她每日做着考研的卷子，没有再和他通话、见面。她固执地想要忘掉这件事，然而在回家那天她便在小台历上圈上了他离开的日子。到了月末的时候，她往后翻日历，那个用红笔圈出的数字刺痛了她的眼睛，好像在提醒着他的背离。她辗转反侧了整整一夜。

第二天，她早早就醒了，也许根本就没睡着过。她一闭上眼便是一帧一帧的光影跳过。窗外还黑着，她眼下一团青黑。瞥了眼时间，时针咔嗒一下刚好走到5。

那条银线划出一条向上的弧度，伴随着轰隆的轰鸣，透过玻璃映在她年轻的苍白憔悴的脸上。她无神地看着轰鸣的铁兽尾缀着一条灰白的云带消失在她的视线里。

她终究还是去送了他。

他们都没有向对方许诺什么。这些年他们都长大了，都懂得了承诺是不能轻易给予的。他们都不是言情小说偶像剧里的男女主角，一生一世永相随。他们只是芸芸众生里最普通的那一撮人，他们知道自己在追求什么，也知道路终究要自己走下去。

她想了一夜，终于想通了。

在告别的时候，他们没有多说。他说："希望你能如愿以偿。"她扯开一个笑容："你也是。"

在这种时候还能再说什么呢？看着那个熟悉的背影消失在安检口，她微笑着婉拒了他父母载她回家的好意，自己一个人搭了回程的公交车。

在车上她终于忍不住捂住嘴痛哭起来。

没有谁离开谁就无法生活，她也是可以很好的照顾自己的，只是习惯了他在身边而已。没有他的日子，她依然过得很好，只是偶尔会想起他，还有他们曾经的故事。但是不再流泪。

　　这一年，他选择了远方。

　　这一年，她学会了成长。

　　这一年，世界拐了一个角。

　　分道扬镳的时候，在最初也许不忿，但是随着日月更迭，岁月变老，那个伤口会痊愈，会结痂，会淡去。在最后，也许所有的伤感都淡逝了，只留一点点痛藏在心里，并无其他。

60 岁，依旧美丽

徐　婷

　　内江师范学院，一个虽简单而抛弃浮华的名词，却塑造了无数的绚烂人生，它六十年的风霜，迎来另一个新的人生！您像是母亲，像是一轮火红的太阳。您虽然 60 岁了，历尽沧桑，但您仍旧美丽！

　　六十年，似长，亦短！内江师范学院，它像苦茗需要慢慢品尝，因为它还会走很远，从内师走过，有人错过，有人失去，但也因为错过而争取；因为失而珍惜。这是内师人成长的经历。内师学子将永远铭记内师校训："明德博学，笃行创新"。

　　"明德博学，笃行创新"既汲取了中国古代教育思想，有着深厚的教育和文化积淀，又富含时代精神和人文关怀，必将在学院发展中激励广大师生在传承古代传统和文明的基础上，博学现代科学文化和技术，"厚积而薄发"，求真务实、革故鼎新、奋发向上、报效祖国。

　　"海纳百川，有容乃大。壁立千仞，无欲则刚"。您用您那宽广的胸怀接纳了不同成绩的学生，给予我们知识的养料，让我们不断茁壮成长；让我们在您的关怀下找到自己的人生方向，为自己的梦想打拼！众所周知的是，大学是人生中最美的时光，是您，为您的学子提供了丰富的各类资料、资源，让我们人生中最美的时光不只是欣赏美景，更丰富了我们的内涵，让我们从懵懂的中学时代醒来，为我们适应社会生活提供了更多的经验。你越是这样无私地为我们的未来改变着，我们就越无法将您忘怀，我们会带着您给的丰富知识更好地向未来宣战！

依然清晰地记得第一次走入这里的感受：全新的教学区、高耸的钟楼、嫩青的草坪……郁郁葱葱，一切都充满了年轻的活力和生机。学校给我留下的另一个感觉就是大！记得刚开始的时候，最怕的就是自己去上课。偌大的校园，一脸的茫然，找不到上课的地方，而今想想那份纯真的感觉，依旧觉得温暖。现在校园的一切都变得熟悉了，好多的地方都留下了我的足迹——或者快乐，或者忧伤。

这里的同窗之情，"花底笙歌，绿芜墙绕"；

这里的师生感怀，"梅花喷香，桃李春风"；

这里的校园生活，"绿波旖旎，山茶流红"。

渊博的知识是年轻梦想永远不变的追求，只是在这里，更有了一种关爱的气息。让人感动……"轻轻地捧着您的脸，为您把眼泪擦干，这颗心永远属于您，告诉我不再孤单。深深地凝望您的眼，不需要更多的语言，紧紧地握住您的手，这温暖依旧未改变。"简单的词语，却演绎了一种最纯真的情感，依然记得那个寒冷的冬日，大家为了将一份年轻的生命维系，自发地为患病女孩捐款的情景，冰冷的寒风肆意地飞舞，而我们的心里却有一股暖流在心中流淌……其实在我们目光不及的地方，有那么多的人在默默地关爱着我们。这或许就是生命的一种感动吧，而学校教给我的也许就是用一种满怀感恩的心去面对生活，面对未来，面对我们周围的一切的一切。

我们聆听您风雨中一路走来的艰辛，记住了您一句句殷切的叮咛，提醒自己拾起遗漏的点滴。是您教会我做人的道理，又是您教会我怎样拥抱救死扶伤的明天。把一切烦恼和无奈都抛给昨天，铭记在心的是，我们是您怀中最具有活力的莘莘学子。我们会为您的未来一起拼搏，面对挑战，向您更加辉煌的明天冲刺。

骄阳下，我们将用年轻的活力唤醒沉睡中的激情，我们愿为您延续这六十年来的辉煌。回眸之间，我们敬仰您筚路蓝缕、艰苦创业的冲天豪气。

回眸十年，卓然不凡。内江师范学院走过了脚踏实地、诲人不倦的十年，走过了孜孜以求、锲而不舍的十年，为社会培养了一代又一代师范专业人才，为名校培养出一代又一代硕士研究生。十年来，学院的领导和老师们用自己的青春和汗水，打造了学院的辉煌；用知识和智慧，挺起了学院的脊梁；用博爱和文明，积淀了学院丰厚的底蕴；用豪情和壮志，书写了学院壮丽的篇章。真可谓：耕耘共收获一色，奋斗与成绩齐飞。十年来，学院的辉煌见证了她的成长！博大的胸襟及自强不息的精神激励着一代又一代的学生前进，而我们则想用我们的心声来表达我们对她最真挚的爱意：我们爱您——内江师范学院！

记得哈佛大学有句名言：大学的荣誉，不在于它的校舍和人数，而在于它一代又一代人的质量。我想这句话真正地注解了一个学校的内涵，今天我们是一个学院人，以我们学院的荣誉为骄傲。而明天，我们应该让学院因曾经有过我们而感到欣慰。用责任和义务去完善自己，去诠释自己，去施展才华，去绽放青春，去演绎年轻的朝气！把每颗爱校之心聚集起，照耀年轻的梦想。

六十岁的您，承载着优良的传统，开拓着焕新的明天，革故鼎新，以超强的生命力和创造力继续成长。"明德博学，笃行创新"这八个字校训深深印在他培养出来的代代英才心中，让您的众多学子为您自豪！

六十载桃李芬芳，薪火传承。六十年来，您的辉煌见证了您的成长！化大的胸襟是您对自己的承诺，您无悔的执着谱写出了一页页的光辉，您用瘦弱的肩膀为祖国教育事业的贡献着，您自强不息的精神激励着一代又一代的大学生前进，而我们则想用我们的心声来表达我们对您最真挚的爱意。

爱您，内师！60 岁，您已经美丽；60 岁，您永远年轻。生日快乐，愿您永远风华正茂，挥斥方遒！

人间草木深，我心桃花源

罗　婷

最近，一个交情一般的朋友对我说："不知道为什么，每次和你说话，我都很莫名地信任你。"

这让我唏嘘不已，用当下的流行语来说，这是一个套路多，真诚少的时代。这学期开学的头一天，我去街心花园买东西，在路边等车的时候，来了一对五十多岁的老夫妻，他们上前向我问路，我本不是很熟悉，但也指着公交站牌给他们讲，这时候两个人中的女的突然上前一步，离我很近，近得快贴着了，我当时很诧异，想要退开，但是又觉得对方是老人，可能耳朵不好，我退开可能太不礼貌。也就没管，可是，当他们问完路大概五分钟不到，我拿给他们指路之前放进衣服兜里的的手机时，我的手机不见了踪影。我很确信，除了和这对夫妻近距离接触外，之后没有人离我很近。当我发现手机不见了，和一起的同学一边返回找一边分析，种种迹象指明，这对老夫妻给我下了一个套路。我当时的心情有多差就不细说了，我甚至一度告诉自己，以后出去不要再给那些人指路了，尤其是那些看上去是弱势群体的老人。

当今这个社会的现状，确实，很多被定为弱势群体的老人以种种让人心寒的方式利用着社会对他们的同情心理，这些都是套路吧，让人心寒的套路。无论是公交车上强势抢座位，还是路边碰瓷，都让我们觉得没了真诚，所以，当有人向我们展现真诚时，我们就会感动，就会感慨。

朋友的话让我想起寒假的一些事，那天，我出门，上车时按就近原则选了一个较近的位置，旁边是个比较年轻的男子，我刚坐下，旁边的阿姨就不停地对我使眼色，我很疑惑，她又轻轻地指了指后面的空位置，示意我过去。我很纳闷，但还是过去了。后来，那个男子下车后，车上开始议论，原来，这个男子是小偷，刚刚在车上就偷了一个人的钱包，那个被偷的人到下车都没有发现。我当时很感激那个阿姨提醒我，可是，我也有些迷茫，那么多人都看到他偷东西了，而且偷的还是一个老人，为什么就没有人站出来？是啊，谁愿意没事找事，惹祸上身呢？人间草木深啊！

另一件事，寒假我和朋友外出玩，许久未见的朋友自然玩得有些忘我了，傍晚的时候，我们火急火燎地冲向汽车站赶末班车回家，跑了一会儿，我们听见后面有人大声呼喊着什么，便停下来，是一个中年女人，一边跑，一边喊："前面的两个小妹妹，你们东西掉了！"我和朋友一愣，她已经跑到我们跟前，气喘吁吁地递给我们一个钱包。原来匆忙中，朋友将钱包落下了，被这位阿姨捡到，便一路追着我们赶上来。当时我们两人的感动自然不必说了。那一瞬间，真的是爱满心怀。

我问那个朋友："你为什么这样相信我，就不怕哪天伤害你，利用你么？"她说："当我们选择相信一个人的时候，其实就给了那个人伤害我们的权利，但是，我还是愿意冒着这个危险，去赌一份真诚的情谊。"也许太傻，太单纯，但她的话确实深深触动了我，的确，当我们选择相信一个人的时候，便是给了他欺骗我们的权利，不论对方是朋友还是陌生人。也许我们会被骗被伤害，也或许我们会收获一份真挚的感情，朋友不就是陌生的两个人从信任彼此发展而来的么？

我们只有付出真心，才会有得到真心的机会，如果人人都冷漠，那这将是一个黑暗冰冷的世界，学会自我保护并不是要你对周围的世界都冷漠，更不是要拒绝所有和陌生人的交集，不是让自己固步自封，在原有的圈子里徘徊。那样，我们的确很好地保护了自己，但也失去了很多的机会，未尝不是"装在套子里的人"。

人间草木深，我心桃花源。在这繁乱的红尘中，我们的确要有一颗桃花源般纯净透彻的心，在这无情的世界中，深情地活下去。

安魂花园

陈镜西

也许多年以后，我会去渺无人烟的乡下小镇生活。它足够淡泊，但绝不是物质匮乏引起的精神贫瘠。经历跌宕世事之后，原谅他人并自我救赎，有了柔和目光与淡然心境。于是，这样的地点成为最终栖息的好去处。

——题记

我总是以为自己还是那个执拗的孩子，喜怒哀乐全部表现在脸上，抓住一点痛楚就可以大呼小叫倒戈弃甲，自我捆绑然后将自己囚禁在别人进不来的世界。你进不来，我出不去，安静而安全。

不曾想过的是，年岁渐长之后，自己的脸上也会时时弥漫温暖的笑意，自此，我可以体谅世间悲欢，可以对别人的疼痛苦楚嘘寒问暖，却唯独不愿再提及，那些夜色深浓时分才会苏醒逆回的意识流。

2013 年 7 月，十八天的暑假，我抽出时间回乡下老家。沿途颠沛略去不提，当我抵达这阔别了许多年的故乡，熟稔的感觉袭上心来，熟稔至无言。外婆已是苍老不堪，加之身体枯瘦，看着更显羸弱。几句寒暄过后，也就只有静默相对。

记忆里深刻的，是外婆朴素而真挚的疼爱。很多年前父母将年幼的我交给外婆照料，我的大部分童年时光都在外婆家度过。后来我反复自省自己的孤僻自闭由何而起，想来也是其时留下的后遗症。外婆可以给予温饱和爱护，却不能给予更高层面上的指引。精神上的贫瘠比物质上的匮乏更容易影响人格的塑造。

其实我不像乡下的孩子健谈，机灵，活泼。身体虚弱，但个性执拗，因此常和其他孩子吵架打闹，被欺负之后无人可以倾诉，只得一直哭泣。长大之后我还会经常在梦里哭泣，醒过来发现残余的眼泪，心下困惑不已。

外婆家仍旧是旧房子，土房青瓦。木头架子的床许久没有人睡过，略显潮湿。躺在上面，身上有仿佛淋雨之后的黏腻感。

睡不着，想起一些年幼时的故事，心下无言，不知道该用什么样的表情，于是整张脸上便没有表情。次日天晴，把被子和床单拿到院子里晾晒。

拍摄蔚蓝色天空和云朵、光线、影子、山脉、树木和花朵。搬了一张凳子在门边闲坐，听歌。我记得《身骑白马》里面的徐佳莹，那是我最初记认的她。略显潦草的长发，背一把吉他穿越马路的神色，单手撑在栏杆上直视前方的眼神，非常动人，凝聚了全部的专注和热情。

能够坚持自己梦想的人，真的非常勇敢。

而我，因为年少时的内敛性格，已经失却追逐梦想的意识和能力。那些无梦或者说不敢有梦的卑微年生，在碧海无波缓慢推进的生活掩盖之下，更显悲哀和壮烈。

后来我成为尖锐疼痛的女子。有段时间我的心里非常灰暗，控诉社会控诉教育体制，痛恨世俗生活和世俗的人。

但人不可能脱离社会而存在，自然也无法避免看到世界的阴暗面。若我贪恋生之优美，必会遭遇与之对等的心酸与苦楚，万事万物，既对立，又统一。我在一对又一对相对立的事物之间来回辗转，难以取舍。这些矛盾中，必然存在某种昭示。我尚且不明，于是我渐渐地选择了噤声，让那些困顿和无奈独自在我的胸腔里发酵，我只是沉默，缓慢，重复，以此来记得。

世间光明与黑暗，冷与暖，善与恶，美与丑……需要我去认知和记忆。我不相信轮回，却相信记忆永生。

所幸的是，时光流转至此，我还留得我的文字，我还能够倾诉和表达。

写作和孤独是可以划等号的，它是一种极为封闭的倾诉，只能发生在心底，近乎一种自说自话自圆其说。文字如同言论一样会遭人非议，甚至，因为它没有言论的直接干脆，需要更多心智来连接作者与读者之间的沟壑，因此对等的人会更少。

我们妄图从中表达自己，被人理解，战胜孤独，进而获得救赎，却因此落入一场绝望。

奇怪的是，文字于我而言，却仿佛是唯一一件正确的理所应当的事。杜拉斯说："如果我不写作，我就会杀了全世界。"遇见很多人，经历很多事，最后全都如同白日里的烟火，只听得声势浩大，却并未在灵魂里留下印记，甚至，未曾在视网膜上留下短暂的成像。

只是为何，我们仍旧会在失去的时刻心有不甘？倘若已知任何人和事物都会变旧变老，那我们还有去认知和珍惜的必要吗？倘若任何感情都可能会面临损毁和幻灭，那我们还有建立它的必要吗？

我想是有的。

只因我们最终都是生活在自己的孤独之中，得不到任何理解和救赎。所以，我们不能因为世事的不易，而拒绝去体验它。唯有经历跌宕起伏，才能明白该如何自处，如何面对生命最终不可回避的死亡和孤独。

离开老家那日下很大的雨。有浓雾弥散在山间的群岚。我凝视着车窗上雨水流下的水纹，不觉中昏睡过去。途中妈妈打了一个电话，我醒过来。看到青翠连绵的山脉，衬着厚重云朵和亮蓝色的天空。雨过天晴，光线从云层中漏出来，刚好透过车窗打在身上。心里动容，恍惚间以为大半生已经倏忽而逝。

也许多年以后，我会去渺无人烟的乡下小镇生活。它足够淡泊，但绝不是物质匮乏引起的精神贫瘠。经历跌宕世事之后，原谅他人并自我救赎，有了柔和目光与淡然心境。

于是，这样的地点成为最终栖息的好去处。

背 影

李惠为

"感谢我不可以住进你的眼睛，所以才能，拥抱你的背影。"

——题记

父亲今年快满五十了，可在我眼里他却依旧时常像个小孩子般，爱开玩笑耍宝，爱和我拌嘴打闹。我总觉得他还很年轻很年轻。曾经父亲在我心里就像是一颗枝繁叶茂枝干粗壮的魁梧大树，是永远能够为我顶天立地的那样一个男人。

可就在近些年间，我开始不断怀疑自己的以为。

父亲作为一个温州商人在四川做生意，也就说起来好听罢了，其实也就是开店个体户那么一回事。在上完小学后我便被送回了浙江老家读书。初中还是高中的一个暑假，他来双流机场接我。结果我下了飞机后找不到自己的行李，一个人傻傻地在机场里面转悠了半天。无奈之下我决定走到接机口处寻求父亲帮助。

后来我看到他了，他半佝偻地弯着身体搭在护栏扶手上，略带疲倦的脸。当时年纪说小也不小了，但就是对一个人问路感到胆怯，所以都是让父亲从做生意的小县城赶到成都来接我。可就在看见我的一瞬间，他的疲惫忽地消失殆尽。神情是无比地欢愉。我丧着脸跟父亲说我找不到行李了，父亲便问门口的安保人员："小伙子，我女儿的行李找不到了，我可以进去帮她找吗？"那人冷冷地回道："不行。"我看到父亲欲言又止，显得有些尴尬地耸耸肩埋下头的窘迫。我突然很心疼，因为我越长大，越感受到父亲的不能，他也不再是无所不能的英雄了。

靠着堵在心头的那口气，最终我还是找到了我的行李。我本想自己拖着大包小包走，父亲却一把将我的行李夺去，拼了命地走在我前面。我知道，这是父亲无声的抗议，他发出的无声呐喊："我依然很强壮！"

可他终究还是只骗了自己。因为我不经意地看到了他脑门暴起的青筋和脸颊不断流下的汗滴；看到他走得急促却不再矫健的步伐；看到他年华不再的躯体和高高隆起的大啤酒肚；甚至连他头顶若隐若现的白色发丝也被我看得清清楚楚。

我在父亲身后缓慢地踱走着，鼻头却不知怎的有些发酸，眼眶变得湿热湿热的。

父亲的背景突然变得有些模糊，飘忽不定。

然后我用手狠狠擦干净了眼睛。

急促小跑上去，一把"抢"过他右手的行李。"我也要提！"

父亲又惊又喜地将嘴咧得老远，眼角露出他深深的纹沟。

别过脸去，我快步跑到他前面。

……

"总是向你索取，却不曾说谢谢你，直到长大以后，才懂得你不容易……我是你的骄傲吗？还在为我而担心吗？你牵挂的孩子啊，长大啦感谢，一路上有你。"

笔匠师

赖杭伶

高中宿舍楼下，每天中午 12 点总有一位修钢笔的师傅在那里，我们给他取名笔匠师。之所以叫这个名字，是因为他是一个修笔的并有一定文化的人。

高中食堂隔田径场近，田径场每天中午都有人踢足球，跟着过来便是林荫小道，我们宿舍就那儿。一个人，一个眼镜盒，一个茶杯，还有就是一张白布与白布上堆满的小零件，这儿就是笔匠师的摊位了。每天中午 12 点，人流量最多的时候，他都在这儿。来来往往的人中我几乎很少看到有人来光顾他的生意，但他依旧每天都在那里准时等候。他好像认识好多人似的，每走过此地的人，都像熟人似的与人寒暄几句。开始我以为他都与那些路人认识，直到有天我路过他时他向我打招呼，那语气好像我跟他很熟似的，我才明白，那些他招呼的人应该都和我一样与他并不熟。

我曾好奇，他那每天几乎没有人光顾的摊位，为什么还是每天摆在那儿？现代经济这么发达，快节奏是人们主要方式。在我们高中圆珠笔基本取代了钢笔，即使有钢笔坏掉的也很少有人还会去修理，大不了再换新的，所以可以想象他的生意多么惨淡。但就有一次，一位朋友钢笔坏了，这本来是不值得一提的小事，只因为那支笔有特别意义，便显得格外珍贵，这一次突然意识到这位大师傅在这里我们有多么感激他了。

我们十分高兴地来到他的摊位，终于有机会光顾他了，同时也是借着修笔的由头满足自己的好奇心，然而并没有看到他有我们所期盼的喜悦，而是不紧不慢地十分从容地拿出眼镜盒,仔细打量我们的钢笔,最后说:"明天中午来拿。"

我们本来还想问其他的，但他仿佛不太喜欢多聊几句，和之前和我打招呼完全两样，所以我们也就离开了。

第二天，我们去拿钢笔碰到他正与一位我们学校的老教师在闲聊。我们没有插话，只在一旁静静地听着，"这些年了，你还是在这里修钢笔，有什么意思呢？"笔匠师不语笑笑，只管那位老教师数落他在这里浪费时间。当然我们也拿回自己的钢笔，奇怪的是我们以为好不容易有个顾客他会狮子大开口，收我们许多费用，没想到非但没有，反而还叫我们以后钢笔出问题都来他这里，可以免费帮我们修。

后来我们才了解到，他在这里摆摊根本不是赚钱，而是心中有个信念，希望现在的学生们像以前那样多用钢笔，坏了也拿来修修就好了，不要只管买新的。他之所以还在这里摆摊，是不想以后学生有想修笔的都找不到修处。现在很多人都找到了更好更赚钱的工作，像修笔补鞋这类从前的工作利润小，生意也差，工作量还大，根本没有什么人愿意做。所以他说："总要留下人来传承这份职业吧，这些职业虽然不起眼，但若是哪一天真的没了这些职业恐怕我们的传统文化也随之丢失了吧，再者人们也是离不开这些的。"

就是这么一个小小的修笔师，他没有多大文化，但却明白中华民族传统文化的宝贵，懂得珍惜与传承，世界上做这些工作的人并不多，但也缺一不可，我们需要感谢这类人，感谢他们愿意牺牲付出，才会让我们的生活更加完美。

青春志
程秀惠

我的青春可以随手捏起一把来，涂涂改改然后揉成纸团。

谁知道你的七彩笔下究竟画着哪般风景，哪片红花和哪位少年。可是，一张画纸能任你扔几次。扔了？然后哭着捡回来？我想不是的。

最近老是掉发，横七竖八地躺在地上竟成为风景。这些附着在我生命上的东西总是带着我的记忆，然后老去。后来，我发现原来青春不过是它演的一场戏。看它从青藤罗曼到银河满天。头发多的时候我总是任性地让它掉，人生嘛，多几位过客何尝不可。毕竟在你的主场里，你才是主角。几时之后，我竟为这掉发感到伤感，我看着它就这样离我远去，好像从不曾属于我，好像我的青春，我的记忆，我的一切鲜艳的色彩都随着它的离去而黯淡无光。这时，我才发现，原来太把自己当回事儿，却忘了看看沿途的风景。

日子，就让它这样过吧。或吵或闹，或哭或笑，总有认识或不认识的人喜欢或讨厌着你。其实生活得这么无厘头，感觉青春在以莫名的抗议离我远去。不行，我可是个美少女，青春这个小跟班既不能胖也不许瘦。本来不太喜欢这中规中矩的生活，可是似乎没有办法，走上了这条路，很多东西都成为将就。偶尔头疼，偶尔发疯，闲来无事就大喊大叫，管它呢，我也不是你的谁。我不会将青春贯以我的姓名，好像这样它就永不会褪色似的。其实箱底泛黄的老照片，留下的才是记忆。

或许我真的想把日子过得不一样，在别人的光环下生活着感觉自己也红光满面似的，想想觉得我和我们都活得太尴尬。不想伸手啃老，却总惦记着每个月的那点"工资"；不甘平庸吧，可总是涌向庸俗的潮流大军；明明艳羡别人的成功吧，却做不到别人的努力。偏偏我们还对自己说："我就是我，是颜色不一样的烟火。"

但是，我仍然习惯着三点一线的生活，感觉忙碌着的自己更快乐。偶然瞥见大漠荒蒿里玄奘落寞的背影，或许他并不是落寞，可是我却这么认为。暮色苍凉如水，莽莽黄沙奔腾，这样一直坚持迢迢风沙的他究竟怀着怎样的信念？阿甘说："你只需要一直跑一直跑。"跑吗？像过街老鼠的仓皇而逃，还是雄狮一样地英勇无畏？说实话，根本没人告诉我们应该活成哪副模样。跑吗？可没人追我。像个傻子一样吗？我不知道。

可是我甘愿做这样的傻子，无论前方是菩提树还是梦一场。

当时年少春衫薄

陈镜西

很多个夜色沉沉的暮间，我走在清冷的校园小道上。头顶上的树叶有风吹过时沙拉拉地响。时下繁星点点，在盛夏的暑气还未消退的时刻，恍然中又想起故人来。

白落梅写道，世间所有的相遇，都是久别重逢。我曾想过跟你数年后不经意的相遇是怎样的场景，好似在落满梧桐树叶的小巷口，下一个拐角处就瞥见了尚留熟悉的轮廓。

然而这些年来，我们竟无一字之言，无一面之缘。我脑海里臆想出的无数重逢画面，我该有的台词表情动作，和那句酝酿着蓬勃心意的"你还好吗"，都全无用武之地。

校园的树木苍翠而浓郁，路边有小花泛着馥郁的繁盛，如同你我所有年岁里的淡软存在，伤人于无声处，不见血痕，却痛彻心扉。

六年的时光足够让短发披肩到长发及腰，足够将一个任性冲动的姑娘雕琢成沉稳恬静的模样，却不足够将你从记忆里剔除。

你还是老爱出现在我的梦境深处，是少年时的模样，嘴角有温暖笑容。我站在楼梯上看你，你只回身并未瞧见，于是我们就匆匆擦肩。过去的时月于我，在如今的记忆里，总是绵软而温逆的。

看泡芙小姐的时候看到那一段话，"鲍勃·迪伦给他当时的爱人写过一封信。这儿什么也没发生，狗在等着出门，贼在等着老妇人，孩子们在等着上学，条子们在等着揍人，每个人都在等着更凉快的天气，而我，只是在等你。"

亲爱的你啊，世界大到可怕，造化总是弄人。时光只知道任性地流淌，从未宽容任何人。

不会有永垂不朽的誓言，因为世事无常，今生的路亦太漫长。崎岖的路途，不会因路旁一朵小花的枯萎而黯淡风景。年少时的自信，早已风过无痕，唯有在酒意酣浓之时脱口而出，沦为不羁的笑谈。

"我想，誓言之美，不在于它能对抗世事无常，而在于，今生今世，有那么一瞬间，我们曾经愿意去相信它能。"多年后的今天，阅读到七堇年的《平生欢》，又仿佛听到稚嫩年少的诺言跨过了时空的千山万水，最后在耳边回荡起来。

内心好似被微细的事物戳中了软肋，平淡的话在心底扩散成隆隆回音。它们并不会因为反复发生而变得清浅，反是因年月消长更添深刻。

你折成不规则两半的直尺，一半给我，一半留给自己。地理课上看着我鲜红的不及格分数，你微微偏过头压抑着笑声，我恼羞成怒后你悄悄塞过来你的课堂笔记。下午良辰美景好时光，夕阳的余晖温柔又不失偏颇地洒在你我发上，共用的一副耳机里传来清软女声，伴着心动的旋律一瞬间直达心底。

年少时的你我，还记得淡蓝色信纸上的稚嫩情话出自谁的笔尖，还记得放学后分道扬镳的小道两边残留的依依不舍。然则经年后再读到"昔我往矣"，却再听不见你低低地接一句杨柳依依。

佛偈有语，人生最珍贵的不是得不到和已失去，而是把握现在的幸福。

时光老得那么快，横亘在你我之间的是长久的时月，是走到穷途末路的缘分，是岁月不动声色的远离。那些过去的记忆，被重新放置于案板上，整理，归类，然后重新组合。我无数次在静谧的深夜一次次回忆，却在动笔的时候停顿下来。

记忆深刻，落笔太难，那是我一整个年少的璀璨，如今却被岁月无情切割成时光罅隙里的细末，从指间飘走。

亲爱的你啊，其实我并不怨怼。

我只惋惜那时年少，听懂了说书人后来的一句有情人终成眷属便是搁笔，尚不知人生不如意之事十有八九。

而现在我终于明白，听故事是不应该问后来的。后来只是说书人哄几两银子，赚几把热泪的生计，是流传的岁月里人心妄加的揣测猜臆。

是你我的他朝两忘烟水里，从此山水不相逢。

后来呢。

后来月亮还是挂在天上，儿女自是情长。

读《活着》有感

张成龙

这是关于一个人一生的故事，它表达了时间的漫长和短暂，表达了时间的动荡和宁静。这个故事，是残忍的。也可以说，《活着》是一次残忍的阅读，读出人生的苦难，也读出了生活。

作者以第一人称入笔，未掺杂任何个人情感，全是福贵自己的讲述，用时间的流逝展现了福贵一生的幸福与痛苦。在我眼中，福贵则是一位苦难的幸存者。出生的环境，让他早年享受了太多，也付出了太多，吃喝嫖赌都做过，用他爹的话说，他是孽子，是败家子。当赌博输光家中的一百余亩土地后，家道中落，他从少爷公子哥，泯然众人。人，总是在困境中才会学会看清人、事、物。通篇读完，给我最大的感受就是这是一个悲伤的故事，不管是福贵，还是他的子女有庆、凤霞，还是他的孙子苦根。悲惨、幸存贯穿故事，以苦根为例，根苦命更苦，出生的时候，娘死，从小跟着爹过。当苦根四岁的时候，爹也因工伤离他而去，丢下他和爷爷生活。苦根后来也死了，仅仅七岁，是被豆子撑死的，不是因为嘴馋，而是家里太穷，就是豆子，苦根也很难吃上。小说，源于生活，又高于生活，我仿佛看到了那个年代的人，吃不饱、穿不暖，亦或是还要很多像苦根那样的孩子。

祸兮福所倚，福兮祸所伏。这是我读完《活着》的另一种感受，龙二在用不正当手段夺取福贵家一百多亩土地后，成了富甲一方的地主，后遇土地改革，没收了他的田产，并被枪毙。用福贵的话说，幸好自己和他爹是个败家子，不然，枪毙的就是他。塞翁失马，焉知非福，也许换个时间，换个地点，结果就会不一样。

人，有不同的方式活着。生活，超越一切的财富，活下去，就有希望。福贵，看着身边的人都渐渐离去，最后只剩他一人与牛为伴，共度余生，他的生活到最后有意义吗？还是称之为苟活？福贵说："我是有时候想想伤心，有时候想想又很踏实。"这是他对自己的评价，我想，福贵的一生是快乐与痛苦并行的，有苟活的成分。当被抓去做壮丁时他怕死，可能那时的他将活下去作为唯一的动力。从大跃进到"文化大革命"，这些都为福贵的命运添上了重重的一笔，到晚年落幕，他得到的是一份超脱，战胜了生活带给他的苦难，是一份超脱意志力的胜利。平淡，应该是福贵在经历了不幸后的感悟。文中写到："做人还是平常点儿好，争这个争那个，争来争去赔了自己的命。"平淡才是真，从富甲一方到家道中落，从家庭完整到家人一个接一个离他而去，到最后只留一头老牛陪他孤独终老，这就是生活，这也是活着。

时代，给予了福贵不幸，他是苦难的幸存者。福贵的一生是充满悲剧色彩的一生，作者借福贵之口，为我们展现了历史，有讽刺也有批判。但不管怎样，活着的意志，是福贵身上唯一不能被剥夺的东西。

风雨兼程六十载，忆往昔看今朝

李　想

六十载，亦长，亦短！它像苦茗一样需要慢慢品尝，时刻警醒着内师人将校训铭记在心：明德，博学，笃行，创新。60载完美地诠释了您的名字——内江师范学院！

六十载风雨沧桑，六十载薪火相传，六十载桃李芬芳，六十载春华秋实，六十载书香翰墨。六十载，走过寒冬，您默许下理想；经过春天，您播种下希望；经过盛夏，您腾起青春的光芒；迎来秋天，您终于收获了璀璨的果实。祝伟大的母校——内江师范学院，生日快乐！

六十载，记载着岁月的沧桑与峥嵘，刻画着流年的消逝与飘零；六十载，无数教师将青丝染成白发，无数学子用智慧激荡出火花；六十载，莘莘学子峥嵘穿透纯净书声，抒写出精彩华章；六十载，风雨浸润流岚岁月，积淀下沉沉履步。

内师校园处处弥漫着沁人心脾的花香，柳亭湾是内师最亮丽的风景线之一，夜夜悦耳的吉他声振奋人心。这里的同窗之情，"花底笙箫，绿抚墙绕"；这里的师生感怀，"桂花沁香，桃李春华"；这里的校园生活，"绿波旖旎，山花流红"！这里的一切一切，自由肆意地涂染着空气，都幻化成美丽！

忆往昔，峥嵘岁月稠。六十载，一首拼搏奋斗的诗篇；六十载，一路风雨兼程的跋涉；六十年，一段继往开来的历史氤氲着甜城的灵韵……六十载，您与祖国同呼吸共命运，历史的耳畔，传来礼炮的隆隆回响，历史，凝聚了宏伟与智慧尽情地涂染了这里的阳光，根治在甜城大地上，您才得以茁壮成长。今天，您用六十载的披肝沥胆潜心焚香一段经典，我们虔诚地聆听您六十年的倾诉，赤日如焰，风雨如磐，坎坎坷坷是您的历程，风风雨雨是您的乐章，办学之初，举步维艰，您不畏艰难险阻，播散阳光和雨露。建设时期，百废待兴，您挥汗耕犁，铸就出桃李芬芳；改革开放时期，万象更新，您满面春风，躬身浇灌，您矢志不渝，向着太阳，奔向远方。今天，翻开您六十载的诗篇，回溯您的漫漫征程，流光溢彩，重温您的一路战歌，铿锵有力。

看今朝，风华正茂。六十年，学校的环境有了质的飞跃。伤痕累累的桌面，讲台，灰白色的老式教学楼，周边农田变成了现在的先进仪器和教学设备，舒适美观的教学大楼，寓意特别的百步梯时刻提醒着内师学子"十年树木，百年树人"为人师者、为人师表的道理。设施齐全的体育场，运动场，藏书丰富的现代化图书馆。六十载的跋涉，内师您劈波斩浪，勇往直前，攀枝折桂于各路战场；六十载的探索，内师学子，明德笃学，勇于实践，捷报频传于众多学院；六十载的耕耘，内师园丁，您呕心沥血，浇灌栋梁，英才辈出于各个领域……六十载沧桑蜕变，您由一所名不见经传的地方学校变成了一座坐落于风景宜人的甜城沱江河畔的省属重点建设高水平大学，办学规模逐渐扩大，办学实力逐步增强，为国家培养了众多各级各类的人才，为国家和地方经济社会科学文化发展作出了重要贡献。六十年承载着无数拼搏进取的激情和汗水，代代内师人励精图治，艰苦奋斗，用行动回报母校，用汗水浇灌梦想，用实力让情怀落地！

我们聆听着您风雨中一路走来的艰辛，记住了您一句句殷切的叮咛，提醒自己遗漏的点点滴滴，是您让我明白教师的神圣和使命，是您教会我做人的道理，又是您教会我怎样拥抱为人师表的明天。骄阳下，我们将用年轻的活力唤醒沉睡中的激情，我们愿为您延续这六十年的辉煌，我们将青春的记忆播撒在您这片满怀热忱的土地上，您慈祥地看着我们用年轻的激情将您的风采诠释。天一广场上的社团活动此起彼伏；篮球场上的呐喊色几未停歇；实验室的灯下永远有冥思苦想的身影；自习室里学子们始终如一的勤奋刻苦；书山学海中更是满载生机和希望。空气中都充满了拼搏和向上的气息。我们愿为您的光芒添彩，我们更要让您为有我们这样年轻的一代而骄傲。

在黄昏雨雾中摇曳着一把油纸伞，沿着沉默的柳树和桂树，欣赏你迷人的景色。在阳灿烂的日子翻开默香的扉页，体味您浓厚的人文色彩。在晚霞里，看您校外的沱江夜景，蕴含着恬静安详的平和，似在诉说你古老的故事。您就像一本耐人寻味的史书。

风雨六十年，情愫唯悠悠。甲子校庆，召唤着我们传承与创新，我们将以甲子校庆为契机，在传承中发展，在发展中创新，全心全意谋发展，一心一意搞建设，把握现代教育发展的脉搏，以高标准高质量推进素质教育，坚定不移地走创新发展之路，努力提高师生素质，加快学校全方位的建设，谱写出内江师范学院的新的壮丽篇章！

斗转星移，岁月沧桑。六十年弹指一挥间。回望往昔，我们骄傲自豪，细看今朝，我们踌躇满志，展望未来，我们满怀憧憬。往事若歌，今朝如画，未来若诗……所以，总有故事若歌，把境道破，我们的如椽大笔写不完激情岁月，千言万语抒不尽满腔情怀，长歌豪迈待我们挥斥方遒。今天，我们以内师为傲，明天，内师以我们为荣！值此内江师范学院甲子校庆，我们全校师生都为内师送上最诚挚的祝福，内江师范学院的明天一定会越来越好，我们永远与您风雨同舟！

故乡的夏

刘圆圆

故乡的夏是热闹的，也是恬静的，孕满了农家人一季的希望。

南岭山脉的脊骨顺着西南方向划下来，在四川盆地以西，故乡成为一个平凡村庄的缩影，但我深深地爱上了那个地方，也深深地爱上了那里"夏"的符号。

四月了，当天从东头边古槐树干的胳肢窝里透出一点鱼肚白来，夏就开始慢慢地晕染出月季的红，海棠的红，玫瑰的红了。她淡淡地笑着，跑着，脚步轻盈。天气晴朗的时候，阿妈从漆黑的灶台旁走出门，站在院栏边，手在腰间的蓝布围裙上擦了擦，她斜上方的天空升起的灰白色炊烟渐渐消失，预示着田里的阿爸该回来吃午饭了。

这时候，夏变成一只拨弄热闹的风铃，耳边有无数遥远的声音传来。

蝉攀在梧桐树的枝上，放开了以往所有的顾忌，忘情地唱着它对夏的赞歌。蚱蜢或者是蜥蜴，附在哪一片露水未干的的叶子上，嘴里不停地咕哝夏该是亲吻了多少野花，才让一朵朵都绽放了笑靥，并且散落在山坡，田垄，石堆旁，令人目不暇接。而到晚上时，村庄灯火如豆，时而听得见几声狗吠，或者邻家孩子的啼哭。但我们总避不开的声音一定有蛙鸣。乡里的田坎像许许多多被咬碎的缺口，然后在缺口里住着一些藏青色的生物。蛙们有亮汪汪的大眼睛，润滑的皮和浑厚有序的叫声。我想它们一定是在演奏名曲吧，"听取蛙声一片"，把夏夜情调都唱进人梦里去了。

当然，夏也是恬静的。每每午后，温暖的阳光泻下来，流成光斑的碎片，禾苗，树木，竹林都午休了，空气里只静静地浮动着干热的游丝。隔壁大林家的小猫窝在檐前薪草里慵懒地欠了欠身，眼睛半睐半睁，一副对刚才的梦意犹未尽的样子。阿爷最喜欢那棵摊开满头鬓发的古槐了，在她绿荫如盖的鬓发下，阿爷躺在凉席上纳凉，手里的蒲扇间或摇一摇，"旺财"蹲在那个旮旯角伸出舌头吐着热汗。蝉和蚱蜢的声音远了。夏就这样轻轻地睡熟了。

希望是农家人用汗水孕育的花朵，在禾苗生长的时候结籽。七八岁的小孩子若站在水田里，禾苗该够到肚脐眼了吧，绿油油的一大片，和风嬉戏，多像活泼可爱的山娃子。村庄里的人们春天耕种秋天收获，那夏天干什么呢？阿爷捋着胡须对我说："夏天看禾苗成长呀。看禾苗成长，看希望孕满收获的稻香。"我也懂了，为什么农家人喜欢在薄雾轻绕的晓晨或丹霞聚拢的黄昏，悠悠嗒嗒地走在田垄上，看一季的庄稼丰腴未来的渴望。

故乡的夏，风景独好。

海

李惠为

"海水碧蓝碧蓝的，蓝得使人心醉，我真想变成一条鱼，钻进波浪里去。"

——题记

真实的大海和电视里看到的大海堪比淘宝上买家秀和卖家秀的对比，结果是惨烈得令人有些窘迫的。即便这样，我也是被离家不远处那片不算大的小"黄"海给迷得神魂颠倒。

家中三层落地房，正面对着整日云雾缭绕的青山，背对着可闻不可见的海滨滩。日间的海风冲淡了夏日的燥热或是凛冽地刮伤了冬日的脸颊。白日的海风伴着腥香透澈的海洋味儿，狂妄恣意地吹着，如同不知天高地厚处于青春的少年；夜里的海风和着温凉的月光稍稍被安抚了一点，却也容易忽然狂作，但那更像老者在沉沉叙述着自己一生的故事，汹涌澎湃，高声呐喊，到波澜不惊的平淡，反反复复却又时刻使人惊奇不已。

我时常早早关了房里壁灯，高高拉起窗帘，大大敞开着窗户，瞪大了眼睛盯着天花板。"呼……哗……"噼里啪啦的窗户砸来砸去的声音，却丝毫不会觉得吵闹心烦。我更痴迷的，是海风夜晚那种沉稳却又狂放的叫喊，是从窗外飘进的透凉和纯净腥甜沁人心扉的海味儿。每日睡前最后一刻，都想着第二日即可抵达海边好好瞧一瞧这日夜撩拨我的"坏家伙"。

某日终于得以和伙伴一同起身前往，实在是兴奋难耐。我俩不约而同地选择步行到达目的地，海到家的距离不远不近，大概需要步行一两个小时。两人在大路上拖拖拉拉地散走着，大约在中午时抵达了目的地。

当时还是冬天，但两人走了大半会儿路后感到有些热出了些汗便顺手把外套脱了放到沙滩的大岩石块上，索性将鞋袜一脱便"蹭"地扑通将脚踝进了海水里。这海不是蓝色而是红黄色带着浑沙翻滚着的，不是赏心悦目的美，而是别有一种"丑"又壮阔的怪异美。眼睛还顾不上好好看看这片海，脚上却来了劲。泛起白边的海浪一卷一卷地侵袭脚踝，有时又是狠狠猛烈地撞击使人生疼。海水不是透澈的蓝而是显得浑红的暗蓝。海浪的拍打忽缓忽急，都给我俩迷晕了，哪还记得什么脱下的外套，结果涨潮一来，便只能眼睁睁看着衣物被冲走。海浪就像调皮的小孩，淘气地乱窜，最终我俩还是只捡回了衣服，打着光脚板窘迫地回到家中。

后来我也零碎地去过几次海边，看过不同地方的海，但终究不及我夜晚想象中的大海有趣狂放，那忽明忽暗忽闪忽现的叫喊，一阵又一阵海风带来的清新芳香。

所以对于有些东西，不能亲眼所见，又何尝不是一大妙事！

游西海有感

黄雨曦

乙未夏初，余往西海，观山川河海，实为登山则情满于山，观海则意溢于海，遂有感作此文。

是日也，凉风拂拂，薄日绵绵，执杖攀日月峰，妄握日月于手。有峰顶，忽见一平原，环顾四宇，众丘皆伏于足下，青鸟翱远山，鸟兽饮近水。偶得老妪一曲歌，声彻云霄，直入九天献王母，惊得鸟飞兽逐。既而，遥眺千岁宝刹，红丸映古寺，清光乍泄，观之，如禅灌顶，良多感触。

未几，夕日西沉，缓坠衔山，山水交融，水天灿若赤锦。入夜，临海侧卧，伴海而眠，拥月入梦。千转百折于梦中，辗转反侧于床榻。夜深深几许，夜风习习，疏木刁刁，惶然梦醒，倍感舒畅，故起行至南窗，望西海粼粼，玄烛挂天，星辰熠熠，沧海茫茫。彼时四下静谧，唯涛声如诉。独行于海之岸，犹感天地宇宙，吾独遗于环宇，遂有叹焉："仰观宇宙之大，唯余渺如草芥；俯察周身之小，唯余屹立如斯。"

太古鸿蒙，天智初启，一而化生万物，巨兽古木丛生。自女娲搏黄土，人有也。人之于天地如蝼蚁，然生欲迫之矣。东赴蓬莱掬仙露，西至昆仑采明光，北行黄河引活水，南起岭南习百术。乃使之生生不息，代代无穷尽矣。盖将自其变者而观之，则天地曾不能以一瞬。既而三千年逝，上古灭，新世出，巨兽尽，豪杰起。高舍鳞次栉比，尚有直入云霄之势；车马喧嚣，尤有震天动地之态。盖人六十亿又有余，非上古之寥寥，勤而有劳，敏而好学，能功智慧。此时，人之于天地宇宙大异于先故。

《素书·白书》有云："地薄者大物不产，水浅者大鱼不游，树秃者大禽不栖，林疏者大兽不居。"彼时人之于宇宙尤如沧海厚土，树繁森茂，乃创世万年之奇迹，造物之极也。上可摘星辰，下能通事理，宇宙之奥秘皆可探之，寻之。嗟乎，实造物之奇也！

道生一，一生二，二生三，三生万物。洪荒宇宙，浩浩荡荡，比人之好学，不及也；混沌玄黄，容纳万物，较人之包容，亦不及也。竹生百节，怀泽世清风；莲开千叶，盈一池暗香。吾辈生于浩瀚宇宙，自当敬天地之大，悟立身之品。又恐时光流转，沧海桑田，终至湮没，因作斯文以志之。

回归的命命鸟

唐　艺

唯有南山与君眼，相逢不改旧时青。

——题记

只是因为在人群中多看了你一眼，从此再也忘不了你容颜。他们青梅竹马，幼时相识，佛堂是经常碰面的地方，如同佛经里讲的那样，一荣俱荣，一死皆死。

"命命鸟"一词出自佛经故事，是梵文的意译，音译为"耆婆耆婆迦"，因在不同的佛经中多次出现，还有一些别译，如《胜天王般若经》谓之生生鸟，《杂宝藏经》谓之共命鸟，《阿弥陀经》谓之共命之鸟。"乃一身两头之鸟也。"可知，命命鸟就是共命鸟，是佛教传说中的一种鸟，两头一体，一荣俱荣，一死皆死。

当爱情受到压抑，信仰或能超越爱情，甚至能使爱情得到超度。这是我读《命命鸟》最深的感受。

敏明一方面从小就接受佛教教育，入佛教青年会办的法轮学校学习；一方面又热烈追求爱情幸福，与男青年加陵真心相恋。在她为加陵表演雀翎舞时，就歌唱着："咱们是同一个身心，同一副手脚。我和你永远同在一个身里住着。我就是你啊，你就是我。"流露出了她和加陵永不分离的真挚感情。可是现实环境是冷酷无情的，她父亲就极力反对她与加陵结合，敏明的父亲害怕女儿与加陵在一起后失去赚钱的宝贝，自私地想利用蛊师分离这对恋人，于是请蛊师暗中作祟，要离间他们的爱情。加陵与敏明深深相爱，走到一起却困难重重。而加陵的父亲也受封建思想的影响坚决反对他们在一起。面对重重阻碍，男主人翁初时企图以逃婚对抗；而敏明却在一次离奇的佛教冥想中看到了那些自称"命命鸟"者，其实都是落入了情尘的青年男女丑恶原形，于是大彻大悟，厌却红尘，并以虔诚的祈祷感化了加陵，双双走入绿绮湖。爱情最终在死亡中得到美丽的结合。

我曾经想过他们会不会有不同的结局。比如，加陵没有赴死，他一生都会在煎熬与内疚中间度过，他孤独终老，与父亲断绝关系，没有子女，没有亲情，没有爱情。他也可能会谈恋爱，也有可能以疗伤为目的进入一段婚姻，然后辜负另外一个女人，相当于几个人一生都在痛苦中度过，他是在惩罚自己，也算是在报复社会。青梅枯萎，竹马老去，从此我爱的人都像你。

有人说他们是因爱殉情，而我认为他们是为爱回归。他们投湖自尽的时候手拉手，像入洞房般自在，他们的脑海中全是梵文，解释着脱离，美好，回归，与极乐世界的自由自在，他们不过是有着最美好爱情的年轻人，但是却在现实的压力下变得麻木无助。

或许他依旧记得口里喃喃地念着经文，眼神却闪着熠熠星光的她；而她也依旧记得那个高大的少年周六那天出现在晨曦里带给她的温暖。

他们说到底也不过是不自觉地追随爱情，却又自觉地回归传统，他们只是归人。

——后记

记外公

朱佳信

我从来都不喜欢外公，我一直是这样认为的。

即便我曾与他一起生活了六年，但如今若叫我再度回想这个老人，也只能隐约记起那么一个坐在门槛上抽着烟袋、被白色烟雾所包裹着的模糊身影。这个身影在我眼里曾经是那么地佝偻矮小，如同枯木蜷缩作一团，我甚至会觉得丑陋。而当他咧开嘴笑的时候，让人印象深刻的也并非是那笑脸，而是满口的黄牙。

他是个古怪又顽固的老人，平时就喜欢坐在门槛边上抽烟，他抽烟时并不像其他人那样会故意做出吞云吐雾的惬意姿态，只是吧唧几口便从鼻子里喷出浓浓的烟雾。偶尔那烟雾飘到了他所疼爱的孙儿身上，他便咧嘴笑开，眼角颇深的沟壑凝成溺爱的表情，挥着手要帮孙儿打散这些烟雾。这个时候他的小孙儿会嫌弃地皱起眉、并且叽叽喳喳地躲开，似乎不想被那双充满烟味的手碰到。心情好的时候这个老头子便坐在门槛边拨弄自己的烟草，吸烟吸得难受了就扯着嗓子吼一句，那时无论我手里在做什么活计都必须得停下来，立刻给他递上一杯泡得水都发黑的浓茶。心情不好的时候他就独自阿坐在树下闭着眼睛假寐，二妹端着斗箕从旁边走过，他睁开眼觉得她挡了他的光，立刻就粗着声音呵斥一声不长眼的东西。

"你说我养你们两个有什么用？——"

他也经常怪声怪气地对我和二妹说这句话，女孩子似乎永远无法入他的眼，这样说的时候他总皱着眉，眼神可谓是冷淡又不屑的。而我也总是会不甘心地顶回去，最能气得他跳脚的就是一句"又没求着你养"。而总是用恶狠狠的语气说出这句话，这样我就好像非常痛快似的。往往这个时候他就会立刻腾起身来直接教训我一顿，最后的结果就是晚饭不会有我的份。

六年可谓不短，但在这不短的时间我最能记得的就是每次与外公吵架时那份委屈得不行的心情，除此之外再无其他。两人之间这份僵硬的关系也是在这样的阴影里渐渐成形，不过我倒是还能记得最后一次吵架的原因。

九岁那年，因为三弟不小心将家里一个颇有年代的瓷碗给打破了，被大人问到的时候却说是我给摔碎的。现在想想可能也是因为一直被宠爱，这个小男孩还不具备承认错误与承担责任的心理，所以他才选择将这口黑锅甩给了他的姐姐。而那个向来偏爱孙儿的老家伙自然对孙儿的话坚信不疑，我很快就被他狠狠地打了一顿。

被修理的时候三弟就在旁边，那时我大有一种将他暴打一顿的想法，但我终究没那骨气，所以大晚上的我撒着脚丫子就跑出了屋，外面正下着大雨，跑出屋的时候我看到了二妹犹豫的眼神，只有外婆着急地追了出来。被追到后我只赖在地上任她怎么拉都不肯起来，哭着吵着要母亲来把我接走。我实在没办法忍受这种被差别对待的生活了，更没办法再忍受外公那种粗暴古怪的脾气，我甚至开口骂他，骂声被雨声全数遮盖，外婆也被这样的我给吓住。或许她不曾想到一个小孩子会有这么大的怨气。

出乎意料那天晚上外公终于给母亲打了一通电话，我坐在门槛外听着他在里屋怒火冲天的声音，话里全是对我罪行的指责。

"我养不起，你自个儿接走——"

这是最后一句话，然后门被"嘭"地拉开，外公从里面走了出来，直接去了下房。这个结果当然是我不能更期待的了，满心欢喜地想着终于要和这个糟老头分开了，甚至开始想象母亲会以怎样的表情出现在我面前，是责怪还是什么呢。但无论是什么，我想我一定要跟着她离开。

四天后母亲就回到了家里，那一天天气晴朗风和日丽，我心情愉悦得很。母亲和外婆在院子里说话，我抑制不住兴奋在她身边窜来窜去，如我所料，素来温婉的母亲并没有责备我，只是摸了摸我的头，然后让我去收拾好行李。我连"嗯"了好几声，回过身留意到依旧在门槛抽着烟袋的外公时，他一个人正歪着身子坐在那里一言不发，我一眼瞥过去时正好对上他的视线，只是一眼我就知道我们依旧一如既往地无话可说，我想我的眼神已经成功地表达了"我终于要离开了"这一想法给这个顽固的老人。随后外公从鼻子里发出一声冷哼，偏过脑袋继续吸自己的烟，烟雾浓浓遮住了他整张脸，也遮住了他的表情。离开的时候依旧没有什么告别的话，除了外婆对我和母亲的嘱咐，外公还是坐在原来的地方纹丝不动。母亲催促我去和外公说两句话，我立刻就皱起了脸。

"要懂得自己该做的，去吧。"

母亲这样说，最后我只能极不情愿地走到这个老人面前，吐出了生硬的话语，"……我走了。"

似乎没料到我会这样做，外公抬起头来，不确定的目光扫过我，而后沉了下去，我以为他会说"滚吧"这类的话（按他的性格我想应该会这样说的），但沉默几秒后他只是沉沉地"嗯"了一声，听不出什么情绪，脸上也没有过多表情。我心里并无半分憋屈，透过那双渗透了光阴痕迹的褐色眼睛，我好像看到了这六年来我一点点长大的身影，又沉默地站了几秒，然后我提着我的行李毫不留恋地离开了。大概没有比我们还要糟糕的外公与外孙女了，那个时候我是这样想的。

这一别就是两年，两年来我只回过两三次老家，每次都是去探望外婆的，而且都是挑在外公进省城的时候回去的。人有时候一旦固执起来就会变得很可怕，那个时候我也并不知道自己刻意的行为已经和冷漠二字没有区别，我只知道从小堆积的厌恶让我不愿再见到外公，哪怕只是一次。我认定了我和他之间隔着即便是血缘也无法弥补的，如同天与地那样的距离。然而或许我早就应该明白，不仅仅是大人总以为自己完全理解孩子的想法，孩子也总是天真地认为自己是多么了解大人的想法。就像外公总以大人的目光来看待我，就像我也总以小孩子的目光来审视他。

所以直到后来收到外公住院的消息我都并没有多大的感觉。因为他爱抽烟，我认为他会患上肺癌也是很正常的事情。只是当时母亲因为工作而租的住房离那家医院很近，于是平日里给外公送饭的任务自然而然就落在了我的身上，起初我还和母亲抗议过一次，这个任务让我感到不耐烦，应该说相当的不愿意，最后母亲只得强行逼着我去做，我屈服了。

听外婆说过外公的情况，在住院之前他就已经非常虚弱了。瘦骨如柴，面容黑黄不带一点血色，还总是喘着气说话，说不到几句就要捶捶胸口，然后继续吸着自己的烟袋，顽固得令人生气。我一度认为这是他咎由自取。

医院里冰冷的药水味蹿在鼻尖，我提着饭煲走进外公的病房，满眼都是白色，连护士的脸都是苍白无色的，让人非常不舒服。找到门号，一进病房我就看到了那个两年都不曾见过一次面的老人。他躺在病床上，白蓝相间的小号病服套在瘦弱的躯体上，就像是用一块宽大的布裹着一条毫无水分的褐色枯木。那一瞬间我生出了陌生的感觉，我觉得我们之间隔了不是两年而是二十年，我也从不知道一个人的衰老竟会来得如此之快。

我站在原地没有说话，外公的目光正飘在外面的天空上，听见动静便回过头来，说道：

"你来送饭了啊。"

依旧是浑浊粗重的声音，掺杂着明显的虚弱与无力。我没有说话，只是将饭煲放在病床旁边的小柜上，又将饭菜一一端了出来，带的中药放在最低层。我开始想是不是我太小气了，因为两年没见着外公了，我竟然还是这么不喜欢他，或许用厌恶更为适当一些。可那个时候我理所当然地纵容着自己的小气，没错，认为自己可以理所当然地厌恶他，理所当然地无视他的话。

我打算等他吃完饭就离开，这样也就不会有不愉快的事情再发生。外公见我没有说话，或许也想到了些什么，然后一个人端起饭菜吃起来。病房里的气氛一时间沉寂下来，只有他慢慢咀嚼着饭菜的声音，偶尔两声咳嗽，喉咙里发出干涩的声响。在这片寂静如死的空间，我不想发出任何声响，只是靠着门，听着门后回廊里护士小姐清脆的高跟鞋声，以此来消磨时间。

一直到外公吃完饭，我都不曾说过一句话，只是默默地收拾好饭煲准备离开。所以当自己被一只黄得发黑的手扯住了袖口时我被狠狠地吓了一跳，差点没有立刻跳开。随后我才意识到是外公拉住了我的衣袖。对于我的反应这个老人也很是明显的一愣，我看到他的目光很明显地沉了下去，他似乎很意外我的反应，可我一点也不意外。因为我很清楚，我不仅仅是厌恶他，还很怕他。

闪身躲过的一瞬间，我从外公的眼睛里看到了这辈子自己都没办法忘记的脸，那是我自己的脸，映在外公的眼底，带着明显的排斥与不悦。一瞬间有种名为愧疚的感觉从我心底碾轧而过，尽管如此我还是冷着脸没有表现出任何情绪。很快外公又重新躺回了床上，将自己的手缩进棉被里。

"你现在学习怎么样啊？"

"还好。"

他突然这样问，我也只是敷衍性地回应道。心里却在想我的学习怎么样都与你无关吧？你曾经是一个教师可你交给我的只是那一串串的粗话，现在又有什么资格来过问我的学习。

"在学校要多和老师交流，遇到好的同学可以做朋友，做事不要逞强也不要太怯弱，别和男孩子走太近，也别和……"

"我知道了。"

我刻意提高音量打断他的话表示自己不需要他的意见，外公也没再说什么，垂眉时神色有些恍惚的点点头，"知道就好，知道就好……"

"再等等……"半晌他从枕头下摸出几张百元钞票时我彻底愣住了，那只瘦得皮包骨头的手拿着那几张看起来还很新的钱，朝着我递过来。可外公的表情是没变的，一如既往的僵硬，声音干涩又沙哑。

"自己要听话，帮妈妈多做点事情，这个钱拿去买自己喜欢的……"

我看着这些钱，顿时皱起了眉："我不要，你自己留着吧。"

"你拿着，女孩子身上要是没点钱的话会……"

"我说了不要。"

我冷下声音，外公突然就怒了，"你怎么还是这个样子！你懂不懂得……"

剩下的话我没有听完，没再看他一眼就直接"嘭"的一声将门关上然后匆匆离开了医院。我怎么还是这个样子？你知道我原本是什么样子的吗？我在心里这样吼道，那些愧疚的感觉也早已烟消雾散，我只难受得想哭，心里对外公的怨恨更是加深了一层。

接到外公的死讯是在二十分钟后，一切都来得那么突然。我提着饭煲回到家时，还没踏进门口便看到母亲神色慌张地往医院方向奔去，她一边穿着大衣一边用电话说着什么，几秒后就再也见不到身影了。我几乎是瞬间就意识到发生了什么，然而无论如何都没有勇气去追上母亲的步子，最后就那样在各种揣测中独自在家里呆了一下午。

于是我人生中参加的第一个葬礼就在第二天开始了。我甚至来不及想清楚自己是否应该哭泣，并非是对外公的离去感到了悲伤，但我知道我的心里确实地难受了，一直到外公下葬时，我都没能弄清楚自己为何难受。看着雨幕中外婆与亲人们忙碌的身影，有带面具的人发出凄厉的哭声，有应和的敲锣声，有亲人们隐隐的啜泣，鞭炮噼里啪啦的声音响彻在山谷，那块新立的石碑仿佛在大雨中被浸染上浓重的清冷灰色……就像一场戏剧，每个人脸上都挂着相差不大的悲伤的面具，都按照一定的流程去送这个老人最后一程，除了我。我把自己不悲伤的原因归咎到外公身上，因为他对我不好，所以我讨厌他，所以我不会为他的离去而哭泣，连下葬时都是站得远远的。

接下来一年又一年的清明节，我看着大人们带着小孩子跪在这个人的坟前，听着他们的祈求，心里却不免好笑。他们要钱，要成绩，要工作，对着这样一堆早已腐烂在地下的尸骨虔诚地说出自己的心愿。那一刻我突然觉得自己很孤独，因为唯独我没有祈求，我深知我无法对着外公祈求。

如今又是清明节，又是同样的人，还少了几个。清明节这一天似乎永远都是下着雨的，远远望去那块石碑依旧孤立在荒草中，碑本身的青色早已褪去，变为淡淡的灰色，甚至被一些青苔覆盖住一角。鞭炮噼里啪啦的声音再次回响在山谷，白色细小的烟雾在青色雨幕中慢慢散开，最后化为虚无。隔着雨幕与人群，我看到了石碑上那几个模模糊糊的红色大字。那是外公的名字。也仅是看到那名字的瞬间，我才彻底地感受到外公已经离开了八年的事实。我又想起那一天的事情了，我想起我拒绝了他的关心，想起二十分钟后接到他的死讯。那个时候我才意识到这个事实，我或许是和他关系最为疏远冷淡的那个亲人，却也是他临死前见到的最后一个亲人。

记忆飞速倒回，我终于清楚地看到了母亲来接我那天时外公脸上的表情。那一刻我才知道，我厌恶着外公，同时也厌恶自己。因为我是如此地怯弱胆小，我没有勇气去原谅一个时刻都面临着死亡的老人，没有勇气去接受他最后那点微不足道却竭尽全力的爱意，没有勇气去明白他想要弥补的心，没有勇气去正视自己曾经的错误，没有勇气承认自己是这么一个自私而冷漠的人。

我已经懂了可我已经来不及了，史铁生先生的这句话对于现在的我来说可谓是刻骨铭心。

时隔多年再次就这样回到老家，站在当年外公所喜爱的那棵樱桃树下，似乎还能听到些什么。除去阳光窸窣，老人的咳嗽声仿佛回荡在另外一个世界里，隔着遥远的光而显得模糊不清，但我明白那里已经只有外婆的身影，正坐在那树下用竹条编织着筐子。我想我大概要用一生来感受这份悔恨。

江湖与梦
——评《老炮儿》

朱梦雪

有老炮儿的地方就有江湖。

电影谢幕，观影厅剧终人散，我尤记六爷信仰幻灭，道义尽负的灰烬味道。

其实这只是一个痞子式的末路英雄挟着道义迎面而来，最终却依然逃不过历史转换的劫数。我不知道自己到底有没有看懂。不过我想这部电影讲的应该就是英雄迟暮，一席长衣一柄长剑游走在已经不是自己的江湖的故事。招式旧了力气小了，局气还在。

《老炮儿》里裹着烟火气息的江湖，其实是老北京胡同里一群老混子最原始的骄傲。他们崇尚规矩，一句"自己惹的事自己圆，自己圆不了的他爹给他圆。"道出了六爷心中的规矩。我儿子划了你的车，老子来赔钱，我错了我赔罪，你害我我豁出命也得讨回来，即使千军万马横亘，也面不改色地前进。他们信奉道义，唯尊严和兄弟不可辜负，一群不讲道理的生瓜蛋子，再不懂规矩，也不能较真。多少官钱相绕的道理，他们不懂，他们只有陌路相逢也仗义出手的豪气。

这个江湖里有两样东西，一是仁义，二是规矩。影片开场，就是"六爷"的规矩打头。皮夹克挂身的六爷教训一贼："拿了人家东西得了，好歹把身份证寄回去。不听，不听信不信你走不出这个胡同。"贼悻悻而去，六爷溜达着回了屋，屋里狭小简朴，透着股高人隐于世的气质。一开场，我险些以为他无所不能。

而城管和灯罩儿的争执，是在中国几乎所有城市里，朝九晚五都在上演的故事。看热闹的人永远不少，结局所有人都了然于胸，路过当看了场戏，偶尔还添把火让情节愈演愈烈，中国人的天性，看热闹的永远不嫌事儿大。

胡同里住着的那位老北京，管闲事的方式偏偏一股江湖气，让犯法的灯罩儿主动上缴"违法家当"，还帮人赔了砸坏警车的钱，又擦着边儿给打了灯罩儿的城管一耳刮子，这事儿在他的价值观里才算两清。凡事得论理，知法犯法不对，损人钱财不对，暴力执法不对，蓄意伤人不对。一码归一码，谁都不能吃亏。花了钱还得罪人的事咱不怕，怕的就是丢了"道义"。

可是突然间这样一群皇城根下长大的人，就成了赤贫的石头，与这个新世界格格不入。

也曾季子正年少，匹马黑貂裘。今老矣，搔白首，还望皇图霸业谈笑中。未曾想，江湖多变幻，世事无常已难容。骑着凤凰永久的自行车，别着钢丝锁，穿梭在北京的大小胡同里，吆喝着打群架的一代江湖混混，就要被开着法拉利的酷炫高富帅给写进历史了。

所以他们开始遭遇尊严被挑衅，自尊被伤害。《老炮儿》里，六爷挨了富二代耳光，忍辱负重回来，琢磨着怎么把儿子的事和耳光的事一件件以规矩的方式讨回来，而从来认怂的老友灯罩儿，则低眉聆听，"不就一耳光子吗？没把另一边抽了不错了，我还抽过我自己呢。"而"六爷"却坚持要以规矩的方式讨回来，这是尊严的堡垒。六爷表面上看起来是个硬汉，实际上也有怂的地方，他怕丢面子，不好意思开口借钱。因为北京老炮儿永远是有底线的道义。电影中的六爷需要为赎回儿子筹上十万，面对病榻上有糟糠之妻的穷兄弟开不了口，迈进生死之交气派的办公室时又不想再提钱，这个时候他不敢辜负自己的尊严。"我你还不知道，有过手头紧的时候吗？够吃够喝得嘞！"闷三儿酒驾招来牢狱之灾，二话不说掏出积蓄，积蓄掏光不够，还需动用自己的尊严换钱。帮兄弟，此时他不得不辜负自己的局气，不愿问自己的能力大小。到了兄弟帮忙，就一再犹豫，一再考虑得开不了口。他们一直活在自己意淫的江湖中，却不知，这早已是改朝换代的岁月，当年规矩的旧时光和局气，早已像被高楼碾压的胡同一样，无处可逃，风光尽逝。

这样的尊严，看起来非常可笑。我们曾在 1989 年的《本命年》里，通过姜文扮演的劳改释放者李慧泉熟悉过这样的人物。冯小刚饰演的六爷可能到了又一轮倒霉的本命年，穿着皮夹克，走出被自己鄙夷的富商办公室，在斥责了一圈以冷言笑语围观跳楼秀的朝阳群众后，心脏病发作，瘫倒在冰凉的路面上。"这不是刚才那人吗，不挺牛逼吗？装的吧，这叫碰瓷。"导演管虎没有塑造一个绝境反击的英雄，而是自嘲般地将他们这批老炮儿，弄成一个个虎落平阳依然要撑住颜面的可怜人。

以前的规矩像个笑话，抱持着老规矩的人更像个笑话。在那座停放着豪车的改装车间里，打砸一气之后，闷三儿哭着对"六爷"说："我就操他大爷的，咱什么时候受过这个，真他妈憋屈。"是啊，这不是你们的时代了。人生最痛有二：心有余力不足和生不逢时。这两个，六爷赶在一起了。他爬在许晴身上，突然就不行了，许晴饰演的"话匣儿"与"老炮儿"六爷的秒完激情戏，就是身体机能上的举白旗。他用自己的办法想铲事儿，突然也不行了，他的社会意义也被铲碎。他成了个废人——生理意义上和社会意义上都是。

"老炮儿"其实是上一代父辈祖辈一个豪气的武侠梦，他们仗义，他们侠气，他们爆着粗口，却完成着无数小老百姓的幻梦，他们挟棍带棒，却维护着简单朴实的，胡同里的规矩。可是他们却不再适应着历史的潮流，新的"小老炮儿"嘲笑着他们的局气，变着法儿地给他们难堪，一步步告诉他们，权钱才是规矩，达官富商才有资格谈道义，而他们的时代随着历史的巨轮滚滚向前，再不是他们这一辈的天下了，再不是他们锰钢自行车和皮夹克风云的年代了。可是老旧的，规矩的，被碾压，被摧毁的，却是我们一直以来渴望的，追求的，是啊，多么可笑又可悲的反差。我们总是一边缅怀一边扼杀。

电影的最后一幕，六爷的奔跑，在颐和园后门结冰的野湖上挣扎站起，抡圆了军刀，抖落着汗滴，不顾结局地杀向敌营。感谢窦鹏催泪的配乐和罗攀的情绪摄影，掩住了本该气喘吁吁的声响和疲态尽现的真貌，撑住了尊严，放纵了骄傲。我们都知道故事的结局会是怎样，却还是放纵他一往无前地捍卫尊严，所有人守在冰湖的这一端，看着他由近及远的背影，我们在等他，等他再一次完成我们的江湖梦，可是我们明白，这样的桥段即使在电影里也无法重演了，所以导演管虎高明巧妙地让我们梦想幻影的代言人"六爷"，心脏病突发，倒在一望无际的冰湖上，不让他单枪匹马的悲壮成为不自量力的笑话。所以，以这样的方式归去，也许是对胡同里扎根的"老炮儿"们最好的尊重。

监狱的大门缓缓打开，一群北京"老炮儿"们脸扬着笑意，手打着绷带。六爷的兄弟们尽管都将老去，但兄弟有难，他们仍旧义无反顾地为了兄弟之情去战斗，去铲事儿。六爷"老炮儿"铲事儿规矩是一码儿归一码儿，检举贪官与解决儿子的事不能归为一码儿，六爷迎战的同时，检举证据也一并寄出。这样的一群老江湖们终究是以自己的方式，用自己的规矩维持着自己的兄弟义气，自己的江湖信仰，自己的江湖规矩。导演管虎正是用这样的情节处理来突出了"老炮儿"们的规矩，电影落幕，我没有落泪也不难过，我姐问我有什么感觉，我笑："唯尊严与道义不能辜负。"是谁说过，虽千万人吾往矣，即使死在江湖里。

因为不会胜利，所以不必看结局。

年 头

蒋 倩

老刘，他是我老家南乡的近邻，也是幼时的伙伴，老头子，算来也七十多岁了吧。

我常年随儿子住在周安市，很难回来几次，好容易回来一趟吧，匆匆地又走了。稍微待得久一点，也只有春节。虽说常年在外，要论过年的味道，自然还是农村老家浓厚得多，走亲访友也便宜。照例，今年我还和儿子儿媳妇一起回村过年。

我是在乡上的露天市场遇到老刘的。他变化不大，和从前一样，依旧戴着那顶扑满灰尘的旧皮帽，帽沿里始终装着半截揉断的烟，穿着不知道穿了多少个年头的破袄子和里面脱了线的手织毛线衣，黑黄的脸皮松垮垮的，脸上身上都没有多的肉。坐在墙边燃着一支烟，面前摆了一摊菜，青苗菜，很新鲜。我满怀欣喜地朝他走过去，待越来越近时，他也感觉到有人走过来了，抖了抖手上的烟灰，抬起头来瞥了一眼，再定睛一看，短暂的一愣，他木木的眼睛里流出一丝光彩来。"啊！老哥，你回来啦"，他比我先开口道。"是啊，是啊，想着也许久没回来了"，走近再看，他额头上岁月的刀痕更深了，头发和胡渣也白了许多，我心里不免凄然开了，"老兄弟，怎么……今天还卖菜么？"他的语气倒和从前不差"不卖菜，吃什么呢，眼看就过年了，趁着菜价高"说着轻轻叹了口气"唉，东西贵啊"。我知道，我知道他有一双儿女，早年就分了家的，儿女的文化水平都不高，挣的几个钱是汗水里浸出来的，土地里刨出来的，和他一样，没一个铜子儿是轻松拿的。那些年，谁不是呢，我们这儿有这样一句话叫"面朝黄土背朝天，腰杆弯成箩篑圈"，这句俗语已经写尽我们那代人的一生了。我心中的凄然又添了一分。

外面冬风一下一下地划，刀子似的，老刘裹了裹破袄子，竟"空～空～"的，长长地咳嗽了起来。他的齁病，我其实也是知道的。然而出于关心，也出于客套，我还是问了句"老哥，咋了？"他只说了一个字"齁"。唉，我明明是知道的。咳了几声，稍微缓和一些了之后，他熟练地将快要燃尽的烟往地上一按，再用黑黄的指甲一掐，顺手把剩烟头塞进帽檐里面。他的头向上仰着，脸上露出既幸福又带了些凄苦无奈的复杂神色来，良久，他缓缓地开口说"想小时候日子也苦，我们还一起捡过干牛粪，可是现在……"他扫了一眼我，目光停在了我的厚厚的眼镜片上。倏地，不知为什么我愧疚起来了，尽管我没有什么过错，只是在这样的对比下，我又似乎有了什么不可言述的罪过。我支支吾吾地说"对……对，一起捡过呢……啊！对了……你家的老牛还在么？"他径自笑起来了，"牛么，牛死掉了。"他说得很平常。这头牛跟了他很多个年头，农民对于牛的情感往往是极深厚的，而刚才，从他的口气中，连惋惜的意思都没有听出，这是让我惊异的。"不心疼么？这样的好牛。"我的声音莫名地低了一个调。他转而摆出一副不悲不喜的模样来，"总会死的，它是这样，我也是这样"。短短的停顿之后，他接着说道："忙过它该忙的季节，也还悠闲。变人还不如变牛啊。"我再接不下一句话，我只发现，自打我来到他面前与他寒暄至此时，都没见一个来买菜的，而前面的从外地拉来的长得齐齐整整的大棚蔬菜，它们那边来来往往，挤满了人。我想走了，不是不想交谈，这样的尴尬气氛谁待得下去呢？他们说我是命好的人，而他们自己是苦命的人，他所坚信的命数，在我们这把年纪，越来越清晰也越来越缥缈了。

走吧，走吧，再见了，老刘……或者老牛！

枯萎的时光

黄泽东

抓不住的还是时光，太娇弱。抓得太紧，一不小心就会把它捏破；放得太松，一不小心就会从指尖滑落。

天边的亮光就像预警灯一样在时刻提醒自己，而这种已经被破坏了无数次的规律只是一种形式罢了，不知道抓紧时间还是放纵自己，如此浑浑噩噩地度过了大半的时间。想起以前的自己总觉得好笑，给自己规划得太好，最后在实际面前都那么容易破碎，甚至不能拼凑起来。这几日，整座城市似乎被烟波江感染了，没有了生气，他们似乎也习惯了这种病态，在淫雨中惺惺作态。最可恨的是我竟然被这种高浓度的酒精灌醉，然后拖着快要腐烂的身躯在大道上侥幸地奔跑，还好，还好我还能跑。窗外的那几株树人，发出嘲笑般的细碎声，我恨不得爬上去将它劈断，即使会从很高的地方摔下来！糊涂的影子渐行渐远，被拉扯得越来越鬼魅，拿起高脚杯独自一人慢慢品味，不想和他们共饮，怕弄坏了优雅的高脚杯，独自一人虽达不到李太白那种忘我的境界，也没有那样的闲情逸致，更没有那样的月光。我是陌生人，穿过陌生的城市，在微亮的道路上期待与明天相逢，尽管不知道明天是否是黄道吉日，就算为了那简单的一日三餐也要驱动运转起来吧。白水冲了红酒，说不上什么，只是一种温淡的兴奋。最初的祈祷，似乎真的变成了最初。

在充满怨气的呼唤声中撬动了覆霜的剑眉，破开了狰狞的眼神，绞醒了驱牙吮血的恶灵，将旭日活生生逼出天边，继续重复着看似漫长却又短暂的琐事。在腐烂的树干上却生长着明媚的阳光，当你走在似亮非亮的寒路上时，可能会看到它在对你微笑，诡异、妩媚地笑，像极了画着浓妆的小丑，但它毕竟只是单纯地笑啊！双脚就像走在岩浆铺成的路上，被粘着抬不起来，看着鬼魅们有说有笑，惹得自己一直低头叹息，每当这个时候定格在人海里面，时间暂停在起风的瞬间，顿时像被冻僵的僵尸，就算灌入滚烫的水银都不能苏醒。寂寞是因为在思念谁，而痛苦又是为了忘记谁？那池水里的染色体不仅改变了生命，将这池水也抢占为自己的领地，肆意妄为地改变着它的颜色，而见证这一切的竟然是冰冷的企业家，它将资本一点一点地垫起来，踩在脚下，站得高高的，在一旁抱手看着池水，而它的能力早已可以遮天蔽日，将太阳的能量窃取，然后在见不得人的时候拿出来，可笑的是人们还那样膜拜它！在它的裙摆下摇曳着身姿，嘴里还吵着闹着这强光太亮，晃得睁不开眼睛，再活生生地强加到微笑的旭日上。在人为划定的公式里进行着演化，有时也会来点变异，却总是被强硫酸融化，回到原来的变化轨道。当然，总是需要能量来驱动，漂浮在海上的浮游生物就是不错的选择，因为不善水性，只有潜伏在浅海捕食，但至少还算捕食者，若是哪天沦落为被捕者就只有回忆罢！生产浮游生物的工厂美名其曰一切为了顾客，他们很懂得换位思考，更懂得利益互换，而那棵长阳光的树，就是他们的 VIP，常年得到他们的照顾，生长得油光满面，若哪天不幸被火化，可能会流淌出一大片非转基因油吧。和煦的阳光终于挣脱了黑夜的缠绕，重上枝头点着头微笑。在他们心中，祈祷似乎若隐若现。

初生的太阳是那样地脆弱，它的温度还不及煮肉的炉火散发到周围空气的余热。但它带来更多的是光明啊！它没有企业家那样高傲，但它可以默默地播撒种子到达企业家们深入实践也无法企及的地方，而他们似乎需要更多的温度，而它迫于窘态，拿不出太多珍馐，他们都需要它的温度来猎杀那些可恶的病菌，而这一愿望似乎只有落空了，因此免不了遭受他们的抱怨。那些寄生在他们皮肉里的菌体却更加活跃了，它们不断地发酵，腐烂了他们的思想，让这种原本用大脑思考的高等生物向行为动作方向转变，而他们只在口中吐出了一股戾气，就此托着没有灵魂的躯壳一路向前。无奈甄宓在洛河对岸呼唤，甚至来不及整理就慌乱出发，终于见到她，她是那样地美好！柳叶俏眉，丹凤美目，面若清风，手若柔荑……然而此时在他们的眼中甄宓就是阴险狡诈的鬼蜮，却无奈要受她的鞭策，甄宓以曲伴舞，却得不到他们的赞赏，教她如何逃脱那哀怨的牢笼？看看那牢笼吧，已经布满了青苔，但在她眼里，那是生命的征兆，那脆弱的晨曦赋予了她生命。微弱无力的晨曦融化了青霜，而他们！行尸走肉般终于能够在空虚里沸腾了。而这，不是开始，更不是结局。此刻，他们祈祷黑夜的到来。

黑夜渐渐压了下来，清风被吓得四处逃窜。那湖底的污泥也变得不安起来，在湖里剧烈地翻滚着，染黑了整条湖水，不时散发出让人眩晕的气味，而它似乎还不甘于此，在黑夜的压迫下发出诡异的声响，但他们并没有太关注它，因为有更热烈的磁场在吸进着他们——那散发着五彩光芒的"刺猬"，一道道神秘的色彩透过他们的瞳孔，直接麻醉了他们的中枢神经，他们在麻醉中寻找着快感，却也给了那一道道尖刺透过皮肉，直达心肺的机会。等到他们清醒后会不会感觉得到疼痛呢？以前的黑夜是那样地"霸道"，可以湮没一切，而现在的它不得不屈服在企业家高傲的铁蹄下，它被蹂躏得发出凄惨的声音。拥挤里的孤寂，热闹里的凄凉，使我像许多住在孤岛上的人，心灵也仿佛一个无湖畔的孤岛。终于，黑夜在这种纷繁中得到了解脱，而他们也蛰伏待机，祈祷下一次的到来。

天空飘起一场策划已久的雨，它是那样地温柔，却又是那样地冷血！它停留在他们身体上，时间久了就能听见皮肉腐烂的声音……

雨停了，他们肌肤上的痢疾已经不见了踪影……

醒来时，发现窗外的雾在嘲笑我，想要伸手去抓它，却只是徒劳。

陪你走过甲子岁月

旷艳梅

"拥西林，抱沱江，大千书画乡。东城水碧智者乐，北郭青山仁者康。四方才俊聚一堂，桃李正芬芳。求真知，路漫长，莫负好时光。铸就铁肩担道义，练成妙手作文章。知难行难创业难，吾辈当自强。"这是一首只属于内江师范学院的歌。它反映了内江师范学院的地理位置和环境，展示了内江师范学院的辉煌成就，同时也告诫内师学子生活不易，我辈当自强。

"拥西林，抱沱江，大千书画乡。东城碧水智者乐，北郭青山仁者康。"这句话说的便是内江师范学院。内江师范学院坐落在历史悠久，环境优美的甜城内江，又位于甜城湖畔。甜城湖——沱江，像一条青丝翠带，飘荡在内师旁，见证了内师的成长，见证了内师六十年的风雨历程与辉煌成就。

内江师范学院是由 1956 年的内江师范高等专科学校和原内江教育学院合并建立的省属本科师范学校。

似水流年，今年是内江师范学院的六十周年诞辰。回首六十年风雨历程，内师创造了一个个丰硕成果，正如"四方才俊聚一堂，桃李正芬芳。"六十年光阴荏苒，内师早已桃李满天下。例如在文学创作方面造诣颇深的黄济人、杨继仁和傅恒。他们都是国家一级作家；在艺术方面，有著名画家曾传兴，他是胡润艺术榜上最年轻的画家；作为一所师范学院，内江师范学院在过去的六十年里培养出了许多优秀的教师，他们被誉为"一线标兵"，例如张力、卢忠泽老师。除此之外，在六十年的风雨历程里，内江师范学院在教育建设和学术研究方面也获得了巨大成就。据 2014 年 4 月学校官网显示，学校先后建成省级精品课程 19 门，省级人才培养创新模式试验区一个，以及获得省政府优秀教学成果奖 16 项，其中一等奖 2 项……

回首过去，内江师范学院缔造了一页又一页辉煌的篇章。

然而，俱往矣，数风流人物，还看今朝。

"铸就铁肩担道义，炼成妙手做文章。知难行难创业难，吾辈当自强。"今天的内师已经六十岁了，然而在甲子岁月，她依旧走在教育前沿，积极推进教育改革。作为内师学子，我们又怎敢放慢自己的脚步呢？脱离内师的轨迹呢？辜负自己的青春呢？我们应当铭记校训——明德博学，笃行创新，丰富自己的精神世界，提高自身的修养境界。陪内师走过甲子岁月，让我们铸就铁肩、炼成妙手，再创内师辉煌。

风风雨雨六十年，你早已桃李满天下。今年是您六十周年诞辰，愿陪您走过甲子岁月，让时光刻下我们的印记，让你的史页里留下我们的足迹。

回首岁月，你已桃李芬芳；

再观当下，你仍努力前行；

展望未来，你将流光溢彩。

六十年甲子诞辰，愿您沐浴改革春风，再掀教改浪潮；愿您吹响时代号角，争创一流学校，让莘莘学子感受明天的希望，祝您在历史的沧变中更逾馨香，更上一层楼。

陪你一起忆往昔峥嵘岁月；

陪你一起望未来美好时光；

陪你走过甲子岁月，共庆甲子诞辰。

做一只刺猬或一条鱼

李 苗

你最想做什么动物？女孩子们可能会回答小猫小狗小兔子，以及一切与可爱这个字眼相关的动物。她们心性相仿，不谙世事，天真无邪。我猜大多数男孩子都会回答猛虎、雄狮、苍鹰、骏马吧，勇猛矫健，高大帅气，酷劲十足。

但是我想做一只刺猬或一条鱼。

我经历过呼朋唤友的热闹，也感受过倚栏凭窗的孤独，可我从未像现在一样迷惘。都说越长大越孤单，越长大离自己越远，最后远到此生恨不能相见。做一只刺猬，我有坚硬的软甲，我也有柔软的肚皮。真实，就是痛了就叫没有隐忍，爱了就说没有顾虑。做一只刺猬，敢爱敢恨。

也想做一条鱼，七秒一过就什么都忘记了。有人告诉我鱼的记忆只有七秒，七秒过后所属之地就又是一个全新的世界。

渴望做一条鱼，在倚年流影里找到自己的河流或大海，在清流中做一条鱼，自由自在的呼吸，没有欲望就不会上钩，心情如山溪的清寂，像山花那样漂着，像落叶那样沉着，任意的石缝都是坚固的家，那是自由自在的全部含义。

我想做一只刺猬或是一条鱼。

他 说

李 双

他说，一起去种一棵树吧，浇水、除草，再等着它开花和结果。

他说，一起去看月亮爬上来吧，挑一座大山，再等一场天晴。

他说，一起说一世的情话吧，说到我们变老，然后死掉。

后来，小树苗还没来得及发芽和开花，陪我等结果的他却不在了。

后来，还没等挑好大山和天晴，月亮却自己爬上去了。

后来，我们还没有变老，我只知道，他不再说话了。

莲花与尘埃

罗　佳

"《莲花》在 2006 年出版，读者反映热烈，使它十分畅销，同时它又是一本被默默流传的书，很多人并不知道该对它说些什么。它如同我出版过的每一本书，表面热闹至极，人来人往，内里却总是孤僻。"安妮宝贝在序言里如是说道。我读完此书后，受到极大触动，但又确像作者所说，不知道该说些什么。

《莲花》是一部小说，有三个主人公，都是这个世间的边缘人。孤独的旅行者纪善生到了拉萨一个老旧的旅店，遇到了寄居在旅店里的年轻女子庆昭。她曾是一个小有名气的作家，在西藏养病，也在西藏避世，因为喜欢有荒芜感的粗糙的城市。她在北京几乎是离群索居，闭门不出，没有朋友也没有恋人，没有参加过任何社会团体，不属于任何集体。除了出版商之外，不与任何人发生交集，在阅读和旅行中打发漫长时光。

善生到西藏的目的是到墨脱去看望阔别多年的儿时伙伴苏内河。他们生长在一个南方小城。善生是一个优秀而寡言的男子，父亲早逝，由当中学语文教师的母亲抚养他长大。母亲对他要求极为严苛，最终也如愿把他培养成了一个严谨成熟，一丝不苟的人。从小成绩优异，清华毕业后进入资力雄厚的家族企业当高管，稳重地拒绝那些追求他的优秀女子，到二十四岁的时候觉得已经到了恰当的年纪，便答应了企业千金的求婚。尽管内心世界封闭，但他一路上走得极为顺利。他唯一的朋友是苏内河，一个命运多舛的女子。

内河出生在一个偏远的渔村，母亲生下她之后便远走他乡，她没有听到过关于父亲的只言片语，一直寄居在舅舅家。舅舅经商，对她温和慷慨，她的生活富裕安稳，但是寄人篱下也造成了她的自卑，构建了她隐秘羞耻的精神层面。虽然内心充满对爱的渴求，但是她不爱与人亲近。善生也是她唯一的朋友。缺少来自家庭的管束，造就了她不羁放任的性格，使她成为一个众人眼中的坏孩子。中学时引诱中年美术老师抛弃妻子与她私奔，在社会上引起轩然大波，她却最终被抛弃，声名狼藉。她和善生一起走过整个少年时期，经常在善生的房间里与他彻夜长谈，但两人之间的交往无关乎爱情，只是简单而深厚的知己，两人可以在彼此的面前流泪而不觉得羞愧，两人分别后也一直保持着书信联系。

庆昭与善生结伴去墨脱。当时墨脱不通公路，只能徒步进入。层峦叠嶂如同画卷展开，他们穿行在终日被雨水浸淫的原始森林，翻过巍峨陡峭的山，穿过幽深的峡谷，如朝圣者一般终日行走在苍茫的天地间。那时是雨季，这里本就是地质活动频繁的地带，加上雨水冲刷，两人在途中险些因为塌方丧命，还要抵御蚂蟥的侵害，天黑时只能在背夫休憩的简陋木棚里休息。一路上善生为庆昭讲述了关于内河的种种。她被美术老师抛弃后精神失常，高三休学，在精神病院住了一年，恢复后离开了家乡，开始了旅居生活。在喜马拉雅山南麓的一个国家做摄影记者，靠微薄的工资简单度日，又辗转到巴黎，做布料设计师，和一个男子闪婚之后又闪离。一次偶然的机会，去西藏出差，于是决定在墨脱做乡村教师。两人终于历经艰险到了墨脱，但是却再也看不见内河了。原来善生在两年前得知内河在一场泥石流中丧生，过了许久，才抽出时间来履行诺言。他答应了她，要到墨脱去看她。

关于死亡，书中还记叙了善生父亲和内河父亲的死。安妮宝贝如是阐释："死亡比生命更容易获得机会，……但是很多人蒙住眼睛，以为自己会一直无损而长寿，甚或不朽。他们相信自己的手里永远都有时间，可以肆无忌惮，做浪费和后悔的事情。总是以为能够再次获得机会。"书中的人仿佛都没有真切探寻过生命的意义，从世俗的眼光来看，他们都活得漫不经心。但是庆昭会在清晨按时熬煮中药，内河因为对爱的渴求飞蛾扑火般地与美术老师结合，善生悉心地照料妻儿，虽然最后还是以离婚收场。他们是在这个世间身份孤立的人，内心暗涌，闷声不响，如同被流放的角色。但是他们忠于自己的内心，一直与自己的内心较量。他们身上有道家超然物外的某些气质，但依然有所待。一面莲花，一面尘埃。

墨脱在藏语里的意思是"莲花隐藏的圣地"，善生和庆昭的这次旅行，在生与死的边缘徘徊，生命的所在如同一束微光，尽管孱弱，但也一直在闪烁。

将生命小心翼翼地捧在手心里，真切地知道生命的重量，这来思考来路与归途，会比之前的任何时候想得更加透彻。其实每个人的人生中都有一段这样危险的旅程，面临很多困扰，但是实质性的问题是"世间的繁荣昌盛如此沉重，而人在内心的荒凉里面该如何自处"。善生和庆昭到达墨脱略作休整就离开了，庆昭后来隐居在大埕，住在海边的大房子里，和当初病时照顾她的男子结了婚，育有可爱的孩子，生活悠闲安适。没有交代善生的去向，不过读者也可以想象，像他这样温良富有的男子，大概会再找一个端庄贤淑的妻子，与他一起侍奉母亲。小说的最后章节叫"花好月圆"、"殊途同归"，在最后，他们都对命运妥协。

人的本性是一朵莲花，每个人无时不刻不在努力绽放，但是穿越俗世人海的路途上难免沾染尘埃。这就是命运。儒家有遁世之说，但是遁世需要入世，平静需要付出代价，就像庆昭在隐居之前努力工作，从未懈怠。观照于小说，我们会看到自己暗的存在，尽管卑微，但是可以选择行走，抗争，思考，或是被毁灭。这是人的荣耀。荣耀与痛苦，莲花与尘埃，一面光洁，一面黯淡，两者调和，才能获得人生的冠冕。

满满的全是你给我的爱

兰浩坤

这个世界就像是一个面具馆，每个人戴的面具都有所不同。似乎能够明白了有时我们出于一种对亲情，爱情，友情的关爱与自私，必要时还必须戴上一副面具。

——题记

一直以来我认为你不是一个称职的父亲，作为女儿，现在的我已惭愧到无话可说。坐在电脑桌旁，我拿着唯一一张用手机拍下的全家福发呆，回忆昨天的种种，好想用此刻的心情重新经历一遍那些与你的日子，我保证不再伤害你。

我的记忆中没有你的影子这是不争的事实，我讨厌同龄小朋友在父亲怀里躺着撒娇，哭闹，我觉得矫情的同时开始讨厌你，恨你。我认定自己是没有父爱的笨女孩，在自卑中我不断内向，不断偏激，不断学坏，当我变成坏女孩用数不尽的错误来刺激你时，你只是"意味深长"地望望我，不说一句话。为什么？我认定了你是个不爱女儿的坏男人。

那年冬天你带回来了一个小男孩，随之而来的流言便是你公然带私生子回家。我不懂却叫他野种，我每次和他打架他都挂彩，当一天他手上全是我的牙印时你平生第一次在凶我之后打了我一巴掌。原谅我忘记了疼痛，却想着原来爸爸生气是这样的，原来被爸爸凶、被爸爸打是这样的，之后我蛮横地撞开你，把他推在地上骄傲地走开。可是你却不知道那晚我在被窝里哭了整整一夜，我在用各种方式引起你注意的时候，你却为了"私生子"打了你的亲生女儿。村里小孩知道后我便在嘲笑声中不断向她们动粗，白天她们被我打，晚上我被妈妈打的岁月我已不堪回首，定格在记忆中的只有小腿上一条条"暗红中透着黑紫色"的鞭子印迹，我只想逃离。

好久我都以为初中、高中六年是我最自由的日子，我为了避开你，选择六年的住校时间，我强迫自己不再爱那个不爱我的你，因为我觉得你就不适合做父亲，你没有资格。我亲手与你拉开六年的距离，六年，我们是有交流过一百句吗？我都不清楚。我只知道这六年我在逞强中渴望，你却未曾进来。

所以我不知道我之所以能进入重点高中是因为你花钱，你托关系；我不知道你终年不归也是为了给我一个像今天这样更好的明天；也不知道"你的私生子"是你朋友的孩子，因为你的朋友不幸去世，你收养了他，你打我更是因为你希望自己的女儿不要无理取闹，那么蛮横不讲理，至于你为什么不给我解释"私生子事件"已不再重要；我更不知道你是想用你的教育方式来教育你的女儿。我是真的不知道啊，却在骨子里爱你。

当现在的我能够独立成长、独自面对、独自解决生活困境时我才发现，原来你是这般爱着你的女儿，你让我逃脱了恐怕已"为人妇"的噩梦，现在坐在大学的殿堂里接受文化的熏陶，知识的洗礼。

我开始心疼，心疼自己，心疼你。

你是有多大的勇气看着自己的女儿"独自一人"在人生中行走，你所戴的面具是该有多沉重，你是有多辛苦；当你戴上这副面具看我时，你是有多心疼！心疼你，心疼我。

所幸，一切还来得及！

那个普通的女人

宋 扬

我永远都记得那个瘦小的身影，夕阳下，背影……和她的距离越来越远，触不可及……

整个房间都空了，她的话语就像蒸发了一样，有时候仿佛会听见她不厌其烦的唠叨，在床上，在客厅，在厨房……找遍房子，然后心里空荡荡的。

小时候我和她的关系一直很好，她这一生最爱的就是钱了，每当她从外面卖完气球回来都会从她那旧旧的篮子中掏出好吃的，有时是烤红薯，有时是冰糖葫芦拿纸包着，我看着那红彤彤的一个个穿起来的山楂都会发出盈盈笑声……下午闲时拿着椅子坐在院子里陪她晒着太阳，这时的她会唱着歌修剪着院子里的花草，不时从土里挖来蚯蚓给我玩，我很乖不哭不闹，陪她整整一个下午。晚上睡觉的时候总是爱躺在她的手臂上，她把我搂在怀里给我讲一个个不知道什么时候就开始流传的故事，我在她的怀里很不听话，小脸拼命地向她身上拱，用尽全力抱着她嗅着她身上的味道……

不知道何时我们之间有了隔阂，越长大越不听话，她每回都会说我，我的学习越来越差，她对我说话时笑容越来越少只有那紧锁的眉头和唠叨。我慢慢地不喜欢她了，开始讨厌她，终于我和她之间只有简单的交流，不会在她怀里撒娇，她也不会给我讲故事了，总是在梦里我看到她，温柔的她……

从医院回来的她吐了一下午，家人都很高兴，他们说她只是患普通的疾病过一段时间就会好，但是气氛特别微妙。

病床上的她面如菜色，她瘦了。我经常回去看她，她开始对我笑了和我聊天，我们的关系好像又回到了从前……

墓地上放满了鲜花和泪水，还有她的照片，那标志性的微笑和包容一切的眼神，鞭炮声和哭声此起彼伏，面对我的只有冰冷的坟墓……

我的奶奶，一个善良的女人，没有一点知识却懂得我不知道的大道理。一辈子没有做过坏事，最后病痛也没有折磨到她，走得很安详。

七年了，离开我已经七年，我只能依稀记得你的容貌，但是你的微笑我永远印在我的心里，现在你的孙子我已经长大，考了大学。我想你知道这些会很开心吧，我没有辜负你对我期盼，你可以开心好久吧。

夕阳下我走得很慢，你看着我笑，笑声伴我长大……

那一天的等待
——临江大端午

黄建容

古人多临江，寄万千思绪于江涛。泸州小小地方"临江"，因毗邻长江得名。虽不出名，但它的烙印却深深地刻在临江人民的心中。通常，每年农历五月十五是临江的大端午，这一天骄阳似火，烤得梧桐的树叶弯下了腰。但今年却也奇怪，天气格外温和。

生为临江人，与临江在一起的日子却不多了。不过老樟树替我见证了一切。田野上孤独的老樟树有多少年在等待，有多少年在哭泣，心里总暗暗地问："你为什么要走？你什么时候回来？大端午！大端午！大端午！"

老樟树经历了太多的风雨，长得粗壮极了。瑙爷爷和莘织生长在上面，吸收着老樟树的浆汁，讲述着自己的心事。他们也不知道是何原因，自己竟能躲过风雨依然存在？不过瑙爷爷和莘织相信，答案在于他们对临江大端午的深深情意。瑙爷爷身形瘦癯，光秃秃的；莘织则郁郁葱葱，苍劲有力，朝气蓬勃。一年又一年的冬天到来时，莘织总是鼓励瑙爷爷说："爷爷！明年会好的。"

在清冷的夜晚里，瑙爷爷遗憾地说："我……我不行了！"

"为什么？"莘织问，"没有你，我什么也不知道！"

"是的，乖孩子，我会坚持的，可我真的快……"他坚定地强撑着身体，动了动，感觉悬空了一样。

"爷爷，明天快到了。"

"莘织，爷爷也不想这样。你看，这临江镇的屋檐下筑的燕巢，屋顶上的琉璃瓦虽有些破碎，但它还在散发着古朴风味。即使它很久没被看见了。那一天，可人们还记得在屋檐上挂上大红灯笼，还是会吃粽子。祝愿明年吧！"说这话时，瑙爷爷心中的苦水翻腾着。

冬走春来，百花争艳。久之，春逝夏来。今年虽是夏天，却不像。风调雨顺的，没了烈日的踪影。

"逝者如斯夫，不舍昼夜"，大端午又快到了。突然，瑙爷爷、莘织的神经被弹了起来，听见赶早市的人说："听说今年有人投资，把端午办在临江了，说是有拔河、踢毽、抽奖、跳绳……最重要的是还有划龙舟，那天可得早点来。"笑呵呵地走了。

瑙爷爷激动了！莘织激动了！久久地，望向天空，祈祷着。

夜幕降临，甜甜地进入了梦乡。

"咚，咚，咚咚……"震耳欲聋。睁开眼的那一瞬间，它们看见：一个乐队整齐地排列着，像阅兵式一样，指挥官在前面庄严地领路向古镇右拐去。左拐处是一个由五张四脚固定的木桌子搭成的一个高台，大约有一平方米。高台旁边静静地躺着一条龙，还有一个戴着和尚头套，手拿龙珠的人不知在干什么。一旁的坝子上站着十来个穿着黄衣服，系着红腰带的壮年，准备就绪。"龙狮舞起来，龙狮舞起来……"伴随着口令的响起，十几个人如箭般来回穿梭，苍龙飞在天穹。穿越古镇正中央时，鞭炮四响，周围烟雾缭绕。突然，眼前一晃，它爬上高台望向古镇。

比赛，激烈地进行着，呐喊声源源不绝。道路水泄不通，行人比肩接踵。

就在这喧闹中，微风吹来，瑙爷爷眼中略带一丝遗憾，在奄奄一息中悄悄地离开了。莘织还全神贯注地眺望这胜景。心想："虽不如从前，也是有韵味的。"回头时，愣着……

莘织担心的事情还是发生了。但既来之，则安之，莘织默默地想："我定替你看尽临江端午，云卷云舒，直到生命最后。"其实莘织还是很害怕的，害怕他像以前那样悄悄溜走，留下一片古镇，说不尽的思念。毕竟我们太渺小了，不值一提，即便是大多数的恳求也不值一提。那一天的等待又不知有多久。

你我终将行踪不定

陈镜西

"请你，驯养我吧。"

狐狸忧伤地说着，只要你驯养了我，我们将会彼此需要。你对我而言，就是世界上独一无二的了，我对你而言，也是世界上唯一的了。

遥远星球上的小王子有朵快要枯萎的玫瑰花，他带着它执著地流浪在天际星辰中。直到玫瑰凋零，小王子看着空落的双手，叹息道："我还是留不住你了。"

我还是留不住你了，尽管十分十分地不舍。

小王子只有这一个愿望，可它还是陨落了。而我们的一生要执著追寻的东西太多，要极力挽留的太多，即将失去与正在失去的也太多。所以到了最后，也不得不勉以安慰自己，"啊，没事，我也是曾经拥有"。

但那些在深夜里辗转反侧的情绪又该用怎样的语言来述说呢，想起往事，眼泪辗转成歌，如同想起你时总是察觉有微风吹过，窗外的树仿佛又抖落了一地的悲伤。

曾想让在意的人就像生于我血肉体肤的莲花，永伴我身侧，无论四海之远，五洲之阔。一起跨越生死和时间，到达同时湮灭的末日之终。

但人生太多甘苦，一段旅程中有人一直陪伴，有人独自上路，有人半途下车。

没有爱的人，身边纵然热闹蜂拥，从人潮如流的中央穿过，终是寂寞不去。有爱的人，孑然一身浪迹天涯，穿风踏雪，却心怀温暖从不孤独。

很可惜的是，千帆过尽的坎坷以后，我们还是会在时间的洪流之中走丢。

这其实多么令人难过。

依稀记得有一部影片里，相依为命的姐妹在贫困区艰难地生存着，在夕阳的余晖映红旧篱墙的时候，姐姐摸摸妹妹的头，说："你等我，我去找吃的，很快就回来。"

但她最后并未回来。

影片里的妹妹眼眸清澈，瞳孔映着这个城市的倒影。她永远不会知道，她的小姐姐倒在血泊里的眼神是有多恋恋不舍，她心里的牵挂是有多么浓烈。在她闭上眼睛晶莹的泪花掉下来的那一刻，从此天上人间，再也没有深情。

"你没有如期归来，而这正是离别的意义。"我们可以一起长大，被喜欢的人轻柔地摸摸头，但岁月却不解温柔，留在原地的人注定被遗留。

可是那些内敛含蓄还没来得及说出口的温柔要怎么办呢？

怕酝酿得不够久不够香甜，怕不够让你酩酊大醉，怕不够入你的眼你的心。

夜深的时候，或许迷迷糊糊你会听到熟悉的呢喃在耳边：

即使我们终将千帆过尽，即使我们终将行踪不定，可是我愿意。

亲爱的朋友，我不怕这一途要去的地方有多遥远多艰难，我只怕途中无你相伴，无你解忧。

我想要苍茫月色笼罩大地，

我想要一场未知的痴狂和声色的张扬，

我想要一颗更大更亮的太阳，

我还想要你。

你在期待什么

兰浩坤

最近的梦很多，总是梦回高中校园，梦回那个美丽的象牙塔。给老师打电话，经常听老师说起现在在校的很多师弟师妹们少了当年我们奋斗的劲头，我笑笑不语。我只是想到了我们，从前的我们、现在的我们、未来的我们、从始至终的我们。

学习一般，考上了现在的这个学校，成绩不算好，拿不到国家奖学金，自习不规律、上课不常听，考试全靠突击，同学帮一把也能考到七八十分。

家境一般，父母都是普通员工，在这个城市一个月生活费一千二，没事下下馆子，一个月添一件衣服，想买台相机要等几个月，经常要咬咬牙才能买双自己喜欢的鞋。

特长一般，不会吉他不会钢琴不会跳舞不会画画，想学摄影却不会 PS，想上台演出却没信心，学校晚会比赛的时候，经常站在台下的人群里而不是台上的聚光灯下。

长相一般，不算英俊或者不算美丽，身材不算臃肿但是也没什么肌肉或者没什么曲线，平时只是稍稍打扮一下，容貌看上去并不出众，只能算整洁，曾开玩笑地称自己是千万屌丝之一。

总之，没有什么特别的地方，就和周围的千万个你一样。

但是，我相信你和其他的你一样，渴望飞翔渴望自由。

你不甘心拿不到奖学金，看见别人得奖的时候你会说完全是突击的结果，你开始上自习，坚持了一个星期。

你不甘心自己的父辈平平，会批判会讽刺自己周围的官二代富二代，立志自己要努力好让自己的孩子成为富二代，你坚持了一个星期。

你不甘心自己什么都不会，你开始学吉他、借 PS 的书假装自己在学习，对着镜子微笑说自己有信心，你坚持了一个星期。

你不甘心自己没身材没长相，你开始健身长跑练肌肉练线条，你坚持了一个星期。

你不甘心自己没有伴侣，你决心自己洗心革面重新做人，你收拾起床上的懒人桌，你仔细地洗了个澡，你为自己化了妆，决定出去走走开始新的生活，你坚持了一个星期。

然后，这一个星期之后，你还是和周围千万个你一样，你还是和一星期前的自己一样。

我想问问，想让你来说说你来到现在的学校，是为了什么？现在的你，二十岁的你有什么资本。

你成绩一般，但是你有很多自由时间去支配，你觉得很欣慰。

你家境一般，但是你的要求爸妈都会满足，你觉得很欣慰。

你特长很少，但是有一个擅长的，靠着这点你在周围的聚光灯下过得很满足，你觉得很欣慰。

你没有伴侣，但是有很多朋友会喊你喝酒唱歌出去逛街，你觉得很欣慰。

现在的你很欣慰，时间久了呢？

是的，你想要好的成绩但是你不去学习。你想要富裕的生活但是你不去奋斗。你想要健康的身体但是你不去锻炼。你想要自己称心如意的生活，但是你从来没有想过改变自己。

我们已经过了二十岁的年纪，可我们还有未来。

良辰美景奈何天，为谁辛苦为谁甜。这年华青涩逝去，却别有洞天。

愿你我还能在青春的城堡里漫然起舞。

你正年少，我等你长大

余 梦

"我们的生命先后顺序，在同一个温室里，也是存在在这个世界唯一的唯一。"每当听到这首歌，难免不自觉地哼起来，因为这也是我想唱给你听的——我最亲爱的弟弟。

你呱呱坠地的那一刻意味着以后家人给我的爱必须分一半甚至更多的给你。即使这样我也很庆幸你能来到我的身边。随着时光轮转，你也渐渐地长大，家里的日子也就变得"热闹非凡"，我被你打压的日子也一天天增多。家里的浪无不因为你的风而起。如今你已然成为一位翩翩少年。

七岁的年纪，是一个懵懂的季节。是否还记得七岁那年的春节，因为你做错了事被爸爸打了几下，你竟然离家出走，跑到二姑家去怎么劝你也不愿回来。我想说，你果然够任性的。在你七岁如白纸一样空白的年纪里竟然懂得用离家出走来反抗爸爸对你的打骂。我除了安慰你，还得默默地告诉自己——你任性，只因还小，我等你慢慢地长大。

初中三年，你有了些许改变。那正值你青春萌芽的开始。原本是乖孩子的你也变得冲动，偶尔有点小叛逆；青春是一个充满诗意的季节，在这个季节里你难免迷茫而变得有些年少轻狂。曾记否，初二那年，你慢慢地学会了抽烟；一次你和你的朋友们出去耍，你们乱扔的烟头差点把别人家的草垛引燃烧光。当年迈的爷爷接到学校打来的电话的时候，除了害怕外还有震惊，害怕的是你会惹祸，震惊的是你竟然学会了抽烟。事后当我听到也觉得后怕，然而你却是无惧的。我只好告诉自己，你正年少，难免轻狂，我等你长大。

曾几何时，你第一次打架开始上演，或许你已经忘记，我却清楚地记得。那是在你初三的那一年，在一个寒气逼人的晚上，你给我打电话，你说你打架了；就只是为你的朋友出气便大打出手，你冲动的豪情使你向轻狂又迈出了一步。虽然你的豪情我是认可的，但是未免也太冲动了。我只好安慰自己，你正年少，难免年少轻狂，我等你长大。

时光匆匆，曾经那个年少轻狂的小男孩开始逆袭了。以前总以武力处理事情的你懂得怎样去以礼待人，轻狂的锐气慢慢褪去。高中三年，从未听到你惹祸的消息，在你同学的眼里你竟然是一位安静的美少年。但是呢，你是"不鸣则已，一鸣惊人"。去年我们一家人坐在一起谈天说地，当爸妈说到你以前惹的事和犯的错，你不仅接受了爸妈的说教，还向家人道歉；同时你也正确认识自己的不足。若是放在以前，那天晚上的谈话根本不能进行下去，剩下的恐怕也就是你和爸妈他们的争吵。那晚的话锋明显不一样。我知道，你已经开始长大了，曾经那个叛逆而又轻狂的少年正在和你说再见。

青春是一本仓促的书，这本书里有你狼狈的时光，有你叛逆的觉悟，容得下你的年少轻狂。然而今天，已经翻过那泛黄的扉页，你的无惧，你的豪情，你的年少，你的轻狂。

我的少年，我容忍你的年少轻狂。我也会继续等着你的"长大"。

陪伴你

李惠为

"愿你此刻可会知是我衷心的说声，喜欢你那双眼动人笑声更迷人，愿可再轻抚你可爱面容。"

——题记

再见你已是六年后，我终于得以有机会好好看看你，你和十年前与我朝夕相处时不一样了。你并不算少的一头短发如今变成变成了细小的一撮，终日盘卷在后脑勺如同婴儿蜷攥起的小拳头般。那以前乌黑的浓密的头发呢？为什么变成了一头的银白。

看到我的到来你高兴得像个孩子，眉眼中掩抑不住的欢欣，你快乐得眼睛眯上带出眼角好长好长深纹。可是看着这样的你，我却怎么都高兴不起来，我很懊恼，没有在你发丝变白的时间轴里陪伴你，我错过了你本就已过大半岁月里的所剩不足的时光。

母亲在年纪不大时从家中跑到沿海打工，几年后大着肚子跑回娘家，后来便诞生了我。我想，那是我们第一次见面吧，你应当是十分高兴地抱我在怀里，双手晃动有节奏摇摆着，同样是眼睛眯起，嘴巴微微张开向后咧着，只不过那时，你眼睛眯起时还未有那样深刻的纹。之后不久我又被父亲带回沿海家中，那时你是不是很想念我呢？三岁时，父母将我暂放在你身边由你照顾。说实话，我对于那时的记忆是没有的，可以说是丝毫没有印象。十五年后你玩笑着告诉我，那时你把我背在背篓里，我在背篓里不安分地蠕动然后激动地指着远处的蓝天用怪异不清的川普说："阿婆，你看，我的家就住在那里。"我知道，那是年幼的我错把蓝天当成了大海。你笑着说起这件事时，我却鼻子酸得想哭。时间啊，它走得太快了。

当父母好不容易租下一间店面开始了他们大半辈子都将做的事业，在某处安定下来后，询问起你是否愿意来照顾我时，你毫不犹豫地带了几件衣服不顾晕车就坐上大半天的车程风尘仆仆地来到我身边。

上学前班时，有次过马路不小心给摩托车撞了，当时锁骨断掉了。恰逢非典时期，医院也不给住院，于是我只好打着石膏吊着一只手回到家中。医生说伤口近期不能碰水，于是你好长一段时间每天晚上拿着拧得半干不干的热毛巾小心翼翼地挪动我的身体给我擦拭做清洁，反复轻轻地按摩。多亏你，当初医生都说会留下不好的影响，可我现在却什么后遗症也没有。

不同于一般老一辈，会说溺爱我们这些小一辈的，做错事时你也会严厉批评，不听话时你也会凶我，假势要动手。因为你是是非分明的，对就是对错就是错，无论对象是谁。你不怎么识字，所以你更加重视我的学习，总是教育我要好好读书。你严厉得恰到好处，帮助我养成了良好的性格和生活态度。当母亲动手"教育"我时，你会一把把我护在身后，你瞪了瞪眼睛对我母亲大声喊道："不要打了！"我知道你必定有自己的理由，可能认为我母亲太冲动又或许真的偏心心疼我。但那时的我曾天真地想要躲在你的身后被保护一辈子。

小学时，你同时照顾着我和小堂妹，两个过度活跃的黄毛小孩总是令人伤脑筋的，每天每日每夜地吵闹着，叽叽喳喳像两只精力过剩的小麻雀一样。夜晚我们仨人挤在一张小木床上睡觉时，小堂妹因为中午在幼儿园睡过午觉，因此夜晚时总是显得特别亢奋，说一些小孩子的幼稚话，不着边际的。每当这时我也总是十分快乐地搭着话，因为觉得小堂妹可爱得讨人喜欢。我们边说些乱七八糟的，边激动地抖动着身子，就差从床上蹦起来。你却耐得住性子听我俩叽里呱啦，默不作声听着，夏天晃动着你从老家带来的大圆蒲扇给我们扇风驱蚊，冬天细心地把我们俩裹得严实，然后不时用你暖和的脚蹭着我的脚。伴着小床木板的嘎吱嘎吱声，我们一同走过春夏秋冬的每一个夜晚。

你不认为给我们想要的玩具就能给我们带来快乐。你喜欢带我们爬山亲近大自然。小孩子应当是很讨厌没完没了地走路的，但当你一路带我们摘小野菊，一路讲过去的故事，给我们一人买十颗一毛钱的牛奶糖后，顶着冬日和煦的阳光，我们也学会了安静地享受这徒步旅行的快乐。潜移默化中，你早已教给我们大自然的美好与坚持的意义。

前不久去看望你时，早已过了玉米成熟的时期。我轻声嘟囔一句说想吃烤玉米。第二天一清早就发现好大一筐的新鲜玉米，就像变魔术一样，不知你是怎样弄来的。要知道，那时候大片的玉米地里都只剩老玉米了。然后连着几天我们吃的都是煮玉米、烤玉米，我都有了腻的感觉时忽然想明白。这就是老人吧，听到你想要的就会想尽一切办法给你弄来并且一股脑地给很多甚至顾不上实际。

你现在身体不好，腰椎间盘突出这个痼疾，痛得你经常闷闷地发出咿咿呀呀的哼哼声，我好心疼。我洗了碗洗了衣服就是为了减轻你的负担，我想叫你坐下休息，你却不听我劝，执意去干沉重的农活。我说这又不赚钱况且咱家又不缺这点钱，这么辛苦这么痛不要再干了。你却反问一句："我不做，谁做？"我被堵得啥也反驳不了。我知道这是你的执念是你的坚持，所以我顾不得自己的心疼，只得放手让你去做。

我走时，外婆嘱咐我今年一定要回来过年，我说好。她开心地笑着挥手，说："过年回来了，把鸡杀了给你吃！"

看着她稀疏银白的发丝，脸上深深浅浅的沟壑，瘦小，变得有些佝偻不再挺直的背。

我转身，默默下定决心。未来日子里，像小时候她陪伴我一般陪伴她。像小时候她保护我一般，将她牢牢护在身后。

外婆，接下来的路，我扶着你走，等到你走不动时，我便背着你走。

请务必，让我陪伴你。

就像你当初陪伴我一样陪伴你。

你陪我长，我伴你老。

千里万里的流浪文学

唐 艺

我从未到过沙漠，但却听说过撒哈拉；我一直都在原地，但却在去你身边的路上；我从不相信爱情，但我相信你和他；我从不想要流浪，但我却向往你飘荡过的地方。

——题记

这是《撒哈拉的故事》这本书中几个小故事的概述，让我记忆犹新：

故事一：沙漠中的饭店

她是沙漠饭店中的大厨，总是为他做各种各样奇怪，有着创新精神，但却滋味美妙的菜品。他当然得照单全收，无论多奇怪的东西，他都吃得津津有味，并且对她提出表扬。她是一介才女，父母的掌上明珠，虽然算不得锦衣玉食，但也是十指不沾阳春水，但却甘愿为他洗手作羹汤，当一名沙漠中平凡的家庭主妇。她每日在他们简陋却温馨的家中等他回来，或者他们在闲暇的时候手牵着手散步，不管是否风沙漫天，也不管是否时局动荡，这都不是他们太关注的，他们只是永远专注地生活。如果你遇到一个人甘愿为你洗手做羹汤，而你恰好也喜欢她，那你就毫不迟疑地娶她。

故事二：结婚记

他们在冬天的一场谈话让我记忆犹新，在那封他写给她的长信中，他似乎鼓起了所有的勇气才说出口的："我们夏天结婚好吗？"在生机勃勃的夏日，他们要完婚，他们的婚礼当然与常人不同，不需要繁琐的仪式，但是却有着十分麻烦的程序，终于在他们在忙碌了三个月后，在茫茫的撒哈拉沙漠结了婚，这是他们认识的第七年。如果你遇到一个人甘愿等你七年，而你恰好也喜欢他，那你就义无反顾地嫁给他。

故事三：娃娃新娘

一个年仅十岁的小姑娘要嫁人，并且这还是亘古不变的风俗，必须遵守。结婚的方式也让人诧异，甚至让文明开放的她接受不了。她不自觉地开始同情那个小姑娘，她送给那个小姑娘羡慕已久的镯子，但是却懊悔自己安抚不了小姑娘慌张的心灵。落后的习俗让她觉得当地人的价值观念有着严重的偏差。这让我不禁感叹文明是何等的重要，如今还有多少人打着风俗与传统的名义，做着有悖于文明，有悖于社会进步的事情。

故事四：沙巴军曹

她在沙漠中遇到过这样一个令人尊敬的军人，他始终没有忘记仇恨，但是却在仇人种族的孩子们遇到危险时奋不顾身地去救他们，牺牲了自己的生命，有很多人都不理解他的所作所为，但是她明白，这是一个军人面对生命时的本能，此刻与仇恨，与种族差异，与社会背景都没有关系。她在这一刻对那个重情重义的沙巴军曹肃然起敬，让她不由得对生命与生活有了一些改观，对自己的内心也有了冲击。

这只是其中的四个小故事，全书的每个故事都很吸引我，不仅仅是因为这本书，更多的原因是我太喜欢它的作者，在我看来这本书是一场千里万里的流浪文学，她去过那么多的地方，却选择在撒哈拉沙漠度过重要的日子，并且在那写出了那么多脍炙人口的作品，我想这个地方一定极其独特。纵使千难万难，她还是在那里生活。我想去看一看那个有着她前世乡愁的地方，去接触她的灵魂与梦想。

切莫辜负这场热泪

陈镜西

在街上偶然的久别重逢，她带着沧桑的风雨走过来，抱住我："很想我吧？"

大抵是长久未与故人相逢，我本想戴上插科打诨的面具说"哎呀许久不见娘娘又变漂亮了"，之后按脑中构思好的剧情来表演——相互拥抱，回忆旧事，交换手机号笑着说常联系，分头走掉，拐角处将刚添加的联系人删除。

而当我被动又真实地被她拥在怀里，汲取到对方身上温暖气息的那一刻，眼泪尚未丢盔弃甲地投降，却早已哽咽了喉咙里的字字句句。

安柔从来都是这样的人，像是算好了你将要卸下面具和防备的分分秒秒，不动声色地闯进你的脆弱里。

就正如此刻，她看了看我说，看起来你这几年没学会什么，倒学会了打肿脸充胖子的逞强。

我想反驳，但又无从说起。仔细想了想，她其实一语中的。

这些年来路过风路过雨，经历过艳阳也走过泥泞，不仅学会了逞强，还学会了庸人自扰地担心受怕。这并不是一件好事，有些人越接触越温暖，我的心底就越惶恐不安。

有时候想，多希望在心里下一场刀子雨，将在里面赖着不走的人都剁成肉泥，免得付出了实意，还日日多虑别人是否真心。

而这些细密又见不得光的秘密，在心上纠缠又反复，直到我将整个人包裹成一个粽子，戴上一个个不同的面具，辗转交谈在不同的人里。

安柔说，你太偏激。

我想是的。从很早就知道，我的心里藏了一头猛虎，它没有细嗅蔷薇的细腻，它只是一直在沉睡，不知道在未来的哪个时段被人唤醒。

我问安柔，你还记得我说过要去这个世界的哪些地方吗。

我不知道她是否还记得，那是我们年少时星光璀璨的初心。

在猎猎山风吹过的深林，我们一行人站在山顶，欢呼着大喊，回音波澜着群岚，在山坳里荡气回肠。

"布拉格的红。爱琴海的蓝。圣托里尼的白。多伦多的橙。那不勒斯的黄。普罗旺斯的紫。"

"硫森的日落。美瑛的草香。梵蒂冈的南瓜人。"

在地球仪上小心翼翼地找出来，标注上小点，那是我们说过一定要去的地方。

曾经在心里熠熠生辉，而今仿佛都在逐渐走远。

我以为凭借成年人的自制稳重足以应对人事哀荣，从而稳稳当当地生长。却还是想不到只是一句"很想我吧"的询问，就被轻描淡写地抽起一段杂芜的往事。

明明心里还住着沉睡的猛虎，却还是在眉梢眼角用坚韧逞强粉饰着太平。

安柔说学会了温吞和逞强，我知道其实那只是时光磨砺出的世事如常。

我们兜兜转转酝酿了无数陈年旧事，转角饮下这半生缘便要等待在各自的宿命里。

很想我吧。

你说完我就想哭了。

分别后我也可以开始一个人的旅行，没有想象中的孤寂。一样可以放心吃喝，同陌生人结缘，嬉戏打闹，偶尔还会聊起旧事。

看风景辽阔，山还是山，水也还是水。这个世界不会悲伤，不会因为我的难过而溃不成军，这些风景也不会因为我的放不下而失去意义。

但是安柔啊，我一定很想你。

看云的时候，在想那朵瘫软的云怎么那么像上课打瞌睡的你。

看海的时候，在想这海深蓝得那么出奇就像你心里波澜壮阔的汪洋。

你只是留下了回忆，而我却要带着它出生入死，去看夕阳和黎明，去观摩一个个难耐的深夜和寂寞的嘀嗒雨声。

这是多么不公平的事。

我想起在以往寄给你的信：不要总是一副睥睨众生的模样。不要总是仰起脸看天。

不要想哭的时候只肯望着太阳把眼泪咽回去。不要过马路的时候看着川流不息的汽车发呆。不要自怜自艾，不要推开别人伸出的手。

现在我想补一句：还有，不要像我一样，在深夜里对着风唱歌，听野猫叫，摸摸自己才发觉寒冷。

年少的初心和梦想被瞳孔藏得太深太远，若他日，你眼中穿花而过无数流年，我眼中万千情愫供时光消磨，但愿你谨记，如若最后是一场空欢喜，不要对我怨怼加身，我亦是慈悲岁月曾经有你。

我没有流泪，却早已滂沱大雨。

青春，你好

曾 念

今年夏天，天气格外炎热，刺眼的阳光赤裸裸地照在寥无人迹的大街，地面腾升起的热流仿佛能将一个鸡蛋顷刻间孵化成一只全身沾满水分的小鸡，太阳公公肆无忌惮地将它的热量传递给一切生物，那些不堪忍受的树叶蜷缩在一起，只剩下中间那根叶梗能证明它曾经是有生命的生物。

今年夏天，我开始带着对明天的希望，对青春的向往走出了学校，走进了社会。没有对社会的经验，没有工作经历，保留着在大学里的纯真、单纯、热情，开始浸泡在社会这个大染缸中。

今年夏天，我开始像无数的毕业生一样，忙着找工作，忙着赚钱，迫不及待地想在这个我并不了解的大得无底的社会一展身手。

头顶着热辣辣的阳光，跑进一栋大楼。两只手忙着整理着装，面部表情不自然地走进一个学校面试高中教师。面对眼前严肃的考官，我结结巴巴地做着自我介绍，手心的小汗珠不听话地冒出来，腿不自觉地高频率、低幅度地抖动，脑中早已一片空白，只剩下两个字——面试。"你有过教学经历吗？""你在大学得过几次奖学金？有当过什么干部吗？""你写的文章在什么地方发表过？""你能现场赋诗一首，并向我们讲解一下吗？"一系列的问题盘旋在我脑中，我不知道当时是怎么回答的，我也不知道我是否回答了很多个"不会""没有"，更不记得我是怎样拖着步伐，灰溜溜地走出面试场地。我只知道几个字——我完了，没戏了。

几天后，太阳依旧那么毒，穿上正装的我被捂得直冒汗。做好了充足的准备，组织好了我能想到的面试官可能会问的问题的答案，头脑中不断重复着要冷静，不要慌，不要紧张。长舒了一口气，迈着步子跨入面试文秘的场地。面试官看了看我，敷衍地问了我几个问题，然后说结果两天后会通知。我垂着头，手不自觉地抓紧包包疾步走出了那栋我想进去的大楼。看着街上的人，都显得那么忙碌，步履匆匆，仿佛永远有做不完的事情在等着他们。站在商场玻璃橱窗前，不小心瞟到了玻璃窗里的那个女孩。噢，原来有点儿矮，有点儿胖，长得还很平凡。果然两天后也没接到通知。

接下来便是满大街地跑，整天泡在网上看招聘信息，一家公司一家公司，一间学校一间学校地去面试，去找所谓能养活自己的工作。原来想养活自己是那么难的一件事啊！

多次无果后，我便颓废在家，浑浑噩噩之中，我做了一个梦。我梦见我回到了校园生活，太阳依旧当空照，却温暖着周围的一切。花还是那么香，鸟儿依旧会在枝头歌唱，爱泡图书馆的人只增不减，能干的人依旧那么多。唯一不同的是我变了，那个不思进取，从来不泡图书馆，不爱学习，不参加任何活动的我开始爱和老师同学讨论问题，爱看书，爱泡图书馆，积极地参与很多活动，结交很多朋友。喜欢和朋友边走边争论一个话题，享受在竞争中爱上学习的感觉，喜欢在学习之余放松自己，犒劳自己。

在梦里，我笑了。

青春向上，绽放光彩

佚　名

嘿，少年，你向上了吗？

我抬了抬眼眶，揉了揉有些疲惫的眼睛，看向窗外，那一排排枫树被风吹得沙沙地响，教室显得格外安静，只能听见翻书声、写字声……我连忙把目光收了回来，拿起笔准备继续学习。在低头的时候我又望了望那个坐在我右前方靠窗的男孩儿，他似乎正在熟睡，头上还盖了一本《向上吧，少年》的青春励志书。

是的，我和那个男孩儿为再战高考同坐在了这个教室。时间已经过去了几个月，我和他并不熟，也很少说话，但我已经观察他有一段时间了。他的成绩不是很优秀，但也不算差，处于班上中上位置，每个人都对他充满了好奇心，因为他平时常给人一种慵懒的感觉，经常玩手机睡觉。此时阳光照在他的脸上，暖暖的，我突然很迷恋他的脸，给人一种很舒心的感觉。

突然有一天，他通过班级群加我为好友，从那以后我们通过网上聊天慢慢了解一些对方。我才知道，原来他每天晚上都会看书，他喜欢劳逸结合的学习。一次考试后，按名次选位置，我排第二。他说他要坐最后一桌，我也喜欢一个人安静地坐，恰巧班上多了一张桌子，我便主动单了出来坐在了他的后面。这样我们更近了，每每抬头就可以看到他坚实的后背，窗外的枫叶依然被风吹得沙沙地响。

他的数学、英语比较差，我恰好这两科比较好。因此，我经常给他讲一些难题或者是答题技巧。后来听他说起，以前的他从来没有好好学习过，高考时只考了三百多分，然而现在能考到四百六七十分，进步已经很大了。我不知道为什么我特别想帮他，想帮助他更进一步地提高。每次考试后他都会在无人的时候去看教室后墙贴的成绩单，有时候他也会默默地不开心。有天，他突然跟我说想要跟我上一个大学，可是和我差了几十分……我告诉他："可以的。"从此，我们就开始互助互进。

我监督他不玩手机，把他手机收缴在我这里，我教他数学，他教我地理，共用学习资料。我们把动力写在木头筷子上插在笔筒里。累了、走神了、松懈了，就看看那两个字"同校"。他每天帮我带早餐，我在他感冒时也会帮他买药，有时我们会一起去跑步缓解压力，一起释放自己、一起流汗、一起呐喊……在对方难过烦躁时会为对方戴上耳机听听音乐。我很喜欢看他认真的样子，看他动脑时抓头发有些傻傻的样子。每天晚上下了晚自习在大家都回寝室的时候，我们都会多呆至少半个小时，或是安静地看书，或是讨论讲解一些不明白的东西。

在这些十分紧张的日子里，我们有了彼此的互相帮助、有了向上的动力，似乎这些日子也不再那么枯燥难熬了……

高考那天，我们一起吃了早餐，我给了他一个加油的拥抱……高考很快便结束了，我们又一起看成绩。惊喜的是他突飞猛进考了五百多，我们只相差了十二分，他成了我们班上的黑马。那么多的努力终究是成功了，那一刻，我们都笑了，仿佛整个世界都在笑，我们的青春绽放了光彩！我们一起填志愿，每个志愿学校都是一样的。

最后，我们没有同校，但曾经那彼此相伴共同努力的岁月成为了心灵深处最美好最珍贵的记忆。那么苦，却又那么甜！

嘿，那个男孩儿，那个原来我早已喜欢的男孩儿，让我们在不同的地方继续一起向上吧！

情，何以堪

罗　佳

"往过去看，一代比一代多情；往未来看，一代比一代无情"，木心一语，遥看百年。在鸿雁传书的年月里，身处异地的人为一纸书信欣喜不已。纸笺轻薄，那份牵挂却厚重。如今，手机在手，空间上的距离已不再是交流的桎梏。千言万语从屏幕上流过是易事，四目相对的沟通却越来越少。耽于手机的人，觉得握紧了手机就握紧了世界，殊不知不知不觉中，在和世界慢慢疏远。

别离，向来是古人笔下永不凋零的题材。柳三变有云："寒蝉凄切，对长亭晚，骤雨初歇。"李叔同所作《骊歌》，以"长亭外，古道边，芳草碧连天"开篇，面对别离，文人那信手拈来的文字美得将愁思也蒙上了一层美丽的面纱。本是情深无限，无奈离愁千丈，心中自然是悲戚得不能自己。且看当下，人们已经将聚散离合看得淡了许多。亲朋好友难得聚首，一番嘘寒问暖之后，便是自顾自看着手机屏幕，没有半分真情的流露，散场时也如释重负地走了。华夏儿女骨子里贮存千年的重情义气如今也尽烟消云散了。

物质越来越充盈，人情却越来越淡薄。耽于手机是表象，人心的空虚与浮躁才是症结所在。人总是渴望被了解，又害怕被看穿。手机缩短了人与人之间的距离，却又在中间砌了一道墙，恰到好处地满足了这种心理。我们可以将自己的生活细节无限放大，放到微博、微信，获得好友的点赞，与朋友们只言片语的往来。展示了自己想要展示的，心里觉得满足。也从中捕获别人的生活片段，仿佛自己的生活也因此充实了许多。可是，这毕竟只是看看热闹而已，很多时候连表情都是木然。人与人接壤，听到的，无从辨别真情还是假意。就连自己说出的，有时也不知是不是发自肺腑。所有的交集都浮在表面，长此以往，人就越来越孤独，找不到地方可以停靠。这样的交流，最终也是独秀。

真情一点点流走后，心里剩下的就是空虚，于是去寻找，可到头来填补进的也尽是些渣滓。中国科学家屠呦呦获诺贝尔奖，本应是举国同庆，全民为之振奋的，而当天刷屏的却是艺人黄晓明的"世纪婚礼"！科学家几十载苦心孤诣，科研成果拯救无数人的生命，终于得到世界的认可，可在本民族的影响力还不如一场豪华婚礼。不重科学重娱乐，人心的浮华竟到了如此地步，令人心寒。时时都不忘盯着手机屏幕的我们真应该问问自己到底追求的是什么，现在说到"为中华之崛起而读书"，很多人都只是笑笑。其实并不好笑，反而很可悲。看看我们的邻邦日本，蕞耳小国，弹丸之地，却是离诺贝尔奖最近的民族。几乎每一个奖项背后都有很接近获奖的日本人，确实是令我们感到惭愧。如此青春，如此浮躁，真的是该好好反省了。

"知足，知爱，才能知生命的本质。人心满是破洞，洞外是暖腻的浮光，洞内是隐忍的真相"，上面的这句话道出了如今人心的荒凉。只有在喧嚣的生活中拂去心灵的尘埃，使之不再逼仄，才能真真切切知足，知爱。今日归去亦不晚，穿过浮光，修补心上的破洞，你会发现生活是前所未有地丰盈。

一山一水一大千

陈圆圆

古语云："仁者乐山，智者乐水。"作为二十世纪中国画坛最具传奇色彩的国画大师，有"东张西毕"，"南张北齐"之称的张大千，自然是位仁者，更是一位智者。

在七十余载的艺术生涯中，大千居士学贯古今中西，脚步遍及千山万水，虽然早已驰名中外，但他心中永远记挂着故土："垂老可国无归计？梦中满意说乡关。""不见巴人作巴语，争教蜀客怜蜀山。"、"半世江南图画里，而今能画不能归。""故乡二月春如景，可许桃林一税牛？"这些诗句中，无一不寄托着大千老人满腔的故国故土情怀。在他身上，不仅有国画大师独特的艺术个性，还有广大文艺工作者对祖国和民族的强烈认同感和归属感。从古至今，无论是文学、音乐、书画都是如此，真正意义上的大家，永远都有一颗赤诚的爱国之心。大千的仁，在他的爱，在他博爱的胸怀。如其所言："画家当以天地为师，不可拘泥一格，所谓造化在手耶！"

"师古人，师造化，求创新。"一直都是张大千的艺术理念。从古到今，一个画家能否功成名就，很大程度上取决于他传统功底是否深厚。张大千的传统功力，可谓前无古人，后无来者。而这都源于他坚持不懈的"师古临古"创作。他曾用大量的时间和心血临摹古人名作，特别是对石涛的临摹，几近乱真。他从清代石涛起笔，到八大，进而到明清诸大家，再到宋元，最后上溯到隋唐。他把历代名家都一一潜心研究。

师古人固然重要，而师法造化更重要，历代有成就的画家都奉行"外师造化，中得心源"的做法。张大千也曾说："名山大川，熟于胸中，胸中有了丘壑，下笔自然有所依据。"他平生广游海内外名山大川，无论是苍茫辽阔的中原、秀丽婀娜的江南，还是新奇神秘的异国风光，无不留下他的足迹。他在一首诗中也曾写道："老夫足迹半天下，北游溟渤西西夏。"大千的智，在于他对艺术的执着追求和深刻体味。"古之立大事者，不惟有超世之才，亦必有坚忍不拔之志。"大千深知其中之意，这是他的智。

"仁者乐山，智者乐水"，在那一山一水之间，似乎有那么一位白胡子的老人，朝着我们微笑。

甜城印象

石 苇

初入内江前就久闻内江甜城之名，对于一个喜好甜食的姑娘而言来到这个以"甜"著称的城市岂不是一个极大的福音。内江市位于天府之国的东南部，坐落在美丽富饶的沱江之滨历史悠久。她是开发较早的巴蜀腹心城市，东汉建县，曾称汉安、中江，隋文帝时改称内江，至今已有 2000 多年的历史。由于历史上盛产蔗糖，制糖业发达，素有"甜城"之称。一直对内江直观的印象就是甜。一次有幸听到一位内江本地的一个师者谈起才对它的甜有了更深入的了解，传说早在唐代，内江就开始用蜂蜜浸渍果品，生产蜜果（即蜜饯的雏形）。后来有了甘蔗的种植和蔗糖的生产，逐渐用蔗糖代替蜂蜜浸渍果晶，制成了色鲜味美的蜜饯。

明朝末年爆发了大规模的农民起义。相传起义军领袖李自成为了联合张献忠合攻腐败的明王朝，亲自去拜会张献忠。张献忠将李自成迎进内室，摆上茶点果品叙话。李自成见其中一盘佐茶食品，色泽鲜亮，异香扑鼻，樱桃鲜红似火,天冬玉洁冰清,橘饼如菊吐蕾,莲藕片片晶莹,不禁随口问道:"这是何物?"张献忠答:"此物名蜜饯,请品尝。"李自成深感其味甜美,滋润化渣,沁人心脾,妙不可言,于是问道:"此蜜饯产于何地?"对曰:"产于内江。"李自成听罢,不由竖起大拇指赞道:"此物可称得上世间最精妙的糖制食品,内江真乃甜城也!"从此,"甜城——内江"的美名就年复一年地流传下来了。

甜城内江不仅仅是甜食,在它"甜甜的"氛围下人文荟萃、才俊辈出,让甜城不仅甜还有浓浓书画文学意味,孔子之师苌弘、西汉辞赋家王褒、东汉教育家董均、宋代理学家陈抟、国画大师张大千、著名书画家张善孖、新闻巨子范长江、被孙中山授予四大将军之一的喻培伦,都是内江彪炳史册的杰出代表,使甜城内江享有"大千故里""文化之乡""书画之乡"的美誉。当然甜城的人更甜,他们大方热情爽朗,如果你是个外来人向他们问路,他们不仅要细致地告诉你该往哪里走,乘什么车,怎样最快最省钱,哪里最好玩,哪里景点多……总之你只是问问路却收获颇多,使外来的客人都被这甜城甜化了。但我更多的是被馋化了,只是在街边随意休憩吃了一碗牛肉面让我吃完都不禁咂咂嘴,面是面馆师傅现场拉的,马上拉马上下锅配上浓浓的酱香牛肉末和新鲜的蔬菜再撒上嫩绿的葱花浇上提前熬炖好的汤汁,一碗一两的牛肉面能让你吃个管饱,街边的道路上有挑着两个篮子的大爷手中拿着小钉锤敲着叮叮糖的锤音,黏腻的叮叮糖很有一番风味这也是甜城的一个缩影,幸福安逸的人们在这个城市努力工作热爱生活。

时光赢家

陈镜西

读安妮的《梦中花园》,在月光皎皎的清夜。静寂的深夜,阅读这样清冽而自省的文字,仿佛灵魂经历了一场圣洁的洗礼,向慈悲的佛低下卑微的头颅,愧惭感交错着心底清明的黯然,想起过往,身体上的疤痕已不足以为道,灵魂上的刺痛感却更加清晰。

十一月,北方寒冽的冷空气已经如破竹般迅疾南下,侵袭这座雨水充沛的南方小城。多年不见下雪。记忆里大团大团的雪花压着不堪重负的白梅在枝头摇摇曳曳的景象,好像如隔世般飘渺苍茫。

不知从什么时候起，情感开始变得淡漠，没有大幅的起落。难于因人事产生诸多强烈的心理波动，偶尔对身边的人会产生细微且缠绵的感动，但也只是微起波澜。噩梦中醒来，想起年少时曾让我在深夜痛哭的那些人，最后竟然一个也没留在我身边，才知晓《小时代》所要表达的内涵与心酸。

"我感觉你的灵魂会像风一样从我的指间溜走，但我还是一次次惶恐不安地伸出我的手。"潮湿柔软的纸上，横亘在泛黄书页上的这句话清冷又缠绵。恐于对他人诉说心底的空虚感，满腔的信任无从托付，于是信陌生人胜于身边亲近的朋友。

直到此时此刻，我才恍然我不过是无力改变自身单行道的跳蚤，想要完成一场墨守成规的皈依。那些所谓大谬不然的情怀，在磨难中日渐式微成一块坚硬而冷酷的石头。在我抱以自私的姿态存活于世，孑然一身地垂望世态的不公，看着沉滞艰涩的年华一寸寸失去敞亮，看着太多隐暗付出不见天日的时候，蓦然醒悟生命原来始终承载着一种原始的戏剧化。

那是一种生冷不忌的力量。

它轻而易举毁掉我尚有情绪时泛起的为数不多的涟漪，将我标识为岁月中某个微不足道的点，容纳了所有沧海桑田的一望无垠。那么空旷，那么虚妙。

想起那时。大片翠绿的藤蔓夺目攀附在篱墙上，灰色的墙皮褪下一块块暗色的斑驳，午后的阳光懒懒穿过树叶的缝隙，光线中的尘埃纷杂存在。所有作为陪衬记忆的背景，都是一大片的翠绿和光线，生命和温暖的颜色。

所以回忆起旧人不复总是更寂寥。

心神领略的片刻欢愉，贪婪苦索，两地挂牵，最后都化为年少时深夜痛哭的滚烫热泪。岁月明晰，人事遭遇颠簸非难。圣经说，黑夜有低泣，黎明必有欢呼。但我始终深刻地察觉到，我的身体在路上，灵魂却停滞在原地，无法同步交集。

失去与得到，灵魂与肉体，白昼与黑夜……与之相对的平衡难以被打破。沉沦说，万事万物不过是指尖一尾风。要得到什么，要失去什么都太困难，所以我们要渐渐原谅手中的虚空。我明白她本性是清冷特立的，冷静又睿智。

但我不是。

我难以看开曾在我手中丰盛热烈开过的花枯萎，正如我能原谅过往的轻狂非难加诸在我身体的哀痛，但却无法释怀灵魂上的震荡。那是真真切切的痛。一丁点，一丁点地在全身经脉中蔓延舒展。最后变得没有生机。

后来就开始习惯了。在挣扎与抵抗都被无力地阻拦以后。一个人久了，最先失去的是搞笑的能力，然后是爱一个人。所以笑容变得疲累，爱一个人变成一场破釜沉舟般的决绝赌局。遭遇欺瞒和背叛似意料之中一样充满了诡异的解脱感。最后灵魂与肉体逐渐分离，一面竭力想要将真情投注到生命，一面按捺着起伏的心跳告诉自己要冷静自持。

人是多么矛盾的生物体。

然而思绪纷杂时光惨白，也最终在一场充满年少的梦境中醒来，想到所有物是人非的风景里灵魂寸寸凌迟的钝痛感和一腔难以凭诉的滚烫热泪。

原来时光才是真情淡漠之后的赢家。

岁月如歌

郑 杰

时光飞逝、岁月如梭，那些梨花似雪、晨鸟歌唱的日子就这样不见了。岁月总是趁人不备的时候渐渐地爬满了你我的双肩。也许也曾感叹，午后阳光下，那只轻盈的粉蝶，是否也会红颜老去；夕阳西下，那株妖娆的牡丹，是否也会老态龙钟。人生的路口，有太多的选择，也有太多的无奈，对于时光，我们无可奈何，但始终坚信明天会更好。

张爱玲说："没有人喜欢迟暮——那种萎谢到连信仰都忘记的年岁。"所以我们总是不遗余力地消耗着我们的青春，浪费着我们的光阴，恣意地在时光的舞台上翩翩起舞，仿佛只有如此才不负这似水流年、青春岁月。因为我们深知，我们还有明天。它是我们放纵的资本，它代表了一种希望，是一种纯粹的信仰。

时常在想，明天和永远的关系究竟是什么呢？多少个明天组成一个永远呢？人有多少个明天？永远到底有多长？没有答案。但那又有什么关系，我只要知道，明天是一个全新的开始，却不是我过往的终结。对于未来，人心里总是会有数的。就如我有预感，总有一天我会离开这里，可能是明天亦或是明天的明天，但终归我会离开。

没有希望的明天是最可怕的，因为没有人喜欢一眼望到头的生活，那种枯燥无聊，烦闷到让人窒息。人世浩荡，我们只不过是辽阔银河里的一颗星子，是碧蓝沧海里的一朵浪花，但我们依然有思想，依然对明天抱有希望和幻想。对于未知，有的人恐惧，有的人欣喜。恐惧的人安于现状、思想保守。欣喜的人乐于冒险、勇于挑战。而世间的一切不过是镜中花、水中月，所谓的荣华与清苦、喧闹与岑寂都只不过是幻梦一场，既如此何不激流勇进，下一盘今生最大的赌注，以生命作筹码，赌一个光辉灿烂的明天。

明天是幸福的，今天所有未完成的心愿都有机会在那里达成；明天是美丽的，有太多今天未开的花朵会在那里争奇斗艳；明天是未知的，我们永远不知道会在哪里遇见怎样的自己。对于明天，我们一直守望，一直期待。我们将昨日的悔恨，今日的遗憾全都寄托于明日的挽回与补救。我们期待着明天会奔赴一场烟雨，赶赴一个令人期待的约会，就如戴望舒在雨巷逢着一个如丁香一样的姑娘。

所以，朋友，对明天怀有希望吧！我们正值青春年华、风华正茂，属于我们的时代才正要上演，而这些全都在明天。

甜城九月

刘科利

九月，到来得恰到好处。没有了七八月的燥热，也不及冬腊月的干冷，或者是周围的风景，刚好能衬"甜城九月天"的故事。

爬山虎依旧在疯长，高高地铺满了整个院墙，绿油油光亮亮的叶子只有巴掌大小，你挨着我，我挨着你，在风中摇曳生姿。桂花开得正盛，簌簌落到地上，惊了在树下发呆的黄猫，它忽然竖起毛茸茸的尾巴，却只是慵懒地踱着步子，慢悠悠地走到旁边的空地上。我猜想是它太肥胖的缘故，已经丧失了猫天生的灵敏，但依然自得其乐。

一座城市造就一种人的性格。对于甜城，我大抵还是充满热爱的。九月的甜城，总是阴雨绵绵的，冲刷掉了郁积多时的烦恼和尘埃。沱江流得更为平缓，像极了甜城人的心境，不骄不躁，不急不慢。这样的一座城市，虽然远远不如大都市的繁华和富庶，但也足够以这样澄澈的水土养育这样一方质朴而善良的人。没有太多的工业污染，也没有过多的商业建设，以"文化之城"著称的内江，从来没有辜负众多文人为后代留下的这份宝贵的文化遗产。

作为甜城象征性建设之一的栈桥，一定是休闲散步最好的去处。长长的走廊，全部以木板建成，静静地立于沱江之上，春花秋月，夏雨冬雪，它从来不曾被冷落。或者是情侣牵着手相互偎依着漫步，或者是老人们互道着家长里短，也或者那些爱好垂钓的人坐了一排，悠闲地等着鱼儿们来上钩……岸边开着一种不知名的花，细长的叶子，延伸地很远，伸手就能触到，倒也给沱江增色不少。如此清净雅致的去处，不知道是多少人梦寐以求的，而我在这里，轻易就拥有了这份简单的幸福快乐。很多人都在感叹"千城一面"。我相信甜城一定不会随波逐流。城市的文化在一定程度上代表了城市的气质。九月的甜城，你不会看到高耸入云的烟囱，你不会看到肮脏浑浊的污水，你也不会听到机器的轰鸣……在所有人看来每个城市发展所必不可少的东西，在甜城都被浓厚的文化气息所取代。"沱江水旁，莘莘学子余音绕梁；大千故里，名画佳作满园飘香"正是有这些文化因素的支撑，甜城才高傲地以全然不一样的姿态屹立在中国的一角。这是甜城人的幸运，也是我的幸运！

甜城九月，是清新的，是美丽的，更是不容亵渎的。她用一种特殊的方式收买者人心，让越来越多的人为她驻足，在她的怀里安居乐业，福嗣绵延。

甜城明镜

王 菊

法国微电影《镜子》，视角十分独特，用清晨浴室的镜子，见证了男主一生的经历。他每日对镜洗漱，抬头俯首间，从他的纯真无邪，到青春期的满怀憧憬；热恋时，满心欢喜地将恋人的照片贴在镜子旁；成家后，在镜子前举起可爱的小婴儿；人到中年，感情走到尽头，一拳把镜子砸碎。时光如水，转眼他老了，慢慢地退场。

无须更多的故事情节，甚至无须人物的名字，五分钟，几个片段便道尽了男主角的一生，戛然而止，又回味悠长。来到甜城时，沱江河水恍如明镜，映照出这个时期身体和情感的变化无常。人们经常说"以铜为鉴，可以正衣冠；

以人为鉴，可以明得失；以史为鉴，可以知兴替"，但是我们有时却只关注事物的变化，一边慨叹美好的改变，一边努力打造安稳的环境，但是却通常以失望告终。

甜城，大师张大千的故里，展望大千故里，原来有着明镜一般的智慧。在这甜城明镜里，我看见了自己的不足，甚至感觉到以前性格孤僻的自己的存在，但是却在欺骗着自己，认为自己活得和自己想象的一样，望着沱江边的阑珊灯火，我似乎开始明白了自己该做什么。果然，有明镜一般的觉察观照时，更容易表里如一，与真实的自己，真实的意愿一致，而不再内耗。

浴室的镜子可以打碎，但是环境所拥有的明镜却始终如一，不受任何损伤，甚至可以使你安定，改变你自己。这就是我爱的甜城明镜，可以让我知道，其实选择的自由一直在我们自己的手里。我很庆幸自己当初选择了内师，选择了甜城，并让它的甜城明镜一直观照着自卑、懦弱的自己。并让自己变得更加地勇敢和坚强。

我以前总是感叹，人生好似冥冥中被看不见的命运之手推着走，控制不了什么，浑浑噩噩、不明所以地走过在学校的人生，毫无收获，有时却又无可奈何。但是现在我似乎在认真地为生活赋予自己所想的意义，在有限的时间内做自己想做的事，不让自己留下遗憾，这就是甜城明镜所带给我的，带给我的影响，是长存的，因为它已不是具有保质期的东西了，而是已经变成我自己内心的明镜了！

甜城，沱江河水围绕，蔗糖丝丝香甜沁人心脾，我想这对于一些人都是难忘的，对于我而言更是如此！甜城明镜更是让我明白某些迷惑的事，某些令人迷茫的路。以甜城明镜为鉴，不仅成为一种借鉴，更让我明白其实选择的自由一直在我们自己的手里。

甜城明镜，我感谢你的存在。

笑　话

高宇佳

有个人，他是孤儿，从小四处流浪，在这样一个十分现实的社会中，他除了有一个名字作代号，什么也没有。他一直梦想着成为一个有钱的人，因为从小的流浪生活让他太懂得苦日子的艰难。也许是碰巧，在他中年的时候，有一天，在路上捡到了一张好似被人遗弃的彩票，起初，他不以为意，后来无意间得知这是一张价值几千万的彩票，就这样，他一夜之间成为了一个有钱人，实现了他从年少无知时就一直怀有的这个梦想。可是，这笔意外之财来得太意外，他有点不知所措。原来当这个一直就有的梦想就这样实现时，这种感觉竟是不知所措。他利用这笔钱置办好了基本的生活需求后，还剩下一大半，如何有价值地利用这笔钱，他突然有了一个奇特的想法。以比较高的价格从一些有需要的人那里买来笑话，然后以比较低的价格或免费再讲给别人听。这样一方面可以帮到那些有需要的人，又可以将快乐传递给别人。

于是，他开始了他的讲笑话之旅。他四处收集他的笑话来源，从以乞讨为生的流浪者那里买来笑话，从以捡破烂为生的老者那里买来笑话，从环卫工叔叔那里买来笑话，从……然后他开始在街道上摆摊设点。穿着普通，他坐在街道旁，面前摆着一个木板，上面写着：讲笑话，每个 20 元。在一排排不是乞讨要钱，就是一些小商贩的队伍中，他显得格格不入。刚开始，路过的人没有一个不是惊讶的，他们在想怎么会有人以讲笑话谋生。后来，开始有人因为好奇心而去听他讲笑话，讲笑话的人把从各个地方收集来的笑话讲给他们听，听笑话的人听完后都听得捧腹大笑，满意地离开。再后来，越来越多的人停留在他的摊位前，听他讲笑话。

有一天，他看到一个耷拉着脑袋，意志消沉的年轻人经过他的摊位，他叫住了年轻人，温和细语地询问他是否遇到什么不称心如意的事情。年轻人也许是因为心里有满腔苦水正无处发泄，现在突然出现这么一个愿意听自己发泄的人，情绪激动地给讲笑话的人诉说了一番。原来这个年轻人是刚毕业的大学生，在这个满是大学生的社会上，工作难求，四处碰壁，想要创业，却屡屡尝试，屡屡失败，信心、自尊被消磨殆尽。讲笑话的人给他讲了一个笑话，年轻人听后，不自觉地开怀大笑，讲笑话的人说："你创业失败，我却不能帮到你什么，唯一能帮你的就是给你讲一个笑话，缓解一下你的心情。你要想着凡事没什么大不了的，笑着面对然后再接受它就好了。失败并不可拍，可怕的是你惧怕失败。从现在起，不妨试着以微笑示人，对待每件事，也许会给你的人生带来些许不同。"年轻人若有所思地走了。

再后来的某一天，有一个衣着得体，一表人才的中年男子急急忙忙地赶到讲笑话的人的摊位前，请求讲笑话的人随他一同去给他的爸爸讲笑话。纵使讲笑话的人一脸迷惑，但还是跟着男子来到了一所医院，从外表来看，这是一所医疗设施技术都很好的医院，费用可想而知了，讲笑话的人暗自琢磨了这个中年男了不平凡的身份。中年男子来到一间病房前，整理了一下衣着及仪态，推门进去。一位年迈衰弱的老者躺在病床上，"爸，讲笑话的人来了。"中年男子对着躺在病床上的老者说道。老者艰难地挥了挥手，讲笑话的人上前给老者讲了一个笑话，老者笑得整个身体都微微颤动着。他意味深长地对身边的子女说到："不理解吧，对我要听笑话的这个举动。我啊，知道自己的时日不多了，在这之前，还想听一个笑话，让我能够在要走的时候还能想到一件开心的事，笑着走。你们啊，一天到晚都在忙着工作，逢年过节也不能回家，每次给你们打电话，不是正在工作就是在应酬，我和你妈看到你们现在这样的作为，心里很是安慰。可是你们忙到连你妈最后一面都没见着，就那样走了，不知道有多少遗憾。你妈走后，你们请了人照顾我，但是来看我的时间却还是那么少，其实，我要求的不多，就只是希望多听听你们的声音，多见你们一面。"老者落下了眼泪，身旁的子女们无不追悔莫及，可是现在似乎做点什么已经来不及了，他们向爸爸忏悔着，像做错事的小朋友。老者露出了欣慰的笑容。讲笑话的人默默地走了出去，拉上门，留给这一家人一个独立相处的空间，留下一屋子的温暖。

　　讲笑话的人依然坚守在他的岗位上，他似乎已经习惯了这种生活，来听他讲笑话也络绎不绝。一天，一个身着正装，意气风发的年轻人来到他的摊位前，年轻人驻足凝视着他，一股熟悉的感觉涌上讲笑话人的心头，可是他又不能准确地记起这个年轻人。尴尬的氛围，年轻人先打破了沉默："您不记得我啦，三年前您给我讲了一个笑话，就是那个创业失败的人。"年轻人不好意思地挠了挠头，露出一股青涩。讲笑话的人想起了这个年轻人。可是眼前这个风华正茂的年轻人和三年前那个颓废的年轻人判若两人，年轻人接着说："记得那时候，我境遇不堪，您给我讲了一个笑话，并告诉我要微笑面对每件事、每个人，我一直都记着呢。后来，我继续去创业，虽然还是屡屡失败，但是我的经历被一个有才华、有作为的创业者知道了，他欣赏我的态度和经历，决定尝试和我合伙开办一家小公司，通过我们这几年的努力，这个公司已经小有规模。这一切都来之不易啊。现在我带着这样的成就来感谢你。"讲笑话人心里的某个地方被一种温暖填满了，这几年，他真真切切地感受到了帮助别人的快乐，他坚信这样做是值得的，正好和他当初的初衷一样。你对这个世界付出什么，这个世界就会回报你什么。他又继续对别人讲笑话了。

望月不语

高宇佳

"月冷千山，寒江自碧，只影向谁去。"

那轮皎洁的明月自亘古洪荒便高悬在静默的星天边上，永远如一地照耀着黑夜中的尘世。它见证了沧海变为桑田，看惯了云雾化作远烟，亦是阅尽了人间的离合悲欢。

都只谓春花秋月是良辰美景，金榜题名是赏心乐事，殊不知婵娟盈梦也是别有一番情趣，梦中，有多少人将无尽的思念托月传递；有多少人将奔涌的激情对月宣泄；有多少人将沉默的爱恋借月表达；又有多少人将心灵的苦痛对月述说、寻求解脱。千千万万的人都在那温柔如水的月华里寻找精神的寄托。虽是今人不见古时月，今月却曾照古人。

诗仙李白在月下独酌，邀明月一同渴饮寂寞。他从来就洒脱不羁、傲视权贵。世人都道他是谪仙人下凡，但谁又知他亦有属于自己的落寞。他虽有昭昭明月之德、日月齐辉之才，却终究只是朝廷的一朵闲花，只是长安的一丝细雨。他终究只能独卧高台醉饮千盅借酒消愁，却无奈举杯消愁愁更愁。然而，他毕竟是高唱"仰天大笑出门去，我辈岂是蓬蒿人"的李白。他深知：用史书或诗千册，也无法将岁月曲折描摹。既如此，又岂能将凤梦空付流景。所以，他选择了在白驹过隙前对酒当歌，将一切惆怅或是烦忧尽向月述说。最终，他逐月而去、长醉于碧波中，明月永安了他自由的魂灵。

光阴迢递，云烟卷舒。多年以后，南唐后主李煜又从月下翩然走过，从此笼上了一层寂寞。他本是才情横溢的翩翩佳公子，不谙政事，却无奈生于帝王之家，阴差阳错地继承了皇位，却最终沦为了亡国之君。在亡国后的岁月里，他曾无数次无言独上西楼，看如勾之月。登高望远，他深感"无限江山，别时容易见时难"，也深知故国早已是不堪回首明月中，那重山和城阙再难寻见。他曾无数次对着明月表达自己对故土的思念。于他而言，那轮明月是清凉的慰藉，是异乡的知己，更是故国旧日清丽的容颜。是它陪伴着他度过了短暂而又漫长的岁月，直至死亡。我想，他死去的那日，月儿定是不一般地圆……

那轮明月照亮了古人前行的道路，想必也会照亮今人以及未来人前进的方向。它接受了古人千百种情感，想必也会接受你不平的心绪。

毕竟，在人生道路上，有太多的萍散萍聚，太多的坎坷磨砺，有太多的困惑烦忧，太多的熙攘纷杂。令人烦闷，令人窒息。然而，正如席慕蓉所说：挫折会来，也会过去；热泪会流下，也会收起。如若那一天，你在这条路上走累了，不妨抬头望一望天上那轮皎洁的明月，做一次短暂的休憩。无论如何，你都有理由相信：即便是长路迢迢，也会有月出皎皎！

如果你是李白，你可以高歌一曲邀明月同醉。

如果你是李煜，你可以倾泻浩瀚千秋的淋漓墨香，将你所有，尽书纸上。

如果你就是你，那就静静微笑，望月不语。

落叶无声，嘘

韦禄叶

天堂究竟是一个什么样的地方，引得无数的名留千古的人向往。那些曾成就了千古伟业的人，也会做那样愚蠢的事，留下了在现在看来令人唏嘘的历史。李家天下，大唐盛世。唐太宗李世民开创了历史上著名的"贞观之治"，有着辉煌的前半生，安然地老去，静静地享受生命最后的时光。可是他却中毒而死，这是他自己选择的宿命，也是中国历史上很多皇帝的宿命。只剩下"可怜夜半虚前席，不问苍生问鬼神"的苍凉。我想，那大概是他们理想的世界吧，就像陶渊明的桃花源一样吧。想象中的世界永远那么美好，美好得可以抛弃世俗的一切烦恼。

"佛是过来人，人是未来佛"，如果可以，我愿就此流浪。流浪到一个无烦事打扰的地方，流浪到一个美丽得无人认识我的地方。带着一个照相机，从现在开始，出发，去寻找属于自己的风景。未知的旅途，明媚的微笑，山间潺潺而过的小溪，撞见岩石发出"哗哗"的响声，雪峰上飘然遗落的雪花，还有那傲视苍穹的雄鹰，都是我所向往的。我不信佛，我只信佛带给我的宁静，只信自己内心深处那淡淡的欢喜。松开那紧握的双手，让它回归最自然的姿态。

"世间安得双全法，不负如来不负卿"，爱情亦如是，生活亦如是。风雨欲来亦如是，狂风暴雨来亦如是，暮鼓晨钟亦如是，寒夜残灯亦如是。莫不如是，如何才是，莫……莫……

佛说，我佛以慈悲为怀；她说，"因为懂得，所以慈悲"；我说，但愿岁月静好。

今年秋天好像格外美丽，落叶无声，纷纷。

为生命留白

赖佳倩

21世纪是互联网高速发展的大数据时代，也是一个生活节奏快速的时代。走过漫漫长路，蓦然回首，看到的是一个个忙碌冰冷的背影。佛家有言"花开半最美，情留白最浓"，给自己一丝空闲去享受人生的美好时光，懂得为生命留白也是一种智慧。

为生命留白，去欣赏沿途的风景。一位哲学家说："生命，美的是过程，而不是结果"。美好的事物终归会消散，唯有回忆长存于心。一位交警坚守岗位、隐病不报、强忍病痛，在马路上奔波。即使他与世长辞，但他坚守的身影仍是茫茫人海中一道靓丽的风景线。一位柔弱的女子，为了让曾经盛极一时的古物遗迹重现世间，毅然决然地踏上了敦煌的大漠之旅。强劲的风沙在她红润细嫩的脸上刻下了沧桑的痕迹，这也是一道靓丽的风景线。面对病魔时的笑脸、面临灾害时的团结坚强，分享成功时的喜悦，承担失败时的互相勉励……都是靓丽的风景线，给钢筋水泥建造的冰冷城市带来丝丝温暖，给人们创造出值得细细回味的美好时光。

为生命留白，让心灵得到休憩。现实生活的繁杂让我们心灵变得沉重，这时，不妨为自己留下一段闲适的时间。记得一个偶然的机会，我看见了奥黛丽·赫本中年时的照片。那时她已经隐退，从闪光灯下回归到婚姻和家庭中。照片里的她，一身素白的衣裙，一颗素洁的心，一个人静静地坐在树下，享受着这素净的光阴。她自愿放下过去受万人追捧的巨大荣耀，过着和露珠一样晶莹恬静的日子。远去俗心，回归渺小，成就永恒。淡如秋水，悠然来去，闲看得失，知晓放下，为心灵插上一双翅膀。

为生命留白，去品味收获的甜美。生命短暂犹如露珠消散，人们在奔波中探寻答案，却不曾回望收获的果实。人生好比煮一锅粥，煎熬滚煮需琢磨，时疾时徐看火候，酸甜苦辣自张罗。煮粥要先进行分门别类的整理，按照谷物豆类的耐煮程度的次序放下，时时搅拌调整火的大小，让谷物豆子相互融合，这才熬成了一锅可口的粥。人生历程的缩影好比熬粥的过程，需人精心看护，才能在时间的磨合中成就。人生旅程只有去掉浮躁的心，用平淡真实的心去面对，才能品味其中的百般滋味。

美学大师曾写到，阿尔卑斯山的一条风景极美的道路上有一幅标语"慢慢走，欣赏啊！"现实生活中，我们一味追求成功的顶点，而忽略了一旁的景色。为生命留白，去找寻不同的风景。

离乡人
吴嘉敏

离开家乡的人就像脱离母体的蒲公英，漫无目的地飘零，最后在一个陌生的地方停留。

我之前看过一个小视频，里面有一个六十岁的老人，头上戴了一顶不新不旧的草帽，穿着深蓝色的衣服。岁月在他的脸上留下了明显的痕迹。他是一个卖柑橘的小贩，挑着两个大竹筐。这时几个城管气势冲冲地来到他面前，说他不能在这里卖东西，影响市容，就准备赶他离开。老人无奈，只得低声下气地求他们，希望能再给他一点时间，让他再卖一些。可其中一个城管二话不说就踢翻了老人的竹筐，金黄的柑橘遍地都是，同时这个城管凶巴巴地说："让你离开你就离开，说那么多干嘛，快挑上你的竹筐走！"老人没有说话，只是默默地低下头捡着地上的柑橘。最后用他历经岁月的肩膀挑起筐子，离开了。即使视频不是很清楚，我依旧能感受到老人身上的失落，无奈与伤心。而老人的故事让我想起了离乡的农民工。

农民工远离家乡务工，有的是为了改善自己的生活，有的是为了让自己的子女能够接受更好的教育……所以他们选择离开自己土生土长的地方，给自己带来无数欢乐与温暖的家乡，来到了一个并不熟悉，也对他们没有半分温情的城市。

因为他们来自农村，又因为一些外在或内在的原因，他们接受的教育十分有限，长年和土地打交道，他们只知道简简单单地做人做事，老老实实地干着自己的活，本本分分地挣自己的钱。他们工作的地点多是工地，因为没有知识，所以做的都是体力活：搬水泥，轧钢筋等。他们也很累，可是却没有倾诉的对象，所有的苦与累只能自己一个人承受。

正是长时间做这些超负荷的工作，他们的身形开始有了变化。头发渐渐失去了以往的光泽，双眼也因疲惫而不再有神，同样地身体里的器官也隐藏了许多问题。而工地上的环境对他们的影响也很大。工地上用的是不知来源的自来水，即使是冬天洗澡也只能用冰冷的自来水，吃的东西里面也掺杂有灰尘。在无味的工作中他们最期待的应该就是与亲人的通话吧，在家人的关切中，他们能够感受到久违的温暖。

然而他们也面临着许多问题，很多时候，因为一点小的摩擦，大家就会大打出手。可是对于孤身来到城市的农民工而言，这样的摩擦意味着他可能工作不保了，即使能保住工作，对于他一个人而言他能反抗吗？

现在国家也很重视农民工的问题，也出台了很多相关的政策，方针。这对农民工来说是值得高兴的。我想他们应该更需要的是得到人们的尊重与真挚的对待吧，农民工的心里苦着、累着，可是如果多了大家的尊重与关心，他们也会感受到其他的温暖。

夏末秋初闻桂香

吴小芳

热情的夏姑娘还未送走，鼻尖便闻得桂花香！

它，不曾有艳丽的色彩，更不曾有妖娆的风姿，只是淡淡的黄或者橙，巧巧的小，粒粒的点，如星星似的点缀在绿叶之间，一阵微风吹来，就把我的心俘虏了。

夜晚，行走在校园里，闻着桂花香，在这份宁静中，我忽然想起王维的"人闲桂花落，夜静春山空。月出惊山鸟，时鸣春涧中。"就这样，静听桂花呢喃的倾诉，享受着夜晚校园的宁静。

桂花，醉人的桂花香，我想沉醉其中。

大二的课程果然如师姐所说，课是满满的。一连上了几节课，身体的劳累，思维的疲惫，整个身心需要安慰。此时的你，飘香满怀的你，芳香醉人的你，是我的最爱。于是，我轻轻地来到你的身旁，闭着眼睛，静静地，我耸动鼻尖使劲嗅着这沁入心扉的花香，淡淡的桂花香，从树枝桠间弥漫着，就这样，我轻醉着、放松着劳累的心灵。大脑放松的微波慢慢荡漾着思维的水花，桂花的香气轻轻地滋润着细细的水花，一同缓缓地趋向平静。平静后的放松，放松后的惬意，让身心找回了自我，找回了以往。

桂花，醉人的桂花香，我愿沉醉其中。

有时候生活犹如季节一般，时常变换。有春秋时的气爽和温和，也有冬夏中的难耐和寂寞。开心时的酣甜，快乐中的欢笑，烦恼时的意乱，苦闷中的忧伤。在忧伤时，我就会情不自禁地走进你的身边，默默地静看着微风中轻盈花香的你，让我的烦恼和忧伤在你的香气四溢中渐渐退却、消失，让烦躁不安的心灵在你的香气里得以滋润，渐渐趋于平缓、平和，以至于沉溺其中无可救药。你，醉人的香气，犹如一双温柔的手在轻抚着我，让我沉醉其中，久久不愿醒来。

桂花，醉人的桂花香，我已深深地沉醉其中。

桂花，外表朴素内含韵味，有着迷人的气质。普普通通的小黄花，在风中轻轻地摇曳着，不知道摇醉了多少过路人的心。她们徘徊在你的身旁，伸出贪婪的鼻孔尽情地呼吸着，恨不得把你也吸进醉梦的心灵里。而你，"呵呵"地笑着，不停地释放着你那迷人的气息，触碰着路人的感官。路人脸上甜蜜的神态，醉人的笑容，和着秋风一起飘荡着。在秋高气爽的天气里，蓝天与白云也偷偷地跟随着秋风一同徜徉在你的怀抱中，一同沉醉于你香气四溢的柔情里。桂花，你沉醉了大家。蓝天，白云，秋风，你，我，他。

有人说，桂花像是一个热恋中的女子，她的香，不似梅的"暗香浮动"，也不似莲的"香气益清"，热烈、芬芳，吐露着最浓烈的相思。我特别喜欢这种缠绵的香，让人欲罢不能。沾染上爱情的花，是很容易让人深陷，你已让我不可自拔。

桂花，你已深醉了夏末秋初。

闲话山水

高宇佳

春红瘦尽，夏至未至。任岁序徙转，莫若与山水共清欢。

最美的山水藏在诗歌葳蕤的地方。

走过远芳古道，行至青草蓊莪的湖畔。在那里，春波浩淼，水草丰茂，仿佛还能听见来自远古的歌谣："蒹葭苍苍，白露为霜。所谓伊人，在水一方。溯洄从之，道阻且长。溯游从之，宛在水中央。"那位遗世独立、倾国倾城的伊人，无论你如何寻觅，她都只如云影般掠过，永远在水一方。你想褰裳涉江，奈何水深且广，只能默默不语，直至露凝为霜。长路迢迢，沧浪滔滔，君与伊人，永隔一方！其实不必找寻，她就在那里，在野径旁，在疏林下，在清溪边，在花开处。所谓伊人，就在那山水之间，微笑莞尔。

随一首唐诗，清淡明净，流动空灵，走进灵山秀水间。"空山新雨后，天气晚来秋。明月松间照，清泉石上流。"新雨明净，洗去俗世尘埃；空山宁谧，沉静尘寰喧嚣。此刻，月华荡漾在松间，清泉流淌于石上。漫步于深深隐林间，感萧萧松风之宁凉，听晚钟鸣、雁声声。山水诗人王维的隐逸生活可算是分外悠闲了。他一生淡看浮华、纵情山水。不管是"行到水穷处，坐看云起时"；还是"人闲桂花落，夜静春山空"，皆是他对山水自然饱含禅意的感悟。青山恒静无言，却洞悉世间浮沉变换；碧水默默不语，却看透万物枯荣悲欢。行走在这样旷远的山水之间，你我渺小如天地一沙鸥，又何必再苦苦追寻什么呢？何如对一张琴、一壶酒、一溪云。

唐宋八大家之一的欧阳修曾写文道：醉翁之意不在酒，在乎山水之间也。山水之乐，得之心而寓之酒也。且看滁州西南诸峰，林壑尤美，草熏熏而木欣欣，蔚然深秀；且观山间之朝暮，晦明变化，日出而林菲开，云归而岩穴暝；且赏山间之四时，野芳幽香，佳木繁阴，风霜高洁，水落石出。中国古代文人多有傲骨，欧阳修也不例外。他虽被贬官，却并不为此过分忧心，也不愿意终身在宦海里沉浮，而情愿寄情于山水，与民同乐。在茫茫山水之间，做一醉翁足矣。捻字为文，花枝做笔，云海烟波，残阳瘦水，一一入墨。就这样，与山水为邻，同自然共居，愿时光不老，看岁月静好。

古语云：智者乐山，仁者乐水。是以喜爱山水之人，必有智者洞明世事的旷达，亦有仁者宽厚良善的心怀。山水陶冶情操，怡养性情，古来圣贤雅士多与山水有过不解之缘。今夕的我们不妨也做一次无谓的放逐，携手相持，走近山水，感悟自然，品味人生。

流年漫漫，昨日的欢愉已成今日的遥远。唯绵延青山，峨峨千年；悠悠碧水，缱绻缠绵……

相　思

蒲云佳

"红豆生南国，春来发几枝。愿君多采撷，此物最相思。"王维的这首《相思》还有一个别名叫《江上赠李龟年》。是王维怀念友人所作，这首诗中将红豆化为赤诚友爱的一种象征。

本来王维写这首诗是写友情的，但人们却多用来形容爱情。愿君多采撷那红豆，因为它最能代表相思之情。望多采撷，莫忘故友，这是一种美好的希翼。但这首诗还有另一种说法，在宋人编的《万首唐人绝句》中，第三句的"多"字改为了"休"，有人就将这二字进行比较，认为"休"是反衬离别之苦，是因相思转为怕相思，采用一种逃避的态度。而用"多"则表现一种热情饱满、一往情深的情调，而且此诗情高意真而不伤纤巧，与"多"字关系甚大，故"多"比"休"好。且不论哪个字更好。有一种说法是存在即合理，"休"字的出现，说明这字放在此诗中是完全行得通的。

再来说一个关于红豆的传说。相传，古时有位男子出征，他的妻子朝夕倚于高山上的大树祈望，登高而望，却看不到远在边疆的爱人，心中郁结，哭于树下，后来连那泪水都流干了。无泪而泣，最后流出来的竟是粒粒鲜红的血滴，血滴化为红豆，红豆慢慢生根发芽，春去秋来，小树芽长成大树，结满一树红豆，人们称之为相思豆。红豆带着妇人的思念，所以说此物最相思。

故事讲到这里就结束了，但是想一下后来的发展，当战场上的丈夫回来，每一次采撷红豆便会想起自己的爱人，试问谁不会伤心呢？每一次和妻子的相遇都在回忆里或梦里，这时，多采撷便是一种残酷。

最美好的爱情莫过于执子之手，与子偕老，如若不能在一起，相忘于江湖才是最好的选择，红颜易老，刹那芳华，而是与其天涯思君，恋恋不忘，不如相忘于江湖。不是没有动心，而是情深缘浅，既然缘浅又何必苦苦纠缠。

甜城之甜

杨　静

甘蔗又称竹蔗，产于热带亚热带地区。甘蔗由小苗慢慢长大，细长的而又青翠的枝叶不断向上延伸，一节节紫红和青绿色的主干亭亭玉立在河口平原，三角洲受着充足的雨水滋润。甘蔗以甜著称，汁多甘甜，作为一种茎食类水果深受人们的喜爱。

内江是我国主要的甘蔗生产地和制糖基地之一，因生产蔗糖有名，故曰"甜城"。自古以来，当地人便有种植甘蔗的历史，随着制糖业的发展，甘蔗产业而渐渐成为重要的经济作物。相传内江甜城之称并非全部来源于甘蔗产地。在明末的起义中李自成为邀张献忠亲自登门拜访，在拜访时张献忠拿出果品给李自成吃，李自成吃后评价到"此乃世间最精妙的糖制品，内江不愧有甜城之称"从此后内江——甜城，年复一年地流传下来。

甜城之甜也在于山水之间。李白曾做"青山横北郭，白水绕东城"等诗句，这里的青山白水美景便是站在西林山上眺望着被沱江环绕着的内江城所见之景。西林山青葱，沱江蜿蜒绕着城市似是与世隔绝。山水与集市相融合，城市被清幽所包围，人们尽情畅游在这山水的甜美之中。

内江人民朴素，勤俭，他们在尽情地享受着自己生活的甘甜。"锵——锵——锵——"锣、鼓、大钹、三弦等乐器声齐鸣，每周末的川剧化妆戏在东兴古镇上演。演员们在台上踱步、翻打，观众在台下一边唠嗑一边看戏，时不时响起一片掌声。川剧化妆戏在古镇街子流传已久，对其了解的并不多。内江人民自发地组织起来，保护这一文化遗产。他们在繁忙的城市生活中也在享受着悠闲，恬静与文化的魅力。

大千故里，书画之乡，这亦是在说内江。人们以大千纪念馆，博物馆来纪念张大千这位著名的国画大师。这种方式为内江增添了文化气息，具有浓浓的笔墨书香。当地的人们在这种文化氛围中畅游，体会大千文化。享受着这浓郁的文化气息，浸渍这内江独有的甜。

山水优美，人杰地灵，文学底蕴浓厚，历史文化悠久……这便是甜城——内江，一个位于沱江边独特而又平凡的地方。它的"甜"丝丝浸入我们的生活之中。

夜 雨

周琪茗

夏季的气息蛰伏两季，现在终于派了几只蚊子作为先锋宣告复出，我依然光着膀子，偶尔挥手扇走来扰者，继续做自己的事情。

窗外传来密集的雨点声。起身推开窗户，一股清风拂面而来，带着雨水的气息，好久没有下这样大的夜雨了。我又坐下，目光散乱地发着呆。

我喜欢这样的夜晚，湿润清新的空气在肺里不断地交换，雨点打在铁皮雨棚上、树叶上，落在土地里、潜行在夜色中，这样的空气和声音从来都让我感到宁静与舒畅。在家的时候，在夏天的雷雨夜里，尽管雨声哗哗、雷声隆隆，我也打开窗户，享受着雨夜的空气，很快安然入睡，偶有霹雳炸响惊醒梦中人，却并不影响睡眠的继续。一天早晨，发现窗前书桌上翻开的书让猫咪盖了两个泥手印呢。想起曾经有过的不安宁的夜晚，那时一个女孩说，她怕雷声，在雷雨夜不能入睡。我曾在蓄水的屋顶，在飘着细雨的时候，细听周围的声音。一针雨丝扎进水面，声音或许真的很轻微，人耳觉察不到，那时我听见的，是雨点们在水面跳跃的跫音，密集、清亮、远近交汇、重复不断而不单调，无数的涟漪独自扩散又不断相互重叠交融消失不见。那是我第一次感觉到这样的乐音，不禁为这发现感到一分喜悦。

夜雨依然下着，室友传来呓语。我忍不住走出寝室来到阳台。

过道灯光明亮，尽头处的阳台有些昏暗。伫立，张望，稀稀拉拉的树木看起来竟像一片林子。楼下路灯亮着，站在树叶里低着头。雨线躲藏在夜幕中，千里跋涉偷偷飞下来，终于在灯光处现了真身，好似发光的莲蓬洒出水来。树林任风吹，任雨打，每一片叶子都在颤动，发出簌簌的声响，泛红或泛黄的叶散落在地面。身上粘的尘土，终于冲刷干净了吧。

真想跑出去，让雨水淋透全身，冲刷掉疲倦，任风儿拂来，亲吻每一寸皮肤，带来凉意而不觉寒冷。

真想跑出去，张开双臂拥抱那些树，与他们通灵，听他们年轮里的故事，听他们同风儿雨线的对话，听虫子、鸟儿的声音。不，不，我还想变成一棵树，伫立在土地上，感受阳光的温度，尽管会有烈日炙烤、飞扬的尘埃令我灰头土面，但也会有现在这样的风雨，冲刷掉不堪。我还想，还想变成雨，落在乡村的土地上，钻到所有生灵的身体里，渗到地下，流进河里，最后蒸发又凝成水珠，挂在花草上成为晨露，飘在天上成为白云。

与万物相交融过，我被赋予了灵力。

凝结，落下，汇聚为江河；反向，逆流，倒转了时光。

流到望娘滩，看到化为水龙的聂郎与母亲永别时，二十四次的呼唤与回望；流到儿时的梦乡，梦见自己吞下那颗珠子，变为那水龙，听见母亲的呼喊；流到源头，听见母亲为我讲聂郎的故事……

忽然一个寒噤。空气有些冷，睡觉吧，不要感冒了。

一路风景一路歌

王国丽

像微风拂过脸颊，像白云亲吻着天空，像繁星装饰着黑夜，像雨滴滋润着大地，你出现于我的世界，仿佛一道闪电，划破凝固的空气。

同样是在这样的金秋九月，也是这样的细雨朦胧，丹桂依旧飘香，风景亦如故，只是往事如烟，故人不在。我常常怀抱着那时你最爱的《盛夏的方程式》，漫步在校园的石板路上。经过了六十年风吹雨打的幽静小道，虽稍显破旧，却在时间的洗礼下，充满了古老而又神秘的气息。古道旁，种了些许桂花树，风轻轻地吹过，一场桂花雨翩然而至。迎着朝露，踏着晚霞，我在长满了青苔的小路上，踽踽独行。

我在莲花池和室友嬉戏玩闹，我在柳亭湾随吉他声婉转飞扬，我在美丽的沱江边闲庭信步，思绪飞扬。内江师院一大怪，图书馆建在校园外；内江师院一小怪，娘子大军春去秋来。

我们曾拥有虽不可朝暮相见，却仍旧如故的情。而随着岁月的流逝，许多人许多事都已渐渐被我淡忘。那些远去的岁月，被我用一个匣子装着，放在记忆的角落，尘封已久，未曾打开。那个欢乐时与我分享，危难时与我同行的人，就连模样也已经模糊。只是当初相遇时的场景，曾经说过的话，却至今萦绕在心头，久久不能忘怀。

十七岁那年的相遇，就像昙花一现，美丽得不可亵玩而又短暂得让人叹息。与你离别后，一路走来，一路高歌，无惧忧伤，不畏孤独。

年少时的情，最是青涩，也最是难忘。有时我常会想，你所在的那一座城会是什么样的？是千篇一律的四通八达，还是有和我们校园一样的幽静古道；你是像我一样漫步其中，还是步履匆匆；你是疲于奔波，还是乐于享受。

我在内师，听风儿的低吟，闻鸟儿的啼啭，看树儿的招展……现在的我，感谢那时的你，因为有你，在那个骄阳似火的五月里，我在桌前榨干我的最后一点精力，虽然现在高不成低不就，但依旧充实而满足。想起高三那年老师曾在讲台上挥汗如雨，你曾在我身旁描述对大学的憧憬，我曾在你耳边絮絮低语，那时的向往，如今都已成为幻影。

人们常说：不言盛景，不叙深情。有种盛景无法言喻，有种深情不能叙说，很多东西，得之我幸，失之我命。

你说不想自折羽翼，我想用事实告诉你，在内师依旧可以翱翔于蓝天。

一路风景，一路高歌，一朝学子，百年内师。

一只金毛的自我修养

陈镜西

正能量不是没心没肺，不是强颜欢笑，不是弄脏别人来显得自己干净。而是泪流满面后怀抱的善良，是孤身一人时前进的信仰，是破碎以后能重建的勇气。

——题记

如果世界上有这么一只金毛，如同午夜清淡的讲述者，述说一个个童话般的故事，如果世界上有这么一只金毛，活泼如青春少女，勇敢如荆棘少年，犯错时会蹭蹭你的裤腿撒娇，饥饿时会摇着尾巴讨欢，如果真的存在，那它一定是梅茜。

爱讲睡前故事的张嘉佳带着这只华语文学唯一的"金毛狗子"作家，从金毛狗子梅茜的视角，写就了7个心动篇章和37个让人笑中带泪的故事。

这一个个故事，是梅茜眼中的时间与距离、拥有与消逝，是张嘉佳讲给千万人的睡前故事，也是一份汪星人送给地球人的温暖礼物。梅茜的朋友就好像是我们身边的朋友，梅茜的日常生活就好像零距离地发生在我们身边，梅茜也好像就一直在我们身边。

《让我留在你身边》文章里的小标题俏皮讨喜，字里行间都是一只金毛的温柔和矜持。

一只宠物狗的世界大概很小，卧室到客厅，厨房到门口，以及小区春绿秋黄的草坪。但梅茜告诉我们，狗儿也有十分复杂繁琐的工作：每天趴在门口静等主人回家的脚步声，待主人旋转钥匙开门时为他衔来一双拖鞋，每晚躲在被窝里想第二天主人要跟它说什么样的话，细心看顾主人，用心呵护的家防止陌生人的侵入。

一只宠物狗的朋友圈大概也很小，从小区到邻近小区，单元到对面单元，每日没事做晒着午后阳光在草坪上嬉戏打闹。但梅茜倔强地反驳：不是的，街上那只肮脏的流浪狗，它可能是黑背，不顾一切地奔跑在暴雨后的路上，惦记着心爱的主人此刻危在旦夕，发了狠地往前冲，不怕跋山涉水也不顾前路茫茫。它也可能是让人心疼的滚滚滚，为了再与主人重逢，将自己不长的一生献给了漫长的等候，即便忍饥挨饿，即便日晒雨淋，仍旧固执地死守原地。

仍记得起风时，梅茜看着一动不动的滚滚滚，它的爪子还贴着地面，那里有一颗用粉笔画着的心。梅茜什么都不说，只哗啦啦地掉眼泪。

如果这只狗还学会了某个成语的话，那它一定会知道此刻的心情叫物伤其类。

"你看，梅茜，这是我爸爸妈妈以前在这里画的，只要这颗心一直在，我们就一直在一起。"滚滚滚说。

梅茜沉默地转过身，心里渐渐下起了滂沱大雨。

这个世界到处是画的心，有的是一个房子，有的是一句承诺，有的是一次花开，有的是一把雨伞，有的是一首歌曲，有的是一顿晚餐，有的是一条短信。

可是当初画心的人早已不知道去了哪里，也不知道行走在这世界的哪条路上，说也说不出，留也留不住，于是渐渐就只剩下汲取到那一点点温暖的人，仍然倔强地留在原地守护着那颗心。

自己守护的东西，偏偏别人不想要。

别人不想要的东西，偏偏是自己的珍宝。

透过安静印刷在纸张上的文字，我仿佛可以感受到梅茜心中的波涛汹涌，一瞬间不知是替她还是替谁难过起来。又想起扉页上写的那句话"让我等，我就不离开，从你的全世界路过以后，请让我留在你身边"，一时难言。

一只狗子的生命何其短暂呢，人一生也不过百年弹指间，而金毛存在的时光也不过人的十分之一，是真真切切的只是路过我们的世界，陪着我们看尽浮华然后飘然离去。不管是梅茜，黑背，萨摩耶，这些大大小小的狗，每一只都有它背后的故事。梅茜这个活泼的小姑娘，受尽老爹的疼爱，用它聪慧的目光接触这个世界，在尘埃落定之后静静地躺在老爹怀里思考狗生。

"你要允许我活着。虽然时间并不长，我一生共有十年的生命。在这十年中，十分之九你在努力工作，招待朋友，去美好的地方寻找风景。剩下的十分之一，我能够看见你的身影，所以这是我最重要的一年，比从小陪我长大的橡胶球重要，比我的水盆重要，比一切好吃的食物加起来还重要。"

梅茜说她不能理解这个世界，不懂一切规则，只知道喜欢自己的主人。

不试图留在你心里，只想将自己拥有的一切给你。

这样干净纯粹的感情，发自一只狗子的肺腑。仿佛在某个寂静的深夜，出生不久的梅茜跌跌撞撞地靠近老爹，他此刻加班后睡得正熟，它只蜷缩在他的脚边，露出呆毛的狗头蹭蹭他的裤腿。从皮肤上传来的温度如同在凛冽冬夜需要汲取的那丝温暖，让它安定地睡下，睁开眼就看到阳光呼啦洒进来，自家为老不尊的老爹调侃着看它："哟，醒啦？是闻着肉丸的香味醒的吗？"

天气好的时候，它就跟着老爹去小区的草坪上晒太阳，和隔壁的边牧吵吵架斗斗嘴，在老爹扔出的铁盘落地时身手矫捷地叼住并送回给主人。阴有小雨的时候，它喜欢趴在窗台，看电脑旁的老爹赶稿码字时长出的胡须，听着噼里啪啦的键盘声响，一过就是一天。

这是梅茜最珍藏的记忆，构成她最宝贵的世界。

就一起这么过下去，不要离开，不要抛弃。不管外面的世界对你有多刁难，我都在你身边，只要你需要，我便风雨无阻地赶来。

梅茜看了那么多狗子的故事，用掉满金毛的键盘敲打出那么多狗子的故事，最想说的话吞吞咽咽，打了又删，无非是那七个字——让我留在你身边。

尽管我只是路过你的生命，但你却是我的全世界，不要离开，请让我留在你身边。

每天念着一千遍蝴蝶的老皮肚，执着守护那颗粉笔心的滚滚滚，为了主人不顾一切拼了狗命的黑背，有一个白富美老妈的可卡，会算命的牛头梗婆婆，珍藏红糖纸的冬不拉……每一只狗子背后都有自己的悲伤往事。但是萨摩耶仍然在笑，黑背叼着飞盘摇着尾巴，梅茜离家出走后又返回，没有一只狗放弃。

对于张嘉佳而言，如果说《从你的全世界路过》讲的是他的世界观，那从这本金毛狗子作家的记叙里，透过字里行间承载的是对这个世界的蓬勃情意，证明他仍旧对这个世界充满了希望和期许。

他学着用一只金毛狗子的目光来看生活，然后发现梅茜眼中的世界永远那么简单。

突兀地想起《大话西游》的最后，紫霞仙子看着城墙下一个莫名熟悉的身影笑得开怀，"你看那个人，他好像一条狗啊"，搂着她的剑客转过头看了一眼，无声微笑附和。

那个人他好像一条狗啊。

狗又如何呢，最纯真干净的感情都献给了主人，没有离开和背叛，比家人更家人，比伴侣更亲密。细想起来有时人竟不如狗自在洒脱，人总是被生老病死所困，被求不得放不下扰心，没有狗的自由和豁达。而对梅茜而言，只要每天有老爹的陪伴，有六个肉丸子可以吃，就是狗生最幸福的事情了。

梅茜说，我的世界很小，哪怕尽了全力，还是有无数的地方是远方。被海豚追逐的薄荷岛，坐上门板当火车的柬埔寨，悬崖上色彩斑斓的五渔村，最美的地方我都到不了。我能做的事情很少，在门边等你回家的脚步声，草地上追逐同样晒着你的阳光，听雨点打在玻璃的声音。当微风滑过你的耳边，当阳光跳跃在你的手心，那你就能想起我。

张嘉佳说这不是一本童话书。这当然不是一本童话书，童话只教你如何露出欢颜，而《让我留在你身边》带你看见欢声笑语下的眼泪和沉默。

何止是梅茜呢，她只是千千万万狗子的一个缩影。她只不过是代替他们所有狗子，说那一段从来没表达出来的话：

我亲爱的主人啊，你总会去到那些地方，雪山洁白，湖泊干净，山风猎猎，云峰缭绕。全世界都在给你唱情歌，你呼吸过的空气漂洋过海，横跨星空来到我身边，那时你是否还记得我呢？亲爱的主人，我喜欢你，我在想你。

正在读着这篇文章的你们，如果你已经幸运地拥有了一只狗，请你赤诚纯粹地爱它们吧。不要在乎纯种失格，不要在乎品种样貌，这些跟你的爱无关。

狗子的一生那么短暂，它从全世界路过，只愿留在你身边。

异乡人

张自强

回到家已经是午夜，十一月初的夜晚已经渐渐入寒，站在门口，低头便看见台阶上洒落一地的白光，抬头望了望，今夜却是无月。挪了挪僵硬的脚，我把衣领里蜷缩的脖子拿了出来，门把手的冰冷让我心中一颤，推开门，屋内的温暖扑面而来，将我包围。炉子里的炭火还没有熄透，火钳斜靠在沙发边上，像是一位刚刚牺牲的战士，电视里还播着不知名的抗日剧，画面定格在了一条弥漫着硝烟的战壕上，战壕内躺满了死人，配合上滚滚的浓烟，让人不寒而栗。战壕上面是乳白色的天空，看不到飞鸟，也没有一点蓝。屋内是死一般的静。

"爸……"我靠着墙，低头脱下脚上厚重的皮鞋。

父亲躺在电视对面的沙发上，歪着脖子，杂乱的头发堆在头上，硕大的啤酒肚随着呼吸有节奏地上下起伏着。屋内是死一般的静。

一夜无眠。

早上，餐桌上，母亲一遍遍叮嘱着，重复说着已经说过无数次的话。我顺应着点点头，同时将另一个肉包子塞进嘴里，父亲则寂静地坐在餐桌的另一边，缓缓地喝着牛奶，动作很轻，轻到让人难以察觉。饭毕，母亲进到内屋为我打点行李，东一头，西一趟，嘴里喃喃念叨着，父亲躺在客厅的沙发上，电视上播着不知名的抗日剧，又是那条战壕，滚滚浓烟下，许多身穿军装的男人跪在地上，撕心裂肺地哭喊着，用手抚摸着红色的大地，绝望地望着那撒落一地的尸体。

"我送你一程吧。"父亲盯着屏幕淡淡地说。

汽车开动的时候母亲远远地站在街角，周围是无数叫卖的小贩。我把头伸出窗外，挥挥手，微笑着说再见。转过头，没有无数感人的画面飞快闪现在眼前，没有多少深刻的感慨沉淀在脑海，下一个街角到来时，后视镜里的世界越来越远，母亲的身影越来越模糊。

风吹过来，满是酸酸的味道……

父亲始终目视前方。车内只剩下汽车的颠簸声，偶尔我会把四下散落的目光停留在他脸上一秒，却始终对不上那一瞥。车子不紧不慢地向前开动着，大雾让周围的世界变得有些虚幻，朦朦胧胧间，却是已到了终点。

父亲把车厢内的旅行箱搬上了长途汽车，一路无话。我上了车，找到了座位，父亲则在车外打电话，不时将目光投向我，我把包里的车票拿了出来，又塞进去，努力让自己忙碌起来。突然，父亲向我招了招手，示意我到外面去。背上包，我跌跌撞撞地来到父亲跟前，大雾还没有散，依稀可以看见远处的山峦。

"给，抽一根？"父亲从裤包里掏出香烟，中华牌的，如同对待所有朋友一样。父亲先递给我一支。

"戒了，你抽吧。"我顿了顿，把手伸进上衣兜里，眼睛盯着父亲的黑色的皮鞋。

"嗯。"父亲似乎笑了笑，把手里的香烟又塞了回去，"好事情，抽多了对身体不好。"

"嗯，你还是少抽点吧。"我看着他衬衣领口的一点油渍，淡淡地说。

"好。"父亲把香烟揣回裤包，抬头看了看我，始终侧着身子。

四下无语。

我把手里的矿泉水瓶拧开又拧上，一遍遍重复进行着。雾渐渐散去了，远方的山清晰地出现在了眼前，身后，将我们紧紧包围。

汽车师傅把头伸出窗外叫唤着人们上车，发车时间到了。"去吧。"身旁传来父亲低沉的声音，他始终侧着身子，偶尔抬头望望天空，那里看不见飞鸟，也没有一点蓝。

汽车开动了，父亲还站在原地，直到泪水让我模糊了他的背影。

传　递

欧阳梦妮

　　车来车往，像人生的转路口，毕业生们总有很多选择。不同的选择，都有共同的目的，那就是实现梦想。

　　我穿过人流和车水，站在农商大楼的门口，我的梦想在此。当坐在面试厅上，我看到对面坐着三位身穿白色制服的面试官，我向他们做了简单的自我介绍。"我叫李悦兮，是大四应届毕业生……"，余光看到这个偌大而整洁的面试厅，简约而不失庄重，连墙边的一株草都显得格外有生命力，这样的地方，我愿意每天清晨都出发来这里。

　　"请你说一说，为什么会选择我们农商？"

　　"2006年……"

　　"一声梧叶一声秋，一点芭蕉一点愁，三更归梦三更后。落灯花……"晨读的声音总是随着第一缕阳光开始。"兮兮，你爸打电话来了。"门卫大爷的声音总是很有穿透力，我跑着，伴着门卫大爷的余音。"喂，爸，爸。""爸今年又回不来了，把钱给你们打来了，你问奶奶拿存折去农商柜台取，奶奶眼睛不好，照顾好奶奶。"

　　"阿姨，我取钱。"我总是踮着脚把存折塞进栏杆的另一面，递过来的钱就像是父亲亲自给我的。柜台太高，每次阿姨都会站起来把钱递给我。

　　春去秋来，算起来父亲已经三年没回过家了。

　　那天的清晨，雨比太阳早了一步。雨水顺着房檐滴答滴答地落下。"落花灯，棋未收，叹新丰孤馆人留。枕上十年事，江南二老忧……"，"你把这个给你们班的李悦兮。""都到心头……"我晨读着并不能体会的诗词，看到门卫大爷把什么东西给了班主任，隐约听到我的名字。班主任向我走来，我耳边只听到"枕上十年事，江南二老忧，都到心头……""兮兮，你过来，这是从你爸的煤矿上寄来的，说你爸爸他，因为煤矿坍塌，去世了……"。我没有哭，我只是转身跑回家，到处找，到处翻，爸爸不会离开我的，他还在给家里打钱呢。我这就把存折找到，我要去取钱。

"阿姨，我取钱。"我擦擦身上的雨水，踮着脚往里张望。"存折里只有几块钱，爸爸今天给你打钱了吗？"阿姨站起来，看着一身湿透的我。这时的我才忍不住，"哇"的一声哭起来。回家的路上，阿姨牵着我的手，给我打着伞。

第二天，我听到奶奶起床开门的声音，是农商柜台的阿姨带着几个穿着白色衣服的叔叔阿姨给我们带了米和猪肉。我躲在门后，看到他们给了奶奶一个新的存折，我抬头望了望父亲给的那张发旧的存折，静静地躺在沾满灰的窗台，上面的雨水干了，留下了好多斑痕。

后来，奶奶告诉我，我还能继续每月到农商取钱，让我一定要好好读书。

冬走夏至，我每月都来到农商的柜台，我从踮着脚慢慢的不用踮了。阿姨递钱的手也从穿过栏杆到穿过玻璃，农商给我们的存折也变成了一张硬硬的卡……

"2016年，十年。没有农商也就没有坐在你们面前的我。"

我看到坐在对面穿着白色制服的三个人互相看了一眼，带着微笑点头。那一刻我仿佛看到了十年前的那个清晨，躲在门后的我看到提着米和猪肉，穿着白色衣服的叔叔阿姨，那同样的微笑。

"嘟……"我伸手关了闹钟，起床刷牙，今天是第一天去农商上班。

"今天我给大家介绍一位新同事，李悦兮。"每一天都从晨会开始，我看到大家都站好队伍，穿着白色制服。主任会先告诉大家事项安排，接着是每一位员工进行昨日分享。很庆幸，今天我也穿上了这白色的衣服。

信贷柜台人来人往，每个人都有自己的梦想，我们作为助梦者，必将与追梦者共同前进。

午后的阳光，特别晒。前台的大门开了，阳光却被一个黝黑的身影挡住。我忍不住看了一眼，一位四十来岁的叔叔，头发有些花白，褪色的短袖领边有几个不相连的小洞，饱受岁月的磨砺，毅然挣扎着。一进门，礼仪小姐点头示意问好。叔叔显得有些拘谨，双手握在前面不停地上下摩擦，长满茧的手掌似平还因巨大的摩擦力而移动得缓慢。您好，请问是要办理什么业务吗？"保安小张显然比叔叔走得快一步，先站到了他的面前。"那个，我问问，办贷款的事。今年天热，庄稼不好，孩子快读初中了，想贷点款。"我看到小张带着叔叔向我这边走来，我询问了叔叔的情况，家里有一个儿子，快要读初中了，因为这两年收成不太好，积蓄都用完了。我让叔叔先回家，我们这边会安排工作人员到家里实地了解一下情况。

第二天。清晨。我走在村子的小路上，鸡鸣声伴着第一缕阳光，踏碎在我的脚下。这样的清晨，又让我想起雨水留痕的那个存折。"咚咚咚……"叔叔打开门，身后的小孩探出头来看看我，胆怯地不敢多看一眼。穿着白色衣服的我，一手提着米，一手提着猪肉，走了进去。乡下的情况，大家都是有目共睹的。致富了的人，开着小车走出了村子；剩下的，都是越来越破烂的房子。家里的孩子，读不起书便意味着这样的房子只会更加破烂。我把农商的卡递给叔叔，像当年那些叔叔阿姨把存折递给我奶奶一样。叔叔把儿子叫过来，"儿子，咱们有钱读书了，你要用功读书，像这个姐姐一样有出息。"叔叔用厚重的手摸着儿子的头。我眼里噙满泪水，想起踮起脚从柜台拿钱的我终于长大了……

坚持梦想，不忘初心。

爱，可以传递。

耳 机

叶 敏

天天的世界格外地安静。

安静的世界，却也热闹非凡，却也色彩缤纷。

天天现在是一位作家，一个用双手养活自己的乐观女孩，她永远也忘不了那年夏天，那个师兄，那一句话。

八月末，大多数的大学已经开学了，对于收到录取通知书的天天来说，她即将离开成都——这个生活了十八年的城市。她的内心是恐惧的，不管内心多么不愿意，现实却迫使她不得不向前。

怀着忐忑并且恐惧的心情，天天踏上了前往内江的汽车。孤身一人，寻找属于自己的位置，收拾整理自己的行李，把贵重的物品都放在了胸前的运动包里。好在，位置是靠近窗户的，将耳机塞进耳朵，看着窗外飞驰的一切，她渐渐地进入了梦中。

两个小时的行程，不知不觉便过去了。下车后，看见周围人头攒动，丝毫不亚于春运时节。中国啊中国，人挤人的中国！

可喜的是，此时内江的天空格外蓝，格外干净，格外纯粹。那一抹蓝，是生命的光辉和象征，是生活下去的倚靠。

远远地，天天看见了学校的大本营。和她一样的新生多如牛毛，等待着学校的车辆来接送。

见此境况，天天拦下了一辆出租车，前往学校。站在学校的大门口，天天在心里默默地想着，这就是未来四年将要待的地方。望着一排排迎接新生的队伍，天天看见自己专业的大本营就径直走了过去。耳机依旧塞在耳朵里，热情的师姐接过了她手中的行李箱，天天微笑着，对师姐说了一句"谢谢"。之后一个看似成熟稳重的师兄带着天天走完了报名的所有流程，叮嘱她明天晚上开班会。天天在广场的自动贩售机处买了两瓶水，拿给了他，真诚地对他说了一句："谢谢。"之后，天天就接着赶往寝室，收拾好自己的东西之后便瘫倒在床了。

杨浩记住了这个女孩，全程带着耳机，不说话，除了对自己说的那句"谢谢"。

天空从火红到微微泛白，从微微泛白到点点星光，从点点星光到暮色四合，四处皆静。忙碌的一天抽掉了天天身上所有的力气。静静地拿出画笔和画纸，天天在白纸上画下了一只耳朵，眼泪滴落在了画纸上，摘掉耳机，关灯进入梦乡。

第二天，室友们都陆续来到了寝室，天天看着这些女孩，她们就是即将和自己相伴四年的人。天天向大家点点头，然后就继续看着自己的书本。大家纷纷拿出自己的家乡特产分享，并且做了自我介绍。天天戴上耳机，静静地走出了寝室。室友A："她怎么回事啊？都不理人。遭了，寝室以后多了一个活死人啦。"室友B："没事，可能是大家还不太熟悉的缘故吧！"

紧接着，军训就开始了。艰苦的岁月，别样的青春。军训了五天，天天挨骂了五天。身为班主任助理的杨浩今天又在训练场值班，看见天天，疑惑不解，嘴里不自觉地嘟哝了一句："又是她。"便走向教官，领走了天天。

站在山顶球场的梧桐树下，杨浩看着这个安静的女孩，笑问道："为什么挨骂的总是你？"天天摇摇头，沉默。杨浩又问："为什么你就不反驳一下呢？你被教官骂了整整五天。"天天仍旧是低着头一言不发。

抬起头，看着天空，两行清泪从天天眼角流出。

杨浩从包里掏出了纸巾，递给了天天。天天用手擦掉了泪水，指了指杨浩拿在手中的手机。杨浩用探究的眼神看着天天，将手机递给了天天。

打开手机微博，登录自己的账号。

天天把手机递回给了杨浩。

杨浩很疑惑，看了手机，握着手机的手颤抖了两下，随即说："你没有张海迪苦，所以你可以让自己超越她，没有什么是过不去的。把你的耳机给我。"天天愣住了，看见对面严肃的杨浩，不得不掏出自己的耳机。杨浩拿过耳机，转手便扔进垃圾桶了。看见再次流泪的天天，杨浩心中酸涩，吐出了几个字："活得真实点儿，不用掩饰，那不是你的错。"

理也不理还站在原地的天天，直接走向军训教官处，说明情况。

"妈妈和爸爸车祸离开了，就在家门外的十字路口。我聋了，就在他们离开的那天。"一路上，闪现在他脑海中的都是这句话。

爱笑的女孩

郑　杰

她和许多留守儿童一样，从小跟着爷爷奶奶生活，父母外出打工，一年才能回来一次。爷爷奶奶对她很好，她也爱笑，总是对人露出她那洁白的小虎牙。每当别人问起她父母时，她总是笑，也不说话，就只是笑。她总是乐观地去面对，她以为她已经足够坚强。她怕孤独却又喜欢独自一人。每当她一个人时，她总会发呆出神，因此她爱上了独自在乡间小路中行走，在无人的偏僻小道上，她偶尔会无由地掉几滴眼泪，但当她抬起头向人打招呼时又是一脸的笑意，她其实是喜欢笑的。

七岁那年，她被接去广州与父母一起生活，来接她的是姨妈和姨爹。当时她奶奶正在将一个烂了一半的梨给削掉，剜去烂了的果肉，将剩下的好的果肉递给她。她隐约感觉到路人从背后传来的灼热目光，带着同情与怜悯，她第一次拒绝了她的奶奶。

两天一夜后，她到了她父母住的地方。一间普通的出租屋，在一间不足50

平米的房间里容纳了两张床，一间厕所、一间厨房和一台电视机。厨房与厕所就像毫无分界线一样，从左看到右，从上看到下，一览无遗。但女孩不在乎，多年的分离使她养成了寡淡的性格。对她而言，她只是换了一个生活的地方，从跟随爷爷奶奶生活到跟随爸爸妈妈生活而已。但她依然爱笑，很快她就与同隔壁出租屋里的小伙伴变成了朋友，邻居的阿姨叔叔也时常给她一些糖果，因为她从不吝啬她的笑容。

女孩转眼就度过了初中，马上要升入高中部了，这时她必须要回家乡了。因为传来消息中考要在户籍所在地考试，因此女孩又回了家乡。这次她被送往了外婆家，不久她爸爸也回来了，同样住在外婆家，而妈妈依旧在广州。一开始她没觉得有什么，可是有一次她和外婆一起串亲戚家，她走得有点累了，嚷着说要回家，她阿姨开玩笑说了一句："回哪儿的家，回你老家吗？"她的脸瞬间就红了，她想哭，但她忍住了，她不想让别人看到她哭。她想了好多，而这些总是提醒她：你是一个寄人篱下的人。

女孩现在很少笑了，看见人也不打招呼了。她学会了低着头走路，感觉越加的沉默。她想起她老家门前的那株桃树，已经被虫蚁蛀蚀得千疮百孔了，就如同她家的那座摇摇欲坠的老房子。

很快她升入了高中部，她又可以像从前一样开心地与人大声交谈，因为在学校没人知道她是一个没有家的人。渐渐地她越来越害怕放假，每当别人兴高采烈地收拾东西准备回家时，她总是默默地不说话也不收拾东西。等到放假那天，她总是故意起得很晚，等着寝室里最后一人都走了以后，才开始不情不愿地收拾那为数不多的东西。从学校回去只需一个小时的车程，她却用了三个多小时。她绕着小路回去，慢吞吞地在路上走着，临近外婆家时就迅速地跑回去，每次都如此。

转眼就要面临高考了，她一直是班里最刻苦最用功的那个。现在她基本将全部的时间都用于学习，她知道她经不起失败，也不允许自己失败。收到大学通知书的那天，她第一次流下喜悦的泪水。离大学开学的时间还早，可她早早地就将行李准备好，她开始重新变得活泼，周身都散发着青春与朝气。

开学那天，她提着行李站在她梦寐以求的大学门口，望着那镀金的几个大字在阳光的照耀下熠熠生辉，她突然发觉原来生活是如此的美好，她感觉她又活了回来，她依然是那个爱笑的女孩。

八点钟的太阳

程 茜

甲

我还在打着游戏，随手接起妈妈打来的电话，用肩膀把手机顶到耳边，歪着头去别住快要掉下去的手机，妈妈说："你爸被厂里骗了，可能要下岗了，他喝醉了，打个电话去问问吧。"

心头忽然一紧，按住鼠标的手顿了一下，"怎么回事？"我努力聚起一丝力量，不让我的声音听起来颤抖。

"厂里新修厂区，为了一个月能多挣三百块，你爸报名去了，结果一个月只有 2000 元的工资，还不是厂里的产业，厂里也不准他们回来……"听不清妈妈还说了什么，因为我的脑袋突然很重了，头皮发麻，像成千上万只蚂蚁在啃噬。

电脑上跳出来两个暗红的大字——"失败"。退出游戏，满屏都是骂我的话，队友们都在说"凯尔，你个傻"，长按电源键，世界终于安静了。可是我无法反驳，我就是个傻叉。

爸是家里的唯一劳动力，用微薄的薪水养着整个家。原来 2500 元的工资，把我和妹妹供上大学，还要强地不让我们落于人后。我们兄妹每月的生活费就榨干了爸爸的工资，我从来不问爸妈是怎么生活的，问了又怎样，爸爸只会说："家里的事不要担心，你们只要好好读书就行。"

从小我就立志，我以后，要么有钱，要么有权。然而现实给我当头一棒。我考了两年的试，次次笔试前三，可是面试没有一次通过。我说我想出去闯一闯，于是信誓旦旦地落荒而逃了，然后在这座陌生的城市租了个不到 10 平米的房，拿着爸爸给的生活费，打游戏。

头越来越重……

我以为我会因此大受打击，然后瞬间出人头地，再混得风生水起，衣锦还乡。我不止一次做过这种黄粱美梦，虽然过程不一样，但结果都是我成功了，风光地回了家。

我还是没能跟爸爸打电话，因为昏昏沉沉中，我睡着了。

醒来时已夜幕降临，无法言说的孤独袭上心来，我站在窗边，有种被全世界抛弃的感觉。嗯，还有点饿了。心酸酸的，应该是胃酸吧，胃酸酸的，我从角落的盒子里拿出一包方便面。我一边痛恨着这种狗日子，一边打开电脑，机械地点开游戏。

男儿有泪不轻弹，只是未到伤心处。不是这样的，哭出来是一种释放，哭不出来的昏昏沉沉才是折磨。那些鸡汤故事，霸道地激励人去奋斗的话早已激不起我的半丝斗志。那些东西是什么，是从我嘴里说烂了安慰弱者的东西，大学时我经常用它们虚伪地鼓励别人。

大学，大学！大学的我多意气风发啊！足球、篮球、网球我真是驰骋球场；国家奖学金、助学金年年有我一份，活跃在大家眼前的我永远是阳光和全能的样子！大学生活，是支撑我、让我相信我能行的存在，它不仅仅是一个回忆，它是我最辉煌的过去，是我的支柱。

算了，不要再逃避了，你还要养家呢，不是公务员就不是吧，试试其它的吧，让以前那个阳光自信的你活过来吧。

毕业两年来，我第一次在晚上 10 点就入睡了。安稳地睡去，真好。

乙

每一个怀才不遇者都有自暴自弃的资格，而我庆幸自己并没有那样做。时隔三年，我又再次拿起笔，把后面的故事说完。

那天，一觉醒来是清晨 8 点，我之所以记得那么清楚，是因为我看见了传说中清晨 8 点的阳光洒在旧窗户上的景象，我看一眼表后选择起床，而不是继续睡过去。

我把自己收拾利落，去了工地。你没听错，是工地。我在民工集中地蹲着，等着赶工期的工地来找日工。这一地方的人多是四、五十岁的大叔，固定的施工队不愿要他们，他们虽然勤快，但保不准有个什么病，在做事时出了意外。这个年纪没个固定单位其实挺尴尬，退休太早，找工作又太晚。我心疼他们，爸爸又何尝不是跟他们一样！那天的我好像回到了小时候，动不动就想到家里，想到辛苦半生的爸爸，然后红了眼眶。

可是生活从来不容易，当工地上来人要招工了，我第一时间跑了过去，没有意外地，他也选择了我。"年轻人！"，我苦笑。

工地真的很累、很累！当天下午拿到 150 元的工资，我一路嘘着口哨上公交，直到家里，躺在床上，我那飘渺的意识才跟着回来，然后我的每一寸肌肉都开始痛。我当时的想法是：老子明天不干了！

然后我第二天又去了、第三天、第四天……我根本想不到我会一直刷新这个纪录，没错，它对我而言就像吉尼斯纪录那样艰难。一个月后，我小心翼翼地从抽屉盒子里拿出存下来的工钱，细细数了两遍，4500 元！4500 元的工资，除去一个月不到 500 元的花销，我还有 4000 多元！

我去地下商场买了一身廉价的西装，去小饭馆炒了两个菜，我敬了自己一杯酒，我不会一直呆在工地。

拿着几份写满招聘信息的报纸，我开始查阅上面公司和职位的资料。看到躺在角落的游戏图标，我忽然觉得很好笑，之前每次信誓旦旦说要好好努力，就会把游戏卸掉，然后又灰头土脸地下载回来，这次居然不声不响就忘了它。

最后，我被一个小公司聘为销售员。大学我最排斥的就是销售了，曾经热血的我在学校找了一份兼职——给一个考研机构做代理，一连几天以后我都不好意思再进寝室发传单了，也不好意思死乞白赖地打电话催人报名，然后一个月完了我就灰溜溜地辞职了。我一边打趣说我骨子里有文人的骄傲，一边暗暗下决心以后再也不要碰销售这活。可现在，我还是成了一个销售员。

转来转去不想交待我所在的小公司，可是后面没法写，双手一抹脸，好吧，我是销售鞋油的。我的工作就是，随身带一瓶鞋油和刷子，在路上给人刷鞋！不仅仅是不好意思，我委屈，真心委屈！因为一大部分人还会跑，他们丝毫不掩饰自己嫌恶的眼神，他们避我如瘟疫。买我鞋油的大多是些大学生，他们同情我！而最初我以为会是一群善良的老头老太太买的多。果然最好推销的是学生，因为他们还没有完全经受社会的洗礼。两年前，我也是这样的，天使一样的学生。

茶余故事

程　茜

兄弟，你问我为什么不当医生了？来，坐，喝口茶，我跟你说说这里头的故事。

那时我刚毕业，正是意气风发的时候。我见不得城里的富贵病人，想去乡下，去祖国需要我的地方，去到那些地儿，当一个人人敬仰爱戴的好医生。

我不怪你笑话我，我也笑我当年的年少轻狂，不知哪来的圣人想法。

来，喝茶。

后来？后来啊，我真的算实现自己的抱负了，村民们都夸我是神医，我就假装腼腆地应下了，哈哈。哦，这不是重点，重点是，我干了一件砸招牌的事。

那天，有个大娘来我这看病，这大娘之前来过许多次，什么发热啦、关节痛啦、没有食欲啦、喉咙痛啦、肌肉痛啦，都是一些小毛病，也不知道她怎么的就是反反复复好不全。别问我为什么记得她，因为她在我的医治下越来越瘦了！再后来我看到她就心颤，慢慢地，我发觉我可能医不好她了，我就建议她去市里的医院看看。她不愿意去，说一进医院还不知道伤在哪儿呢钱就花光了，我想也是，可我不能也这么说吧。我就苦口婆心地劝了她好久，劝归劝，我也知道她不可能去，这田里的庄稼人就这样，挣钱不容易，花钱更难，她越来越没力气了，已经帮不了家里忙了，就更不愿给家里添负担。当然，我说了半天也不是没效果，至少她清楚地知道，这病我没法治了。

兄弟，我也不想这样，可就怕惹上医患纠纷这种事。早点说清撇开对我对她都好。

当时的我还是很有责任心的，我总是私下打听她的病。这可把我吓了一跳，她身上无缘无故要变紫！她丈夫是个实诚的农民，没那么细腻，就责怪她在哪儿磕到碰到了都不知道。这大娘也委屈啊，可能想到我的话也担心这病，就跟左邻右舍的姐们儿聊开了。嘿，她也是傻，跟这些儿个人说了这不等于全村人都知道了嘛。然后大家就在瞎猜她得了个什么病，这事啊没落到自己身上就不觉得疼，那些人真觉得话就伤不了人嘛。

哦，好像跑偏了，我接着说。

这事传了一圈，别人再添油加醋地胡说一通以后，她那实诚的丈夫终于也怕起来了。虽然心疼钱，可也心疼老婆啊，更架不住村里明里暗里的指责，就带着大娘去市里了。或许是农村的生活太枯燥了吧，大家都盯着人这点事儿，可两三天过去了，硬是一点风声都没有传出来。

问我？你说对了，还真有不少人来跟我打听大娘这病。我就老老实实地摇头表示不知道。你别说我无视大家的担心，我知道关心是有的，但就比指甲盖大一点，大多数只是找点谈资顺带感慨下人生罢了。

　　瞧，又扯远了。后来啊，她那实诚的丈夫在夜里悄悄来找我，客套了几句以后就把话往大娘病上面拉。我到现在，都记得他问我的样子，那种焦灼的、不好意思的表情，配上那写着"我相信你，你不要拿出去说"的眼神，他小心翼翼地问："大兄弟，你说人为什么会得艾滋病？"

　　兄弟，你知道我当时有多心塞吗？其实大娘会是这个病我已经估计到六七分了，所以我不觉得意外，可是面前这个人啊，她实诚的丈夫！关心的不是这个病要怎么医，不是家里其他人有没有被传染，不是大娘被折磨得多可怜，而是为什么会得这个病！亏得大娘怕进医院花钱一直忍着病痛！

　　兄弟，我真是……我也知道她丈夫关心什么，我跟他说，这病很有可能是血液传播。我跟他科普了半天这病不一定就是那样得的，还放大了血液传播的可能，我差点就说大娘手指甲划到谁谁就会得艾滋了。好吧我承认，我是存心想吓吓他。打着为大娘抱不平的小心思。他就坐在那里，愣愣的，我甚至有点愧疚了。

　　我愧疚早了！兄弟！我尴尬地站了几分钟，或者十几秒，在我心里五味杂陈想要道歉的时候，她丈夫突然抬头，欣喜地盯着我！"我想起来了，她去年去卖过血！去年老大（大娘儿子）说媳妇家里紧张，你大娘就去卖过一阵子血！"接近欢呼一般地，他说。只不过一瞬，他就发觉他的失常了。或许是理智重新占领高地，或许是解开了一个疙瘩又面对另一个疙瘩。这个人又恢复了实诚样，他双眉紧锁，向我诉起苦来。说什么大娘被隔离了，家里人都要去检查，什么摊上这个事雪上加霜云云。我没心情听，口头上敷衍几句就把他打发走了。

　　把人送走了，我却翻来覆去睡不着了。兄弟，那会儿的心情我真不知道怎么说！作为一个男人，我理解大娘的丈夫，作为一个普通人，我也没有立场怪村里人的八卦,可那是谁把大娘害到这样的处境呢？还是怪大娘卖血那地儿吧，怪它卫生设施不到位，怪大娘自己跑去卖血。

　　我心里难受得紧，兄弟，你别笑话我，真的，年轻的时候谁没这样义愤填膺过？以为自己能改变世界！

　　我还记得那天晚上，我还在感叹世态，没有入睡，后来啊，后来，我真巴不得我当时已经睡死了！因为我听到屋外的墙根边，那实诚的丈夫和他的儿子在说话，他们在讨论，该用怎样的可怜巴巴的语气，怎样的真诚的态度，让我理解他们的处境，然后不要把那个可怜的妻子、悲哀的母亲得了艾滋病的事说出去！

我在屋里大声向他们吼："我不会说的！"然后一股疲累袭上心头，花光所有力气大概就是这种感觉吧。

兄弟，你知道我有多自觉吗，我第二天就离开了那个村子！我逃一样地走了。留给那家人一个踏实。兄弟，我不觉得艾滋病是个恶魔，我觉得那群落后的人才可怕！

哦，你是问我为什么不当医生了。因为我后来虽然回到了城市，却还是经常出现那段时间的心情，它就像梦魇，让我越发无法忍受人的愚昧和感情的淡漠。

兄弟，茶快凉了，我们喝茶吧。

二　胎

周雨洁

他是一个不听话的孩子，读高一，顶撞老师、殴打同学、逃学，各种坏事都做了，所有老师都头疼不已，父母却依旧疼爱他，在他们心里孩子只是不听话，处在叛逆期，他依旧是一个好孩子。

可是一天，父母将他叫回家，母亲躺在院子里的躺椅上，晒太阳，手轻覆在自己的肚子上。父亲坐在母亲身边，一切都那么正常，却又不那么正常，因为他敏感地发现母亲的肚子已经微微隆起，她手轻抚着肚子的动作像极了他记忆中见过的邻居阿姨怀孕的模样。

他感到有些东西已经不同了，因为父亲说母亲已经怀上了二胎，想让他退学减轻家里负担，反正他也不喜欢读书。

听见这话，他诧异地抬起头，眼里充满了不可置信与难过，一种难言的愤怒让他脱口而出："不，我要读书！"这次是父亲诧异了，或许是看见了他眼底的坚决，父亲同意了，不过他说："读书可以，但是如果你仍旧不好好学习，那就只能让你退学了。"

听了这句话，他转身就走，头也没有回，在以后的两年里，他没有和父母联系过，一次也没有回过家，直到高考拿到分数以后，他怀着一种自豪与骄傲的心情回家了，他想让父母看见他的成绩，他也可以考得很好，也想看看那个他从未见过却夺去了父母宠爱的那个孩子。

他到家了，却发现家里是那么冷清，父亲不在，母亲不在，更别提那个孩子了，在家里找了一圈仍没有人的时候，他准备出门去寻找他们，却在开门的瞬间发现了正准备开门的父亲，那一瞬间他瞪大了眼睛，眼前的父亲仿佛一下子老了几岁，两鬓生出了不少白发，脸上满是悲伤。他仿佛觉得有什么不幸的事情发生了，他脱口而出："妈呢？"父亲回答："你妈去世了，死于肝腹水。"

那一瞬间他什么都明白了，原来没有所谓的二胎，一切都是因为爱。

风 景

任 贝

任这世上退路万千，也总有人轻易地画地为牢，将自己囚于那一方小小的天地，不曾见过一眼明月。

这是怎样一个世界？

路上的人都行色匆匆，何来给自己家的人？

老师总说未来，那未来于我而言到底是什么？

男孩沉默地望着窗外一席楚天密雨，暗沉沉的天声势浩大地搅弄这一方风云，豆大的雨点噼里啪啦打着，夹杂着尘土的湿润空气一股脑地钻进了男孩打开的窗户。一股凉意顺着男孩单薄的身体爬上了他的鼻尖，男孩轻轻擤了一下鼻涕，搓了搓手臂，关上了吱嘎作响的窗户。

何冬当时正是初二，恰逢青少年的叛逆期，胸中有着不可一世的傲气与锋芒毕露的锐气，但在这强撑起的皮囊之下，又隐隐露出他家庭赋予他的孤僻。

何冬的家庭情况并不特别，可以说他的家庭情况在四川，甚至在中国这片土地上也未见得有多特殊。

何冬的父母也置身于外出打工的人潮中，逢年过节也不一定能回到老家，看看他们年纪尚幼的孩子。何冬就在时光这样一日又一日流逝中慢慢长到了十四岁。

这个还未享受过父母太多宠爱的孩子在岁月中慢慢长出了他的棱角，并且将之朝向了对于他而言还不够熟悉的世界。

那时候的何冬还不知道，即使整个世界都覆盖上了冰雪，沿途也总有一枝花为他盛开。

当时何冬所在的中学与当地一所大学的学生社团进行了合作，那支名为关爱留守学生服务队的学生小队一行六人在不久后就去了他所在的学校。

或许是因为沟通上面出了问题，或许是两方相处时间太短，所以在志愿者小队将志愿活动进行到一半时，何冬与负责他的志愿者队员发生了激烈的冲突。等到所有人反应过来，就只注意到何冬一手掀翻的课桌，地上掉落的书本，以及他奔出教室后留下的一片寂静。

当天的志愿活动结束后，志愿者们站在公交车站静静地等着那一路显得有些破旧的公交车。此时尚是黄昏，未完全落下的太阳将余晖洒在了每个还未回家的行人身上。他们有些迷惑，有些苦闷，有些委屈，就好像他们跋山涉水不远万里为那些孩子送来一朵花，却被他们毫无留恋地弃之于地。

纵然发生了何冬的这一段小小的插曲，他们的志愿活动仍要继续，只是何冬好像又将自己缩回那厚厚的壳中了。

时光对于青春年少者总是那么短暂，就在何冬还沉浸在自己的那一方小小天地中乐不思蜀时，却蓦然听到志愿者小队的队长宣布下一周是他们进行志愿活动的最后一周，下一学期将会是另外一队人来到这里。

何冬不知道为什么忽然有一种心慌的感觉，像是有什么东西他还未来得及握紧便要从手中溜走。

当天的活动结束后，何冬匆匆忙忙找到准备离开的志愿者们。他低着头沉默半晌，然后只问了一句："你们真的不来了吗？"从他们的角度只能看到男孩的发顶，却发现何冬在这半年长高了不少。

"嗯，不来了，下学期的课表有变动。"

"哦。"何冬只觉得心里有一种小小的失落从心底慢慢的蔓延开来，像是有只手捂住了他的嘴，他张了张口，却发现什么都说不出来。

世上的人大多都是这样，或许要在很久之后才能明白你曾经也被毫无条件地原谅过。

只是当时执着地将自己囚于一方小天地的何冬未能及时地感受到志愿者

们的好意，从而遗憾地错过了沿途为他盛开的风景。

每个人都能轻而易举的收到来自亲朋好友的好意，但并不是每个人都能收到来自陌生人的关爱，只要有，那便何其有幸。

在不久之后，何冬曾坐车路过那所大学，图书馆门口有白色的灯光斜射出来，洒落一地清辉。门内的钟楼晕开了黄色的灯光，阴影爬在墙上。

这里有这么多这么好的人，或许这就是一所大学的魅力，他想。

被角色

黄　艳

呜呼！此局大哉。难分胜负兮。然，局虽好，却无人乐哉，无子乐哉。下棋者各怀其事，黑白厮杀。然，中有一子，无黑无白也。怪哉！

"本是逍遥子，却为手中棋。"

本在棋局外，却成了一颗棋子，一颗以为自己仍在逍遥处的棋子。不知是白子还是黑子，因为有两只手在摆弄着棋子，两个下棋人都硬生生地将棋局之外的，本不是棋子的棋子拉进棋局。

也许是因为从来都不知道，从来未在意，所以，当自己被作为一颗棋子时，自己却毫不知情，毫无察觉。好似一个没有睡醒的士兵，在半夜被拖着去了战场，双方已经开战，自己却还以为这枪林弹雨伤不到自己，看着双方血肉横飞，却以为这战争不关己事。这个战士不想双方大战，若是静心下来好好聊聊，战争也许不会发生。所以，他没有举起手中的枪指向任何一方，而是努力拯救那战争中的人儿。可是，当一颗子弹飞向自己时，无处可逃，当血液滴在自己的手上，浸染了衣服，才知道，这场战争也会伤到自己。于是，才反应过来，自己应该是士兵。然而，此时此刻，双方都把自己当成刺向对方的利剑，无处可逃，无人可依，无人疼惜，一个不会使用枪的士兵。

"下棋人，你们，下完了吗？"

"没有。"

"我是白子还是黑子？"

……

棋子听不到回答，而自己又被走了一步。对呀，在考虑棋局的下棋人，怎么会考虑你的问题呢？棋子，你傻了。

棋子没有可以跑的腿，连自己是什么颜色都不知道，到底该归向何方？可是，棋子知道一点，无论是谁赢谁输，自己的最后结局，只能是被丢弃。所以，本不是棋子的棋子只能逃离这场对弈，逃离这场被角色，逃离这场无厘头战役。

棋子只想逍遥于世，却被困于局中。棋子只想自己放浪于江湖，却被人摆布。棋子只想和下棋人都好好的，下棋人却将棋子推向枪口。大概，你们已经忘记，棋子，也会忧伤。更何况是一颗没有颜色的"被棋子"呢？

棋子并不想成为你们手中的棋子，谁也不想成为别人手中的棋子。可是，有些下棋人总是喜欢把别人安插在棋局之中，作为某一个角色，然后，不明所以的棋子就被拉进了一场棋局。然而，身在棋局，难免受到伤害，何况是下棋人本来就打算用这颗一脸茫然的棋子来冲锋陷阵呢？

世事如棋局局新。可是，棋子却在这一场场局局新的棋局里遍体鳞伤、泪流满面。然，下棋者，布局人，不曾疼惜棋子。

下棋人，你们可曾，爱过棋子？而棋子听过一句古话，"执子人笑曰：'天下棋子蠢笨如是'。"

浊世人

薄传优

一曲广陵散，音尽人终散。熙熙攘攘的人群渐渐有了消散的痕迹，他们或者悲愤，或者叹息，前一刻在刑场上淡然弹琴的男子下一刻身首异处。我站在人群的边缘，退散的人们从我身旁走过，我定定地看向前方，仿佛是一座石像硬生生地放在那里。但是，地上鲜红色的血刺痛了我的双眼，我的心像是被撕裂的帛锦，被丢弃在地上，任人践踏。书夜，你非凡人，不问世俗。兄为常人，凄入肝脾。

我缓缓蹲下，发现自己已经没有力气再站起来。恍惚间，我仿佛回到了为父亲守陵的那晚，书夜，幼小的你没有孤傲狂放，高蹈独立。你小小的身躯紧紧依靠着我，像是我们本来就生在一起。少年的我初知世事，望着低头啜泣的母亲和怀中天真可爱的你，心中默默发誓：我一定会支撑起嵇家的，像被折断骨翅的幼鹰，痛苦挣扎后飞向天空。

　　身为长子，我选择了像大多数人那样通过仕途兴旺家业。那晚，我努力驱赶困意温习功课。书夜像一只不安分的猴一样爬上了我的腿，我抱起了他，笑说："书夜，最近伙食不错，为兄估计再过几日就抱不动你了。"书夜粉嫩的脸蛋染上了一层似胭脂的红，他努力扬起头说："哥哥，今天郭夫子教了《渔父》，他让我学做屈原那样，不为世俗所沾染。你说，到底屈原、渔父哪个人更好？"我笑了，"各家各意，为兄愿做渔父，渔父更懂为人之道，不是所有人都是屈原，那样高洁傲岸，世俗之人，皆有羁绊，还是渔父懂人世。"我正得意而谈时，突然意识到，书夜年纪太小，不应该让他接触太多不好的影响。于是我说："可是书夜可以选做屈原，去做一个孤傲世俗的人。屈原为世人知，因其不与世俗同流合污，品性高洁，为世人所称赞，而渔父却消失于历史，书夜想留芳青史的话，还是屈原比较好。"书夜听完我的话露出了一丝调皮的笑意，他向我做了个无比丑的鬼脸跑出了书房，我叹了口气，继续读书。

　　"哥哥"初长为成年人的书夜推门而入，"哥哥去吊唁阮籍的母亲，事情进展如何？"我无奈地说道，"别提了，阮籍一直对我白眼相向，为兄只得狼狈而逃。"书夜听后，冲我顽皮一笑，"哥哥，我知道该怎么做。"书夜携酒挟琴前去阮籍住处，没料到，阮籍竟然与书夜聊了一晚上。我果然不为清流所重。

　　后来，我担任卫将军司马攸之司马，伴随卫将军作战。书夜也常常寄诗与我，他说我左揽繁弱，右接忘归。风驰电逝，蹑景追飞。凌厉中原，顾盼生姿。我苦笑，弟不知兄羁旅之苦，只见英姿，不见愁。可是笔下的答诗却也只好向他描绘旅途美景和我的心境。

　　流光易逝，后来的后来，就是我们兄弟的最后一次谈话。我站在阴暗潮湿的狱中，看着身着囚服的书夜。我努力蠕动嘴唇却不知说什么，书夜笑了笑，"弟无能，浊世不问曲正，没能帮上吕安兄，反要哥哥替我操心身后之事。"我不知用什么表情面对他，叹了口气。"哥哥"书夜露出清浅的笑意，"我想要哥哥平时用的琴。"我转身，"为兄现在去取。"

　　行刑当日，三千名太学生集体请愿，请求赦免书夜，并要求让书夜来太学做老师，这些要求并没有被同意。临刑前，书夜神色不变，如同平常一般。他顾看了日影，在刑场上抚了一曲《广陵散》。曲毕，书夜把琴放下，叹息道："从前袁孝尼（袁准）曾跟我学习《广陵散》，我每每吝惜而固守不教授他，《广陵散》现在要失传了。"说完后，从容就戮。

我知道书夜不会忆起年幼时问我的问题，可是我好想回到过去，去告诉年幼的书夜，不要去做屈原那样的圣人，也不要去做渔父，为兄只希望弟弟可以做一个普通人。

屈原既放，游于江潭，行吟泽畔，颜色憔悴，形容枯槁。渔父见而问之曰："子非三闾大夫与？何故至于斯？"屈原曰："举世皆浊我独清，众人皆醉我独醒，是以见放。"

渔父曰："圣人不凝滞于物，而能与世推移。世人皆浊，何不淈其泥而扬其波？众人皆醉，何不哺其糟而歠其醨？何故深思高举，自令放为？"

屈原曰："吾闻之，新沐者必弹冠，新浴者必振衣；安能以身之察察，受物之汶汶者乎？宁赴湘流，葬于江鱼之腹中。安能以皓皓之白，而蒙世俗之尘埃乎？"

渔父莞尔而笑，鼓枻而去，乃歌曰："沧浪之水清兮，可以濯吾缨；沧浪之水浊兮，可以濯吾足。"遂去，不复与言。

老马卖马记

向玥倩

炎炎夏日里，尽管已经是傍晚时分，可是大地炎热依旧。小河里有孩子在摸鱼，戏水。马家村里的男人们都随身带着烟管和烟袋。烟管的管身是自己用自家门前的竹子做的，烟嘴是黄铜金属，烟锅儿也是黄铜金属做的。烟袋里装的是自家地里种出来的烟叶。山里穷，买不起好的烟叶，所以每户人家里都会垦一块地出来种上烟叶，他们称这为旱烟。河岸两旁各家各户都陆续生起了炊烟，村口不远处传来了男人们的闲谈声，男人们一肩扛着锄头，一手拿着烟管，把烟袋里的烟叶拿出来，慢慢地裹着，最后再把烟卷放到烟锅里，用火柴点燃，男人们在一片烟雾缭绕中走回家去。

天已经彻底黑了，点点灯火从各家各户亮起。老马踱着步子，慢慢走到了自家门前，进门，女儿正在给鸡丢食，女儿看到父亲回来了就马上奔到门边，拿过父亲肩上的锄头，放到墙跟儿底下，再进屋给父亲从茶壶里倒出一杯水，递给父亲，并赶忙到厨房帮着母亲把做好的饭菜端到堂屋里的那张四方桌上。

老马问女儿："你给马喂食没？"女儿回答说："还没呢，我马上就去喂。"老马："你不用去了，我自己去喂吧！"马是这个村子里每家每户里的重要家庭成员之一。因为村子在山坳里，前后左右都被大山阻隔，村子里的人出行都必须靠马，托运货物也必须靠马才能行，马是每户人家的宝贝。有的家庭情况较好的，通常会养两匹马，一公一母，做配种之用。但大多数人家只养得起一匹马。老马家里只养得起一匹马。老马抱着一捆新鲜青草来到马圈里，马儿正在喝水，老马把青草放到马槽里。老马走进棚子里，抚摸着马身上的鬃毛。马儿用头蹭了蹭老马的手，就好像在跟老马打招呼，又像是在跟老马撒娇。老马看着马儿吃草，马身形高大，全身鬃毛好像打了油似的滑顺，在月光的映照下闪闪发亮。马的四肢肌肉紧实，矫健有力。老马对着马说："老伙计，这天是越来越热了，赶明儿让你上河里走一圈儿去，消消暑。老伙计，跟你商量个事，家里闺女要嫁人了，我是真高兴啊！女儿大了，总归是要嫁人的，可我还是舍不得，闺女的嫁妆还没办齐全呢，这嫁妆不齐全，那她嫁过去是会被婆家人看不起的，我没办法，我必须要卖了你啊！"马儿仿佛听懂了老马的话，也不吃草了，用头轻轻地蹭着老马，好像在说："我知道你的难处，我不怨你。""爹，快进屋吃饭。""诶，就来了！"

第二天，老马起了个大早，脚刚下地，就走到了马棚边。他把食槽加满了草料，给水槽也加满了水。吃过早饭，老马牵着马，出了村。

天刚蒙蒙亮，老马与他的马已经来到了河边，老马停下来歇气，马也在河边喝着水。四十年前，小马驹的父母亲被老马的父亲和老马牵过这条河，二十年前，马把老马的媳妇驮过这条河，可现在，老马必须亲手把马送出这个家。父亲去世后，这个家只能养活这一匹马了。

稍作休息后，老马与马又继续赶路了。远方，太阳将要突破天际，即将越出地平线。老马与马在晨光微醺中继续向前走着，走着，走向远方。

电话里的爱

李龙菊

"铃、铃、铃……"，玥玥爸爸手机突然响起，玥玥爸爸边准备收拾东西下班给玥玥开家长会，一边接通电话，电话里说一位客户的电视机坏了必须马上修理。玥玥爸爸不得不放弃给玥玥开家长会，不得不骑上电动车去给客户修电视机。等到把电视机修好再去学校接玥玥的时候，天已经黑了。

玥玥，一个8岁小女孩，妈妈没在身边，爸爸又忙于工作，但她一个人把自己照顾得很好。晚上回家后，她再次问爸爸："爸爸，妈妈什么时候回来？"玥玥爸爸顿了顿，对玥玥说："玥玥，等你长大了，妈妈就回来了。"可是，玥玥真的很想妈妈。她转身进房间，用手机拨通电话："喂，是妈妈吗？我是玥玥，我考了一百分，班上第一名，你高兴吗？妈妈！"电话那头说："你是玥玥，你找我有什么事吗？你考了一百分啊！你妈妈一定会很高兴的，你要继续努力啊！明天要上课，早点睡吧！玥玥"。这是玥玥三年以来第一次听到妈妈哄她睡觉。这天晚上，她睡得很甜很香。

第二天，玥玥一放学，就迫不及待给妈妈打电话，"妈妈，今天我们班小胖考试考了40分，被他妈妈打屁股了。妈妈，你什么时候回来，玥玥想你了。"玥玥对妈妈说道。电话那头的妈妈对玥玥说："玥玥，你一定要好好学习，不然，你也会被你妈妈打屁股的。"这句话似乎提醒了玥玥。考试时，玥玥将答对的题擦了写上错误答案，结果如她所料78分。她一回家就给妈妈打电话，告诉妈妈自己故意把题做错，她希望考不好时，妈妈能回来打玥玥屁股。但是，她不料，电话里的妈妈对她发火了。妈妈说："玥玥，你为什么要这样，你一点都不听话，不是一个好孩子，你妈妈不喜欢你了"。这些话如晴空霹雳般在玥玥上空炸开，她哭着对妈妈说："妈妈，对不起，妈妈我错了，你不要丢下玥玥好吗？妈妈，玥玥会改的。"玥玥就这样哭着晕了过去，等再醒来的时候，自己已经在医院了，玥玥一脸无神地问爸爸："爸爸，妈妈是不是不要玥玥了，妈妈是不是永远都不会回来了？"爸爸强忍着泪水出了病房，在走廊里鼓起勇气，掏出手机给玥玥妈妈打了通电话。

"喂，你好，请问你找谁？"电话那头传来玥玥妈妈的声音。玥玥爸爸认真地从口中吐出一句话："喂，你好，我是玥玥的爸爸，我知道玥玥最近都在和你打电话，谢谢你。"玥玥妈妈对玥玥爸爸说："玥玥爸爸，我知道你工作忙，但你们做家长的总不能不管孩子吧！孩子这么小，她需要你们的关爱，这段时间以来，玥玥都把我当成她的妈妈，不断给我打电话，你们就是再忙，也要给玥玥一个温暖的家。玥玥妈妈就那么忙，给玥玥打电话的时间都没有吗？"玥玥爸爸不知如何解释，他声音涩涩地向电话里的人说："玥玥的妈妈在三年前就已经离开我们了，一场车祸毁了我们原本幸福的家。我不敢和玥玥说实话，我骗她说妈妈去了遥远的地方出差，要等她长大以后才会回来，可是，这两三年来，玥玥不停地给她妈妈打电话，打不通就打相似的号码，有时候别人会和气地告诉玥玥她打错了，但有时候也会被别人骂为疯子、神经病。直到你接到电话，她才高兴地告诉我打通妈妈的电话了。这些年，我最怕玥玥问我妈妈什么时候回来，因为我不知怎么回答她，也不知还能瞒她多久。昨天晚上，玥玥一直哭着说她惹你生气，你不要她了，结果肺炎复发，现在还在医院，我希望你能答应我个不情之请，求你以妈妈的名义给玥玥回个电话，她真的很需要你，求你了。"玥玥爸爸几乎嘶哑地说完了这些话。

电话里的妈妈怎么也想不到是这样，她只是以一个母亲的角度没有告诉玥玥真相，可是玥玥爸爸的话让她的心猛地一揪。玥玥妈妈让玥玥爸爸把手机给玥玥，她要和玥玥说话。玥玥爸爸高兴地跑回病房，告诉玥玥，说妈妈来电话了。玥玥接过电话，哭着对妈妈说："妈妈，玥玥错了，你不要丢下玥玥好不好，妈妈。"一声声"妈妈"让玥玥妈妈好生心痛。她对玥玥说："玥玥，你是个好孩子，妈妈很喜欢你，你以后一定要听爸爸的话，等你长大了，妈妈就回来了。"玥玥听完妈妈的话，甜甜地入梦，在梦里，她梦到妈妈回家了，轻轻地唤她"玥玥"。

幸福向廉

刘 燚

那已经是我前两年听到的事了，距离我听说那件事也已经隔了十多年了。到今天我才想着把那件事用文字的形式记录下来，希望给一些人提醒和劝解。

前两年的一个冬天，我奶奶突然生病住院。父亲和母亲工作比较忙，有时无法经常在医院守着奶奶。因此那段时间我基本上都是在医院里呆着照顾奶奶。奶奶的临床病友是个大爷，之前我一直认为他的年龄和我奶奶差不多，可不曾想，他比我父亲其实大不了多少。照顾那个男人的是一个年龄较大的中年妇女，有时还有一个18来岁的男孩。奶奶是一个闲不住的人，住在医院里没事可做，便喜欢和那个中年妇女唠嗑。慢慢地我们也算得上相熟。也因此我了解到了这个故事。

那个生病住院的男人叫刘正连，照顾他的女子叫高慧，是他的妻子，那个年轻男孩叫刘义杰，是他的儿子。刘正连年轻的时候在国企里面上班，还是个挺大的干部。那个时候在国企里上班还是件多光荣的事，更别说还是个当官的。刘正连人也不错，工作也好，虽然长得挺一般的，但也还是找了一个长相不错，家庭不错，人也特别不错的妻子，就是高慧。刘正连进入国企工作也是靠着自己不断的努力，费了不少的劲。刚进国企的时候，刘正连满是热情，一心搞好工作。做事也是十分有原则，认认真真地做事，不贪污，不腐败。同时还特别不欢喜那些贪污腐败的干部，以及为了谋利向干部送礼的人。但那时的他没想到有一天他会成为当初自己那么讨厌的人。当然，这是后话，我们暂且不谈。年轻时候的刘正连正义，廉洁。家里经常有来送礼请他办事的人，不是找他帮忙安排一个职位，就是找他帮忙升职，每一个人都带着礼物和红包。但刘正连从来都是直接拒绝，有时候看见是来送礼的人连门都不给开。同时刘正连还一直跟自己的妻子高慧强调不要接受那些东西。因此刘正连在公司以及街坊四邻的名声那是相当的不错，他为人正义，也乐于助人，这样的人当然受人喜欢。就这样一过就是好几年，在这几年里，来走后门的人只有增多没有减少。虽然他们都知道刘正连不会接受，倒也都是抱着侥幸的心理，想着要是万一收了呢。同时在那年，刘正连和高慧迎来了他们的第一个孩子，也就是刘义杰。孩子的名字是刘正连取得，他希望孩子能够成为一个正义、善良的人。孩子的出生让这个本来就十分幸福的家庭变得更加地美满。同时刘正连的官也是越做越大。

可是，好像又有什么不一样了。随着孩子的长大，刘正连也"长大"了，他的贪心渐渐膨胀，私心也开始茁壮。刘正连变得不再像以前那样正义和廉洁，他开始变成他以前那么讨厌的人。他开始接受那些求他办事的人所送的礼物和红包，开始经常出去应酬到很晚。家里来求办事和送礼的人络绎不绝，刘正连都接受了。不但接受，还经常以办不了来推脱，以此谋取更多的利益。高慧发现自己丈夫的变化后，劝解了很久，还威胁刘正连说："如果你还这样做，我就带着孩子回娘家"。刘正连看到妻子这样说，只好连忙答到："小慧，我错了，我以后不这样了，你不要和小杰回娘家，我以后都听你的"。高慧看到刘正连的保证，也就断了和孩子回娘家的心。女人还是比较容易相信男人的话，可是男人的话真的能完全相信吗？在向高慧下了保证后的一段时间里，刘正连也的确做到了拒绝那些求办事送礼的人。这个家庭又回到了以前安静、平淡的日子。可是好景不长，刘正连压抑不住内心不断膨胀的贪心和私心，越来越受不了金钱的诱惑。刘正连不但没有改正过来，反而变本加厉。不仅仅接受高额的金钱，还做了对不起妻子高慧和孩子的事。高慧还不知道丈夫做了对不起自己和孩子的事，但也清楚他又开始贪污的事。高慧和刘正连大吵了一架，高慧不断质问："当初是你说要当一个正义，廉洁的好干部，现在的你是怎么做的？"刘正连则一直说："我这样做还不是为了让你和小杰过更好的生活。"高慧摇了摇头，抱起在一旁哭着的小杰离开了家，回娘家去了。刘正连一下子颓废了，思考着怎样把妻子和孩子接回来，而不是自己是否真的做错了。几天后，高慧还是带着孩子回来了，因为这几天刘正连天天跑到她家向她求情，高慧也不忍心看到小杰找爸爸的样子。可是，高慧在回家后的生活却是越来越令她失望。刘正连根本没有朝好的方向变，反而更加地恐怖。同时高慧也慢慢觉察到刘正连做的对不起她和孩子的事。这一次她是真的受不了了，她决定和刘正连离婚。这一天，高慧一直在想怎么和刘正连谈离婚的事，离婚之后孩子怎么办。她其实不想离婚，可是一想起刘正连做的那些事她就恶心。刘正连很晚才回来，看见高慧还没有睡，便问高慧怎么还不休息。高慧没有回答刘正连的问题，只是看着刘正连说了句："我们离婚吧。"然后就回到了房间，关上了门。任凭刘正连在门口怎么说都没有回应。刘正连不同意离婚，第二天一早高慧便带着小杰回娘家了。刘正连每天都跑到高慧娘家去求高慧不要离婚，可是高慧都没有理他。就这样过了几天，有一天刘正连没有来，高慧觉得还很清净，第二天刘正连还是没来，高慧也不在意。终于在第三天高慧知道了刘正连为什么没来，因为他贪污的事被查了出来，已经被抓了。高慧连忙跑到警察局，想去找刘正连。她望着被抓了的丈夫，不知道该说什么好，只是一直哭。刘正连望着高慧，着急地说："不要哭，这都是我应得的，我可能要判刑好几年，你和小杰就不要等我了。"高慧哭得已经说不出话了，却一直摇头。刘正连被判了十年，在这十年里，高慧每个月都会带着孩子去看他，告诉刘正连我们等你出来。

　　十年好像过得很快，又好像过得很慢。刘正连在监狱里上班不断反省着自己的错误，不断得思考自己为什么要违背了初心，为什么会贪污，腐败。他后悔带给妻子和孩子的痛苦，他只希望出去之后能够补偿妻子和孩子。在这十年里，高慧一直过得很辛苦，她要努力地挣钱照顾儿子，还要忍受一些非议。她只希望儿子不要埋怨他的爸爸。出狱那天，微风吹拂，蓝天白云，刘正连走出大门，望着面前的高慧和刘义杰，展露出许久没出现的微笑。

奶奶出院后，我们再也没见过他们，但我相信他们过得很愉快，很幸福。

年少，半闭着青春

罗章娟

每个人都不可能做一个至美的记录者，但我愿化作一滴眼泪，看到你心中全部的海洋。很多我们以为一辈子都不会忘记的事，就在我们念念不忘的日子里被我们遗忘了。也有很多我们想忘记的却记在了心里一辈子。

现在已经是中学老师的郝爱国独自一人坐在办公室里，在他的办公桌上放着一个泛黄的信封，郝爱国缓缓地拿起了那封信。

一切都要回到多年前，郝爱国和她都在上大学。大学里迟到早退对郝爱国来说已是家常便饭，那日，他气喘吁吁地站在教室门口，老师正在讲台上，郝爱国趴在门口对着教室里的张小葱发暗语，郝爱国弓着身子，溜进教室，便朝着张小葱方向做了个 OK 的姿势。当郝爱国侧过脸，就刚好看见女孩双手放在桌子上认真听课的样子，女孩叫何梦溪。

课堂上的老师换了一个又一个，每节课郝爱国都盯着何梦溪看。这节课上，郝爱国"嘿嘿"一笑，拿出来一本书，丢向张小葱的课桌。郝爱国："小葱，竟然看这种书，你你你这样，让我怎么好好学习？"何梦溪也转过脑袋看了一眼郝爱国，又看了一下张小葱的书桌，突然脸红，小声嘟囔着："流氓！"郝爱国走到何梦溪旁边，问道："美女，我能坐在这里学习吗？"何梦溪抬起了头，抿着嘴唇，看了郝爱国一眼，又缓缓地低了头，然后十分羞涩地点了点头，他们终于搭上话了。这时，大二快结束了。

大三上学期，郝爱国为了能多和何梦溪在一块，每天都黏着她一起去图书馆，一起看考研的书。何梦溪羞涩说道："你要考研，这现实吗？英语才考 20多分，怎么可能呢？"郝爱国："我非要考上个研，而且还是国外的。"何梦溪总是这么害羞，自顾自地低头往前走去。郝爱国："何梦溪，我要考研，你相信吗？"何梦溪："相信！"郝爱国："你说什么？我听不见！"何梦溪（大喊）："我相信！"他们的关系似乎很熟了。

从此，郝爱国一改旧习，每天晚上都要挑灯夜战，努力学习专业课，争取多记几个单词。但何梦溪并未对他做出过表露心意的事，郝爱国总喜欢抓着机会就和何梦溪说话，也不管是课上还是课外。何梦溪突然有一天对郝爱国说："以后别这样了，马上就要考研了，我妈说让我离开一段时间，可能考研结束后我才回来。"郝爱国："什么意思，什么叫，你要离开。"何梦溪："你应该知道，大四结束，我将离开这里，所以，对我来说，考研很重要！"何梦溪从口袋里拿出一个信封，放在郝爱国的手中。何梦溪说道："考研过后打开它，我会答应你一个要求。"就这样，他们断了联系。

郝爱国继续坚持着自己的考研漫漫路，上帝安排得很公平，他"光荣"地落榜了。何梦溪所说的考研过后会回来的话一直没有实现，郝爱国也始终没有打开那个信封。在大学同学即将分别的最后一次聚餐上，班主任解答了郝爱国的疑惑："我们班的何梦溪同学因为胃癌晚期已经去世了。"他们似乎还没有开始，就已经结束了。

多年后的郝爱国再想起这些，恍如隔世，打开信封，泛黄的纸张上写着一行娟秀的小字："在我这短暂的青春里，很庆幸遇见了你！"

喜剧收场

申梦婷

我是高考恢复后第一批参加高考的学生。顺利考上师范大学的我，也是这批人中为数不多的幸运儿之一。今天便是我离开学校后，参加工作的第一天。

开春不久，天还凉得很。我跺着脚，一边呵气，一边搓手，不住地在岔路口转来转去，鞋尖带上的泥珠儿打在了放在脚边的行李上。在快要耗尽我耐心的时候，终于来了人。那个男人约摸四十岁，皮肤黝黑，时间深深浅浅地在他脸上刻下了不少痕迹，小跑的步子，咧着的嘴角，弯弯的眉眼，不难看出他对我到来的欣喜："是言老师吗？"我微微点头，面上没有露出太多的表情。不是我冷漠，是我认生。男人的笑容却更加分明了，也不在意我的态度，急忙拿过我手上的行李："我们新屋村原来是八个独立的村子，'文化大革命'后才合并没多久，大家都想学点儿知识，把村子的建设搞上去。大伙儿知道要来新老师都特高兴，这几天都忙着布置学堂呢……"男人拿了行李便走，我愣了愣才反应过来。愣了愣，跟了上去。"我该怎么称呼你呢？"正讲到兴头上的男人明显怔了一下，用空着的左手使劲儿一拍脑门："哎，你瞧我，光顾着高兴了。我……我是新屋村的村主任，言老师叫我赵叔就行。"憨厚的笑容，不禁让我想起了离家时父亲担心的脸，伪装坚强的心似乎融掉了一块儿："嗯，赵叔。"

在新屋教书很轻松，固定周一周二教村里的年轻人一点儿外面的知识，一起读读书。或许是顽固思想作祟，来我这儿的大多是男生，女生仅有两个。其中一个便是赵叔的小女儿，赵婷。平时呢，也有村里人来我这儿，也就顺便教他们识几个字。如果碰到农忙时，我也就越发地闲了。

处暑的到来似乎在空气里都塞满了稻子的清香，吸上一大口，肺也欢喜了起来。趁着农忙我就在村里到处转转。几个月的相处彼此都熟络了些，走在街上也有了可以打招呼的人。新屋的街道很窄，整个村落里比较平整的路也不过三两条。但是，当你走在街上你又会发现这儿的人之间似乎隔着一条河，明明那么近却又那么远。他们在街上交谈时总是左顾右盼，前一秒还很热情，后一秒就成了陌路人，似乎有人监视着他们一样，在年轻人身上反映尤其明显。不过，我本来就是个性子较冷的人，久了，便也习惯了。

无意识地到处走着，待我醒过神来，已经走到了常来的空地。空地上只有一棵较高的银杏，除了几块大石头，入目的也只有野草了。天气好的时候我爱盘腿坐在石头上看看书，晒晒太阳。正想着，却隐隐听到一男一女的争吵声。声音很熟悉，嗯？是赵婷！心里打着鼓儿，步伐便加快了些："赵婷！"两人同时转过头来，原来那个男生也是我的学生，林毅。看着两人局促的神情，心里便猜到了八九分，原本性子淡的我竟想揶揄一下两人："林毅，你是不是欺负我们赵婷了？"农村的男孩儿到底朴实，方听了我的话，刷的一下就红了脸："言……言老师……我……我没有欺负……"赵婷一脚踩在林毅的脚上，转身就跑了。林毅疼得直跳脚，焦急地看着赵婷跑开的方向，又转头看着我。他无所适从的样子，竟让我有些高兴："还看什么，还不快去追！"

当时的我只是高兴这个村子里的年轻人终于有了生气，便没发现赵婷跑开的原因不是害羞，竟是，害怕。不过，这也是后话了。

距那件事已经快过去一个多月了，我也开始慢慢注意起他们来。上课期间虽然两人鲜少对话，偶尔几次交流也是借东西，但是传递东西时两人指尖的不经意的触碰会让两人红耳根。听我讲书时，两人眼神在空气中无意识地接触也会让马上低下头去。如此小心谨慎，也难怪我无法发现了。如果没有发生后面的事，或许我会把他们过于紧张的举动归为恋人之间的小羞涩吧！

那天，刚立冬不久，天气逐渐冷了起来，在街上走的人也越发地少了。整个村子比平时也更加清冷了。我在家里烤火，伸出两根指头翻着木桌上的书。"咚咚咚"急促的敲门声催促着我离开温暖的火炉。一打开门，便看到穿着厚厚棉袄的林毅，缩着身子站在门口。鼻尖，两腮，冻得通红。含着笑的嘴角因我的出现又向上扬了一些，终于，不堪重负的唇渗出了点点血丝："言老师，你可以帮我一个忙吗？"生怕我不答应似的，林毅急忙从怀里拿出一个空白的信封，通红的手捏着信封颤抖地递到我眼前。"你需要我帮你做什么呢？"我审视地看着他。林毅避开了我的目光，低着头，不住地跺着右脚。冷得我都快失去知觉的时候，他终于抬起了头，正视着我："老师帮我写封信吧！"见我并未接话，他又动了动喉头，好像鼓了多大的勇气似的"村主任喜欢有文化的年轻人。我……我想去提亲，用信。"林毅拿着信刚走了几步又跑了回来，向我鞠了一躬，坚定地看着我"老师，等我好消息吧！"

我并没有等到什么好消息，甚至连林毅这个人我都再也没有见到，他的家人在一夜之间也仿佛人间蒸发似的。问旁人，他们就像从来不认识林毅这个人一样，一脸茫然地盯着我。盯得我浑身发麻，盯得我再也不敢问话。赵婷因为生病也连着请了好几周的假。她生病时，我去看过她一次，问她那天林毅去过她家没有，她咬着唇，摇着头，模模糊糊地说："没有。"连曾让我在陌生的地方第一次感到温暖的赵叔，也仿佛变了一个人似的，阴沉着脸，低着嗓音："言老师，我看我女儿以后就不去上课了。"不是询问，是陈述，我还有什么好说的呢？正准备离开，便在桌角看到只剩一半的信封。还未到大寒，四周竟冷得让我发疼，冷得让我想立刻逃离这个异样的地方。

那天之后，我大病了一场。

推开窗，窗外的温暖顷刻便铺满了我的房间。高悬的太阳把地面照得发亮，日光晃得眼睛生疼"惊蛰了啊！"我回过身，拿起来时的行李，打开门，关上门，便离开了这间屋子。村口，赵村长带着大家为我举行欢送会，在人群中，我不甘心地看了一遍又一遍，最终，还是没有看到那个腼腆的大男孩。却在一张张喜气洋洋的脸上，找到了和我一样表情的人，赵婷！

每次惊蛰，奶奶总要给我讲这个故事，每次讲到那张脸，奶奶就会抱着我哭，眼泪鼻涕全粘在了我的衣服上，嘴里不住地说着："都是我的错，都是我的错……我不该给他写那封信啊！"小时候的我只知道奶奶很伤心，并不知道为什么！后来长大了，明白了，奶奶却已经离开了。揉了揉有些疼的眼睛，从电脑桌离开，打开了窗户，用手支着脑袋望着黑夜。电脑屏幕上还泛着幽蓝的光，网页还停留在新屋村发出公告："废除 400 年来八村互不通婚的公告"。我望着遥远的天际，漆黑的夜空就像奶奶那时的眼眸一样深邃："奶奶，这也算是喜剧收场吧！"

生病的腿

孟振通

跪下！"

村口池塘里的莲花都被小张父亲威严的声音震得抖了三抖，三伏天来了，似乎哪儿都燃着一团火，今年的夏天比往年燥了许多。

"爸，您这是……"小张不敢违背父亲，疑惑不解地跪在堂前。

"我问你，村官你当了几年！"父亲深吸一口气。

"一年！"

"乡长，你又当了几年！"

"同样只有一年！"

"那我再问你，读书，你到底读了多少年！"父亲再次深吸一口气，尽量让自己语气平和些，但他紧握住轮椅扶手的手背上爆起的青筋出卖了他。

"因为放弃了保研，所以一共只读了十六年。"

小张心底打鼓，他一开始就意识到父亲今日很生气，但被父亲连续问这么几个不痛不痒的问题，他也被搞蒙了。父亲今日太反常了，就算早些年双腿刚刚残疾时，也没有这样反常地说过话。

"十六年，十六年呐，读了十六年的圣贤书，这才两年你就把学到的东西全部还给老师了！"父亲再也忍不住了，声音颤抖着感慨起来。

父亲心寒地摇了摇头，目光沉重地转向一旁的茶几。

小张顺着父亲的目光看过去，他的心被桌上的东西猛地一击。

新买的红木茶几上静静地躺着一个信封，厚实着呢，那鼓囊的样子像是里面装了一团不得纾解的火，恨不得立马从信封内烧到信封外，烧到村上、镇上，烧到青天白日里。

果然，果然还是被父亲发现了。

"你老实说，这是怎么来的。"父亲的声音止不住地颤抖，满是褶皱的脸越渐沧桑。

"这是……"小张有些难以启齿。

小张偶然间得知父亲的腿还有治愈的希望，但是却对高昂的医药费望而却步。他突然想起村里那个需要批土地修建纸箱厂的老王，这厂因为污水排放超标而一直被拖着，但想到父亲的腿，小张最终接受了老王的"孝敬"。

小张当初放弃保研选择回到了贫困落后的家乡，是为了回报家乡，带领家乡人民致富，虽然仅两年时间就当上了乡长，可是，他最初的梦想呢，却随着官位的升高而变得缥缈起来。

"爸！你的腿可以治好。"小张低下头，语气很沉重。

六年前一场突如其来的疾病降临到他的家庭，父亲的双腿因此残疾，从今以后只能靠轮椅行走。那时他刚上大学，正是用钱的时候，于是家里的重担全都落在了母亲身上，日子久了，母亲积劳成疾，最后在一场暴风雨中去世。那时父亲经常埋怨自己，说是自己拖累了这个家，也害了母亲。

"我的腿不需要治！"父亲拒绝得很干脆，若是平时，他定会怀抱希望，问问详细情况，可现在，这钱，他不能用，儿子小张更不能。

他儿子小张可是靠着政府的补贴和亲戚的资助，才得以完成大学学业，是国家成就了今天的他，可这才两年呐，他怎么这么不争气。

"我这腿，不治也罢。但是国家拿钱给你读书，给你提供工作岗位，儿子，人这一辈子，不能这么没有良心！"父亲拿起那封压在他们父子心头的信封递给小张，语重心长地说道。

"爸，儿子给您丢脸了。"

小张悔恨的泪水在眼里打转，他跪在地上朝父亲重重地磕了一个响头，拿起信封朝老王家疾步而去。

公交车上

袁　苗

大一那年夏天，我去校外参加一个活动，大大小小的琐事充斥着我整个人。见公交车驶来，我看了一下时间，"8点40分，嗯，还有半个小时，得跑快点，抢个位置，趁机在车上休息一下，今天可要在外面站一天……"于是把手机放进包里，拿出一枚硬币，以极快的速度飞向车门，虽说我作为一个年轻的大学生，有无限活力，可上公交要挤过大妈大爷还真是一件难事。公交开门的那一刹那，我感觉身后有人在推我，心想，"哼，挤什么挤，又不是不让你上车！现在的人真是的！"为了能够抢到座位，我没空留意谁推我，要不然凭本姑娘三寸不烂之舌，定要骂那个人推我的人狗血淋头。我赶紧登上车，耶！太好了！还有位置，我迅速跑过去坐了下来，望了一下窗外，松了一口气……

公交车缓缓地驶动了，车上的电视响起了广告"听说，下雨天，巧克力跟音乐更配哦。"咦，这不是金秀贤代言的德芙广告吗，嘿嘿，真帅！看着花样美男，心情都好了一大半。我心里满足地默默想着："坐公交跟音乐更配呢，还是听听音乐养养神吧。"于是我顺手去摸口袋，咦？手机呢？手机哪儿去了？顿时，我脑袋一片混乱，一个个画面在脑海里闪现，我翻来覆去地找，却再不见手机的身影……我抬起头，环视四周，所有的人都面无表情，若无其事地坐着，大脑一片空白的我，没有一点线索……于是我开始回忆，开始猜测上公交到现在的点点滴滴，我观察身边的每一个人，想从中寻获得一些蛛丝马迹……

坐在旁边过道的是一个老头子，干瘦得像老了的鱼鹰，脸也晒得干黑，短短的花白胡子却显得特别精神，一脸的正气，活像一位抗战老兵。正坐在位置上闭目养神，身体随着车身的波动而起伏，如此淡定，如此正气，一看就不是小偷。站在下面的是一位中年妇女，一手扶着公交车的拉环，一手拿着手机，正目不转睛地看着手机里正在播放的电视剧，还是最近热播的《芈月传》呢，应该不是她。于是我的视线扫过中年妇女，转向下一个人。恩？她旁边有个男人紧紧地靠着她，穿着老旧，年纪五十岁左右，一只手拉着拉环，一只手随着身体摇摆，不断在那名女子挎着的包上蹭，眼睛左右扫视，他似乎看出了我正盯着他，于是他连忙转了一个身，避开了我的眼光。"哼！我又不是鬼，躲什么？贼眉鼠眼的，难道就是他？"正在我沉思的时候，我被一个亮闪闪的东西闪到了，定睛一看，那个男子的裤子口袋里露出一个白色反光的一个手机的边角，天哪！那就是我的手机吗？顿时"砰、砰、砰"我的心跳突然加速，整个脸极速地红了起来，"怎么办？怎么办？"我心急如焚。"前方到站×××，请下车的乘客提前做好准备。"公交车里响起了报站的声音，那个男子慢慢地撤了出来。"坏了！他要下车了，怎么办，我的手机，下了车就麻烦了。"于是我鼓起勇气，大叫了一声"司机停车，车里有小偷。"顿时，全车人的目光齐刷刷地扫向我，我心里更慌了，但是反过来一想，受害人是我，我要勇敢地捍卫自己的权利，这有什么怕的？这时，司机走过来，问"怎么了，小姑娘？是谁偷你东西了吗？"看着司机大叔和蔼的脸庞，亲切的问候，我心里稍许平静了，感觉到有人在支持我，调整片刻，我手直接指向了那个形迹可疑的人，"是他，他偷了我手机，这不，想趁机溜走了。"顿时，全车人的目光又齐刷刷地转移到那个人身上，那个大叔的脸瞬间就红了，支吾着说"小妹妹，说话，可……可要讲证据……啊，你凭什么说是我偷里你手机？""哼！没证据，正中我下怀，我看你一会儿怎么说。"我正准备叫他把裤兜里的手机拿出来的时候，"我身上唯一的手机就是这个。"说着他就把裤兜里的手机拿了出来，"这……这……"我顿时说不出话来。的确，那个不是我的手机，只是边框很像，我的脸"唰"的一下全红了。瞬间，我心里的底气全无，说不出话来。那个大叔下了车，我的内心久久不能平静，一场笑话并没有找回我心爱的手机。

　　……

　　"现在播报一则消息，我市一市民拾重金不昧，如数退还失主……"几天后正在食堂里吃饭的我看着新闻突然怔住了，新闻里拾金不昧的主人公正是那天我冤枉的那位大叔，而且凭借着这次的新闻采访，他在电视上又发出了一份寻找失主的信息。"确实，人不可貌相，看一个人不能先入为主，冤枉好人"，我内疚地想着，即使手机掉了也不能冤枉好人，还是打个电话道个歉吧。我默默地构思好道歉内容之后，不安地拨通了电视新闻中提供的这大叔的电话号码，"嘟——嘟——嘟——喂？"电话那头传来了一位中年男子的声音，"您好，请问您是××吗？对不起，我是那天在公交车上冤枉您的那个女孩儿，我今天打电话来，是想给您道个歉，我误会了您，真的对不起，我在电视里看到了您的事迹，真的很佩服！"他结结巴巴地回答："哦……哦，那个呀……没事……没事……"

电话里传来了一个莫名的声音"大哥，你那白色手机倒卖不掉，干脆拿着自己用吧，还省事……"没等我说话，电话响起了"嘟——嘟——嘟——"

乡 愁

马 靖

壹

民国 27 年 1 月，一艘挂着太阳旗的货船从上海码头起航，开往基隆。船舱里挤满了如同沙丁鱼罐头的被抓的中国苦力，去台湾，去"建造"日本人的海上堡垒。船舱的角落里蜷缩着一个与周边的人不同的男人。

他穿着国军军服，领口少将军衔，头戴着肮脏的，沾满了黑灰的青天白日军帽、胸章、肩章上还依稀可见"国民革命军"等字样。眼窝深陷，黑黑的眼圈和带着密密血丝的双眼说明他已经多日未眠，满脸胡茬拉碴，眼神里写满了悲哀凄凉。

贰

民国 26 年 12 月，他还是国军的少校团长，率领着自己的部队驻守在栖霞山阵地上，身后就是古城南京，定睛眺望，还能看见南京城墙上的庄严肃穆的城楼。

在这年的中国多灾多难，随着北风横扫肆虐中国大地的还有日军的铁蹄，日本的战刀横扫大半个中国，现在刀锋直指南京。兵临城下，古都危急！

是夜，打退了日军一整天的疯狂进攻，阵地上的枪炮声，爆炸声归于寂静，被战火点燃的木头在哔哔剥剥地燃烧着，伤员在断断续续地啜泣呻吟，远处的阵地上的枪炮声还响个不停，而诡异的静谧就降临在这个阵地上，但是这份静谧更让人难以入睡。

他慢慢地巡视阵地，坐在警卫员的身旁，点燃一支烟，抽一口，递给了警卫员。

"想家吗？"他问。

"团长，我家里只有老母亲一个人，她说等我回去，我想回家。"

"是啊，我也想回家，打完了仗，我还得回家结婚呢。"他擦着手枪说。

凌晨，照明弹照亮了南京城楼，一发发炮弹雨落在南京的城墙上，土石纷飞。清晨南京城破。

"团长，南京城失守了！"通信员哭咽着说。

"什么？"他瞪大了眼睛，双手揪住通信员的衣领，"你再说一遍！"

"南京……南京……南京失守了，我们把南京丢了。"

"混蛋！"他把头上的钢盔狠狠地砸在地上。

"团长，我们撤吧，我们回去救嫂子。"

"对啊，团长，撤吧，回去救嫂子！"众人附和。

"撤！"他咬牙说，"都给我撤！"

叁

南京第一陆军医院，她才完成几个伤员的手术，想去休息室里休息。这几天从火线下来的伤员越来越多，前线的战斗越来越激烈，越来越残酷，城里逃难的人也越来越多，国军的仗打得越来越苦，她不免担心起他，心也揪起来了。回到休息室，几个医生护士正在忙乱地收拾包裹，准备逃难。

"和我们一块走吧。"一个护士劝她。

"走？去哪？国军不是说要和南京共存亡吗？"她说，"我不走，他就在南京城外，我又能到哪去？他会回来找我的。"

护士叹了一口气，匆匆走掉了。

她把手伸进口袋，枪还在，但冰冷的枪管还是吓得她把手缩了回去。那是一只精巧的勃朗宁手枪，是他上战场前给她的。

"这把枪你拿着，危险的时候它能保护你。"他说。

"这是你们男人玩的东西，我不要。有你在，我就觉得安心。"她摇摇头。

"这样是子弹上膛，这样是开枪"他好像没有听见她说的话，"我就要上前线了，保护好自己。"

带上头盔，登车离去，留下一路烟尘。

"砰！"休息室外的枪响把她拉回了现实，外面的女人尖叫声，伤员的哭声、喊声、咒骂声，日本人的呵斥声响成一团，她紧张地用手紧紧握住口袋里的手枪。

"砰"门被一群日本兵踢开，明晃晃的刺刀就在眼前。"啪"她把第一个日本兵打死在门口，第二个，第三个……蜂拥的日本兵涌入房间，打掉她的手枪，把她扑倒在地……

肆

他跌跌撞撞地冲进陆军第一医院。

"啊！"一声尖叫划过医院，"救命，救命，救命啊！"

"是她！"他想，循着声音，向休息室走去。几个日本兵就围着她，她就躺在地板上。

"混蛋！"他暴怒，一轮速射，打死了几个日本兵，但是枪声却吸引来了更多日本兵，一时间，医院里弹雨纷飞。

"别怕，我马上就把你救出去。"他安慰她。

看着越来越多的日军，她哭着说："你快走，别管我。"

"说什么胡话！"他说，"我怎么能把你一个人扔在这里不管呢？"

"快走啊，鬼子越来越多了，你再不走，我们谁都出不去了！"

"我不走。我要救你出去！"

"你快走，别逼我！"

她慢慢地向手枪摸去。

"走啊！"她哭喊着"你走啊，永远都不要回来了！"

"砰"枪响，一朵绚丽的血花绽放。

"不！"他冲进休息室，想夺回她的尸体。

一群日本兵冲上来，把他打倒在地，枪托和拳头雨点般砸下，瞬间，眼前一片漆黑。

伍

货船开到台湾，他也被押解到台湾，为日本人"营造"这个海上堡垒。在梦中，他时常惊醒，梦中的陆军第一医院是熟悉而陌生。走出屋，点一支烟，默默地吸着。天空星光璀璨，星星一闪一闪，他知道，她正在天上看着自己。回屋躺在床上，枕头微湿，又是一夜无眠。

后来，工地暴动，他成功逃出，被一位善良的渔夫收留，悄悄地被送回大陆，回到重庆，找到部队，最高长官部表彰其精神可嘉，官升一级，成为中校旅长。1945年，日本投降，他奉命为先锋，部队开进南京，成了第一支光复南京的军队，被冠以"光复之军"。

第一陆军医院还在，但已是残垣断壁，破败不堪。他静静地走进去，轻轻地，生怕惊扰了 8 年前的亡灵。休息室里盖满了厚厚的灰，他跪在地板上，轻轻地拂去灰土，那摊血迹还在地板上依稀可见。轻抚那痕迹，仿佛还能感受到那滩血迹的温度。

光复的南京，傍晚是美丽而迷人，彤云晚霞，如血色般妖艳浪漫，南京城上炊烟缭绕，那炊烟在空中欢快地歌唱，舞动，在热烈地欢呼。

他，静静地躺在地上，枪躺在手中。

外面那光复的南京城，锣鼓喧天，鞭炮齐鸣，人们在欢笑、唱歌，相拥而泣。夕阳如血，娇艳浪漫。

这一刻，他们将永不分离。

一爱如一梦

陈镜西

写给他的那封信的开头，有这样一段话：

我注视着你，所做所想不过是静默远观和满腔热爱。我所想得到的成全，不过是一段虚无的妄想。

而你，应该是我亲手扔进邮筒的那封信穿过旅途后即将亲吻到的指尖。

当你听见邮差车上的铃铛在你门外叮咚作响后出门迎接，这些文字安静地落入你的掌心，我也就触碰到了你。

陈薇安静地坐在放学后的教室里，夕阳的余晖从大开的玻璃窗户外边照射进来，将她的侧面衬得温柔又和美。

他经过陈薇教室窗口的时候，她正收拾好书包准备回家。起身时不经意抬头，他干净的侧脸便猝不及防地闯入她的瞳孔。陈薇几乎是下意识地低下头去，把自己放在了墙壁遮盖住的另一边。

这时的教室已经恢复了原本毫无声色的面貌，没有了夕阳温柔的抚摸，没有了光影细腻的描绘，也没有了在光亮里浅笑的女孩子。

此时的陈薇，显露出她真实的样子来——一张带着点点雀斑的脸，毫无美感的平凡五官，微微发胖的身材。

她无声地躲在灰暗的角落里，想象着自己喜欢的人是以怎样的姿态走过身旁这堵墙。

　　是啊，这才是陈薇身处的世界，她不是言笑晏晏的娇俏姑娘，只是像生活中的大多数人。

　　是抛在人群里找不到，生活少了她似乎也无关紧要，抱着软弱的暗恋在青春期里暗自成长的普通少女。

　　就像是春日里晨光会分外明媚，夏季蝉鸣沸反盈天，秋天寒气氤氲缠绵，冬深枯叶残枝颓败萧条一样。

　　普通的陈薇会喜欢上干净优秀的他也是那样自然而然的事，不需要一连串的渲染铺垫，不需要百转千回的跌宕剧情——年少时最直接的情感莫过于此。

　　她在读许多书籍的时候给他写了许多信，每次都是在放学后安静无人的教室里流出最深情的文字。

　　她看见一个作家写了这样一句话：遇见他，我变得很低很低，低到尘埃里去，但我的心是欢喜的，并且在那里开出一朵花来。

　　陈薇觉得她的心，是确确实实地为那个人开了花，只是这朵花是禁忌的，只属于她自己的秘密。

　　她把自己的心事都装进那张薄薄的信纸里，然后想象着它被邮差沾满风尘的双手捡到邮包里去的样子。

　　那串写着他地址的文字像是一条泼墨微醺的青石小路，而她的心早已酝酿成江南湿润的烟雨，她年少的青春便淹没在了这场丰沛淅沥的雨水里。

　　六月即将来临的时候，陈薇和所有年轻的少年一样，被围困在焦灼的高考里。

　　在无数个台灯都快要被习题吞噬掉的夜晚，她写给他的薄薄的信，就像轻快的诗歌一般，让她在入睡时都能带着一丝笑意。

　　陈薇不觉得自己卑微，可她还是会在某个下雨的光景里看向有他的那个遥远的北方。

　　然后触摸到浓厚而冰凉的悲哀，这悲哀来源于她始终未曾宣之于口的爱情。

　　她想起很久以前的下雨天，头发湿润的男生将手中的黑色雨伞递到她手中，然后奔跑着离开。铅灰色的天幕迷茫而深远，将他的背影倏忽吞没，她的心却温暖而饱满。

　　没有童话，没有王子，时光遗留下的只有那把泛旧的雨伞，和那些字迹温柔根本没有寄出去过的信件，她们蜷缩在陈薇书桌旁的角落里，孤独而沉默，等待进入陈薇的梦境。

高考录取通知书来到陈薇家里时，她将那些承载了她少女心事的信装在木匣子里，把它藏在了后山的一棵大树下。或许多年以后，这颗树颓败老去，被人推倒砍伐，陈薇的心事也会曝光在人前，但她的心仍旧平稳而淡然。

年少的暗恋没有老去，它停留在最美的时刻。只是新的生活即将开始，陈薇只希望终有一天，她能够站在他的面前，以新的姿态。

这是一段彻头彻尾的独角戏，没有台词没有观众亦没有对手。

陈薇包揽了所有的起始中场与落幕，她站在空旷的青春里微笑着对信件里的少年说，我喜欢你。

只不过，对方一无所知。

没有人知道，一个人为另一个人入魔，可以仅仅只是因为一句话，一个眼神，一个动作。

同样没有人知道，这世界上究竟有多少人，在风雨之中思念着的爱人，自始至终，只是陌路人。

一爱如一梦。

战　神

马　靖

我想说的秦朝末年楚汉相争，最终以项羽自刎乌江，刘邦建立大汉王朝结束。楚汉争霸便成为人们历来津津乐道的话题。自古而来成王败寇，刘邦成为继承道统的开国高祖，项羽沦落为刚愎自用的败将草寇。但在我看来，成者即非为王，败者并非为寇，我想给项羽另外一个的结局，因为他不是败将草寇，只是一个没有胜利的战神。

一樽清酒，宝剑静静地陪在一旁。

天边还残留着一丝晚霞，却染红了半个天际。项羽一个人走在军营中，巡查军情。满脸的倦意却掩藏不了炯炯明眸。连年征战，风餐露宿，披荆斩棘，百战于身。曾经白皙细嫩的皮肤被风雨变得黝黑粗糙，霜雪利刃在脸上刻出时间的年轮，盔甲上刀枪砍杀的痕迹让人触目惊心。

"将军，我们被围困于此多时，我们何时才能杀出重围？"不知何时，身后士卒林立。

"将军，我们不如杀出重围，和汉军拼个你死我活。"

"对，将军，和他们拼了，我们不怕死，非苟且偷生之人。"将士们摩拳擦掌，跃跃欲试。

一丝苦笑浮于嘴角，转身回到中军大帐。

"我何曾不想突出重围呢？"他想。

夜晚的中军大帐烛光闪烁，项羽孤杯酌饮，虞姬静静地陪在一旁。酒饮至酣，醉眼迷蒙，寒芒出鞘，醉里挑灯看剑。借着跳动的烛光，拔剑起舞，宝剑在空中化为一道道银白色的寒光残影，剑锋所指，杀气凛冽逼人。想当年，漳河边上破釜沉舟，背水一战。自己身先士卒，单枪匹马杀入敌阵，七进七出，血染战袍，斩敌将首级如探囊取物；军士们以一当十，奋勇杀敌，战场血流成河，流血漂橹。想当年，各路诸侯兵马听命于己，政令已出，威震天下，万人伏于脚下，为豪强敬仰。而今被困于此，不亦悲乎。

一声长叹，端樽复饮，看着帐外跟随自己征战四方的将士，已是身经百战，黄沙穿甲。这些猛虎蛟龙又岂能甘心困于幽穴深渊？

"采采，薄言采之"，"桃之夭夭，灼灼其华，之子于归，宜其室家"……

项羽惊立，问虞姬："何人为楚歌？"

歌声幽悠，如泣如诉，时而奔放激烈，时而凄婉迷茫。帐外军士声声叹息，身边美人泪眼茫茫。身处囹圄，离家千里，被围于垓下，又四面楚歌。

仰天长啸，不尽悲凉，拿起笔，在竹简上缓缓写下：

力拔山兮气盖世，

时不利兮骓不逝。

骓不逝兮可奈何，

虞兮虞兮奈若何。

闭上眼，两行泪水划过脸庞。再睁眼，美人已自刎于前。

系袍，披甲，提枪跃马。

"将士们，随我杀出去！"

百余骑楚军飞驰而出，刀锋所到，留下一个个汉军冤魂。战至乌江，余二十八骑，战刀饮血，血染素袍。汉军层层包围，虎视眈眈。

下马，对二十八骑说："我自幼习谋略，阅兵书，于乱世率八千江东子弟起兵伐秦，横扫天下，威震四海。今惨败于竖子之手，岂能甘心，又以何面目还江东，见父老？你们速速带上乌骓渡江去吧！"说罢，转身杀入汉营。

"报！汉王，项羽已斩我军士卒五百。"

"报！汉王，项羽又斩我军士卒一千，千户十二。"

"报！……"

汉军大帐，一片死寂，刘邦倒吸凉气，惊出一身冷汗，面如死土，四顾左右，说："为之奈何？"

汉军劲弩速射，箭雨之后，项羽倒在血泊之中。血色残阳，乌骓嘶鸣，一面破败的楚旗在风中飘扬。

刘邦在士卒簇拥下，驱马立于项羽面前，"项羽鼠辈小儿，岂能与我相抗以夺天下？竖子不足为患！"

狂风忽起，沙土飞扬，天边打下惊雷，待尘埃落定，项羽竟又手持战旗立于阵前！紧握利刃，怒目绝眦，发尽上指冠。

"刘邦小儿，岂能容你猖狂！战神项羽在此，还不快快下马受死！"

刘邦人马惧惊，口吐白沫，栽倒在阵前。张良，韩信等肝胆皆破，纵马狂奔。汉军弃甲曳兵，靡旗乱辙，四散逃亡者，跪地求饶者，惊破肝胆而死于阵前者无数。

倏忽，飓风四作，激起万丈沙尘，当一切都平定如初，项羽随风而遁，而楚军旗还立于江边，猎猎作响。

无 题

张建宇

被人牵着的家犬偶遇了在垃圾堆里搜寻食物的野犬。家犬瞪大眼睛："天哪，你难道不知道垃圾是脏的吗？"野犬转过头，眯起眼睛："少爷，我能吃到这些就不错了。"家犬歪了歪头："难道你的主人没有告诉过你这个是不能吃的么？"野犬撇了一眼家犬脖子上的项圈，把头转了回去："在我从家里跑出来寻找自由前，的确是这样，但现在……"野犬又将头转向家犬，"你那主人的项圈，就是你的伙食，而我的伙食，是自由。"家犬不解地被主人拉走，野犬又看了一眼家犬脖子上的项圈，叹了口气，继续搜寻垃圾堆。

珍　重

刘媛媛

"你怎么搞的？两副碗筷都被偷了，饭还怎么吃？昨晚换的衣服咋还没洗？我明天穿什么！真的是……"一阵男子不停的唾骂声，透过泛着淡黄色光亮的纸糊窗传了出来，伴随着一个女人无助的啼哭和轻声的埋怨。

这样相同的夜晚已出现得让人习以为常，但婉君心里依旧还是那么悲伤。两人都生活在社会底层，艺振在县城为生活打拼——卖菜，卖小工艺品。本来利润收入就薄得可怜，还遇见地保隔三差五收保护费，终于经不起这么折腾，艺振便去别处做工——在码头做苦力，风雨无阻，为了多挣点补贴，基本上天天干到半宿，累得人不成人样，整个臂膀已经成了肉馍。婉君曾在厂里做工，缝缝补补做些杂事，不巧被好色工厂老板看上了，总想带回去当小老婆。最后没法，只有辞退了工作，成天呆在家里刷锅，烧菜，洗碗，洗衣服，男人成了家里唯一的顶梁柱。虽说两人曾经都是文化人，是先生，但这些年为了柴米油盐酱醋茶各种琐事儿忙前忙后的，也都失去了曾经的梦想与斗志。

婉君摸着发尾的红绳，那是男人娶她过门的时候为她戴上的，现在已经像自己的青春一样，失去了鲜亮。豆大的泪珠儿像烧开的水似的澎湃起来，但没有声音，因为艺振说过，不喜欢她哭。

艺振和婉君小时候就认识，是同村的。小学时一个坐前面，一个坐后面，成绩都是跑在班上其他同学的前面的，后来因为"文化大改革"和家里经济条件的不允许，婉君辍学回家了，艺振因为学校被封也回了家。为了私下自己学习，两人也没少联系，经常悄悄地躲在玉米地里讨论学习问题。到了俩人青春期的时候，荷尔蒙出现，促进了他们不是那么纯洁的感情，俩人也悄悄地私定了终身。

当他们决定公布他们要在一起的时候，男方的父母坚决不同意，并警告他说："如果你让她过了门，你就不是我艺家的人！"带着一颗满怀期待的心，带着一颗自由解放的心，俩人带着自己的私房钱私奔了，开启了爱情长跑的同时也踏入了残酷的现实生活。未经世事的两人在社会上遭了不少罪，最后安定在一户十平米的出租房里。本来就为数不多的资金被残酷的现实生活克扣得早已所剩无几，不得不尝试各种工作。晚上没有晚饭吃已是常态，男人通常会在中午把自己的那份存一半，留在晚上让媳妇儿填肚子。

阴森恐怖的黑夜肆无忌惮地爬向了整个世界，整个角落，连他们十平米的小房间都不放过。一个平躺，一个侧着身子；一个在想明天，一个在想现在；一个在无声啜泣，一个在寂然沉默。"趁着我们还没有娃，你还年轻，你去找户好人家，我们离了吧。"艺振握着婉君布满老茧的手，沉重地吐出了每一个字。婉君惊地坐起来，哭诉着说："你是不是嫌弃我没能出去找工作，是不是怀疑我是恶人，是不是不爱我了？"艺振环抱着自己干瘦的身体，无力地说："我是个没用的窝囊废，我不能让你过上衣食无忧的好日子，不能让你想那些漂亮的姑娘一样过得悠闲自在呀！"婉君深情地抱着他，说话也开始语无伦次了："当初我打算和你在一起的时候，就没想过要过那种贵太太的生活，现在也没有想过，我和你在一起是因为你，是因为爱你，因为我知道你的心意，艺振，别这样……"俩人深情相拥，拥抱着彼此的珍重。没有了窗角和门缝溜进来的寒风，没有了残酷的社会，没有了白日的疲劳。

黑夜仿佛被这真挚的情感所鞭笞，竟悄无声息地离开了。

知错能改的内江

张正国

茶阁里面没有往日那人山人海般的景象了，顶楼上那个能仰观星辰、俯视百川的佳座如今也失去了万人为之而倾醉的容貌！变得无人问津，落魄不已。

我还是像往日一样，进茶阁就去老地方和好友畅谈，或享今日的欢乐，或诉昨日的苦楚，记得有一次他在梦中对我说他喜欢听我的故事，愿与我永生相随。

他在二楼的一个角落，孤芳自赏；他四脚而立，仰观亭楼；他一生正直，洁身自好；他一直都在那里期盼我的到来，从古至今！没有改变过。

去年，在阁楼中巧遇一个老者，便与其共饮，好友也在，虽不知好友为何一直沉默，但我和老者却谈得很尽兴。

老者突转话题问道："孩子，状元后可有去所？"

"还很迷茫，不知我该叶落何方。"我说，"或许会去内江师范吧！也说不清楚，这一切得看命数。"

"天命在于人为，甜城内江固然是好，但也是十大暴乱城市之首啊！虽说人杰地灵、物华天宝，但交通甚乱，有人云：内江之生活，犹如人间地狱，不知早出是否还能晚归。你是国家之栋梁、家庭之希望，还请阁下三思而后行啊。"

"古时以秋后而定生死，如今我大千学子也要在芬芳六月而定前程啊！命数、命数、命数啊，试问我华夏之学风何时而能易之啊？"我感慨，我感慨中国之教育何时能让莘莘学子以阔达舒畅之心境来谱写前程啊。

"自古言，科教方能兴邦，如今以教育而言，可谓是任重而道远啊……老夫今日不便久留，望来日与君会时能畅谈久也！"

老者挥挥衣袖，漫步而去。走得如此轻，颇似徐志摩笔下离别时那朵轻云一般轻。

今天，我又回到了故里，回到了茶阁二楼，回到了好友身旁，这里一切如故，缺少的只是去年和我一起感慨的老者。今日来此，本想亲口告诉老者内江已沧海桑田，早已失去往日那丑恶的一面了。

经四方打听，才知老者已云游四方，不知归期。如此，唯有与好友闲谈今日甜城之传奇。

内江，实则是一个传奇的地方，为何？万物生根必有其由。

忆往昔，东汉明帝年间置县，隋文帝开皇元年更名为内江，明朝时期由李自成等人取名为甜城。

看今朝，沱江之景美不胜收，文人骚客数之不尽，孔子之像为之独立，卷中之荷巧夺天工，诗仙故宅深藏于林……

古往今来，内江之景、之物、之人早已让世人叹服，更让我这初出茅庐的学子为之敬仰。

其景：龙江湖水秀青山；重龙山文庙神奇；古宁湖烟波淼淼；石牌坊天下闻名。

其物：黄老五酥脆迷人；蜜饯香甜可口；冬尖馨香四溢；枇杷细嫩甘甜。

其人：诗仙李白故居于此；国画大师闻名于世；情歌刀郎歌声豪放……

如此等等，只言片语怎能说尽其中原味。

朋友，我走了，若有缘我们再会，倘若老者云游归来，请您定当转告于他：内江是一个富有神奇色彩的城市，也是一个让人骄傲幸福的城市，更是一个知错能改的城市。

撒哈拉的秘密

汪江莉

山的那头，暖阳盛装出席，擦着一抹绯红，《撒哈拉的故事》在此刻停留。清晨的爽朗，不曾消醒我初时的睡意，柔和的风牵着金色阳光那纤纤玉手，踏着轻盈的舞步，撩拂我睡意朦胧的双眼。我阖紧眼帘内视，只见一斑斑消残的颜色，一似晚霞的余赭，留恋地胶附在天边……

漫天飞舞，飘荡，游离洁白的飞絮，这是什么？远看，似雪，似鸿毛；近看，细观，轻挑衣袖，用指尖温柔地触碰，原来是寻觅属于自己一片净土的蒲公英。疑惑难解：在这千年都难逢一场雨的撒哈拉，怎会有蒲公英的容身之地呢？一朵朵挂着灿烂微笑的蒲公英，在阵阵略带寒意的、微微刺骨的冷风中慢慢散去，轻轻地来，悄悄地去，不留一点痕迹——这注定是一场不同寻常的雪季。在这雪域里，蒲公英是演员，沙粒是观众，他们为雪花呐喊，为雪花欢呼，沙沙作响，如同孩童的欢叫。因为在沙粒的眼中，他们的舞姿远不及蒲公英飞絮那柔软的身姿。看来撒哈拉注定会下一场雪，在这场雪里，蒲公英是主角。

待雪融化，拖着倦怠的身子在沙漠里一步一个脚印，艰难前行。撒哈拉里的小家伙实在是太热情了，你走他们也走，你挪动一步，他们便紧跟其后，死死地想要把你挽留，孰不知他们的热情让我难以轻吻一滴圣洁的水。几经挣扎，来一个干脆，我将疲惫不堪的身体倾斜，噗嗤一声，聪明伶俐的小家伙被我弄得张牙舞爪。于是，一场滚沙的世界之旅在此拉开帷幕，软软的，温温的，好似一个大温床，任我在上面肆意张扬。滚过一座座沙丘，天空湛蓝，白云朵朵，大雁声声嘶鸣，瞬间"落霞与孤鹜齐飞，秋水共长天一色"的底片便定格在脑海。只可惜秋水不眷恋我，我也无可奈何。放眼眺望，天边与沙漠相接的地平线上，站着一排排威严的士兵，这是要做什么？好奇心极速膨胀，原来是带刺的仙人掌，看来是"只可远观，不可亵玩焉"了。忍不住求水的手轻掰了一叶，晶莹剔透的水珠瞬间划过我干燥的手掌，轻舔一下她们的乳汁，顿时感觉撒哈拉也是一个碧水蓝天的世界。

解渴之后，继续追寻三毛的征程。远处有模糊的影子在晃动，起起伏伏，就像连绵的小山峰倒映在碧波荡漾的绿湖之中。目光被锁定，脚印被拉长，原来是高大的骆驼群在沙漠里与调皮的小家伙们苦苦周旋。我忍不住挥舞双手，只见它们的眼神里带着莫大的忧愁。跟随它们的目光，我发现一只奄奄一息的骆驼，它苦苦地挣扎着想要站起来，几经挣扎之后，最终还是永远的躺在了沙漠的怀抱中。想不到在这死寂的沙漠里会有如此强大的生命力，它眼角的泪光瞬间煞灭了我的歌唱……

夕阳将落未落，洒落满天云彩，仿佛在对生者、逝者说："生即是死，死即是生。不要悲哀，这或许是种解脱。"又好似在欢庆我的到来。踩着落日余晖，加快了寻找三毛的步伐。远处，在远处伫立着两个身影，一个长发飘飘，任由裙褶飞扬，一个一手遥指天边晚霞的余赭，一手抚发嗅香。我想我找到了三毛。因为在他们的世界里，花好月圆并非幸福，生离死别亦非至苦，他们只愿做一缕不问世事的风，来来去去，不惊动一草一木，并且在这荒芜的沙漠里，只有她才会如此落落大方，只有她与荷西才会如此缠绵悱恻。谁说撒哈拉是寸草不生，雁过无痕的死亡之海？一对佳人入住撒哈拉，爱情在此萌芽，文坛在此开出一朵旷世奇葩，撒哈拉也是有情有爱的人间天堂一隅，这岂不是妙哉，美哉？

月光柔，晚风凉，浑身抖擞，双眼身处黑色素调之中，原来这是一场追寻三毛的梦。在这场梦里，我发现了撒哈拉的秘密：从荒凉中走出繁华，她不需要浓妆艳抹来加以修饰；从贫瘠中走出非凡，这只需要她有足够的属于自己的天地。然而，对待人生也该如此，人生如路，须从荒凉中走出繁华的风景来。

那井·那人·那情

汪江莉

一口井系三颗心而容全家情。

——题记

在我家的门前，有一口井。无论是在春花烂漫的季节，还是在寒风凛冽的日子，井里都保持着它独有的充盈。

自从有了这口井，我便养成了一个奇怪的习惯：每次回家后，做的第一件事情就是用漆黑的小塑料桶打一桶清澈的井水，然后捧起泼到脸上，溅起晶莹剔透的水珠，四处飞舞，好似一粒石子抛入溪水，溅起一串串的珍珠，在水面上照照镜子，看看自己貌美如花的容颜，清爽白嫩的样子。

我喜欢这口井，因为它有着特殊的来历和非凡的意义。大概是十年前，父亲苦于母亲每天都要早起去很远的地方打水。晴天还好，要是遇上天公心情不好，闹脾气，整天阴雨绵绵，那打水便是一件非常痛苦的事。为了方便母亲打水，父亲决定在自家门前凿一口井。

父亲是个雷厉风行的人。一天放学回家，门前堆起凹凸不平的小黄泥山丘，将落未落的霞光洒在上面，熠熠生辉。我知道，父亲开始挖井了。在很远处，我便拉开嗓门呼喊，一路蹦蹦跳跳地跑到井口边，像小松鼠似的好奇地伸出脑袋，往下面打探。从不深不浅的井下传来熟悉的声音："快把放在锅里的炒鸡蛋和鱼端出来给孩子尝尝。"这时，母亲已经端出一盘炒鸡蛋和一盆热气腾腾的撒满葱花的鱼。早已垂涎三尺的我，迫不及待地大吃起来。吃着吃着我才发现，父亲他们根本还没吃过，望着面目全非的鱼，我的身体里涌动着一股暖流，幸福的香味氤氲在我的四周。

门前的井随着时间游走的步伐加快而越来越深，不知不觉已有十来米。井底像一口正沸腾着的锅，里面的水不停地翻涌着。四壁不停地渗水，水滴抱着"衣带渐宽终不悔，为伊消得人憔悴"的执着滴滴答答地坠入井底，好似深幽山谷里的悬泉瀑布飞漱，跌落谷底，扬起清脆的音符，空气中弥漫着灵动的声音，悦耳极了。

凿井一般需要两道工序：一是挖井，再是用石头垒井。在垒井的过程中，我像往常一样蹦蹦跳跳地回家，可是我没有听见井中传来击打石头的尖锐刺耳的声音，耳边萦绕着聒噪的蝉鸣和一丝丝呻吟。一进门，母亲神情恍惚地握住我的手："孩子，今天，今天……今天你差点就见不到你的父亲了。"我瞪着跟牛一样大的眼睛望着母亲，想到刚才微弱的呻吟，像发疯似的一边呐喊一边冲进父亲的房间："父亲怎么了，发生了什么事？"父亲躺在床上，微笑着抚摸我的头说："没事，我没事，别担心。"事实上，父亲在垒井时，一块万恶不赦的石头肆意妄为，从井口滑落，打在父亲的腰上。父亲差点从半空中同石头一起坠入井底。听着母亲语无伦次的讲述，我浑身毛骨悚然，暗暗感谢上帝让我的父亲留在我的身边。没过多久，闲不住的父亲又开始了他伟大的工程。

一个朦胧的清晨，嘹亮的鸡啼衔起天边的暖阳。父亲早早地起床，双手捧着一碗水，让我和母亲尝尝。父亲迫不及待地望着我们，我和母亲异口同声地说："甜的。"其实，水没有任何味道，但是看着父亲渴望的眼神，想着父亲冒着生命危险为母亲凿井，喝着掺杂了父亲一颗颗豆大的汗珠的井水，这都是幸福的味道。

时光吹红了枫叶，打落了芭蕉，岁月催人容颜枯槁。如今，父亲住在天堂，与我们遥遥相望已有光阴十载，而那口井就是我们相望的隧道，那淙淙井水就是彼此思念和爱的眼泪。所以，每次回家，我必打一桶井水，让那清澈而甘甜的井水从我的年少时光流过，从我的脸颊滑落，渗入我的血液，滋润干涸的心灵，平息思念泛滥成灾的感情……

不如相忘于江湖
——论《伤逝》的爱情悲剧及其他

杨　梅

涓生和子君都是上个世纪初的青年知识分子，他们冲破封建社会男女婚姻的禁锢，终于在吉兆胡同创建了满怀希望的小家庭，共同生活短短一年，即在封建社会政治经济的淫威下生离死别。读《伤逝》，我想到一些被遗忘的往事，关于爱情与面包，关于男人和女人，关于自由和理想。

1. 爱情与面包

有个故事是说，青年男女在短暂相爱一段时间后，其中一人幡然醒悟对另一人说："原来我们不合适，我不爱你了，你走吧。"如果是你，你会走吗？反正子君是走了。今天我们很多人谈恋爱尚不能好聚好散，子君和涓生这样的应该更加舍不得放手吧，但他们确实永别了。这是为什么呢？为什么好不容易才在一起，分手时却连告别都没有？——我很难过，因为他们的爱情如一场被导演喊"卡"的电影，电影的结局是涓生独自徘徊在无爱的人间，追忆他再也触不到的子君。

《伤逝》中有个片段写道"'说做，就做罢！来开一条新的路！'我立刻转身向了书案，推开盛香油的瓶子和醋碟，子君便送过那黯淡的灯来。"迫于生计，涓生不得不另辟生路。他眼中的子君已经不是原来的子君了。当他为了理想奋斗时，子君所能做的微乎其微。生活的重担压在他一人的肩上。他与子君的隔膜越来越深，沟通越来越少。当丰满的理想遭遇骨感的现实时，爱情的光芒便显得暗淡了。涓生过了大半年终于明白一个道理，那就是"第一，便是生活。人必须生活着，爱才有所附丽。"对他来说，生活有了面包，爱情才有继续的可能。但他忽略了当时子君的处境，她当初选择和他在一起，付出巨大的代价，她还可以那么无所顾忌地分手吗？分手后，她又该何去何从？

在我看来，涓生离开就等同于抛弃，子君放手就等于毁灭。生存还是毁灭，这是一个问题。爱情和面包，这也是一个问题。有人说，假如我有两块面包，一定会用其中的一块来换水仙花。假如爱情就是那朵美丽的水仙花，你会做何选择？小说里，涓生最终选择了面包，抛弃了爱情。有一句话说得好："生命诚可贵，爱情价更高。若为自由故，二者皆可抛。"其实我更欣赏另一种："相濡以沫，不如相忘于江湖。"

2. 男人和女人

子君已经离世，她再也看不到这些忏悔。假如他们之间还有第三个人，必会安慰涓生道："逝者已矣，生者如斯！"不知涓生会如何反应，会痛哭流涕得晕过去？还是面如死灰，不做反应。可惜这回忆只属于他们二人，那个人总会显得多余。正如某人所说的，生离死别是人一生中最痛苦却又无法避免的事。在子君离世后，这种专属的回忆伴随着时间的考验；当涓生老去，他们的故事也会随风而逝。子君在世时，涓生的自尊心总使他愧恧，他所谓的爱，可见一斑。相比之下，子君的爱纯真且无畏。（"即使我自己以为可笑，甚而至于可鄙的，她也毫不以为可笑。"）涓生在意"探索，讥笑，猥亵和轻蔑的眼光"，他的骄傲和反抗没能保护他和他的爱人。于子君来说，别人的目光算不了什么，真正致命的一击来自涓生的心声。他在忍受生活压迫的痛苦和看客的冷眼中，子君就已经被判"死缓"。他希望子君能主动离开自己，并冠以"为了她"的借口。当子君洒脱地放手后，他自己又患得患失，得知她离世后才写下自己的歉疚，慰藉自己的灵魂。正如司汤达说的，我来自地狱，将去往天堂，正路过人间。于子君来说，她本应该去往天堂，却在路过有涓生的人间时，被拖入地狱，成为一个封建社会压迫下的牺牲品。

这段情感纠葛将男人和女人联系在一起。文中有一句话："爱情必须时时更新，生长，创造。"我的理解是在男女平等的基础上，才有更新，生长，创造的可能。否则不论往哪边倾斜，都不利于爱情的发展，甚至可能夭折。他们的不平等体现在似有若无的的哀思中。男女双方社会地位的不平等，价值取向的不同是哀伤的源头。

3. 自由和理想

我很好奇，子君逝世后去了哪里？天堂还是地狱？或者是二次元空间？好吧，只是我的想法。她的肉体生命已经在人间毁灭，而精神上的"我是我自己的，他们谁也没有干涉我的权利！"让我想起了女性的解放，《玩偶之家》以及女权主义者南丁格尔。

生活的理想就是为了理想而生活。为了理想和自由，活着的人要好好活着。文章结尾处涓生的遗忘和谎言不是自我欺骗，而是救赎。即使一年后，他记忆中的子君还是当年的模样，他从恋人变成了悼亡人。他也没有轻易放弃生命，他说"生活的路还很多"，只有翅膀不停地扇动，才能告慰亡者的在天之灵。他活着，是为了告诉我们：在遗忘中学会爱，拾起被遗忘的爱和谎言，默默前行。

4. 关于手法，我和作者

小说是以回忆过去的方式进行的，回忆多年以前发生的往事。当然，作品中的第一人称叙述者"我"并不等同于现实生活中的作者，而是一个"虚构者"。叙述者进行的叙述是回顾性的，在这种情况下，往往会出现两个不同的自我，即站在叙述当前时间点上的"叙述自我"和涉及处在往事中的"经验自我"，这两种自我代表了不同的视角。如"其实，我一个人，是容易生活的，虽然因为骄傲，向来不与世交来往，迁居以后，也疏远了所有旧识的人，然而只要能远走高飞，生路还宽广得很。"这是叙述自我。"现在忍受着这生活压迫的苦痛，大半倒是为她，便是放掉阿随，也何尝不如此。""现在"指的是往事中的时刻，子君和他同居时的日子。这是处在往事中的经验自我。

"会馆里的被遗忘在偏僻里的破屋是这样地寂静和空虚。"这里的会馆，在周遐寿的《鲁迅小说中的人物》中提到，指的是绍兴会馆，也是作者鲁迅的故居，这应该是作者与故事的唯一联系吧。

以乐之名，却见情付微尘

杨　茜

　　总有那么几首歌，见真入情；总有那么几句词，漫语藏心；总有那么几行曲，陌之渐悉。对于古风之乐，不能说喜欢，也不能说爱，只是仅有的那种纯净、逸适、恬然，以含蓄委婉之词释心中声声真切之怀，让我渐渐明了，渐渐懂得，渐渐迷恋。

一曲雨歌，道不尽纷纷（杰伦）

　　"你发如雪，凄美了离别，我焚香感动了谁？邀明月，让回忆皎洁，爱在月光下完美……"一首《发如雪》，一个周杰伦，慢慢带领我欣赏古风走入古风。那时，我还是一个初中生，整天带着耳机，听着那渐熟渐熟的乐曲，我还并不懂其深意，仅仅被词与曲所吸引。那时，杰伦，是个神秘而又才华横溢的"欧巴"；那情，是个迷人却不能看懂的字眼。

　　"天青色等烟雨，而我在等你；月色被打捞起，晕开了结局。如传世的青花瓷自顾自美丽，你眼带笑意……"听到此处，便不由得想到李清照——一声哀怨，几番思念，道尽自身伤悲，奈何道不尽浮世浮城浮情。梧桐更兼细雨，这次第，怎一个愁字了得？愁情交错，又怎能眼带笑意？转而回到杰伦，月色被打捞起，晕开了结局，并不了解杰伦，只是从中能感受。又是一处情付微尘，那结局怎样或许已见分晓，就像是枫叶落地，你是我最美的风景，可还是一直等不到你，晕开结局，是否可惜。

　　"雨轻轻弹，朱红色的窗，我一生在纸上被风吹乱。梦在远方，化成一缕纱，随风飘散，你的模样。菊花残满地霜，你的笑容已泛黄，花落人断肠，我心事静静淌……"满城尽带黄金甲，一地残落菊花败，曾时英雄无归处，倾尽柔情了无痕。杰伦对于重情微尘，也只有述不尽的心事静静淌。一首歌一段故事，背后的种种不必再说，只是你的影子剪不断，徒留它在湖面孤单成双；是命运的不堪还是沧桑的无奈，任风乱，如你默认，生死枯等，容我再等，历史转身，雨纷纷，旧故里草木深，我听闻，你始终一个人。

半城烟沙，倾不尽离散（许嵩）

"断桥是否下过雪，我望着湖面，水中寒月如雪，指尖轻点溶解，断桥是否下过雪，又想起你的脸，若是无缘再见，白堤柳帘垂泪好几遍……"寻不到花的折翼枯叶蝶，永远看不到凋谢，雪在指尖融，柳已几垂泪，桥断雪深残，仅情奈不堪。从杰伦到许嵩，变了的是由欣赏到喜欢，不是因为一个人爱上一首歌，而是因为一首歌背后的故事与我太相识；不变的是，一如既往的喜欢古风古曲古词，总是能从词曲里看懂几分忧情，几分离散，几分伤怀，既然不完全懂，可以慢慢体会。

"一缕青丝，一生珍藏，桥上恋人入对成双，桥边红药叹夜太漫长，月夜摇晃，人也彷徨，乌蓬里传来了一曲离殇，泸州月光，洒在心上，月下的你不复当年模样……"太多的伤难述衷肠，叹一句当时只是道寻常，悲欢情殇已埋心上，也不过几笛幽怨倾唱。说不尽为何喜欢他的词，也分不清为何喜欢他的曲；只是在心间，几许佩服，几许同感，一字一词一曲，细水漫长，却是来不及甜尝，最后都化作梨花雨凉，深落心上，却流不出当年泪光。

"我在人间彷徨，寻不到你的天堂，东瓶西镜放，恨不能遗忘，又是清明雨上，折菊寄到你身旁，把你最爱的歌来轻轻唱，"许嵩把他的娟娟心事说给自己听：近处的烟雨几重上，远处的思念泣荒凉，月影憧憧烛花红，心境又有谁能懂？若不是来去重复细听，或许真不能知晓，静静听，默默忆，此词此曲，曾是些许凄哀。又是清明雨上，不见你的模样，我仰天长息，低头哭吟。

"满树雨繁多傲然，江南烟雨却痴缠，花飞雨吹一如尘缘理还乱。落花雨，你飘摇的美丽，花香盈把往日情勾起，我愿意，化浮萍躺湖心，只陪你，泛岁月的涟漪……"一面之词，看似隐居山水之间，无名化悲扇，自由安乐，度尽此生；惜不知，字字词词，满是为情所痴；抚一琴，弹一曲，唯独琴声听懂我悲欢，泪如雨落才知过往剪不断，倾不尽离散，放不下的太多，山水之间也不能淡尽浮生。还是愿意，化流沙躺湖堤，纵使飘摇在天地，与你共候春夏的冷僻。

"有些爱像断线纸鸢，结局悲余手中线；有些恨像是一个圈，冤冤相报不了结。只为了完成一个夙愿，还将付出几多鲜血？有些情入苦难回绵，窗前月夕夕成块；有些仇心藏却无言，腹化风雪为刀剑，飞沙狼烟将乱，我涂有悲添……"一曲《半城烟沙》，一阵兵临池下，金戈铁马，为谁争天下？儿女情长，自古佳话，心事重重，忠义私情，舍谁留谁，怎能辩证？矛盾与非，终难抉择。

于是只盼归田卸甲，还能捧回你沏的茶，于是只盼来世燕还故塔，为你衔来二月的花。

孽海藏花，掩不尽尘缘（董贞）

"忘川潮，此岸孽花斩别无悔。沉迷若，天际狂华炽月。姻缘错，忍见孤鸿明灭。孟婆驻，三生石上相决无念。陌路绝，天地琉璃红雪。彼岸花，燃烧爱恨纠结无边……"总是读不懂古人的情怀何种，只觉情至深处便有情似无情，似流水无情也是落红无情，似候鸟有情也似柳絮有情；只觉每一处字每一处词每一处曲，都带有情感，似伤叹似悲怨似苦述。奈何古时太忧怀，只缘风情千万种，深在闺中自息谈，浮在尘世几逍遥，为国尽忠少能还，红尘风景也别致，何情何义无须辩。

"一场缘，两心定三生，四年离散，五更天，六曲动七弦，八夜无眠，九连环，十里皆忘穿，百年心寒，一生桃花绘成扇。细雨落花人独看，唱不尽，相思阙，落红为谁传……"又是一曲离殇几度悲切，古时女子柔情在心，却奈逃不过一生节缘，一生幽怨，一生悲欢，一生愁绪。既生女，何生缘？既生情，何生殇？于孽海藏花，也掩不尽那一番心事。朱红不飞，过眼云烟；回首不见，离世已光年，忘了时间的变迁，容颜渐变，唯见心依然。对此，只能说敬佩的同时也同情，万般无奈，寒眼冷看。

"以剑之名，祭你风华初成，却误许温柔错算江湖仇恨。以我之名，怀你碧草芳魂，今长眠北祁下无碑无文。以血薇之名，将传说供奉，青灯壁冷余一寸裂痕。"此词一出，此词一读，此曲一听，便知无奈秋风画悲扇，付尽一生未肯受一刻情真，已将成万古枯。只得心中默泣，离人离尘，只为倾君，两不想见，生生相惜。花开彼岸，花落黄泉，花繁无叶，叶绿藏花。前世之思，后世之劫，无穷至上，生生永念。风沧沧，青石流，弱水寂，血开遍，洗尽尘缘入九霄。

青春内师

段晓清

青春是热血的代言词，
青春是活力的张扬，
青春是梦想的翅膀。

不羁的青春装饰着魅力内师，

六十载春秋，

青春内师茁壮成长。

大学三年时光悄然流逝，我与内师伴随着青春的脚步一同踏上了逐梦的征程，一同成长。

1956 年—2016 年，六十载春秋见证了内师成长的足迹。"明德、博学、笃行、创新"是内师永远坚持的教学宗旨。内师是一个充满青春，充满活力的地方：这里不仅有热闹繁华的商业街，古色古香的图书馆，古朴、雅致的中文楼，更有我们学子们真挚的求学热情，为内师增添了绚丽的色彩。

九月之际，满园桂花飘香，浓浓的香气给四海求学的学子一种温暖的感觉。内师是我们学子的又一个家。因为缘分的作祟，我们与内师紧密地联系在了一起。

青春内师，逐梦起航！韶华易逝，青春正好，让我们携手共创更美好的内师。

读《人生终要有一场触及灵魂的旅行》有感

马 瑞

之前拜读过三毛，很是羡慕那种自由无束。

后来父亲问我，这样父母不会担心吗？我支支吾吾，"这总是不一样的……三毛……三毛她一向很独立的……"

其实这个时候的我已经觉得三毛是有点任性的了，因为我读过《梦里花落知多少》，她也在书的最后写到对父母愧疚。

这个时候我才知道自己羡慕的不是那种孤独的流浪，无法享受孤独，只是向往一场触及自己灵魂的旅行。

所以读了毕淑敏老师写的《人生终要有一场触及灵魂的旅行》。

我相信，终究有一个地方的风景是能够打动我的。

从书里知道，古老的印第安人有个习惯，当他们的身体移动得太快的时候会停下脚步等待自己的灵魂前来追赶。人不能一味走下去，走得太快灵魂会跟不上自己的脚步，人要在行程的空隙中与身负重担的灵魂会合。

我喜欢这种慢慢行走的感觉，看着窗外移动变幻的风景，每一处都有独特的气息，或是霞光染满或是风清气朗，或是柔情似水或是大漠孤烟。在行走中去感受这个城市的每一寸温柔，每一分柔情，也等待我的灵魂来与我会合。

每一座城市都有一个属于它的，独一无二的故事。也许有些城市有着相似的高楼大厦、灯红酒绿，但是它们的味道是不同的，历史背景是不同的，风土人情是不同的，而在这个城市发生着的故事也是不同的。在陌生的街道看见一对情侣含笑低语，在车站与陌生人拼车，在轻轨站自动售票机前找不到站向排队在后面的人求助，看着窗外倒退的风景——看见草原上点点的绵羊就像一团一团小棉花，看见初春树梢上挂着的雪花后结的小冰晶，看见层层叠叠波浪连绵的金黄色的油菜花。

梦中曾去过北海道，然而我最想去的却是丹麦的哥本哈根。我坚信丹麦有我儿时的梦想——看一看 Mermaid。

丹麦对我来说是一个承载了儿时所有梦想与渴望的名词，这个国度诞生的爱情童话伴随了我整个人生中最懵懂的时期，无论是致命浪漫、锥心痛苦还是义无反顾、飞蛾扑火。

一个城市，一个故事。

你行走过的地方留下的不仅是一串足迹、一抹记忆，也是一段情、一声叹息，在心尖上轻轻掠过，仿佛一场春日惊梦，却是深入骨髓，无法抹去。

在我的有生之年我终要是去一次丹麦的，也许中间我会去很多很多别的地方，在那里也会有刻骨的温柔，一次不期而遇的邂逅，一个芳菲的三月，一场难忘灵魂的触摸。

但是我终会去丹麦一次，这一次是我的身体会紧紧跟随我灵魂的脚步，跟着我的灵魂找到我梦中的 Mermaid。

读《蛙》有感

邹　婷

夏季的炎热终于在一个雨夜以后变成清凉，连续几日的阴雨天气让我窝在寝室无事可做，于是，花了几日看了莫言的《蛙》，放下书以后，既觉得心里久久不能平静，又觉得收益匪浅。

这本书由蝌蚪写给日本杉谷义人先生的四封信和一部蝌蚪与姑姑相关的

话剧构成。小说的主人公是有着五十多年妇科经验的姑姑，名字叫万心。万心矛盾地拥有着两种身份：一种是乡村医生，一生接生婴儿万名，人称'送子娘娘'，另一种是坚决执行计划生育国策的干部，人称'杀人妖魔'。

因为这本书的特殊身份——诺贝尔文学奖作品。我开始思考，莫言为什么以'蛙'来命名这本书呢？'蛙'到底象征着什么呢？我想到了故事的最后一段，万心经过芦苇地，被无数的蛙围攻，撕碎衣服咬破耳朵，喷射黏液甚至是精液，再后来，她夜夜失眠，猫头鹰的叫声也被幻化为蛙叫，她觉得这是无辜生灵来讨债的情节。感觉茅塞顿开，我想我想明白了，'蛙'就是'娃'，万心这双手接生了上万个娃，那些不断鸣叫，有着旺盛繁殖能力却又'低贱平常'的生物，是莫言对中国现代命运的思考。

计划生育作为基本国策，在中国具有合法性与必然性，因为人口是一个国家走向繁荣的前提，而控制人口又是后发展现代国家实行艰难的现代转型的无奈但又必要之举。生育，是人的基本权利；而控制生育，又是人实现理性生存的必要手段——特别是对于中国这样曾经的半工农业化的农业国家，也面临国际社会从"人权"角度发来的种种责难与批评，而此国策在具体的执行过程更是由于文化传统、伦理、政治、权力、金钱等因素变得异常复杂。而文中 20 世纪 90 年代中突出的乡村基层政治尴尬现状与困境的情节——被不支持，不理解的农村群众撵得到处跑的"乡镇干部"正突出此点。读《蛙》时我感到残酷：一是小说情节和人物命运的残酷，另一是莫言书中书写他人物灵魂深处极致痛苦与冷酷。高密东北乡不仅仅是故事的发生地，而且是当时意义上整个中国的缩影。

《蛙》里的一切都指向生命二字，不管每个人的名字——陈鼻万足王肝王胆袁腮李手……还是'地瓜孩子'的故事情节，甚至是刊物的名称都在为生命鸣唱，这一切的寓言及象征式的经营手法下，小说被推进了一个更高的层次。我也感觉自己领悟到了文章的真谛——关照生命歌赞生命敬畏生命。

生　活

格地章

每个人都有自己的生活，读书，恋爱，结婚，或者一个人生活。

人一旦想到孤独终老，那之后的生活便会无所畏惧。没有爱情的束缚，没有金钱的诱惑，没有纠结地过自己的生活。

"我将要功成名就，然后孤独终老。"我可以成为我想成为的人，而不是别人想要看见的我；我可以淋雨唱歌或者艳阳下跳舞；我可以见日落见朝阳，重新开始每一天；我可以联系想念的人，即便他可能为生活奔波无法回应。

"明知生是个体，死是个体，但是我们不肯探索自己的价值，我们过分看重他人在自己生命里的参与。"我从来都相信生命的本质就是孤独，而身体是我们最坦诚的部分，始与末，初与终。直到衰老的脸庞提醒你青春不再，烈酒刺痛你的胃，或者无尽的沉默笼罩着你，满是色彩的生活突然就空白了，生活也就到这儿了。

一期一会，在日语中是一生中只遇见一次的意思。遇见一个人，我就想：要分离了。于是我孤独地活着，全然自由地活着，依着此生最大的勇气活着。即便有时候期待着有人来找寻我，问候我，你好，或者再见；即便有时寂寞冲袭我，淹没我，连带着身边的事物都带着萧瑟，我始终想着：啊，这就是生活，这就是我的生活。

尽管那倒退的潮流不断把我们推向过去的岁月，说不定就是这样的，我们所想的一切都不断地被截断冲淡。而我生活着，孤独地生活着，并坚信生活还在继续。

梦想天空分外蓝

黄腊英

梦想那么耀眼，只要用心就能看见——题记

梦想是多么耀眼的词，那么何谓梦想呢？

梦想，是茫茫大海中的灯塔，为迷失方向的航船引航；梦想，是晴朗上空中的北极星，为迷途的人指明方向。没有梦想的人就犹如迷失在偌大森林里中的旅游者，不知何去何从；没有梦想的人犹如被风吹散的蒲公英，漂泊无依。

小时候，我们的心中就播下了一颗梦想的种子。随着时针嘀嘀哒哒一圈圈地转动，它也在不断地发芽、生长。或许经常萦绕在耳畔的那句话——你长大了想要做什么？不管是良师或益友，还是家人都曾与我们共同分享过这个话题。有一千个读者，就会有一千个哈姆雷特。自然一千个人就会有一千个梦想。

曾记否？当年那个凭借"苦练七十二变，历经九九八十一难"的他。因为一句话震撼了心灵，激起了追逐梦想的激情。因为内心的坚定执着，战胜了高度近视，练就了一双灵动的眼。曾可知，因为一次意外，上帝和他开了一个巨大的玩笑，让他失去双腿。但他没有绝望，不屈服于命运的，可谓生活中真正的强者，终成为一位有名的演讲者、职业歌手。这些无不一一再次证明，梦想用心的确能够看见。

梦想天空分外蓝……

年幼爱幻想的我们，常常听到爷爷讲牛郎织女的故事，幻想着有一天也能飞上天去，目睹鹊桥相会；看到《西游记》中玉皇大帝威武的样子，幻想有一天能亲受他的美言嘉奖；看到《嫦娥奔月》图中嫦娥那婀娜的身姿，幻想一天能与其共勉。今天，在兢兢业业的付出之后，终于实现了当初看似不太实际的梦想。飞天梦，解开了银河神秘的面纱，从敬畏走向探索；从陌生走到熟悉，这就是一个进步，一个时代的跨越。

梦想天空分外蓝，只要用心就能看见。你的梦，我的梦，共同的梦，点缀漆黑的夜空……

内师，和你相约四月天

姜淑敏

虽然昨日立春，但春却早已悄然而至。宛如一位妙龄少女，正当少年，因此我们在四月天相约内帅。

长亭斜照，流恋青山好。

长亭外，绿树环绕，鸟声唱和。我们在这里享受生活的美好，感叹人生的哀乐。斜阳透过绿叶洒在每个人的身上，青春年华，我们将在这里度过人生最美好的时光。内师的青山不多，最多也算丘陵，一眼望去，也是一片青葱。

"曲径通幽，何处春来早"。走在内师，不论你喜欢曲径通幽的静谧，还是繁华闹市的纷扰，不同的角落给你不同的景致，因为这里都有春的身影。

"闻啼鸟，西湖两岸，独自芦荻草"。内师不仅有山也有水，沱江两岸，西林古渡，春风吹绿了两岸的野草，吹开了待放的花蕾。我最喜欢岸边的垂柳，春风拂过，它迎风飞舞，仿佛在要你一同欣赏这春的盛宴。

孑然，自有风骨

陈雯雯

培根说过："快乐的事情分享给别人，快乐就会增加一倍；悲伤的事情倾诉给别人，悲伤就会被分担一半。"这句话放之今日却有失真。每个人都是一座孤岛，孤独更是人与生俱来的一种气质，生命之河里，能渡自己的也就只有自己罢了。

外面的世界很精彩，灯红酒绿、璀璨夺目的人间烟火把蛰伏在原始状态的简单生命引诱出来，从此，"自己"这座孤岛就多了来访的足迹。有人热衷于这样的热闹喧嚣，以"社交达人"自居，像是处在网中央的蜘蛛一样，不断延伸自己的信息触角，乐此不疲地织造捕捉繁华的网，他们忙忙碌碌，一切都热热闹闹。但是，生活的反差是让人措手不及的，繁华是过眼云烟，繁华落尽、人走茶凉之后，这些热闹中人往往不能自处，铅华洗尽后是否有清水芙蓉？这就取决于我们在热闹之中时是不是偶尔咀嚼孤独，用这孤独来警示自己面对繁华时要保持清醒，不要迷失自我。巨大的社交网络让人误会自己掌握了生活，千丝万缕，源源不断地送来信息，而事实是，网中人常常被生活反噬，牵一发而动全身，自己成了被各种信息牵制的提线木偶，那张耗尽心血织就的网络能捕捉到的其实都是蝇蚋式的生命杂质，那些顺着网口悄然而过的才是生活的营养。保持内心的一点孤独，才能使自己在面对过场繁华时保持清醒，也能使自己在看尽繁华后心静如水。

谈及孤独，很多人都引以为耻，视之为社交不善的恶果，诚然，人具有群居性，但孑然自有风骨。很多时候，人们抱团取暖其实是缺少安全感，但抱团真的能取暖吗？不可置否，安全感只能来自于自己，孤独是养成安全感的催化剂，无论是古代圣贤还是现代伟人，哪一个没有在孤独中规整生活，修炼心性呢？焦虑、浮躁、悲伤这些负面情绪都是个中滋味，也是必须依靠自己的内心去化解那些负面情绪，将这些情绪抛向群体并不能让其消解，而只能让其凝结成块，累积胸中，长年累月，便成心病，如若在孤独中冥想，便会找到最适宜的解决之道，"如鱼饮水，冷暖自知"。有的心情本就是附带孤独属性，孑然一身自然更容易眼眸明亮，心净似雪。

卡卡西里没有眼泪

——评《他知道风从哪个方向来》

吴丽芬

　　这是一群少数人的故事，被烦躁症折磨的摄影师和可可西里的守望者的故事。在外人看来，他们的人生另类而让人避之唯恐不及，但走近他们的人知道，他们的人生虽苦涩却也辉煌。她们的热情，不够张扬，一提及却让人热泪盈眶。

　　主人公彭野和程迦，她们那已完或未完的一生，都仍让人渴望追随。作者旁观她们的喜怒，她们的悲观，不敢涂抹也不愿篡改，只将她们的故事娓娓道来。

　　十二年前的深夜，彭野纵容少不更事的弟弟嗑药飚车，这次纵容让程迦失去了父亲，使程迦背离了母亲。而作者又抬高命运的手，选择在他和她情感达到巅峰时触碰到这次纵容，而她一句"有没有罪，人都得往前走；宽不宽恕，人都得活下去。背负着罪，再一路向善。这就是人生啊。"没有了苦难与悲观，只有救赎和释然。

　　其实，他和她，分不清楚是谁救赎了谁。

　　十二年前，她十四岁那年，她还是个任性到哭了就会有糖的小女孩。那一次，她的任性却让父亲葬身车祸，母女关系降至冰点，虽然母亲极力不去埋怨，给她光鲜耀眼的生活，可是却从此没了天凉加衣的温柔。在无数个同样冰冷的深夜里，孤独的她承受着母亲的怨恨，承受着自责和悔恨，孤独和后悔使她躁郁。她一直在寻求爱，寻求救赎。她爱上了她误以为从那场车祸里拥抱她的，和父亲一般年龄的男人，母亲意为拯救的谎言，将她抛回谷底，后来，她和王凯的情投意合，使她再度从阴霾中走出。可母亲继女对同一个人的喜欢，她的一句无心之语造成的死亡，年轻的他们，承担不起一条人命的重量。

　　分开后的她，病情再度反复。她兀自努力，背上了父亲的行囊，扛上了父亲的相机，在摄影中看见无数同样悲壮的人生，收获无数的赞赏。事业蒸蒸日上，可感情仍无人问询，她来到了可可西里无人区，遇见了他。

　　她对他初始的兴趣，源于那具充满诱惑力的肉体。可是后来，他在她怒火中烧时放她去，不是死命压制，而是松开她的手臂，低声说一句："去吧，别太过。"他们也曾一起与追踪已久的偷猎头目狭路相逢，顶天立地的男儿为她忍下三个响头的耻辱，为她略去数万张羊皮的仇恨。带回她的相机和她的安稳。他握紧了拳头，脊背绷直得像一棵白杨树，那一刻，膝下千金不敌她安稳一时。她说"我不值得你为我这样"，那弯下的背影和沉重的三声铿然地敲在她心里，投射出温凉的光。她的心中或许满是触动，父亲去世后，第一个走进她心里的男人，可更多的是酸楚吧。铮铮男儿，如果不是她，就算枪指眉间，他也绝不会跪下，可有了她，他放下了尊严，因为她较之尊严更为重要。她心里的墙轰然倒塌。

那次遇险后，他立在雪地的中央教她识别北方，她微笑，指着他所在的方向道："北方。"那一刻，他仿佛听见了她的影子印在他心上的声音，心房豁开一个口子，幸福发芽开花。

后来，她们再次同偷猎者狭路相逢，被人俘虏的他，被人掌掴，被人踢打，被人辱骂。她一声不吭，低头不语，不旁观无能为力的他有多少痛苦。尘埃落定，他去她身边，她平静淡定，只字不提，不安慰，不怜悯，也不哭诉。所有的担心，心酸，痛苦，她收好，不哭，不叫，不求，不给侮辱者以看笑话的机会，也不给他的尊严更多折辱。

与盗猎者针锋相对，她中枪，他治疗，看着她涣散的眼神，他轻哄："好了，没事了。"照片拍摄尘埃落定，她仍旧是她繁华故里的宠儿，而他还是这无人藏区的守护者，天涯海角，他们不可能在一起，所以，他想放弃，他逼她离开。可是，已经落地的爱又怎么藏得住，收得回。

当他和盘托出他的黑暗，可是她平静的眼里没有责怪，因为"有没有罪，人都得往前走；宽不宽恕，人都得活下去。"背负着罪，一路向善，这就是人生呀。

十二年来，他不忘初心，无人区里扎根生长，每一头藏羚羊都在他们的呵护下成长。当年的苦痛可能已经在无尽的岁月中渐渐消弭，心里的悔恨也会在大自然的怀抱中渐渐沉睡，可是也不能保证偶尔午夜梦回那一痕积压在心头的负荷，让他辗转难眠。而她的一句话，救赎了他。

她也卸下了一直以来的进攻者的姿态，生活不再因追求刺激而随心所欲，她从他身上学会了防守。生活可能就此平庸、枯燥，但责任、决心、让她守住本心，在平静和沉淀中感受生活的本质，人生不只是流于浮华。其实，他也救赎了她。

他说她不会遇见更好的了。所以她和他在一起了，回去后的她面对母亲的崩溃，母亲的对彭野的恨意，母亲的一句："多希望当年死的不是你父亲。"让她心如死灰，她站在阳台上，展开双臂，准备拥抱再无忧虑的世界时，他的话——"你以后好好的，你值得好好活着"。她静下来，一句"我去接你"将她拉回光明。她说起她的过去，他不予置评，只说："你的过去，不需要给我交代；你的未来，我给你交代。"他是她的良药，不问前尘，只许现在和将来。躁郁的她慢慢地不药而愈，世间再难寻一个他，再难寻一个灵魂与她如此契合的伴侣。

其实，她不知道的是，在他眼里，她是佳人难再得，是值得世界上最美好事物去拥抱的姑娘。

她曾问起他在无人区待了多少年，他有些恍惚，十二年的光阴就这么不知不觉地从指缝间溜走，她叹他最好的年华都守在无人区了。他淡然地接道："没什么好不好。活着的年纪，都是好的。不管你在哪儿，在干什么。"

十二个春秋，他早已与可可西里融为一体，与杰达保护站的每一个人融为一体。他们牺牲最好的年华，牺牲故里亲民，牺牲爱人的资格，牺牲尽孝的机会，日夜坚守，只为这一片无名无姓的无人区。这里枯燥乏味，这里刀尖舔血。有时候啊，抓到的盗猎者，因为盗猎数量，手上染上的血不足以让他们永不能再起屠刀。她认为他们的付出未收到应有的回报，他却说"我们做这些，不是为把谁关起来，而是为让他们别再继续做。"这是他们建立保护站的初衷，这也是他们的信仰。这话质朴得如同这每一个高原上的汉子，他们不善言谈，他们组织匮乏，他们肤色黝黑，可他们扛枪的姿态坚定，他们努力的故事可泣，他们中大多数因为这风雨不定的生活而没有家庭，因为连一个稳定的承诺也不敢期许，无人区保护人员的稀缺，让他们总是一直想着"抓到这个团伙就离去"的梦，一拖再拖，也没办法真正去践行，总是"再等等吧，再等一等，不再这么缺人了就离去"。这一等，就是几十年的风雨，从年轻到年老，这是他们一生都在做的事情。

正因如此，他的性命被赏金明码标价，她也没有伸手推他远离。因为她明白，可可西里，是他的所求之地，是他信仰所在之地，是他与战友坚守之地。她无惧也无畏，她也要为他守护，她说，"祝你得偿所愿。"一语成谶。他的车最终驶向了盗猎者，他有过不舍，可她说："好，你放心。"让他带着坚定的信仰去赴那场生命的赌，于是在这片他待了十二年的土地上，他倒下了。盗猎者的枪，他的热血都埋在了这片广阔的土地。闭眼的那一刻，他心中是释然，为了信仰，死得其所，却也满是遗憾。对心爱的她，他还有未尽的爱和责任，但她胸前、心里烙下的苍鹰，是他。他，也是她生命中的一束光，陪她经历人生的凄风苦雨，陪她斩获新生，陪她看人生四季风景。

兰花吟

胡小琴

天然俊秀，朗立乾坤，氤氲清香，抒雅于怀。

于岩之畔，仰得君士，静默凝神，亭然处之。吸日月之精华，聚天地之灵气。神采飞兮，若浮萍出碧波；筋骨健兮，若青松生空谷；青衣飘兮，若流云漫天际。观林海浪涛，听溪石交鸣，沁心入脾。玉颜流光，目露秋波，身焕素姿。乘雾而轻裾，沐雨而舒展，经露而蕴秀。皓质呈容，芳泽无加，铅华不御，幽香千里。仰止高山之圣洁，俯观深谷之遮没。静容婀娜，令我忘返！

追慕思之，步止难出。君何以故，气质如此？悟天地之渺渺，斗转星移；体江河之汤汤，一付东流。昔者魏晋风骨，今之空存，大雅名士，踪影何如？唯此君子者，品正质刚，泰山不移，万浪不摧！唯此雅兰者清存志列，浊水不染，邪气不侵！夫立天地，吐一香，明万世，纳一雅，传千秋！习君之明泽，践椒途之郁烈，修君之雅怀，行秋兰之素净！

琅琊榜：春风十里不如你
——记《琅琊榜》江左梅郎梅长苏

叶玉梅

遥映人间冰雪样，暗香幽浮曲临江。遍识天下英雄路，俯首江左有梅郎。

梦中遇你，恰逢花开。秀丽清绝，开到荼蘼。然此间少年，不过是你年少的模样罢了，我只能在恍惚迷境里忆起你容颜，身上盈满未曾退却的稚气，和那属于年少的光亮和明朗。可是，梦总会醒，从此，不见明爽的你，真真切切，如邻家少年触手可及的你。在漫天飞雪里遇见你，带着不可估摸的淡淡笑意，你欲翻手为云，覆手为雨，千军万马，暗藏心底。这样的你，世间有一个就足够了，这样的你，世间也只能出这么一个。十里春风，阳关道上，有你足矣！

一卷风云琅琊榜，囊尽天下奇英才。琅琊榜首，江左梅郎，麒麟之才，得之可得天下！

短短十八字，道尽江湖风云诡谲。十三年，足以改变什么，十三年，却也无法改变什么。再见你，你是动人心魄的梅长苏，而不是林殊。是立于凌峰，长袖翻飞的隐士，是号令江湖，心中却翻滚着不为人知，惊涛骇浪的清寂宗主。昔日迎风而立，弯弓射天狼的少年将军，早已湮没于历史长流。那随身的金枪宝甲，和一剑光复十四州的倾城颜色永远留在了斑驳的过往。三十岁，你的眼角眉梢已布满苍凉。梅长苏，你于梅岭深处款款走来。世人只见你调笑退敌，满身风华，而我独怜你苦痛自尝，生死看厌，傲骨依然。可这风华背后，无人可知，究竟藏着怎样的坚韧与心酸……

不知用怎样的词藻能道尽你无常的一生，不知用怎样的文笔能书写关于你那泣血故事？是无奈，是悲凉，是阴谋，是利用，是算计，是手段？是最真心的托付，最诚挚的友情，最感人的信任，还是最平静的处事？亦或者是最揪心的牵挂，最明媚的忧伤？或许，不懂不晓，才是这个故事最感动的地方！你，历经死劫归来，脱皮拆骨以出，不仅仅是为了复仇，而是要让七万赤焰英魂能堂堂正正地站在阳光底下。于你，忘不掉，回不去，才是最深切的悲哀。

山前灯火欲黄昏，山头来去云。鹧鸪声里数家村，潇湘逢故人。挥羽扇，整纶巾，少年鞍马沉。

你是梅长苏，不是林殊。你是梅长苏，也是林殊。无数次希望你终可放下，只做梅长苏，淡看天外云卷云舒，闲望庭里花开花落，携知己良朋，青梅煮酒论英雄。可我得承认，你终究也是林殊。幸福的结局是留给谋士苏哲，江左梅郎的，却不是林殊。林殊，这个心系天下的少年将军终究是你心底，最深的期待。再坏再好的故事，终有落幕的一天。无论是梅长苏还是林殊，有个东西始终没变，那是纵使因权利之争让你满门抄斩，将你部族残杀殆尽，将你一门忠烈硬生生扣下叛乱的名号也无法放下的东西，那就是家国天下。他要的，不过是一个清平明朗的世界，没有眼泪，没有哀殇……

这个遗世独立的江左梅郎呵，你从梅岭走来，从此，天下风云激荡。梅长苏呵，又是一年倾国色了，可这春风十里呵，不如你！

六十年的历程

陈　叶

沧海横流，斗转星移。转眼我已经在内师一载。在今年，我有幸见证了内师六十岁生辰。

六十年前，你蹒跚学步。开始了漫漫旅途，每一步、每一程都饱含了泪水与心酸。多少次跌倒，多少次忍受来自"大自然"的寒潮、风霜、干旱与洪涝。但风，吹不倒你的信念；寒，冰冻不了你的热情；旱，干涸不了你心中的希望；涝，淹没不了你的意志。

六十年，你十年如一日地不断重复着同一件事。在雪花还未将大地覆盖前，你埋下了理想；在春天百花齐放的时候播种希望；在酷暑还未降临，你匆匆忙忙地为已经发芽的希望准备防暑的薄被。终于，在漫天飞舞的落叶中，收获这一年结着梦想的果实。

六十年风雨沧桑，内江本土这所大学也通过学校老一辈的不懈努力由建校初期的破败，发展到由师专、教院、艺体师范三校分立的局面。最后内师获得了申请专升本的机会，在 2000 年正式成为一所省属本科院校，实现了历史性的转变。

内江最让人印象深刻的除了那条有着各种各样故事的沱江，还有特产甘蔗、柑橘。

大自然放眼望去，柑橘林片片，你可以选择去里面亲自采摘，也可带上早已准备好的烧烤材料，再租一个烤具，几个人围在一起慢慢地享受吃烧烤的惬意。在师院对面就是一条长江支流——沱江。夏季夜晚的沱江格外美丽，时常和好友一起在一天紧张的学习后去沱江边走走，吹吹沱江的风，嘻嘻哈哈地对身边来往行人的着装或者身材进行点评，亦或者对沱江边上那一对对手挽手的情侣们表示羡慕。有时兴致好了，还会摆上 Pose 让朋友在灯光的照耀下来上炫美一拍。

内江师院林荫下的清晨，是内江师院的一大风景。透过清晨阳光照耀下林荫路上斑驳的倒影，我们可以看见在不远处的椅子上、操场上的每个角落里，站着的、坐着的满满的全是一群穿着青春特有服装的内江学子。小伙儿们留着利索的短发，在阳光下高挺的鼻翼与白衬衫紧贴的身体，显得那么安静眩目。小姑娘们或扎着高高的马尾亦或留着微卷的长发，迎着微风缕缕发丝不断扫过嘴角。但是他们都不为所动，依旧大声地背诵着那些生涩的马哲，练习着普通话……看到这些自然明白内师逐渐成功的缘由了。

我的十九岁，和内师六十生辰吻合。六十年桃李满天下，六十春秋寸草心，在这个季节里，打开心灵之窗，放眼望去，在我眼前呈现了内江师院学院六十岁生日快乐……

甜城人也甜

罗　涵

这是我第一次离开家乡，来到另一个城市，而那份思念和孤独永远都是心中的一道坎。

来到这城市快一年的时候，已经不知道在沱江边游玩过多少次，从陌生到熟悉，从白天到夜晚。

而沱江最吸引我的地方就是它的夜晚。我经常会坐在沱江的一岸，看着对面的夜景倒影在宽阔的江水中，随着江水缓缓流动着，彷佛心也随着摇动。而我，舒服地接受着凉风对我的轻抚，望着这片深蓝的天空，享受着这份宁静。这是内江与我家乡相似之处，而我在享受着一份来自内江的甜蜜。

然而世上并不是只有欢乐。某一天晚上，我哭着跑到了沱江，在江边大声哭了起来，来来往往的人经过时都会看我一眼。

在我身上发生了一件不如意的事，而我无力解决。

我想回家，我想起了我的家人，在家里，我就不会孤单，就不会受伤害，为什么我要一个人，一个人来到外地……

突然，我发现有一位阿姨蹲在了我的身旁，从包里拿出了纸巾递给我，用一口内江话告诉我，不要哭了，赶快回去，这大晚上还在外面，爸爸妈妈会担心的。我看着她，眨了眨眼睛，她看着我红肿的眼睛，摸了摸我的头，告诉我，没什么过不去，要记得家人一直陪伴你，千万不要放弃自己。那一刻，心里有了触动。我用力地点了点头，擦了擦眼泪，就慢慢地往回走。后来我发现阿姨一直默默跟着我，直到我走进学校……

一进学校，我哭得更狠了，但并不是伤心，而是因为温暖。曾经的那种孤独感也不复存在，即使家离我千里，但它仍在在我心里。况且，这里的人们，给了我一种类似家的感觉。

那个时候我才知道，我的心里的某一处地方被这个城市所温暖了。

一开始来到这个城市时，听说它还有个别称叫甜城，我想，这一座让人感到心甜的城市吧。

迎内师华诞

罗慧敏

风萧萧兮易水寒，学子入校兮四年安。沧海横流，斗转星移，转眼间内江师范学院已迎来它 60 岁生日。还记得在那个略带炎热的夏天，我们都义无反顾地投入了内师的怀抱，这一间母亲一样的学校，就这样安定着我们的生活，充实着我们的生命。

世间的万物都在不停地展示自己的风采，它们从东升的太阳中寻找节奏，从葱绿的森林中寻找色彩，青春的颂歌在我们的耳边荡漾。我们的青春为何这般朝气蓬勃？我们的生活为何这般龙腾虎跃？——因为我们都有不变的理想，千万个内师人，凝聚在一起，努力奋斗，使四野永不荒凉，使未来充满希望。磅礴的校歌每每在放学时响起，它便给我带来蓝色的幻想，粉红的希望，绿色的信念，火红的热情。未来四年的日子需要在这里开始，在这里实践、在这里生根发芽、在这里收获累累硕果。

时隔一年，只是短短的一年，我们就随着这流逝的一年时光，默默地成长了不少。也就是这一年，它将会迈入 60 周年校庆，它将会展开巨型的翅膀，在接下来的日子冲上云霄再创辉煌！六十年，或许在漫漫历史长河里它只是弹指一瞬，充其量也只能算是三分之二个世纪的时间，六十载栉风沐雨，六十年春华秋实。今年内江师范学院终于迎来了它的六十华诞。在这六十年里，它经历了风风雨雨，但同时也创造了一个又一个辉煌。六十年的时间或许不够一个民族真正强大起来，但是却可以让一个民族的教育强大起来，内江师范学院已经真真正正地在蜕变，真真正正地在成长，增设的校区、校舍，逐步加强的师资，不断增加的图书馆藏书量，还有不停吸纳着神州大地的人才，都是它成长的印记，印证着它一步步地成长起来。或许在今后的日子里，我们会将自己的脚印遍布祖国山河，世界各地，再过若干年，我们也将像今天一样有着兴奋浓烈的心情，回到母校，再次感受母校取得的辉煌。大学时光是转瞬即逝的，内师这一片沃土，让我走过了最难忘的青春岁月，也见证了我大学的进步和苦壮。我深深爱着这一片充满激情和冲劲的土地，因为它让我感受到前所未有的归属感，让我感受到前所未有的进取热情，这样的一间大学，怎能让我忘怀！

学高为师，身正为范，花开花落，几度寒暑，六十年的时光，弹指一挥，月满月亏，潮涨潮落，六十年的历程，岁月章回，听日夜江声，欸乃如歌，看万家灯火，牵手允诺，岁月悄然转动不息的年轮，太阳热情点燃生命的火焰，世间万物一切均在变，唯有内师昂首屹立于沱江之上，用智慧的眼神凝望神州大地，用真理的知识哺育莘莘学子。亲爱的母校请允许我诗意地翻开六十年的画卷，请允许我虔诚地聆听六十年的倾诉，一起重温您辉煌的历程，回溯你流光溢彩的漫漫征程，重温你一路走来的铿锵歌唱。一万年太久，我们只争朝夕，愿您在树人的征途中愈走愈远。

观《陪安东尼度过漫长岁月》有感

马　华

前几天，看了这部电影，就被吸引了，迷上了这部电影，看了不只一遍，也迷上了那首主题曲——《陪你度过漫长岁月》。

《陪安东尼度过漫长的岁月》是跟据郭敬明旗下最世文化推出的作者安东尼的同名畅销作品改编，香港编剧、监制钱小慧操刀剧本，周迅联合监制，秦小珍担任电影导演。主要讲述了一个男生从20岁到23岁，从大学到工作，从国内到国外的生活片段和真诚感悟，对成长的真挚描写也"治愈"了不少经历过青春岁月的人，在年轻读者群中也曾十分火爆。

安东尼在出国之前，待在大连，我之所以喜欢这部电影其中的一个原因是因为我曾经也在大连待过三年，那是我离开家乡后第一个生活的城市，大连很美让人感觉很温暖，里面那些熟悉的场景勾起了我无限的遐想。电影其实什么也没说，但就是动人，电影调性非常明亮。每个城市不同，却都很和煦的。安东尼所到之处当然和煦。出现的独白，只要是书里的，刘畅刚说半句我就能毫无压力接住后面十句，搞得旁边看电影的人很烦我。原著党的共鸣，又该被外界定义为自己跟自己玩的小打小闹了。拍成电影就放上江湖，我害怕不二会被指手画脚，被不耐心的人曲解。但这，大概是它之所以区别于世界上所有兔子，必须拥有的勇气。

刘畅打伞走过澳洲的霓虹路口，"在陌生的城市，我说英语很大声，活得很卖力，想把灵魂挂得高高的"。坐在我前排的一个小孩估计是饿了，总在吵闹他的父母，我毫无防备地被拽出戏。翻白眼地想，带这么小的熊孩子看这合适吗？

《陪安东尼度过漫长的岁月》对于我们的意义到底是什么呢？我也说不清。只是感到哪怕我真的变成琐碎的成年人，面目看似与地铁上，公交上，百货公司里的人潮一模一样。但我心底知道我不一样，偶尔还有伪装的暗喜。我心里有爱啊，那个东西不值得炫耀，我也很害羞展示却让我更有勇气去开怀。

世界上有一条最寂寞的鲸鱼叫 Alice，它发出声音的频率比正常鲸鱼高一倍，唱歌时没人听见，难过时没人理睬，这个世界上有很多很多的人都是 Alice。我们都会寂寞孤独渴望相伴，但愿这时刻我们可以给彼此一个拥抱，相互温暖。我其实也最爱这句台词，它说出了很多人的心声。

电影中的片头曲，片尾曲以及一些插曲，也有它独特的韵味，恰到好处。王菲《人间》的前奏一出来，我就一下酸了鼻子。音乐开始得恰到好处，从《人间》到《yesterday》，再到日文歌《向着未来》，如同一张张有声明信片，不仅赏心悦目还悦耳动听。开头结尾相互呼应地陪你度过漫长岁月，也是由陈奕迅演唱的。

其实，我一直觉得我就像是电影里的主人公——安东尼。记得电影里说有人叫他全名，有人叫他小东，有人叫他阿东，也有一个人唯独叫他东东，这何尝不跟我一样呢？青春就应该努力奋斗，青春就应该去远方游荡。

图书馆

米娇阳

一个学校的成长必定会伴随着一个图书馆的积淀。内师六十年，图书馆六十年，一步一个脚印见证内师的成长。图书馆不仅是传播知识的地方，还是育人的好榜样。

在西区图书馆的某个角落里，弥漫着温暖的香味。这香味勾起过路人的馋虫，不由自主地往那走。

一踏出校门，幸运的话，你就会感到红薯味像一只温暖的手一样轻轻地抚摸着你的鼻尖。但是，你选择在早上出去的话，那么你就只能感觉寒风向你扑面而来。不过，没什么，你下午回学校就有可能遇到。

昨天中午，我才知道西区图书馆附近有卖烤红薯的。傍晚，我与我的小伙伴就去买烤红薯了。到了西区图书馆门口，天已黑了，我们在想是不是走了，可是，飘来了阵阵香味。我们循着香味，就看见一个小小的三轮车旁站着十来个人，整齐划一地排着队，等待着香喷喷的红薯出炉。然后余光看见一位老爷爷在那里静静地坐着，远看就像在那闭着眼短暂休息一样。他一身深色打扮，身穿着深蓝的外套，里面有一件伴他多年的毛衣，套着宽松的黑色麻布裤子，带着一个咖啡色的围裙。慢慢走近，才知道他在那卷着叶子烟，动作就像一个刚出生的婴儿一样慢吞吞。在他的右边有一个盆，盆里装着保温桶和一个水壶，我想这就是他简单的午饭和晚饭了。

怀着对红薯的热情，我们不怕这区区的十几个人，在寒风中等待也是一种体验。于是，我们的等待旅程开始了。周围寒风习习，车辆呼啸而过，路灯点点照亮了我们的路、温暖了爷爷。我把拉链拉到底，手放在兜里，尽量把下颚放进衣领里，哆嗦着说："我们有可能是下一锅了。"我的小伙伴撇了撇嘴，双手抱着我的胳膊，头依着我，略带委屈地说："我也觉得是。"尽管这样我们还是坚持着。无聊没说话时，我静静地看着老爷爷，他依旧在那卷着叶子烟，他动作缓就像一只年老的猫一样，慵懒、缓慢。记忆中的叶子烟还停留在小时候，依然是一位慈祥的老爷爷。叶子烟就像他的亲人一样承载着他所有的美好回忆，不离不弃。

在无聊时总有意外的精彩。在所有人静静等候中，一位性格大大咧咧的女同学闻香赶来，扯着自己的大嗓门说："爷爷，红薯还要等多久？"爷爷慢慢地说着："恐怕还要等半个小时吧。"其实，在她来之前有许多人问红薯，爷爷也说的是半个小时。就好像时间对他不起作用，他到了这个年龄已经不屑与时间打交道了。女同学了解到这个情况后，不甘心地说："爷爷，你看看能不能早点打开啊，我赶着上课。"爷爷闭着眼想了想，问了问上课的时间，一个字一个字清晰地说着："那就再等十多分钟吧，让你们好好去上课。"就像叮嘱自己的亲孙女一样。女同学非常高兴地说："谢谢爷爷！"不知是累了还是想与爷爷处在同一个角度来看世界，她蹲在爷爷旁边，他知道老人家耳朵不好使就大声地说："爷爷你住在哪里？"爷爷耳膜的振动来自于女生的声音，他这次特有精神地说："家在资阳。"女同学睁大眼睛，不敢相信地问："你每天都回那里？"爷爷的身体虽然生了锈，可是脑袋转动地很快的，立马就明白了女同学的意思，解释着："我有房子，在这有房子，就在火车站那。"那双充满岁月痕迹的手颤颤巍巍地指向火车站的方向，就好像感觉那里有什么在等待着他。可是，后来慢慢得知这位普普通通的爷爷经过十年文革的洗礼，到了今天提起那段经历无奈地说："他们打我，看不惯我。"不知为什么，他说他没有家人，一个人独住。

二十分钟过去了，打开火炉，没熟；十分钟又过去了，打开火炉，熟了，我们前面走了一些人；二三十分钟又过去了，打开火炉，我们拿到了温暖的红薯了。

后来，天气越来越冷了，我在校门口几次看见老爷爷，依然在图书馆旁边，依然是那身穿着，依然是那些红薯。

在图书馆的呵护下，老爷爷的小顾客络绎不绝。因为我们的图书馆是在校外的，旨在向我们传达：在走出校门步入社会的那一段时间我们是需要图书馆的。

明 天

张怀兰

树叶摇曳着细碎的阳光，拖出一席温暖。山川欢笑，人流涌动。秋千与影子缠绕、荡漾，拂了一地花浓，散了一室馨香，便是明天最好的模样。

明天，一直是神秘而美好的。因为不曾发生，所以难免有诸多期待。闲暇之余，我们千方百计地幻想、模拟着明日的景况。然而，也只有在不曾拥有时，我们才会有各种美好的奇思妙想。

当它真正来到，我们有可能早已忘记也曾对它有过憧憬，因为它可能已满目全非。当它变成今天，甚至是昨天时，我们手足无措，我们甚至有可能还没意识到，它就已经离去。所以才有那一句时间就是金钱。而此时，曾经的所有豪言壮语，制定的各种计划都来不及实施。

昨日，是"老大徒伤悲"的悔恨；今日，是"拔剑四顾心茫然"的迷惘；明日，则是"乘风破浪会有时"的憧憬。

对于昨天，我们总是后悔、惋惜，觉得还有很多还没做，于是，捶足顿胸。甚至有的人陷入自责无法自拔。于是，今天也就这样被浪费了。

对于今天，我们永远是忙碌、迷茫。而于忙碌者而言，有的或许是有计划的，然而更多的是甚至不知道自己在忙些什么，到了静下来时，又是无话。这不得不说是一种可悲的现象；于迷茫者而言，则更为可悲，因为他们完全不知道应该做些什么。于是，虚度光阴。这就好比一个拥有满屋财富的人却不知道该怎么去花。于是，干脆什么都不做。当然，还有一种就是随大流，整日随着人流涌动，仿佛不是他自己走去哪个地方的，而是人流把他推去的。而于这样的人而言，生活似乎是早就模式化了，而他们似乎又是完成了所有的任务。于是，他们甚至得到了一种满足和心理上的安慰——至少做了事的。

因此，我们大多数人就把所有的期望寄予"明天"。所有关于希望色彩的词，都堆砌在"明天"上，致使它变成一场流星雨，神秘而美丽。于是，各种计划出现，各种愿望许下。然而，总有这样一句"计划赶不上变化"，于是，我们又开始失望，直到"明天"变成"昨天"，然后，开始一场又一场的轮回。

但是，我们岁华正茂，该当挥斥方遒，而不是虚度光阴。所以，虽说"吾日三省吾身"，但这并不等于陷入后悔之中。我们应当做的是：不悔昨天，珍惜今天。然后才是憧憬明天，因为，有计划总比没计划要好的。当然，这里的计划不是随意制定，而是要建立在可行有效的基础上。这样我们才可以用更好的姿态去迎接明天。

总而言之，且行且珍惜。明天，才会是一场流星雨。

明月依旧岁月偷

叶玉梅

时常听见，多数人将上了岁数的老人称为"老顽童"，觉得他们像孩子一般嬉笑玩闹，疯疯傻傻。殊不知，当我们走到那个岁月时，偏偏也会如此。或许，流年岁月里，兜兜转转间，我们想要的，不过是此生再也无法追求的童真。所以，我们时常回首，去寻觅那些任凭年华老去也依然清晰的东西，那些只要抬头望天，便能在明月辉映间闪耀的东西……

幼时的自己爱在开满桃花的庭院里读诗，与才上柳梢头的圆月作伴。读着，念着，便觉得口齿生香，沉醉非常。当时的明月啊，还高高挂在树杈上，淡淡的月光里有彩云的惊鸿影；那字字句句的狭缝里，隐没了多少日日夜夜的光阴。是啊，当时，梨树吐着嫩芽，小孩子们窝在草地上摘花；当时，牛羊放满了田野，牵牛花爬满了篱笆；当时，夕阳才慢慢落下，悬月还在极目望不尽的天涯；当时，还不懂为何长大，只会光着脚丫疯傻；当时啊，故土还未走远，时间还未分岔。

忘不了记忆里的那个黄昏——父亲担着一担担水桶，踏着云霞。自花路走来，担里的水轻溅而出，洋洋洒洒。那一路掉落的水珠，孕育了童年里多少的芳华。那时的自己太小，走路晃悠，却扎着两根小角辫，倔强地跟在父亲身后，一路跑跑跳跳，哭哭闹闹，那时的父亲未老，看着稚气的我无奈一笑，然后搂我入怀，哄哄抱抱。在黄昏辉映里，明月初生时，归家。那时，路旁摇曳的花儿有多少被我摘落，丢弃在沿路的水洼。那时啊，明月依旧在天涯，岁月悠悠如花！

然而啊，一花一草，一树一叶，便了然是一个世界了。那幅印满诗文的青纸信笺，如今。淡了诗意，轻了衷肠。时光挥洒间，只留依稀线条昭示着往日的光华，而它，又承载了多少欢欣薄凉？

此去经年，往昔的影像日渐模糊，云雾苍茫。那云深不知处的记忆里又有着多少的念想？那些禅意的光阴，温润的岁月呢，又该如何收藏？时光啊，把一切的悲欢揉碎了，再狠狠交到别人的手上。扔掉，不忍心；守着，又难放。情深似海，只是岁月如偷，时光不再。有太多的"若当时"令人思量，或许不能再想，因为时光总会过去，那个不谙世事的孩子总会成长。

我们总是习惯在特定的时间和地点去回忆旧时光，无论快乐，无论悲伤。那段逝去的日子总是如明月皎皎，闪闪发亮。其实回想，并不是因为现实凄苦，人情太凉；反而，是因为回想，才明白了太多光阴里的守望，少了些许年少的迷惘。那一心一意，坚定许下的壮志豪言，那烛火下母亲动人的面庞，那一声声轻快愉悦的书声朗朗，那一次次与好友的互诉衷肠……都一点一点构成了温软却也艳丽的旧时光。总是希望，在一个闲暇的阳光午后，采一朵花，别在耳后，顾影自赏。在月明星稀的仲夏夜，细数星辰，写下思念二字，雅致几行。起风时，对着风吹来的方向，浅斟低唱，轻舞霓裳。

当时明月在，曾照彩云归。当我老了，也愿是别人心中的"老顽童"。然后回到记忆里的那个黄昏，静待日暮，伴着安详。遥看明月升起，再看看那些在明月里闪耀的东西，念念那些用韶华岁月写下的诗行……

随　笔
穆　婷

许久以前看到一个很触动的问题，放弃一个暗恋多年的人是什么感受。嗯，你有过养了很久的花突然莫名折断或者每天喂食的小猫有一天突然不见吗？它或许会让你狠狠难过一阵，甚至过去很久偶然想起还会隐隐心痛。可是你还要继续生活，工作。看吧，其实放弃他就是放弃一种习惯，而当你把爱一个人当成习惯的时候，爱情本身也会在这个漫长的过程中慢慢消逝。当你终于有勇气从暗恋的背后走出时。是会像少了什么东西一样，但你也会惊讶地发现天变蓝了，你变美了。这就是最好的结局。一场开始或者从没开始的恋爱如果让人有了对人生更好的体验和认识。那么，为什么不呢？即使是放弃也不失为一种更美好的开始！

五年前我也拥有一个不可言说的秘密。它藏在我心底，我每天和它对话。我能感觉到它真实地存在，甚至在很长一段时间内它让我感受到幸福和满足。五年后的今天我感谢那段特殊的经历。它让我在最好的年纪有了对人生和爱情微妙且绵长的体验。

人的一生说长也长说短也短。可你终究会找到那个合适你的人。他也许会嫉妒那段暗恋经历，因为对方不是他。但他也会倾其所有的对你。因为此刻他正有幸深爱你。每个人都值得被捧在手心，因为生命始终有其独特性。等着吧，总会有那么一个人跌跌撞撞地向你赶来，或许他走得很慢，但他历经坎坷，尝遍孤独，也许每座城市都有他特有的温度，而遇见你，他一定也用尽了所有的世态炎凉。所以别再抱怨人生苦短，该来的不来该走的不走。

有时候选择放弃就是选择另一次开始。就算是为了这个不知名的开始你也应该有提着头发把自己从泥泞中拔出来的勇气。选择本身就意味着你的进步。要知道这世上每多一个勇敢的人，就少一朵孤芳自赏的花。

没有人愿意一辈子活在想象里，终会有一天走出，或早或晚。是的，放弃对于你我也许真不简单，有时甚至是痛到心酸。可暗恋本来就是一个人的事情。既然如此怎样开始就让它怎样结束吧。

所以你看，选择放弃有什么难？为什么你还念念不舍，为什么你还裹足不前，为什么你还在怀疑，在猜忌，在憧憬。开始一场全新的旅程吧。我，在路上等你！

那一场宋朝的烟花雨

高宇佳

暗香初醒，月影轻摇。吟一阕旧时清词，就又把那个浪漫多情的王朝轻轻忆起。

那个繁华的大宋王朝，虽无魏晋的风骨，亦无盛唐的丰腴，但却有着自身的绰约与婉丽。虽则其最终淹没在外族凶猛的铁蹄下，但被它的繁华所滋养到美艳至极的宋词，却顶着中华文化最炫目而耀眼的光环，备受推崇。

世人爱宋词，爱到几次都要在历史的洪流中，寻觅宋朝落幕的背影，有几次在宋朝谢幕的背影中追寻词人远去的身影，追寻他们留在纸间的一缕墨香。他们都心甘情愿地做了宋朝的追随者。而我，亦是这样的追随者，依着词人的点点足迹，走进宋朝那一场绝美的烟花雨。

我打宋朝走过，那白衣翩翩的公子正挥毫于烟花巷陌。他才华横溢，学富五车，笔下有百媚千红，亦有万里江山。但却没能金榜题名，不是高官，不享厚禄。他只是一个"忍把浮名，换了浅斟低唱"洒脱不羁的浪子。皎皎白裳，自成一段风流，桀骜不驯地行走在诗词美酒氤氲的江湖里。他生前多流连于绮陌红楼，奉旨而挥的笔墨也只为罗绮消。因此，他虽在民众百姓中广为流传，致于"凡有井水处，皆能歌柳词"，却一直未能得到主流词人的认可。那些自命为主流词人的人多认为他的词作用语虽好，但思想境界太低，过于俚俗，难登大雅之堂。可谁懂他的潦倒，谁又知他的傲骄？他有着白衣飘飘的梦想，刻在那一阕阕残存的词章；他有深情款款的眸光，留于千年之前温柔的月光。他，是柳永，是那个不入庙堂却受万人景仰的白衣卿相。

我打宋朝走过，那把酒黄昏后的女子正于东篱渴饮寂寞。然而，她曾是"倚门回首，却把青梅嗅"的羞涩而又大胆的女孩。那时的她，目光清澈，楚楚动人；那时的岁月，简静美好，安稳平和。然而不幸的是，她未遇上一个好的时代。她所生活的宋代没有盛世王朝的彪悍雄武，而是羸弱不堪，不断躲避战争，不断妥协于外族的侵略。而南宋朝廷更是一个比她一介女流还懦弱的政府，无法依靠。不得已，她开始了流亡生活，过上了朝来寒雨、晚来凉风的日子。她自己，更是变得"人比黄花瘦"。即便如此，她心中仍有不死的志向。虽为女子，她也渴望建功立业、驰骋沙场。尽管所有人都反对她，认为女子无才便是德，认为她不该过分关注政治，她仍要勇敢地表达自己的观点。她，是李清照，是那个高唱"生当作人杰，死亦为鬼雄"的巾帼不让须眉的女子。

我继续游走在宋朝，身后，那一场绚丽的烟花雨还在下。每一朵璀璨的烟花都是一个词人曲折的一生。每一朵烟花，也都是一首清雅精绝的宋词，耐人寻味，历久弥香……

拈花入酒，香留心扉

佚　名

大学以后，已经很久没有写过一篇文章了，就连以前偶尔还会写一点的日记也懒得去写了。每天晚上总是不用兴奋剂便能兴奋得睡不着觉。午夜梦回间，总是能顿悟许多，我总是在想：我也该长大了，但我却私心地不想长大，长大总是伴随着孤独。

中学时代，一间小小的教室容纳了全班同学，每个人之间的距离最远不过一个教室的长度，可以和同学一起上厕所，一起吃饭，一起回家，一起分享自己的快乐与悲伤，少年不识愁滋味，我从未体会过孤独。

上了大学，再没有了固定的教室可以容纳以前的时光，每天奔波于各个不同的教室，周围的同学总是换来换去，总是还未等我开口，身边的人便不见了踪影。我开始品尝到了那种名叫孤独的味道，师兄师姐也总是说，大学里一个人上课，一个人吃饭，一个人回家都是正常的，因为长大。

我不想去领会那种越长大越孤单的滋味，以前从不会羡慕别人有一个男朋友，因为和朋友在一起的滋味很自在，很洒脱，而现在，总是觉得自己很寂寞，想找个人倾诉撒娇，无关爱情，只是寂寞。

上了大学总是白天睡懒觉，总是睡不够，晚上却又睡不着，就连我自己也不知道自己变成什么样子了。

放慢的步伐，踩不出昔日的节奏。

偶尔翻翻朋友圈，发现以前的朋友也与我是同样的心境，我才明白，我必须长大了。

生活仍然在继续，大学里有许多美好是我以前不曾体会的，我虽然还不太清楚自己在追求什么，我只知道，其实，放开心情，每天是晴天，我一个人也可以过得很好。

0 °C 下的暖阳

张正国

近来，想必在省内，甚至是在其他省份，气温大都是在 10 °C 以下徘徊着，这样寒冷的冬季，在我的家乡是很难见到的，即使是大雪纷飞，亦没能这样寒冷。

记得去年回乡，邻居家的孩子和我说："你知道今年为什么不冷吗？"

"为什么呢？"我不解地问他。

"因为今年下雪了，下雪的天比没有下雪的天暖和多了。"

"这是为何？下雪天不应该更加寒冷吗？"我哈哈大笑地询问他。

"寒风中的冷是从外到内的冷，是刺心的冷，而下雪天的冷只是肌肤之冷，是表面的冷，这你都不懂？我在娘胎里就知道了，you out 了。"

他一副嫌弃样回家去了，看着他得意洋洋的样子和取笑嫌弃我的样子，实在令我有些尴尬，此时我便想起鲁迅先生笔下的阿 Q，心中念叨着："童言无忌嘛，他这是胡扯乱说，不值得挂记于心。"

后来想来，他的话却有些道理，寒风凛冽，雪花飘飞，先有寒风，再有雪花，就好似在每个风暴来临之前，必有风云变化那般的前奏一样。

今日早晨起来，看到的是十二月份以来内师难得的阳光，就在昨日，看天气预报还说今日早晨是 2 °C，可这般暖阳怎是 2 °C 呢？绯红的阳光透过云层，将酝酿了许久的橙黄色的光芒撒向内师的每一棵树和花草上，就连寝室下的那几朵快要凋零了的酒红色的玫瑰花都忍不住想再为我们绽放几天，今早就像喝了牛奶、吃了蛋糕一般，变得精神起来。

一缕阳光，祛除了寒风，带来了温暖，学院里突然欢声笑语了起来，不管是上课的、吃早餐的、还是在成长着的、绽放着的，脸上都露出了笑颜。在我去教室的这条僻静的小路上，路旁的花草上沾满了昨夜不知是谁留下的泪水，晶莹剔透，就似一颗颗珍珠躺在上面，贪婪地享受着这阔别已久的暖阳。

看着窗外耀眼的光芒，心中不免有些喜悦，当看到老师讲到邓小平时，这耀眼的光芒不再耀眼，而是光明的希望，想当年，陷入深海中的国家，被这个老人一把一把地拉上岸来，摸着石头过河是他的方法，在前进中发现与解决问题、在矛盾中求得发展，一个太阳，一个老人，泱泱华夏就在这两个老人的手中走向世界、走向未来、走向现代化。

冬日里的寒冷，是每年必上的一道菜，而寒风与雨雪只是其中的调料而已，记得有句话是这样说的："冬天来了，春天还会远吗？"即使是在这寒冷的冬季、即使是寒风凛冽、大雪纷飞，也会有太阳出来的那一刻，就好似那朵玫瑰花，在被寒风洗礼而临近凋零时，亦能得到阳光的眷顾，让它看到希望、看到爱情的光芒。

没错，玫瑰花是爱情的象征，是纯洁的爱的向往，在它给需要它的人带来爱情时，它亦能得到需要它的人给它的呵护，当她把它捧在手心当作宝贝时，它是多么地快乐、多么地欢悦、多么地引以为荣，就好似它得到阔别已久的暖阳的眷顾而获得重生一样欢悦。

冬日里的寒冷，不是真的寒冷，不管是寒风凛冽刺心的冷，还是大雪纷飞表面的冷，那都是在为新生来临前所给的磨砺，就好似中国有句古话说的那样："天将降大任于斯人也，必先苦其心志，劳其筋骨，饿其体肤。"

其实在这个冬季，0 ℃下的暖阳，带给了我们希望的光芒，这个冬季，不冷。

切莫辜负这场热泪

佚 名

在街上偶然的久别重逢，她带着沧桑的风雨走过来，抱住我："很想我吧？"

大抵是长久未与故人相逢，我本想戴上插科打诨的面具说"哎呀许久不见，娘娘又变漂亮了"。之后按脑中构思好的剧情来表演——相互拥抱，回忆旧事，交换手机号笑着说常联系，分头走掉，拐角处将刚添加的联系人删除。

而当我被动又真实地被她拥在怀里，汲取到对方身上温暖气息的那一刻，眼泪尚未丢兵弃甲地投降，却早已哽咽了喉咙里的字字句句。

安柔从来都是这样的人，像是算好了你将要卸下面具和防备的分分秒秒，不动声色地闯进你的脆弱里。

就正如此刻，她看了看我说："看起来你这几年没学会什么，倒学会了打肿脸充胖子"。

我想反驳，但又无从说起。仔细想了想，她其实一语中的。

这些年来路过风路过雨，经历过艳阳也走过泥泞，不仅学会了逞强，还学会了庸人自扰地担心受怕。这并不是一件好事，有些人越接触越温暖，我的心底就越惶恐不安。

有时候想，多希望在心里下一场刀子雨，将在里面赖着不走的人都剁成肉泥，免得付出了实意，还日日多虑别人是否真心。

而这些细密又见不得光的秘密，在心上纠缠又反复，直到我将整个人包裹成一个粽子，戴上一个个不同的面具，辗转交谈在不同的人里。

安柔说，你太偏激。

我想是的。从很早就知道，我的心里藏了一头猛虎，它没有细嗅蔷薇的细腻，它只是一直在沉睡，不知道在未来的哪个时段被人唤醒。

我问安柔，你还记得我说过要去这个世界的哪些地方吗？

我不知道她是否还记得，那是我们年少时璀璨的初心。

在猎猎山风吹过的深林，我们一行人站在山顶，欢呼着大喊，回音波澜着群岚，在山坳里荡气回肠。

"布拉格的红。爱琴海的蓝。圣托里尼的白。多伦多的橙。那不勒斯的黄。普罗旺斯的紫。"

"硫森的日落。美瑛的草香。梵蒂冈的南瓜人。"

在地球仪上小心翼翼地找出来，标注上小点，那是我们说过一定要去的地方。

曾经在心里熠熠生辉，而今仿佛都在逐渐走远。

我以为凭借成年人的自制稳重足以应对人事哀荣，从而稳稳当当地生长。却还是想不到只是一句"很想我吧"的询问，就被轻描淡写地抽起一段杂芜的往事。

明明心里还住着沉睡的猛虎，却还是在眉梢眼角用坚韧逞强粉饰着太平。

安柔说学会了温吞和逞强，我知道其实那只是时光磨砺出的世事如常。

我们兜兜转转酝酿了无数陈年旧事，转角饮下这半生缘便要等待在各自的宿命里。

很想我吧。

你说完我就想哭了。

分别后我也可以开始一个人的旅行，没有想象中的孤寂。一样可以放心吃喝，同陌生人结缘，嬉戏打闹，偶尔还会聊起旧事。

看风景辽阔，山还是山，水也还是水。这个世界不会悲伤，不会因为我的难过而溃不成军，这些风景也不会因为我的放不下而失去意义。

但是安柔啊，我一定很想你。

看云的时候，在想那朵瘫软的云怎么那么像上课打瞌睡的你。

看海的时候，在想这海深蓝得那么出奇就像你心里波澜壮阔的汪洋。

你只是留下了回忆，而我却要带着它出生入死，去看夕阳和黎明，去观摩一个个难耐的深夜和寂寞的嘀嗒雨声。

这是多么不公平的事。

我想起在以往寄给你的信：不要总是一副睥睨众生的摸样。不要总是仰起脸看天。

不要想哭的时候只肯望着太阳把眼泪咽回去。不要过马路的时候看着川流不息的汽车发呆。不要自怜自艾，不要推开别人伸出的手。

现在我想补一句：还有，不要像我一样，在深夜里对着风唱歌，听野猫叫，摸摸自己才发觉寒冷。

年少的初心和梦想被瞳孔藏得太深太远，若他日，你眼中穿花而过无数流年，我眼中万千情愫供时光消磨，但愿你谨记，如若最后是一场空欢喜，不要于我怨怼加身，我亦是慈悲岁月曾经有你。

我没有流泪，却早已滂沱大雨。

人生当以自强不息

付婷婷

自强是人世间美好的品德，自强最基本的表现就是面对。而所要面对的只有两个：一个是挫折，另一个便是成功。因此，我要战胜挫折，做一个自强的人。

"天行健，君子以自强不息"。人生不会是一帆风顺的，人总会碰钉子。这所谓的钉子就是挫折，只有我们勇敢地战胜困难，才能自强。

我是个普普通通的女孩儿，平凡的相貌，特长无几，唯有一颗似火的逐梦之心。我出生在一个重男轻女的家庭，从小不受爷爷奶奶待见。父母常年在外打工，从小和外婆外公一起生活。外婆并不是那种看重传宗接代的人，从小待我很好，并且教导我要努力学习，不要因为别人看轻自己而自暴自弃。

小学一年级的那个期末，我考得很差，七八十分，在满分漫天飞的班里，我成了垫底的。老师告诉外婆，让我降级。外婆坚决不同意，于是，在老师极不情愿的情况下，我升入了二年级。或许是不想让外婆失望，或许是自己想争口气，二年级的那个期末，我的名次由班里倒数升到了班里前十名。在老师和同学惊讶的目光中，我拿到了那张金闪闪的渴望已久的奖状，心情无以言表。并且从此一直是班里的前十名，每次发奖状的时候，老师都会一次又一次地提起这件事情，肯定我的飞快进步。直到现在，还把我作为鼓励她每一届学生努力学习的正面例子。没有为什么，当时只是为了证明我能。

高一分文理科，数学成绩不好的我从理科班来到了文科班。还记得转班过去的那个下午，新班主任把我叫到办公室里，对我说"你的数学是弱科，语文和英语也比较一般，努力的话，考个二本吧，不然的话……""不然的话……"他没说，我心里明白。初到文科班，一切都很不适应，很快就迎来了期末考试。那个期末，我考得不理想，443 分，班里第十五名，上本科比较困难。拿到通知书的我，不知道该怎么把这件事告诉对自己寄予厚望的父母，内心十分忐忑不安。回到家时，妈妈问了一句，你是不是有什么要对我说的，想到自己的成绩单，我支支吾吾，"没，没有"。"考差了还不敢承认吗？刚刚你的班主任打电话过来说你上三本都无望了……"后面妈妈说的什么我没有听到，只是心寒，一次成败能决定什么吗，不能，为何班主任要这么快否定他的学生。后来，我和很多同学一起，过上了如苦行僧般三点一线的生活。最后，终于拿到了属于自己的录取通知书。这其中还有个小插曲，我高中所在学校有个惯例，每次考试，都会用一张红榜张贴优秀学生的名字。不同的是，成绩排名年级前三的同学既有名字还有照片，并且占了很大的版面，前五十的只有名字，字体也比较大，前两百的名字就小得多了，很费力才能看到上面的字。每次我的名字都在很小的那一块，心中很是羡慕排名靠前的同学，心中暗想，下次，我的名字也会在这儿的。没想到，居然真的让我进了年级前五十名，只可惜，那次，学校不知道为什么，并未贴出红榜，这让我当时忧伤了好一阵子。

大一入学前，我就为自己定下了大学四年的目标，其中有一项是得至少一次国家级的奖学金。很幸运的是，经过自己坚持不懈地努力，在大二实现了这个愿望。

自强是一个人战胜挫折，克服困难，正确面对成功，对待胜利的必备品质，是我们健康成长，努力学习，将来成就事业的强大动力。自强是我们民族几千年来熔铸的民族精神，正因为这种精神使我们历经沧桑而不衰，备经磨难而更强。

师院快哉事者十八

王小方

《西厢记》有三十三"不亦快哉"，林语堂读其文后有"来台后二十四快事"，李敖亦有"不亦快哉"章句。这些都是他们人生因快意之事而发，于是成就妙文。看似虽荒诞无理，"小题大做"，却为其人亲自体验，诙谐之中饱含真理。于文中去品尝生活，表达人生意趣，抒莫名无奈，心境闲适至极，实乃真性情，实乃好文句。

借此，我也于"百无聊赖"之中说说师院快哉之事者十八：

其一：与好友漫步校园，开怀畅谈，心事一吐为快，忆往昔岁月，叙前程方向，不亦快哉！

其二：于商业街，小桌一张，菜肴几份，荤素搭配，好酒一壶，闲人几位，觥筹交错，把盏言欢，不亦快哉！

其三：于僻静处，独自乘凉，看日落黄昏，天地交融，众星捧月，月光如霜，微风撩人，思绪遐飞，衣袖飘飘，不亦快哉！

其四：邀志趣相投之人，结伴而行，长歌一曲，琴瑟奏之，舞蹈舞之，时而酣睡，时而兴起，不亦快哉！

其五：夏去秋至，邀一两好友，一人一骑，出西门，经湿地公园，绕沱江湖，从东门而入，酣畅淋漓，不亦快哉！

其六：突兴起而致，写一纸文字，聊表心意，得诸人赏之，共同探讨，其文如行云流水，天马行空，专注于思，不亦快哉！

其七：看创业者艰苦创业，考研者废寝忘食，看辩论者、演讲者、主持者涛涛不绝之言辞，看学生会招新长袖善舞，看众协会争奇斗艳。不亦快哉！

其八：与思想卓越、志趣高雅者交谈，观天下风云，看国际之局势，为民所想，为民所忧，慨之立志迎上，做一有梦者，不亦快哉！

其九：茶一盅，有好书多本，居室一座，椅子一把，听后山鸟鸣阵阵，花香四溢，不亦快哉！

其十：与师长交流探讨，不拘于文本，不空口白话，不摄于权威，不怯于自卑，敢于质疑，敢于挑战自我，敢于正视不足，不亦快哉！

其十一：于图书馆，捧一本好书，席地而坐，遨游书海，与书者结伴，有朋自书中来，不亦快哉！

其十二：一食堂之肉包子，三食堂的菜、四食堂的面和五食堂的鱼，一一品之，不亦快哉！

其十三：随意而走，路遇一男子，才貌并佳，帅气脱俗，与友谈之，疑我心动，然不过匆匆一面而已，务必当真，不应疑我，笑友人之八卦，不亦快哉！

其十四：见不好之事物者，微笑而过，于我反思，其身正否？有罪过否？俱无，一笑，飘然过之，不亦快哉！

其十五：于寝室内，与室友嬉闹，萌气十足，忽大笑，忽大哭，不顾外界之所评，任性而为，不亦快哉！

其十六：窈窕淑女，君子好逑，与一志同道合之人，互通心意，结伴前行，相互砥砺，不亦快哉！

其十七：于清晨某一处，或背英语，或读古诗，或练朗诵，或温习课文，颇有重回高中校园之感，不亦快哉！

其十八：着一袭白裙，漫步校园，见一好友，一反常态，巧笑嫣然，友疑之鬼上身，惊吓而跑，不亦快哉！

时光赢家

陈镜西

读安妮的《梦中花园》，在月光皎皎的清夜。静寂的深夜，阅这样清冽而自省的文字，仿佛灵魂经历了一场圣洁的洗礼，向慈悲的佛低下卑微的头颅，愧惭感交错着心底清明的黯然，想起过往，身体上的疤痕已不足以为道，灵魂上的刺痛感却更加清晰。

十一月，北方寒冽的冷空气已经如破竹般迅疾南下，侵袭这座雨水充沛的南方小城。多年不见的雪也下了，记忆里大团大团的雪花压着不堪重负的白梅在枝头摇摇曳曳的景象，好像如隔世般飘渺苍茫。

不知从什么时候起，情感开始变得淡漠，没有大幅的起落。难于因人事产生诸多强烈的心理波动，偶尔对身边的人会产生细微且缠绵的感动，但也只是微起波澜。噩梦中醒来，想起年少时曾让我在深夜痛哭的那些人，最后竟然一个也没留在我身边，才知晓《小时代》所要表达的内涵与心酸。

"我感觉你的灵魂会像风一样从我的指间溜走，但我还是一次次惶恐不安地伸出我的手。"潮湿柔软的纸上，横亘在泛黄书页上的这句话清冷又缠绵。恐于对他人诉说心底的空虚感，满腔的信任无从托付，于是信陌生人胜于身边亲近的朋友。

直到此时此刻，我才恍然我不过是无力改变自身单行道的跳蚤，想要完成一场墨守成规的皈依。那些所谓大谬不然的情怀，在磨难中渐渐式微成一块坚硬而冷酷的石头，再也找不到剥去粗糙的壳，仅为窥视其中柔软心核的人。在我抱以自私的姿态存活于世，孑然一身地垂望世态的不公，看着沉滞艰涩的年华一寸寸失去敞亮，看着太多隐暗付出不见天日的时候，蓦然醒悟生命原来始终承载着一种原始的戏剧化。

那是一种生冷不忌的力量。

它轻而易举毁掉我尚有情绪时泛起的为数不多的涟漪，将我标识为岁月中某个微不足道的点，容纳了所有沧海桑田的一望无垠，那么空旷，那么虚妙。

想起那时，大片翠绿的藤蔓夺目纠缠在篱墙上，灰色的墙皮褪下一块块暗色的斑驳，午后的阳光懒懒穿过树叶的缝隙，光线中的尘埃纷杂存在。所有作为陪衬记忆的背景，都是一大片的翠绿和光线，生命和温暖的颜色。

所以回忆起旧人不复总是更寂寥。

心神领略的片刻欢愉，贪婪苦索，两地挂牵，最后都化为年少时深夜痛哭的滚烫热泪。岁月明晰，人事遭遇颠簸非难。圣经说，黑夜有低泣，黎明必有欢呼。但我始终深刻地察觉到，我的身体在路上，灵魂却停滞在原地，无法同步交集。

失去与得到，灵魂与肉体，白昼与黑夜……与之相对的平衡难以被打破。

沉沦说，万事万物不过是指尖的一尾风。要得到什么，要失去什么都太困难，所以我们要渐渐原谅手中的虚空。我明白她本性是清冷特立的女子，冷静又睿智。

但我不是。

我难以看开曾在我手中丰盛热烈开过的花枯萎，正如我能原谅过往的轻狂非难加诸在我身体的哀痛，但却无法释怀灵魂上的震荡。那是真真切切的痛。一丁点，一丁点的在全身经脉中蔓延舒展，最后变得没有生机。

后来就开始习惯了。在挣扎与抵抗都被无力地阻拦以后。一个人久了，最先失去的是搞笑的能力，然后是爱一个人。所以笑容变得疲累，爱一个人变成一场破釜沉舟般的决绝赌局。遭遇欺瞒和背叛也好似意料之中一样充满诡异的解脱感。最后灵魂与肉体逐渐分离，一面竭力想要将真情投注到生命，一面按捺着起伏的心跳告诉自己要冷静自持。

人是多么矛盾的生物体。

然而思绪纷杂时光惨白，也最终化为在一场充满年少的梦境中醒来，想到所有物是人非的风景里灵魂寸寸凌迟的钝痛感和一腔难以凭诉的滚烫热泪。

原来时光才是真情淡漠之后的赢家。

说 竹

高宇佳

清夜无尘，月色如银，念瘦影千枝，又忆此君。

梅、竹、松自古便因临风雨而不惧，经霜雪而不折而被誉为"岁寒三友"，踏雪寻梅、幽溪咏竹、寒山访松，这应是人间最风雅的几件事。而竹又因其气节高雅而与梅、兰、菊并称"四君子"，它虽没有红梅"零落成泥碾作尘，只有香如故"的清莹冰骨，没有幽兰开于暮色的姿妍寂寞，也没有秋菊"宁可抱香枝头老，不与黄叶舞秋风"的恬淡素净，却有四时常青的衣衫，有苍劲挺拔的身姿。有竹之处，自成风景，无关其它，气韵使然尔。

竹是君子，亦是隐士。它有飘逸若仙的风骨，有宁折不屈的气节，更有淡泊名利的情怀。萧萧翠竹，亘古常绿；苍苍幽篁，劲节清奇。纵然是在穷冬，在那琼英漫卷、西风烈烈的时节，它依旧身姿挺拔，神采俊逸，凌霜傲雪，无惧严寒，当真是"千磨万击还坚劲，任尔东西南北风"。千枝清影，显不完它的优雅风姿；淋漓瘦叶，舞不完它的铮铮傲骨。竹本随处可见，古渡口、短亭外、清溪旁，皆可窥其清影，仿佛离红尘很近。可它偏又不曾理会世俗繁华，永远高蹈世外。纵品格高洁、涵养深厚，也不慕虚名。浮华三千，于它而言，如珠露、如泡影、若幻梦、若镜花。是因为它从不羡他人富贵荣华，而只愿内心洁净无瑕。世间的繁华与喧嚣，终会岑寂。唯有翠竹，情怀不改，风骨依然，任它草木荣枯，纵它尘寰消长，也不负初心，在红尘中安守一段静美年华。以坚定的步履走过远古与今世的距离；以淡然的心怀，安容沧海与桑田的变换。此乃竹，东方竹。

对于竹的喜爱，古已有之。圣贤饮者，或吟诗、或作画，他们千秋的笔墨几多为竹而挥洒。春秋时期，《诗经》中便已有说竹之作，诗曰：瞻彼淇奥，绿竹猗猗。而水榭竹林处，亦多是名人雅士风云聚会之地。犹记兰亭集会，群贤毕至，少长咸集，他们于茂林修竹处饮酒作文，不亦快哉！会罢，王羲之以笔墨记之，是为《兰亭集序》。其子王徽之亦爱竹。他曾寄人空居闲住，慕幽而种竹，指竹曰："何可一日无此君也。"他与竹为邻为伴，对其喜爱，可见一斑。到了唐朝这个诗的国度，咏竹之作更是不胜枚举，而我独爱王维的《竹里馆》一诗。一轮明月，几茎翠竹，见证了他逍遥闲逸的人生。如若有那样的际遇，我也愿"独坐幽篁里，弹琴复长啸"。或坐而品茶，参悟一段悠远禅意；或以竹制笛，吹奏一段岁月清音。宋代大文豪苏轼不仅颂竹，也画竹，其次子苏过亦是画竹名手，挚友文与可更是画竹大家。画竹时可做到成竹在胸。清朝人对竹的喜爱也十分明显，郑板桥等人画竹咏竹不仅描绘了竹的天然特征，更通过竹表现了自我的品格气节。古人对竹推崇备至，今人又何尝不爱之？

我素来也爱竹，不独爱它的君子之风、雅士之品格，更爱它无私奉献的精神。竹本无心，但却有情。它青衫薄袖，写意风流；它恒静无言，默默奉献。竹席、竹筐、竹竿、竹笛、竹筏皆是它对世人的馈赠。竹非草木，却在炎炎烈日，送上绿荫片片；竹非娇花，却在微风过处，撒下馨香满袖。若遇雨夜，颗颗雨滴自天穹滑落，穿林打叶之声，犹如玉珠落银盘，美妙绝伦；又如琵琶弦上的一段相思曲，缠绵婉转。如逢月夜，乡人则多置一张木凳，坐于竹林之下，或乘凉，或谈天。夜风隐藏在竹叶间，沉吟低唱；明月熟睡在竹梢头，清辉荡漾。此刻，光阴清凉，岁月生香……

在世如竹，清逸闲雅，不慕名利，不争浮华。

随 笔

邓 迪

今天是我苏醒后的第三天，我躺在病床上，双眼呆滞地盯着天花板，无视着那些进进出出的声称是来探望我的人，我想我并不认识他们，甚至对这陌生的环境充满着深深的排斥感，周围一切白色物体的组合在我眼里看来是那么地无趣。

病房里的人终于都离开，我心里渐疏一口气，房间里的空气像是静止般不再流动，压抑得令人窒息，气压跌到了冰点。为了摆脱这种境况，我从床上翻身而起，独自一人坐在窗边的短凳上，旁观着楼下来往的行人。

第一个进入我视线的是一个邋遢的男人，他身着上世纪款式的深蓝中山装，手里紧紧地攥住一张看似是检查报告的通知单，他紧锁着眉头，在楼下的花园里踱来踱去，看得出他内心的焦虑。许久后，他停下了脚步，像是做出了一个重大的决定似的将手中的通知单两三下撕得粉碎，丢入了就近的垃圾桶里。然后从深蓝中山装里掏出一个小布袋，又从小布袋里倒出一个小巧又略显破旧的手机，他熟练地拨着号码，紧锁的眉头终于舒展开来，他充满着笑容地与手机另一端的人交谈着，时而还发出雷霆般的笑声，全不见了那个之前焦虑忧愁的他，我想他是疯了吧！或许真是疯了。

我不愿将时间花在对一个疯子的观赏上，于是将视线移到那个男人旁的一对男女身上。说是男女，是因为实在不知道怎么去分辨他们的关系，说是情侣，却看得出男人脸上满满的冷漠，又因为这份冷漠，我想他们便更不能是亲人了，女人似乎是病了，整张脸上看不出一丝血色，用惨白二字去形容是最贴切不过的了，他们二人坐在花园的横椅上，就那么地坐着，没有一句话的交流，也没有一个眼色的对视，唉，无趣的两人。

坐了一会儿，我又回到了床上，回到了双眼呆滞的状态。

随　笔

晋红英

　　曾经期待已久的大学生活，如今已经过去四分之一，让我学得最多的，不是专业知识，而是一些其他的能力，比如如何与人相处。

　　大一加入了一个社团，在这里，认识了十二个师兄师姐，结识了许多来自不同系别的朋友，有的感情深，有的感情浅，但无论如何，他们真的教会我很多。感谢这一年里面遇见的形形色色的人，让我从曾经那个懵懂的小女孩成为如今这个成熟的师姐，让我能够很自信地出现在众多的人的眼里。当初我选择了这里，我就知道有我自己应该做的事。任何事情，你想做就有方法，不想做就有借口，你有选择的自由，也有承担后果的义务。努力，并不是为了感动谁，也不是要做给哪个人看，而是要让自己随时有能力跳出自己所厌恶的圈子，并拥有选择的权利！有人帮你，是你的幸运；没人帮你，是公正的命运。没有人该为你做什么，因为生命是你自己的，你得为你自己的生命负责。当你有负面情绪的时候，不要说。管好自己的嘴，有时候做哑巴是一种境界。

　　做最真实最漂亮的自己，依心而行，别回头，别四顾，别管别人说什么。比不上你的才议论你；比你强的，人家忙着赶路，根本不会多看你一眼！

随　笔

蒲彩柳

　　正值夏季，如果我非得要想些什么，那大概就是这居高不下的气温，到处乱鸣的夏蝉，还有就是一个充满凉意的故事。

　　就是在无数个和今天相似的夏，也是和今天相似的温度，相似的蝉鸣和鸟儿，我回到了十年前。还是在一个树叶繁茂、交相掩映的绿色盛夏，我和童年的伙伴们一起踏上了回乡的旅途。那时候家乡的音容面貌全然不似现在这般光景，泥泞土地、蜿蜒曲折的小道、翠绿色竹子生长的林子，若想要到达目的地，就需要将这些七七八八的小路穿越得无路可走，快到尽头时就是以前的自然乐园。

那时候，我们在大太阳底下跑啊跳啊笑啊闹啊的，丝毫不顾及被强烈紫外线灼伤的皮肤，在肤色越来越黑的时候，我们当然也越来越高兴。就在那一天，哥哥爬上一棵需要由两人合手而抱的粗壮大树，上面正好有一窝鸟巢，他站在树的枝桠上，慢悠悠地却非常惊喜地掏出了几颗鸟蛋。拿下来给我看时不住地用衣袖擦了擦额上的汗，过后，我随他去了一个清凉宝地。

那大概是一个自然而成的大空洞，我早已记不清当时我们叫它为什么名字了，但那时沁人心脾的凉意是我永远也无法忘记的。纵使我记不得那时到底是怀着什么样的心情偶然到了那一方天地。那个洞不大，几人站进去后异常拥挤；不深，从外面一脚便可踏入。即使当时玩疯了的我并不以为很热，但洞里的温度却也让我感到一片清凉。现在这对我来说无法言语的凉意也许就是我那个夏天收获的意外之宝吧。

思绪又转转回到现在，屋里风扇正来回翻转着，而我也感到了一阵凉意。

随　想

周芯宇

岁月流连，是一曲古典之乐的唱弹；青春时光，是一株茉莒满馥香气；往事如云，总是在天空中画出灵动的模样。

捧一杯香茗，静坐在窗苑，闲看云卷云舒时总在想未来的模样是怎样的。携一卷古香之书坐于湖畔，夜的宁静和水面的旖旎让我思考未来是怎样的。抬头望望，星告诉我："未来会是自己所期待的模样，走想走的路，看想看的风景，做喜欢做的事。"

于青春之处静默，看辛夷花在空中飘摇，行走于羊肠小道之间，细细品味微小之物，似乎能从中得到一丝豁达之意。松蚕历经艰辛终破茧成蝶，蚂蚁负重只为未来的无忧，这不由得想到了自己的未来。未来之所以称为未来，是因为未来是我们自己所憧憬的未来。一花，一叶，一世界，无不显示着一个道理：未来需要青春拼搏的铺设才是那个属于自己最美的青春。

我爱青春的热烈，爱年轻的张扬，爱活力的粲然。可能有时忧郁，会默然，会疲惫。可是，身边总是有着或多或少的事物告诉我，一叶扁舟漂泊于海面，只要坚定方向，便能到达海岸；一只白鸽翔于天空，只要不畏风雨就能飞向远方；一浅时光于光年中流逝，只要热烈就是永恒。

这时的我们已经长大了，青春似乎就像个小偷匆匆溜走。所幸，我们还足够年轻，还可以用自己的张扬画出最灿烂的模样。在宁静的午后，带上耳机，听一首音乐，让未来的梦指引我们像夏花的绚烂，像枫叶那样红到极致。在路上，一路亢然，只要记得不忘初心，总能涉江采到未来的杜若石蓝。

回家旅途小记

孙培培

作为在一个在外地上学的孩子，我对于回家这件事真是深有体会。因为路途遥远，我不仅能欣赏到不同的美景，更会经历一些很有意思并且很温馨的事情，给我无聊的旅途增添了不少色彩。现在想想还令我记忆犹新呢。

在我上火车之前，爸妈总是不停地唠叨，朋友们也是千叮咛万嘱咐，毕竟是第一次一个人乘火车，加之有点路痴，所以在我上路之前，我室友还打趣我会不会走丢呢，不过现在看来她们是小瞧我了。就这样我拖着我的行李箱，背着书包，怀着兴奋却又忐忑的心情踏上了回家的旅途。

在候车厅准备检票时，我排在一列队伍中，总觉得自己站错了队，于是便问了身后一个看起来很和蔼的叔叔。不出我所料，他果真告诉我我错了，当时真是吓我一跳，原来是我把时间看错了。后来我们进行了简单的交谈，得知原来我们是一列火车上的，心里莫名地开心。检完票，我便又拖着我大大的行李箱，磕磕绊绊地爬楼梯。突然，一个女孩接过了我的行李箱，笑盈盈地说帮我提，爬完楼梯后还没等我说谢谢，就已经消失在了人群中，那一刻我真的被感动到了。然而温暖的事情还未停止。我拖着行李箱上了火车之后，发现很多男生都会主动帮女生放行李，我也是被帮助者的一员，看得出大家都很善良。当火车起动时已经是傍晚了，窗外的路灯从眼前闪过，煞是好看。车厢里满是人们说笑的声音，老人的，小孩的，年轻人的，混杂在一起，是那么和谐。大家似乎都很劳累，很快就安静下来准备休息了。

我所在的小隔间里有一对情侣，一个老奶奶和她的小孙儿以及另外一个女孩。这些人看起来都很温和，充满了善意。事实证明，他们的确是这样的人。在夜里，我看到男孩给他的女朋友温柔地盖上被子；小孙儿想要喝水，老奶奶便去接了热水，吹凉了才给小孙儿喝；女孩感冒了，她为了不影响大家休息，每次想要咳嗽都会去厕所。我默默地看着这一切，每一件小事都给我带来一些触动。正是这些细节完美地诠释了爱的意义，让我在旅途中感受到了满满的爱意，这真是一件很幸福的事情。

在此之前我一直认为一个人回家是一件很可怕的事情，会遇到很多的麻烦，很多困难，似乎就跟唐僧西天取经一样艰难，但是在我亲身经历之后，才发现原来这个过程也是可以很温暖的。在旅途中我们会遇到很多人，也许我们彼此的交集也就是在这趟列车上相遇，之后就从彼此的世界里消失，但是这些美好的瞬间不会被忘记。不管是对自己的亲朋也好，还是陌生人也罢，只要我们拿出我们的一点爱心就会换来无数个暖心的瞬间，温暖你我，让我们的旅途变得更加多姿多彩，爱上这奇妙之旅。

致刘老师
陶致达

刘老师：

见字如面，学生在寝室里敲下这段文字。

学生是班级里复读大军中的一员。您肯定记得，拍毕业照那天，在校门口偶遇，学生匆匆奔来与您合照。但您应该没有看到，学生当时眼泪欲出，扯着难看的笑容和您拍了几张，不知是心中愧疚或是什么……

说来惭愧，这该是学生大学生活的第一篇文章，不知是懒惰亦或是忙碌，并未提笔落字。书也是到了暑假才偷偷啃了几本。

大学生活丰富而充满诱惑，一年过去，学生加入过学生会，学习舞蹈，挂过科，组建乐队，参加了无数的比赛和活动……现在因准备校庆节目提前到校，炎热天气下参加紧张无比的训练，身心俱疲。听说双流近几天大面积停电，双中的备用线路应该没有坏吧。

来到大学后，抽烟、饮酒，不再奇怪，不会再被打上标签。现在学生点燃了一支烟，是的，从今年暑假开始的，只有难过时才燃上一支，所幸次数不多。饮酒，也并无非醉不可的时机，所以海量。

遇到很多人，结交各路鬼神。学习一年心理学，将转到汉语言文学专业，却对要做什么一无所知，不知未来如何，前途难觅。听来矛盾，眼看周围同学将入大三，或是凭一己挣得钱物，自己仍学习不全，难以致用，不禁苦恼，转念却又释然：命运不同而已。

对学生来说，燃烧自我是人的价值，无论为苍生，为社会，为家庭，或是一个挥之不去的身影，都是叫人舒服的，怎么呢，开心最重要对吧。每天都开心也是生而为人的最大幸福了，这与我们处在什么样的环境是无关的，也与生命之状态无关。人生而已，食色性也，几多刻意，便是几多失望。上帝既是孩童，也是老人，它也让人爱并恨着。天下首富也是首穷，最开心的和最不幸的是同一个人。这都是外人只眼所见，无愧于己才是真。世界待我等不薄，命运却几多捉弄。学生不信这世上有真正的神明，因为一切皆有因，而人无知。

曾受您教育，是学生莫大的幸福，也是永远不灭的记忆。学生驽钝，过去懒惰，所幸现在努力异常，却也无悔。

人也，天也，运也，命也。

心烦意乱，不知所言。

祝天天开心。

听不到的呼唤

张媛媛

这是一封有人写而没人看、有人寄而没人收的信。

店子

那是你的店子，那里有你每天忙碌的身影，来来回回，进进出出。而我就像是你的小尾巴时刻跟着你，害怕一不注意就跟丢了。你倒茶，我就掀茶杯盖；你拿桌子，我就拿板凳；你找钱，我就开关抽屉，反正，我就是跟着你。你总爱回忆说，我是在店子上长大的。你说我每天推着小凳子在店子里外来来回回几十遍，从东到西，从南到北，突然就站起来了，自己就走到你的身旁。你说你惊讶地呼着，喊着，笑着，恨不得告诉全世界"我的孙女会走路"的消息。那时我笑了，因为那时小尾巴还有爷爷。此时，小尾巴没了去处，只能飘飘然，无所依。

油糕

那是你买的油糕，那是我的最爱。我喜欢你赶集，因为你每次回来就会带回油糕。每次到了 11 点，我就会站在店子外，朝同一个方向，望啊望，等啊等。每次远远就看见你，我就会大声地呼喊"爷爷，爷爷"，当你一停下车，我就蹦蹦跳跳地到你的车边，笑眯眯地看着挂在车把上的仍在摇晃的油糕。最后，它就摇到我的手里，晃进我的嘴里。那时，我笑着，你也笑着。此时，卖油糕的老爷爷老奶奶养老去了，给我买油糕的爷爷也不在了，我的油糕再也没味儿了。

豆浆

那是我送的豆浆，白白的。那时我上初中，每天都可以回家。早晨，我会在上学之前给你送去一杯豆浆；下午，我会在放学之后拿回杯子。你总是向你来来往往的熟人夸赞着我，那时，我笑着，你也笑着。此时，豆浆依然那么白，我不再打豆浆了，你也不能再喝了，豆浆再也不是那味了。

喜糖

你说你要给我带喜糖，我高兴着。那时我上高中，每周只能回一次家。周末，你说你要去吃喜酒了，叫我等你回来，拿喜糖，我答应了。但是下午，我收拾好了衣服，没等你的糖，就走了。一眨眼，就到了下一周的周末，我蹦蹦跳跳地回家了。一进门，我就找你，喊你，叫你，可是，没你的声音，我疑惑着。妈妈突然叫住我，在我耳边说了几句，顿时，我懵了。你摔倒了，你在医院。我的脚步彷徨了起来，不知道该迈左脚还是右脚。我哭了，我的头脑一片空白，第一次，我明白害怕失去的感觉。妈妈告诉我，你晚上就会回来，我又觉得我有了希望，就像干旱的田野终于吮吸了春雨，于是我停止了哭泣，我静静地等待着。终于到了晚上，你真的回来了，可是眼前的一切惊呆了，因为你没有站起来，你只是静静地躺在床上，嘴里插着氧气瓶，全身脸瘦的不行，一动不动。我吓着了，我是真的吓着了，连忙跑到你身边，拉着你的手。那时，你的手已冰冷，我哭着，我拼命地喊着"爷爷，爷爷，我回来了，我回来了，你快醒来啊"。那时，我的世界只有一个期许，那就是叫醒你，我只想叫醒你。你真的有回应，你全身动了一下，就那么一下，我急切地看着你的双眼，希望你还能睁开眼看看我，可是到最后，你再也没有动过，再也没有睁眼看看我。我懂了，爷爷没有了，永远地走了，小尾巴没了爷爷的依靠。更突然的是，叔叔告诉我，在医院的时候，你叫了我许久的名字，下午你一直在等我，是的，你在等我，而我，在哪里？我傻傻地愣在那里，一动不动，不觉中，早已泣不成声。

一直以来，每当夜深人静，我在心里千万次地问自己，那晚，爷爷知道我回来了吗？爷爷知道我在叫他吗？答案是我永永远远的不知道。这终究成了我一生的遗憾，他也成了我一生的牵挂。

我最爱的爷爷，我最牵挂的爷爷，你离开我已经六年了，我却从来没有忘记过你。我想知道，你在天堂过的好吗？你还记得你的小尾巴孙女吗？如果你还记得，那就请你来到我的梦里，在梦里告诉我一声，告诉我你过得好不好，告诉我那晚你听见我的呼唤了吗？如果你没听见，我愿用我的余生来呼唤你。

欢庆内师六十华诞

汪 丽

内师，聚拢，是灵魂腾飞的灯塔；散开，是点点滴滴纯美的故事。

童话般的你，我亲爱的校园，诗意地一直萦绕在我的脑海，始终充满诗情画意。

弹指一挥间，六十年岁月悠悠风雨兼程，零星的华发点缀着我们不变的情怀。昔日，你用无私的乳汁养育了一代又一代热血青年。现在，在你六十年华诞之际，我们愿汇聚所有的正能量，抒写一曲新时代的赞歌，为你，我亲爱的校园，献上洁白的哈达，敬上醇香的美酒。

时光无情，岁月有意。让我们与你结缘，有幸在你的花园闲庭信步，撷取做人的道理，汲取的是养料，收获的是智慧果实。

俱往昔，你为无数的懵懂青年描摹理想的蓝图，你为无数的心灵插上七彩的翅膀。

有幸在你的庇护下学习。你的天空永远是湛蓝的，你的土壤永远是肥沃的，你的呼吸永远是馨香的，你的目标永远是伟大的，你的心愿永远是阳光的，因而，我们才拥有了那一程纯净如山泉，天真无邪的透明心。

青春岁月，能在你的怀抱中汲取知识，花样年华，能在你的手心里修心养性，是作为你学生的无上光荣。

我多么热爱这一片净土，喜欢学生时代无拘无束的张张笑脸。

六十年，似长，亦短。它像苦茗需要慢慢品尝，师院人时刻将校训铭记在心：敦品励学，弘毅致远。用顽强的拼搏精神和信心，努力地改变着师院，使师院茁壮成长。

在良好的学习环境和学术氛围中，作为一名大二学生的我深切地感受到了一种力量，这种力量激励着我主动去学习，去钻研，去创造，去面对失败和阻力，不断攀登知识的高峰。过去的成绩已经成为历史，站在新的起跑线上我们，任重而道远。师院的校园里空气中飘着香，清脆的音乐传得很远，这是一泓永远的泉，让我醉在其中。这里的同窗之情，"花底笙歌，绿芜墙绕"；这里的师生感怀，"梅花喷香，桃李春风"；这里的校园生活，"绿波旖旎，山茶流红"。这里的一切一切，自由肆意地涂染着空气，都幻化成美丽。

作为一个学校，今年，内江师范学院终于迎来了他的六十华诞。在这六十年里，师院经历了风风雨雨，但同时也创造了一个又一个辉煌。六十年的时间或许不够一个民族真正强大起来，但是却可以让一个民族的教育强大起来，师院的成长，见证了整个大中华的教育事业蓬勃之势。师院已经真真正正地蜕变，真真正正地成长，从一开始的内江师范高等专科学校到现在的内江师范学院，从增设的校区、校舍，逐步加强的师资，不断增加的图书馆藏书量，还有不停吸纳着神州大地的人才，都是师院成长的印记，印证着师院一步步地成长起来。六十年并不悠久，但是它像一个年轻人，前进的过程中充满着活力和激情。内江师范学院正以前所未有的速度和动力发展着，我们坚信在全体师生的共同努力下，内江师范学院的明天一定会更加美好！

我的妹妹

王　珂

开始写下这个题目时，觉得有些俗套，因为这是一种从小学就开始使用的题目，但奇怪的是，只要写下这几个字，脑袋里就会出现那个小女孩的模样。

今天突然想到我的小宝贝。

有多久没有见面了呢？多久没有说话了呢？

我离家待在四川的时间越久，我们之间就好像越没那么亲密了。其实妹妹也是一个叫一声就很柔软的词呢。

在有她之前，爸爸妈妈也会问我：想不想要个弟弟或者妹妹啊？当时的我说大不大说小不小，说出的是"都行啊"，现在却有点记不清当时是什么真实想法。之后，就是在一切顺其自然的时候，爸爸妈妈开始真正考虑，我一个人孤单，而且是个女孩子，以后家里的事，一个人也不好担，还是两个人在一起互相有个商量有个依靠的好。再之后，我就有了一个妹妹，那就是我的小宝贝。

妈妈非常想让妹妹和我出生在同一天。可是她的计划被我搞砸了。因为我调皮拉着妈妈去玩，导致妹妹比预产期提早出生。不过也不坏，我们生日只差了十多天。

爸爸说，妹妹刚生出来的时候，皱巴巴的，像只小猴子。听到这样的描述我也有一点点嫌弃。但我还是很认真地翻字典为她起名字。后来大家一起商量，取了神采奕奕的"奕"字，希望她可以永远充满朝气。妈妈坐月子的时候。我因为妹妹得到了个特权——可以和妈妈一起在床边边看电视边吃饭。那时候，一点点嫌弃变成了一点点喜欢。

妹妹长大一点，妈妈就会说：你抱着她啊，哄哄她啊，陪她一起玩啊。我也喜欢逗她，握着她肥肥的小手小脚，摸摸她软软的脸。但是我有时也有点厌倦她那无理地哭闹。可是她哭闹之后委屈的小脸，多让人心疼；挂着泪珠的脸上如果又重新"咯咯"地笑，又多让人欣喜啊。

后来继续长大，我开始烦她：她会随意乱动我那漂亮的本子、漂亮的笔；她也会拿走我手里的零食（在她吃完她那份的时候）。而我，因为妹妹这些举动而产生的不满，都只会被归结为不懂事，没有做姐姐的姿态。大人们只会说："让让你妹妹吧。她还小，你都这么大了，快哄哄她。"我开始觉得我已经成了妹妹随意欺负的对象，是这个家里最不重要的孩子。我也想过，当时我就应该拒绝接受要妹妹的提议。但是事实是，我的妹妹已经来到了这个世界，来到了我的身边，和我有着不可分离的血脉关系。

但是就是这样一个小讨厌鬼，在我和妈妈吵架之后一个人躲房间哭的时候给我递纸和抱抱我，用她的小手拍拍我的背；在姐姐从国外带来没见过的零食的时候，明明自己还很想再吃，却还忍住，用她沾着口水的手递最后一块巧克力给我；在学校里得了奖，连书包都来不及放下，一定要跑到我跟前给我看奖品，等着我夸夸她；她也会缠着我教她写字、折纸……不知道从什么时候开始，这个小讨厌鬼在我心里也种下了这么这么多的感动！我又开始注视着她，发现有几分爸爸的模样，又有几分妈妈的模样，愈发好看，愈发讨人喜欢。

之后的时间，我也开始疼她，给她夹喜欢的菜，留她喜欢的肉，也给她买花花绿绿的小贴纸小铅笔，在她被大孩子欺负的时候，我也要放下手头的作业跑出去替她出头……

到了现在，我还是会和她为了小事吵架，也还是会疼她、喜欢她，想要好好守护她；顺其自然地一起洗澡，顺其自然地把手里的零食一起分享，顺其自然地对她好，就像当初，顺其自然地，我有妹妹了一样。我们一起生活的时光，也是那样顺其自然啊。这是我除了爸爸妈妈之外的，我们三个人之外的，我深深切切地感受到流着和我一样的血的小女孩。从她蜷缩在保温箱里被爸爸说像小猴子的时候起，不管是她蹒跚学步扑向我怀里，还是牙牙学语叫出姐姐，或者是自己拿着汤匙在我面前挥舞……这一切一切，我深刻的感受与经历，大概就是身体里流淌着同样血液的结果吧。因为有妹妹才第一次觉得：真是奇妙啊，血缘。真是幸运啊，有这个妹妹。

妹妹。这个一叫就会觉得柔软的词语，那熟悉的声音说着的姐姐，都是这样动人心弦呢！

这辈子很长，你还小，我还是会拉着你的手一起走啊。

随花开放的友谊

王群慧

日本学者池田大作曾说："友谊是使青春丰富多彩的、清纯的生命的旋律，是无比美丽的青春赞歌"。这段话优美但不失恰当地形容了友谊在我们生活中所起到的作用，友谊随着我们的成长不断得到积累。

有人曾经对我说过，大学的友谊是最令人难忘的，也有电视节目在演绎大学友谊的各种美好，但我仍然对此不以为然。我坚定地认为，自己在初中、高中积累的友谊才是最单纯、最持久的。因为在我的意识中，大学是一个小社会，复杂、混杂，友谊也不会纯洁。而且它对于初入大学的我来说也是陌生的。然而就在几天前，我脑海中的这个想法完全转变了。

连续下了几天的小雨，雨后灰蒙蒙的天气透着一丝丝凉意。在这样阴冷的天气，我的肚子开始变得不舒服起来。中午过后，疼痛加剧了，我的额头也开始不断地冒冷汗。刚开始我并不在意，以为只是因为受凉引起的小感冒。寝室的同学都已经睡了，所以我就跟以前寝室的同学打电话，想去找她们拿点药。我晃晃悠悠地撑着走到了她们的寝室，看见生病的我她们都不约而同地跑过来照顾我，完全忘了自己刚刚下课还没有吃饭。帮我擦汗，帮我买药，喂我喝药。那一刻我真正理解到培根所说的：友谊使欢乐倍增，悲痛锐减。虽然我身体上的疼痛没有减轻，但在精神上我已经将疼痛忘却。最后难以忍受疼痛，朋友陪我去医院，全程都是她帮我挂号、缴费，俨然一位大人。在我忍不住吐了的时候，她没有犹豫地第一时间冲上前来关心我。最后在她们的关心和照顾下，我很快又生龙活虎起来。在离家求学的大学生活里，我在她们那里感受到了家的温暖，感受到了家人那份无微不至的关怀。

夏末秋初，校园里的桂花开的正盛，枝繁叶茂，一阵微风拂过，少许花朵随风飘下，闲散地落满一地，沁人心脾的花香也随风飘散，钻入人的鼻翼。而我的室友带给我的感动，也正如这花香一样让我无法忘记，深印在我的心与脑海。春风夏雨秋霜冬雪，多久也无法抹掉我与她们在一起的记忆。即便在不久的将来，我们分散于四海之间，鲜少甚至不再见面，但我仍会将她们给与我的这份感动牢牢地寄存在心底。

雨夜随笔

王　玮

大学是一个人的大学。

刚拖着两个大大的箱子，跌跌撞撞来到这个陌生的城市时，我幻想中的大学生活应当是这样的：有明亮的阳光、温柔的云。平时和朋友们一起谈笑着走向教室，一起评论食堂饭菜，一起泡图书馆，分享自己窥探到的作者的心事，岁月在这里气定神闲。

但后来我发现"融入"这件事真的很难。生活中一下子涌入了许多新面孔，手机电话簿里人越来越多，每天都在扫二维码，往微信里塞许多新朋友。每一天，手机里都热闹得像另一个世界。渐渐地我发现，对于我来说那确实是另一个世界。真实的世界是：这里阳光很少，云多得让人感到压抑，图书馆常常也只有自己一个人去，探寻到什么新鲜事也只有自己笑笑。

在最开始的时候啊，一个人总会感到一丝悲凉，有时就算秋风吹过，也会觉得树叶又黄了几分。我觉得在人生打怪升级这件事情上，怎么一上大学就提高了这么多难度呢。

"凉风有信。季节的变化正如人生里的那些盛大的无常与交替。你顺应了，也就安静下来。"

后来我渐渐习惯了一个人，甚至于有时候有一丝享受。我享受在看电影时能安静地欣赏剧情；享受在阅读时可以独自思考；享受自己可以随心所欲地想走就走。所有这些被冠以"一个人"做的事，听起来狼狈，实际甘之若饴。

有人说"社交是必不可少的，但疲惫而庞杂的社交，会让人没有时间去好好认识一下自己。"

所以，远方还是要一个人走的。每一条未知的路都有未来。未来是崭新的，且闪着光。

未提之笔
——读鲁迅先生自序有感
张正国

近来许久未提笔记录下午夜的思绪了，这不是懒惰，而是忙于工作，进而稍有疏忽于提笔。

就于刚刚，九月的最后一天，放下手中的繁忙的事，闻着内师这片净土所独有的桂花香，提笔时却不知从何下笔，我想这不是我个人的问题，想必诸君亦有如此的难处吧。

随手拿起枕边鲁迅先生的作品精选集，看着鲁迅先生，心中总有种不祥之感，不是说鲁迅先生有什么过错或者是他某作品有不良之处，而是每次拿着鲁迅先生的作品时，总会胡思乱想，思绪总会穿入云霄。

记得前段时间，同样是深夜，毫无睡意，同样抓着鲁迅先生的作品，胡乱翻来一页读着，看到的是鲁迅先生的《药》，读完时已是凌晨时分，《药》中的血馒头始终在脑子里游荡着，那一滴一滴的血滴在地上，多么血腥、多么难以让人接受这样的药引子。一整夜，我都难以入睡，满脑子里都是那个血馒头和父母亲那种期盼与渴望的眼神。

慢慢地，我颇有些害怕鲁迅先生，我担忧自己会不会再次走入他的笔下，难以走出，记得以前听老师说过"鲁迅先生是用笔杆子杀人和救人的"，我想我终有一天，会走入鲁迅先生的笔锋下，然后被一刀毙命，因此，我把鲁迅先生放在枕头最下面，用舒婷的诗集压得严严实实的，让自己看不到鲁迅先生。

时至今日，我放下手中自以为必做实则并不那么重要的事，想提起已闲置多日的三寸墨色朱笔时，却毫无思绪开篇，不知这出于何因，但终究还是无思绪。脑子里一瞬间闪过一个血淋淋的东西"血馒头"，滴着血的馒头，于是把鲁迅先生从枕头下抓起来，又是胡乱地翻开一页，然而我也是有所戒备的，我不想将这个属于自己放纵的时间在鲁迅先生笔下抹去，我没去看鲁迅先生的文章，而是看鲁迅先生写的自序，我想这篇自序应该不会有让人胡思乱想的功力了吧。

实则未然，当我看到鲁迅先生说道："我在年青的时候也曾经做过许多梦，后来大半忘却了，但自己也并不以为可惜，所谓回忆着，虽说可以使人欢欣，有时也不免使人寂寞，使精神的丝缕还牵着已逝的寂寞的时光，又有什么意味呢，而我偏苦于不能全忘却，这不能忘却的一部分，到现在便成了《呐喊》的来由。"

读到此处，我便知道，鲁迅先生的《呐喊》只是他生活中很小的一部分，而生活中的大部分终已经忘却。在鲁迅先生的自序中，我找到的《药》的原型，这是鲁迅先生为父亲难寻奇特药引子而病逝之作。

想想写作，鲁迅先生可谓是名扬四海，这让我记起"源于生活，高于生活"这句话，鲁迅先生能以一己之笔，让吾等小辈之思绪混入云霄，而这一笔单单只是鲁迅先生生活中很小的一部分，这是何等的幸运者与悲叹者的结合，我想我们之所以悲叹，是因还未能充分利用生活。哪怕是琐事，或许也能像鲁迅先生那样，引发一场"革命"。

鲁迅先生并不是像诸讲师所言那样可怕难懂，即使是在为理想而忙碌奔波着的人，静下心来看看鲁迅先生，或许亦能驱使着向理想前进，就像此时的我，把鲁迅先生放在书架第三层的正中间，抬头就能看到《鲁迅精品集》几个大字。

坐在椅子上看着鲁迅先生，不禁感叹道："我是一个多么不幸的人，又是一个这么幸运的人。"

我和我的亲生父亲

王小方

十二岁那年，我站在家门口和他决裂，发誓这辈子我们再不是父女，如果可以，我会毫不犹豫地选择和哪吒一样削骨还父。

过去的八年时间里，我逃避一切和他们一家有关的信息，在自己的天地里努力地生存，后来听到别人提起他的两个女儿都辍学外出打工，我心里暗自欣喜。

是的，我恨他，恨他重男轻女将出生不到半个月的我狠心抛弃，恨他总逼着我叫他爸爸，恨他总是絮絮叨叨地说我这儿不对那不对，恨他为了一部我无心放的"重男轻女"的碟子而像头野兽冲我大吼大叫……虽然我知道他是我的父亲，但心中却从来感受到半点儿血脉相连的亲情。

今年七月份，我远在资阳乐至支教，接到一个陌生的电话，电话里传来的熟悉的声音让我一下子泪如泉涌，他告诉我大姐要结婚了，希望我能回去送她出嫁，我终归没有像我八年的时间中无数次预想的那样毅然决然地挂掉他的电话，只是噙着哭声告诉他我先考虑一下。

养父打电话来再次强调他的观点，他不要我去，既然断了就应该彻底。我知道他是出于爱我的角度，怕我故地重游再次受伤。连续几个夜晚我躲在寝室的被子里翻看脑海里所有有关过去的回忆，多数是我们争吵的情景，而最终却是大家都哭了，没有谁输谁赢。

最后我还是决定回去一趟，前提是在养父不知道的情况下，我不希望他们再因为我而争吵。

当我看到他的那一瞬间，满头的白发和已经有些佝偻的身躯让我差点没认出他来，我逼自己忍住眼泪，轻轻的一声"爸"消失在酒席的喧闹声中，在擦身而过的那一瞬间，我明明看到了他眼眶中的眼泪和那掩饰不住的失望，但我却没勇气再叫他一声。

在那儿的两天时间里，我大多时间是躲在一个相对安静的房间里，与其说是不想面对外人打量的眼光，倒不如说我不能忍受他不停地给别人介绍，"这是我家三妹，在内江读大学呢！"弄得我比大姐这位新娘子还稀奇。

正酒的头一天晚上，人们各自散了，二姐拉着我和她陪一群年轻人一起唱歌，我向来不喜欢这种场合，径自找了个角落躲了起来，而这个角落刚好对着屋外的坝子，一个高瘦中带点儿沧桑的身影在夜幕中不断弯下去又直起来，定睛望去，地上全是啤酒瓶子和各种垃圾，循环往复，最后他撑着窗台休息，眼睛望向唱歌的地方，不知为何我的直觉告诉我，他的眼神是在寻找我。

心里有些不忍，进屋找了一把扫帚加入了他的队伍中，他抬头看了我一眼，嘴唇动了动却什么也没说，依旧弯腰捡他的瓶子，似乎我并不存在。我也弯腰捡瓶子、扫垃圾。其中有几瓶打开了却没喝的啤酒，我递给他问道。

"倒了？"用的是疑问句，却没有称呼。

他接过去仰头就喝，几口就喝完了，然后看着我，我又递了一瓶给他，照旧一饮而尽，再看我时，我却不递给他了。

"少喝点儿，对身体不好，你岁数也不小了。"他躬下腰去背背篓，我忙上前搭把手，只听他轻轻的应了一声，"嗯"，声音很小，还带了一丝的哽咽，在这夜幕下显得格外的突兀。

第二天一大早他忙里忙外，只有大姐要出门时才露了一面，我匆匆坐上送亲的车子，根本来不及和他说声再见。

再见是一个月后，大舅建房子，他是砖匠，而我名义上是去打下手，大多数时候却被他们勒令休息，我也就只能帮他们倒倒茶、递递工具、送送酒、装装烟啥的，他总喜欢做一会儿活喝一口酒，一休息下来一口烟一口酒的，每次我给他递酒瓶、装烟时总不忘提醒"少喝点儿""少抽几支"，他总是笑而不语，等我一转身就听到他对工人们说，"我家三妹和她二姐一样，总劝我少喝酒少抽烟，却又总是按时给我递着来。"无奈的语气里更多的是自豪。

晚上洗漱完一起出去串门，路过一颗梨树，我随便说了声"树上的梨真大"，等我走了一会儿发现他没跟在后面，转身寻找时，他整个身子正趴在梨树上使劲的往上爬。

"你干嘛呢？"我走近抬头看，光是树干就比两个我重起来还高，"这黑灯瞎火的，赶快下来。"有些生气，但更多的是担心。

"没事儿，我年轻时比这高多了的都爬起来都不费事儿，再说我也不老啊。"他站在枝干上往下看我，一阵风吹来，树枝吹得"沙沙"作响，吓得我心都提到了嗓子眼上，忙上前去抱着树干，试图让它摇晃的幅度小一些。

"你赶紧下来!"我再次急了，生怕一不小心出什么事儿，"爸!"情急之下我第二次叫了他一声。

"我这就下来。"他总算听话了，把梨扔给我，然后慢慢地滑下来，担心路边的荨麻伤着他的脚，我忙给他递上鞋穿好，埋头给他系鞋带的那一刻，似乎前尘往事从未发生，我们只是单纯的父女而已。

"给"他掏出兜里的梨在衬衫上擦了擦递给我，我接过大大咬了一口，"甜吗？"我重重地点头，尽管口中更多的是酸涩感，"那明晚我再给你摘。"一句话把我到嘴边的责备给咽了回去。回来的一路上我们再次选择沉默，但我们之间的距离却慢慢拉进了不少。

我有一碗酒，可以慰风尘

陈镜西

不要那么孤独，请相信，这个世界上真的有人在过着你想要的生活，愿你我带着最微薄的行李和最丰盛的自己在世间流浪。

忽晴忽雨的江湖，祝你有梦为马，随处可栖。

——题记

买来《乖，摸摸头》之后，我特意挑了个安静清新的环境里去阅读它。在一个舒适的风景里阅读，实在是一件十分赏心的事。学校的后山小公园里寥寥无人，耳边只听得风吹过树叶儿"沙沙"的声音，心情不自觉变得平和又温软。

这是继我购买《他们最幸福》之后大冰所著的第二本书，连翻开这本书的封面，手指尖都带上了期待。待安静地读完了这十二个关于幸福的故事，心底又愉悦又带了点伤感。"真实的故事自有万钧之力"，我想我是认同的。一些情绪流于纸间，就往往显得浅薄和无病呻吟的矫情。但真实的文字却永远不必要担忧这个问题，情真字真，常常某个不经意的字眼或片段，就勾住了你心底的那一根弦——就好像眼泪快要从发红的眼眶中坠落出来的那一时刻，突然听见有人对你温柔地说："乖，摸摸头。"如同小时学骑车时摔跤、中学时的表白失败、高考时的升学不利一样，多么大的伤痛，明明已经蔓延到了心脏，却硬生生止住褪成了大片大片的温暖，所有的伤口都在愈合，一切的委屈都被安抚。

所以很多人都这样评价这本书："满满的正能量，感觉世界又有爱了。"是的，不管是经历了世界的冷嘲热讽还是得到了温暖的熨帖，大冰最后都会告诉你：请去过上一种更幸福的生活，不要想，要去做。

在他的书里，他始终把自己定位成一个叙述者，用他的话来说，"我只不过是一个搬运的工人，我只讲故事。"

这本《乖，摸摸头》，集合了十二个真实的故事，是大冰旅行所见所闻，因此你也可以将它看做一本游记。

多年来，这个曾经的山东首席主持人流浪过内蒙，在西藏卖过唱，漂流到丽江，偶尔泊到济南唱民族乐，住过破烂简陋的草屋，敲过染风尘的乐鼓，也曾在灯红酒绿的俱乐部一醉方休，天亮了就背着大背包毫不停留地离开，他的梦想一直行走在路上。

我读过的第一篇是《我有一碗酒，可以慰风尘》，讲述一个退伍老兵的故事，真实而有力。大冰说："是对是错，是正是反，百年后世人自有分晓，但无论如何，请别让它湮没，那些真实而鲜活的细节，有权利被人知晓。"

是的，这个倔强固执的老兵守着自己干净的信仰，在这个纷杂的人世执著地在心底留出了一片空地来。这样的老兵就像是一碗浓郁香醇的酒，还未开封便已飘香十里。待揭开坛子，痛饮下肚，味蕾和肠胃一起灼热滚烫，烫得人忍不住将眼泪流下。越是香醇诱人，就越是酝酿长久，老兵沙哑着嗓子不说话，听客众多有谁又能知道他背后满满交错的伤疤？

不提过往的诸多辉煌与苦痛，将这一碗酒干尽，大梦一场，酒醒后就各自分头去追寻自己想要的生活罢。

但生活所给予我们的，永远是一种小心翼翼又柔软缠绵的含情脉脉。要对这个世界怀着充沛的情意，才能立于不败之地。就好像在《唱歌的人不许掉眼泪》里一样，我一直为阿明的身世坎坷命途多舛而心酸，"能靠唱歌养活自己，能唱一辈子的歌"，这是他最大的愿望。因为有着微薄又强大的梦想，所以他们一直不害怕。撇去路人偶尔的冷嘲热讽白眼交加，也曾有幸在离梦想很近的地方，希望与失望交替挣扎。这一路上的辛酸苦辣是心底的疤，唱歌的汉子们都不说话，只是在某个辞行的午后突然被一位满脸通红的老妪问话："你们这些唱歌的人，都是靠什么活着的？"

紧张的，疑惑的，胆怯的，仿佛问了一句多么大逆不道的话。

但那三五个汉子，站在毒辣的日头底下，沉默不语地低下头，抬脸时已涕泗交加。

有梦的人值得鼓励，但有勇气一直坚持梦想的人却更不容易。用青春来作了筹码，就要做这场赌局的赢家，所以听歌的人从他们撕心裂肺的情歌中想起了深藏心里的某个他她，怀念起那些或黯淡或鲜艳的过往岁月，眼泪开始分崩离析。但唱歌的人只能孤单地抱着吉他，在人来人往的大街上，扯着歌喉抬头45度仰望将泪生生逼回去。唱歌的人不许掉眼泪，有梦的人都不许哭，也都不许输。

人人都希望在平凡的人生里捕获惊喜和壮丽，为此，人们一而再再而三地做着多项选择题别并且马不停蹄。

"你是普通人吗？"嘤嘤嘤，我们的一生匆匆过去，你想要成为普通人的传奇吗？

我想《椰子姑娘漂流记》中的椰子姑娘与他，经历了十三年的爱情马拉松之后，余下的都是最好的自己和最丰盛的内心。他们用最安静缄默的方式去守护了一场最最普通的爱情，守来守去，最后成为一段小小的传奇。年轻时脑袋里总是装载着许多惊天动地，可我们的臆想大多都是像烟花一样匆促收场的自我感动。轰轰烈烈爱过一场的情侣大多他朝两忘烟水里，彼此谁也不提过往，将刻骨铭心缝进心脏的最底下。

"其实这世界上的大部分传奇，不过是普普通通的人们将心意化作了行动而已。"是的，不是所有的绝世武功都必须照搬武林秘籍，心到诚处自然是传奇，情到深处自然是传奇。

在这个越来越浮躁的时代，爱情仿佛成为了排遣寂寞的生活用品，变成了迈向成功的捷径。像椰子姑娘这样纯粹而安静的美好，让人觉得连羡慕都觉得奢侈。"我能力有限，能为你做的事也有限，所以安心住下，不要拒绝，听话。"还记得不久之前，在微信上看到一篇文章说，真爱都是小概率的事情，确实要看天意，但不能只看天意。

所以那些深夜里听着歌眼泪就流下来的姑娘啊，要保留心底最纯粹的感情去等待你命中注定的那个人。要将毫无保留的信任留给他，将不辞冰雪为卿热的勇气留给他。要把爱情留给身边最真心的那个人，他陪你一起歌唱，一起流浪，一起两败俱伤。

读大冰的书永远感觉他就坐在你面前，闲适地喝着茶，以一种说书人的口吻跟你说话。小鹏说，这世界有另一种人，他们的生活模式与朝九晚五格格不入，却也活得有血有肉，有模有样。世界上还有另一种人，他们既可以朝九晚五，又可以浪迹天涯，比如大冰。

有时候也想问，大冰真牛，既做主持又流浪。身份那么多，作家、主持人、业余司仪、老背包客、酒吧掌柜、西藏拉漂、诗人、业余工匠、手鼓一人、流浪歌手、油画师傅……

可我们如此短暂又波折的一生，真的有这么多时间去做这些事吗？

而大冰可能会说：爱做不做，你就留着来世再去做吧。

这样通俗又不粗俗的，才是大冰。如同他的文字，如同他述说与传达的那些故事。

我又想起第一次看他的书，书名是《他们最幸福》，封面上的黑衣男子埋着头弹吉他，又潇洒又寂寞。

也许在这个连雨声都寂寞的夜里，在我敲打下这些字句的时候，又有人翻开了这本《乖，摸摸头》，内心的阴郁委屈似洪水冲闸般奔涌而出却又被逐渐治愈。

像无数个热闹的大年初夜，杂草敏给大冰发送短信。大冰编辑了长长的信息最后摁下删除，只发过去四个字：乖，摸摸头。

嗯，那么此刻正在读着这篇文章的你呢，你委屈吗？

摸摸头，不要怕，阿弥陀佛么么哒。

春树暮云

吴六萍

在微雨轻拂的清晨，寒鸦绝翅的黄昏，我写一些有丁香哀愁的文字，自怨自艾抑或是神经质，却没有写下回忆中神色朦胧的你。我的手指枯萎干涸，有河床上的龟裂，描绘不出你，落笔前的一瞬，迷茫像雪落下来，我拼命闪躲，却躲不过，就像一匹飞奔的马，即使四腿腾飞起云，也跑不出风的执掌。

犹记某次运动会的下午，乌云在远方倾盖下来，与如黛青山相连。我站在终点，看你一圈一圈地跑步，密密麻麻的人兴奋地聚在跑道周围，而我也是他们中的一员，你跑过我的时候，气息凌乱，唇色苍白，跌跌撞撞。我想起你拿着扫帚把一个男生从三楼追到一楼的威武，和我打架的时候可以笑着碾压我，以凌厉的眼神差点把一个同班男同学吓哭了，那么果断地说着要替我跑的人，现在却脆弱成这个样子。

我一直相信上帝给我们安排了缘分，从幼儿园到小学，我们走同样一条高高低低的土路，坐同班的木头桌子，桌子上面有深褐色的纹理。初中的时候，我们挤在单人木床里，枕同一只柔软的枕头，说一些细碎的故事，灰色瓦片重重叠叠垒在屋顶，下雨的夜晚，雨却滴进我们潮湿的梦里。偶尔，我们也去塘里挖《诗经》里的菖蒲，洗干净养在青色石缸里。贪吃的话就挽了裤腿去软软的泥里找荸荠，或是光着脚去偷李子。后来，我们又到了同一所高中，周末约着去逛街，我洗好两只苹果，一人一只，喀嚓喀嚓地咬着。夜晚我就偷偷摸摸地躲过阿姨跑到六楼，傻傻笑着爬到你的床上，说要给你暖床，你也是来者不拒，开始掀被子让我钻进来。夏季太热了，就去校外买红艳艳的西瓜瓣，懒洋洋地坐在空荡荡的食堂里吃，汁水就顺着下巴流到脖颈上，唯一不太好的就是地下情侣太多了，弄得我们老是换地方。

你喜欢说一些有意思的事，例如有一日晚上熄了灯，你散着头发不声不响地站在一个同学的背后，直接把她吓得泪奔出寝室，听后我就蹲在地上笑，你拉我半天都起不来。有时你深情款款地说，执子之手，子持资釜。我笑，却死活不肯拿钱。

杜甫说：渭北春天树，江东日暮云。思念像长了翅膀，扑棱棱地停在我的发顶。现在，我想不起许多事的细节，回忆像是爆炸了的啤酒瓶，碎成一地，无数人的面孔在我眼前重叠，模糊，却看不真切，可是，我还记得你。

时间像是海绵，滑进了水里，不徐不疾地过去了大半年，又到分离时的夏天了。在这个盛夏，杜甫是否也像我一样，安静地想着某个远方的友人吗？

注：春树暮云比喻对远方友人的思念。出自杜甫诗：渭北春天树，江东日暮云。

舞动青春

叶仁芳

你要在我的额头浮雕你的佳作，我便在你的心间搭起彩虹一座。在将来某天你会发现我的好和你的美都曾相互深深爱慕过。青春，你这让我爱得形骨消瘦的家伙；青春，你这让我活得个性张扬的蠢货。

我不知道人生还能有几个芳龄十八；我不知道人生还能重复几许妙龄二十。但我深深知道我正从芳龄十八走过，那一路的热情在青春的艳影下慢慢遗失。等在路两边的春花现已将春诉出个阑珊，啊，你会看见凋零的花瓣在水面上迷失！

我正朝向妙龄大步摇摆着走去，无视这一路无尽的坎坷崎岖。青春在我的心间涌动不息，翻滚一浪又一浪不死的气息。我爱在这草绿色的边沿遐想，在谁也看不见的点上明确我的方向。你此时披一身寂寞来把岁月奏响，而青春早已溢满了你所眷恋的故乡。我们只好在二十的点上找到自己的归向，不必埋怨、不要寂寞更无须感伤！

那一年，大小凉山开满杜鹃花，我正在成长的路上走马观花，成年的父亲在我面前总不发话，我焦急的心便炒熟了那个计划！在多少年后的今天含苞欲放时，我的心也乐得炸开了花，把紧掩的心扉打开让阳光带进氧气。因为我时刻需要呼吸，心率的调整需要新鲜的空气。而一切希望都在春里孕育，也应去春里奔放生命的激情！于是不顾一切向春飞奔。

多年以后我已经长大，踏过十八岁的槛，打着青春的旗号四处称霸。我亦不是昨日那纯洁的孩童，所有的思维回不到初的记忆，在现实的虚妄中忍受苦痛！

那一年，告别了父老乡亲；那一年，离别了水秀山青，为着青春的一席梦；为着青春的一阵热，我们翻越了那些大山，那些曾探寻而入的深山，为了寻找更多的文明，为了塑造更美的魂灵，我们又一次离开了那里。

趁着二十妙龄的光环，来到文明的海洋里幽会，饱食人间不同的文化，摒弃一切的肮脏与坏！然后悄悄打包带回，为贫寒的父老乡亲带回，那时，一定有谁会感激；那时，一定有谁会感动！

都说是歌的民族；都说是舞的民族，都说歌舞是青春的专属，那么我的朋友你可以得不到一点眷顾，你不该埋怨或者长哭！我曾把自己紧紧束缚起来，为了一点怜悯把自己出卖。让孩童时代的记忆去制裁，那些无法弥补的决定和错失！可是我还想回过头来望望你，因为从此以后我会与你流离！你不会担心我将又一无所有，因为你知道我从来一无所有。但我相信你没放弃我，青春；你知道我从不出卖你，青春。

是该有那么一些时候，让我静下心来为你写首诗。可是要我哪里去才可寻那些美丽词汇将你歌诸于世？青春，是你绚烂了我的意识；青春，是你拯救了我的魂魄。当我睡饱了午觉，站在镜子面前一笑，所有的疲惫不再嚷叫。于是我趁机勤奋开来，把所有的碎片串联起来，将快乐和痛苦一并收藏珍爱，为人生描绘出无限的精彩！

我们怀揣着好奇一路走来，我们的足迹留在不同的角落。一次又一次的毕业和离别，把我们的感动和泪水重叠。看一路的风景如此美丽；看一路的心情甚是清逸；这一路有无尽的收获和甜蜜；这一路得很多的成长与自信。青春，我是该把你刻在岩石上，用我的情感为你歌颂灵魂的高尚；青春，我是该把你刻在岩石上，用我的热血给你书写无悔的诗歌！

当季风吹来滚滚的热气，刻意让我们逼近窒息。我知道是疲倦了的春意，定要为我们配合最后的默契。就让我们为你奔放肆意，即使那不是我们的本性。因为我们知道你一定，在这炎热的季节消逝！假使我无法面对你的微笑，我定会痛哭失去了幽默！那时你会不会在我眼角，为我的似锦前程鼓掌叫嚣？

我把自己装扮起来，自认为在世间弥足珍贵。回回头望望走过的轨迹，才发现从来没有奇迹，于是我奋力奔跑起来，在青春的另一头寻回自己。我庆幸自己涉世未深，还可以随时觅回自身！现代早已在人世间营业，可是幻变窃取了追梦者的夜。于是慢慢习惯着脱离快乐，夜复一夜地辗转反侧！摩登不再是唯一的潮流，归真也要引领时代的主流！人们却在两者之间随波逐流，从不管谁能最后残留！

当太阳再次升起，你若早起，你会不会看看日出，无法捕捉的慵懒身姿，感受那些许的无力？当太阳再度西归，你若晚睡，你会不会看看夕阳，热烈燃尽的沧桑倦影，感知那瞬间留恋的眼神？

我曾走过一片丛林，那里有无数的花草树荫，还有不知名的野兽鸟音。我暗自害怕，害怕但不停步；我放声痛哭，痛哭而不自固，当我临近那小溪一头的潭湖，看见百花齐放，群鸟高歌才自悟！于是阳光洒下光热为我眷顾！

朋友，你可曾知道我也恋爱中？我热恋这广袤的土地和辽远的旷野；我狂爱那巍峨的险峰和湍急的江河。所有的花草树木是我不离不弃的恋人，至今我仍深爱着她们，爱得那样深。我爱春夏秋冬不同的肤色，我爱一年四季别样的赞歌。

朋友，你可曾恋爱过？你看这春天的嫩绿那样招人思念；你看那秋装的金黄如此让人迷恋。在激情洋溢的青春期两岸，满枝头的莫名之花那样娇艳；在冲劲满怀的青春期两边，你看满是鼓励和支持的陪伴。你还有什么借口沉默？你还有什么理由停留？

相见欢、是离愁

曾世晔

年少，尚不懂轻狂为何物，总想着万事万物都要由着自己的想法，脱离了家族的禁锢，她就像出笼的鸟儿，陶醉在自己的文字里，敢爱敢恨、无牵无挂。但是，人生就是一场劫数，终有一人爱你时如爱生命，弃你时如弃敝履。爱情的火太过炽烈时，往往会灼伤彼此，两颗寂寞的心靠在一起时可以互相取暖、依偎，但当一颗心决定远走时，悲剧就注定要发生了。她视他如父如夫，当爱情的种子在她心里生了根、发了芽，长成了参天大树，她就以为牢固不可拔，却没想到被现实的洪流荡平一切，才顿感人世苍凉非所期愿。也正是这样惨痛的代价，"人"才懂得约束自己，所谓的自由捧红了一个词叫做"任性"，随心是好的，能做到随心的人绝对是个极幸福的人，但是世间又有几人能做到真的随心随性？

张爱玲说过："失望，有时候也是一种幸福，因为有所期待所以才会失望。因为有爱，才会有期待，所以纵使失望，也是一种幸福，虽然这种幸福有点痛。"张爱玲对此无疑是体会最深刻的了，最不幸的事情就是一个痴情女子遇到一个薄幸的男子，来来去去、互相折磨。张爱玲与胡兰成一生纠葛，大家都说张爱玲太傻，张爱玲也说"当我爱你的时候我能低到尘埃里再开出一朵花。"所以没有正式的婚礼和登记，凭借一纸婚书，凭着胡兰成的一句愿岁月静好、现世安稳，张爱玲就痴痴地把自己交给了这个大她 14 岁的男人，你看，这就是女人。心心念念的美好生活她以为就要开始了，不在乎胡兰成的身份，也不在乎自己这样的决定是否为人所诟病，就开始憧憬了。然而，那个男人呢？避难时、辗转多地时何曾缺过女人？年轻貌美的女护士、风韵犹存的女寡妇，他又置张爱玲于何地呢？我不能说胡兰成没有爱过张爱玲，只能说他的爱太浅薄、太短暂、太博爱。一次次的痛彻心扉，看见他在女人堆里流连忘返，看到他最后终于又要去娶另一个女人时，爱玲绝望了。她在那场温州大雨里心灰意冷地离去，雨水刷刷地落下让人分不清眼泪。她说不会寻短见，只是终将萎谢了。拥有明媚笑容的爱玲、那么高傲的爱玲怎么能萎谢呢？其实爱玲是朵花，从小就渴望爱的她，将胡兰成当做了她唯一的养分，从此就要长久分开了，让花怎能不萎谢？爱玲走了，她说："我不再喜欢你了，而你却是早已经不喜欢我了。"我妄自揣测爱玲的心境，她其实更想说："相见不如不见，痴心也是到了尽头了，你终于还是负了我，我终于还是成就了我一个人的悲欢喜乐。我不再想听见你的一字一句、看见你的一衣一物，因为一个人，恋上一座城，现在人去了城也该空了。"后来胡兰成在《我身在忘川》一文中怀念他和爱玲的相遇、相知、别离，因为懂得，所以慈悲。他说他怀念那张可爱的小脸，他要在三生石畔守候佳人的归来，殊不知那张脸已经不再可爱，只留下满脸的苍白无力，要是来世，不知道爱玲是否还愿意再次和他相见，但我总想这样一个如星如月的女子，总是应该有一个好的归宿的，受的苦就当是红楼中的绛珠还泪吧。愿下世的你被时光温柔以待，愿有人陪你颠沛流离，免你无枝可依。

别离苦、忍别离，不说此去千万里，但求一世安。人未老、心已老，不说此前多磨难，岁月自冲淡。

读《瓦尔登湖》有感

向　玲

不必给我爱，不必给我钱，不必给我荣誉，请给我真理吧！

使我们失去视觉的那种光明，对我们来说无疑是一种黑暗。只有我们睁开眼睛醒过来的时候，天才会亮。天亮的日子很多，太阳不过是一颗星辰而已。

在这样一个物欲横流的世界，我们太多人已经沉溺于对物质的无限追求中去了，而忽视了对我们内心精神世界的追求。我们都穿着光鲜的衣服，吃的是百样的菜式，住的是高楼大厦，我们远离了自然，远离了世界的原本的模样，沉迷于我们所创造的事物之中，再也没有茅屋中的孜孜求道，也没有深林的苦心参禅，更不谈逍遥物外飞仙。

所以，我们缺少时代的思想家，缺少世纪的哲人。有学识的人追名逐利，没学识的人趋炎附势，世界，已不是我们所想要的世界。

世界，应当是自然的世界，应当是最本质的世界。自然给了我们许许多多的灵感，借此，勤奋智慧的人们才创造了我们的物质文明社会。梭罗在瓦尔登湖隐居，过着原始自然的生活，所以他的感悟成了经典著作《瓦尔登湖》，启发激励了一代又一代的人，成就了许多大哲与伟人。

我向往梭罗的生活，向往瓦尔登的世界。一个人，独自居住在幽静的湖畔，隐居于丛林之中，过着自给自足的生活，一年四季，一日早晚，都是悠闲的过生活。春种秋收，夏灌冬藏，日出而作，日落而息。尽管会有孤独，尽管会有寂寞，会有清苦，但总能有许多乐趣，比如春天播下的种子抽芽；夏天时，跳进清凉的湖水洗澡，或者驾一叶小舟，在湖上垂钓；秋天时，收获谷物粮食；而冬天呢，围着火炉静坐便也是一种乐趣。这些只是最为寻常的，或许，清晨醒来一声长啸；或许，是有小鸟飞到自家门前；又或许，是在雪地上摔了一跤。真的，我向往自然的生活也向往孤独的生活。

当然，我们很多人都做不到如梭罗那般洒脱地去隐居，我们都有许多羁绊，许多牵挂，无法做到真正的逃离。但是我们如果做到去离开世界一天，逃离所有现实的东西，融入到自然，哪怕是一天，我们也会收获许多。人生在世，真的有许多身不由己，许多无奈，而我们能做的，除了顺其自然，便只有背世而行。

如果能有那样的机会，我希望我能抓住，摆脱所有忧虑，甩开所有负重，去享受属于自己的一天，属于自然的一天。

小王子：写给每个人最美的童话
——《小王子》影评

叶玉梅

你可能没有看过《小王子》这本书，但是，你一定听说过"小王子"这个名字！只是简单地多读几遍名字，就能让人感受到温暖的小王子的故事，这次用电影的方式告诉了世界，一个属于所有人的故事……

小王子是一个我们遥不可及的梦，在自己小小的星球上看无数次日落，对一朵玫瑰动情落泪，一个小孩和花花草草一直在童话里生长着。正如书中扉页写到的那样"这是献给小孩也是所有大人最美的童话"。不管是书籍还是电影，那个可爱又忧郁的小王子用不一样的方式出现了。小王子身上的本真依然在，只要用心，就能看到！我们每个人心中都住着一个小王子，但却不是每个人，都变成了小王子！

影片《小王子》是由被称为"功夫熊猫之父"的著名好莱坞导演马克奥斯明亲自操刀制作，与皮克斯公司、梦工厂团队强强联合，运用手绘、3D、九分格技术等多项现代电影制作技术共同完成的动画电影。影片更是改编自法国作家安东尼·德·胜安格苏佩里于1942年写成的同名儿童文学短篇小说——《小王子》。如今小说《小王子》本身早已成了"阅读量仅次于《圣经》"的文学作品。与其说电影是对《小王子》改编，不如说是导演主创们为《小王子》写了一个续篇。影片并不是照搬小说故事情节，更多的是通过老飞行员和小女孩儿的故事带出了小王子与老飞行员的故事。影片当中出现了两条故事线，他们相互区别却也相互和谐。在小女孩的故事线里，影片画面着色温暖明亮，较为柔和。而小王子的部分则色调偏冷，一字一句都诉尽了孤独和感伤，充满了原著绘画本的味道。在电影里，飞行员已经老了，小王子离开了，而那个代表着现实中无数个自己的小女孩儿出现了。老人为小女孩儿讲起年轻时在撒哈拉沙漠遇到小王子的故事……在书里，孤单又可爱的小王子生活在比他大一点的 B12 星球上，与一朵玫瑰花相伴；银幕上，浪漫绚烂的满天繁星，唯美柔和的缕缕暖阳和小王子蹲坐在宇宙中的落寞背影的独特构图都让每一个观众感慨不已……

　　影片一开始像原著一样，原原本本地叙述"我"的第一幅画，影片动画中，寥寥数笔勾勒出线条"那不是一顶帽子，而是猛蛇吞没了大象"，干净纯粹的画面，法国人独有的浪漫节奏为这部电影起了一个非常好的开头。接着出现了一个小女孩儿和她的母亲。小女孩儿即将参加沃斯学院的面试，他的母亲为她准备好了所有的开头，背好了所有的问题，一切都是那么的固定化和模式化，而学院老师向她提出的问题，却不是她事先备好的。结果不言而喻，小女孩儿并没有得到如愿通过。但她的母亲并没有放弃，在选好了新家后，继续为小女孩儿准备，每天的任务。在紧凑的学习中，由于一次意外，让小女孩儿认识了他的新邻居——一个老飞行员。慢慢地，通过老飞行员笔下书写的童话故事，叩开了一个小女孩儿追求本心的序曲。将一个现实中无数孩子模样的小姑娘与童话中的小王子联系起来。最后甚至让小姑娘逃离计划和现实的压力，坐上飞机，勇敢地去追寻小王子，解救小王子，让小王子重新回到了他的星球，摆脱孤单和忧郁。同时也让童话来解救在现实中过着大人生活的小姑娘。

　　影片中的小女孩在还是小姑娘的时候就变成了大人，没有童真，没有快乐。她乖巧懂事，理性聪明，是现实生活中，家长眼中最理想的孩子，她没有不快乐！因为她不知道快乐的存在。她的妈妈只告诉他：人生大计，需要争分夺秒！飞行员老了，老的有时候连摔一跤三天都起不来，但他仍然是个孩子，他相信孩子的一切。相信花开，相信叶落，相信世界上有那个独一无二的小王子的存在。而我们呢？是小女孩儿还是老飞行员？我们能感受到快乐的存在吗？我想，每一个看过影片的观众都会有自己的答案。

　　在那个只有一个人生活的星球上，一朵玫瑰花，意外地开放了。小王子对她精心呵护，浇水，除草，静待花开。开放的玫瑰花美丽绚烂，充满诱惑，让小王子心生欢喜。从此玫瑰花就成了小王子守护的一切，但是美丽的玫瑰花骄傲自恋，认为自己理所应当地应该得到小王子所有的爱和付出。最终，受不了压力的小王子离开了自己的星球，在广袤的宇宙中遇到了各个星球上的人，而最终，他来到了地球。在这里，他遇到了毒蛇，飞行员还有狐狸！狐狸告诉小王子：正因为你在玫瑰身上耗费太多时间，所以显得玫瑰非常重要！电影讲到这里时，不禁让我想到了成人的情感世界，但大人往往忘了这个道理。征服之后，你得花一辈子的时间负责。你对玫瑰有责任，玫瑰也是你的唯一，但是，如何处理彼此的关系确实是一道难题。句子背后的道理恐怕每一个大人都懂得，但不是每个人都能做正确的选择。所以说，看过电影的成年人，在这部动画电影，都或多或少地找到了自己的影子！

小王子来到地球，终于他碰见了他的狐狸。狐狸躲在树后不愿意见小王子，狐狸说因为他没有被驯养！因为只有驯养过的东西，你才会了解他。因为只有驯养了，它才会成为你独一无二的存在。这部电影和这本书最动人的部分就是驯养。现在你对我来说只是一个普通的小男孩儿。我对你来说只不过是一个狐狸，但是只要你驯养了我，我俩彼此都需要对方了，你对我来说是世上独一无二的，而我对你来说也是世上独一无二的。小王子最终驯养了狐狸，他们都开心的获得了彼此。可当走进五千朵玫瑰的花园时，他才发现，原来他的玫瑰才是独一无二的。我说这是一个悲伤又欢喜的故事，因为他走了那么多路，终于懂得了本质的东西眼睛是看不见的，终于懂得了驯养把彼此变成了唯一。

电影的结局，在小女孩的帮助下，已经遗忘了回忆，成了只顾工作，忘记快乐的成年小王子终于变回了小男孩儿的模样，回到他的星球去寻找玫瑰，虽然那支被自己的罩子罩住的玫瑰，如今早已化作了尘土，但是他心中的玫瑰，永远胜放，永远娇嫩！

人生未完，还有续篇。电影小王子用他独特的构思，精致的绘画，细腻的情感线为小说小王子写就了一个圆满的结局。永远保持着本心去守候心中独一无二的玫瑰、懂得驯养的意义、人生最可怕的不是长大，而是遗忘……这些都是电影《小王子》用它的魔力写给我们每个人的最美童话！

我在阅读中遇到的问题

闫俊杰

在各学科高度分化的今天，要做到"样样精通"实在困难。举个例子：即使一个分支学科下的一个成果也需要众多科研人员或学者长期的付出和坚持，而我们受者要完全"吃透"这些成果也需要花费大量的时间和精力，才能达到和做出成果的学者人员产生共鸣的程度。这是一个普遍的问题。

而作为学生，我在学习中对这个问题深有体会。毋庸置疑，任何学校对学生的要求从来少不了读和写。甚至读写就是它的表现形式。虽然学科分化，然而一些学科之间又有着内在的联系。拿文学课来说，它必然和哲学、历史、宗教等学科关联。俗话说文史哲不分家，这是有道理的。而这样的结果就是你需要更多的阅读以支撑专业课的学习。

彼得·德鲁克说过："心智决定视野，视野决定格局，格局决定命运，命运决定未来。"心智可能有高下之分，也有可能是生来平等。无论哪种说法，两下中和，我们可把"心智"归纳为一个客观存在的出入不大的前提。那么彼得·德鲁克的这一反应链也就没有"心智决定未来"这一必然的传导结论。因为此时我们就会认为决定未来的还有施加于"视野"、"格局"、"命运"的影响。而阅读是最重要和最有效的外界施加的影响。

凡人格伟大的人都是善于阅读的人。毛泽东曾形容其由乡村进入省城图书馆后的状态就像"牛进入了菜园子。"这是一种可遇不可求的阅读状态，诚然，也只有在彼时由他完成。也许这一状态可以复制，但也仅限于状态。因为今天我们的时代不再呼唤毛泽东这样的领袖。那么阅读也是受目的驱动。这一目的可以是简单的兴趣、求知欲，或者是崇高使命的召唤。但绝大部分人的阅读目的并没有上升到使命的高度，而是仅仅满足于求知欲和兴趣。

随着出版业、互联网的兴盛，以及媒体的大众化、商业化，当今变成了一个信息爆炸的世界。这也使得现在世界一天的新增信息量比古代几十年的信息量还多。信息量庞大地增加，一方面丰富了人们的生活，让数量众多的人类有事可做；另一方面却也大大增加了人们选择信息的难度。

如今，一头头牛犊环顾周围，发现自己身处一望无际的菜园里，目光所到种类繁多。它们在激动地流过口水后，就开始变得"胃口"挑剔起来。甚至有的牛在吃了不该吃的东西后，再也提不起胃口，面对整个园子都觉得索然无味，这又是当今社会的悲哀。大多数人都缺乏阅读选择，迷失在信息的大潮里。这不禁让我们自问：要如何阅读？

使我们成长的不是知识，而是你孜孜以求、深思熟虑的学习过程。当今文明的辩护者们说现代人受到了比前人更好的教育，而事实只是学到了更大量的内容而已。我们要进入这样的状态，就要有动机和目的，并且面临选择。常见的选择标准是"从众"，这在一定程度上也无可厚非，但人们的理解良莠不齐，别人的选择不一定适合自己。很多人在选择的根据上过多地考虑他人的意见，如一些平台提供的畅销书排行榜等。这样的平台可以为人们提供选择上的帮助，但在提供参考的同时难以保证其推荐的这些是否真的能给我们带来启发。

物质财产的充足使我们比前人有更多可消费的东西，包括文化产品。但是现在人们没有确定的生活方向，他们只是在为一种"富足的"生活而努力奋斗，使自己陷入一个无尽的序列中。结果是表面富有的现代社会，我们仍然感到匮乏；而在古代的、简单的社会中，却感到充实。此时我们不得不重新思考尼采的那句评论："每个人都被允许学习和阅读，从长远来看这不仅毁掉了写作，也毁掉了思考。"

阳光下的泡沫

王礼炜

韶华不曾为谁留，四年大学转瞬即逝，明天就要打包走人了，有些不安与不舍，似乎其中的原因只有夏小沫自己才知道。学习到了许多，也收获了许多，除了爱情。身边不乏优秀的追求者，她在等待着谁吗？没人知道。室友们还在忙着照相留念，她却心不在焉，告别她们独自回到了寝室躺下。窗外只有蝉还在寂寞地歌唱，不久大脑就变得模糊朦胧。"你在等待着谁，建筑了城堡……"手机不合时宜地响起。是他！虽然没有存备注，号码却早已铭记于心。迟疑了一下还是接下了电话。"出来，我在你宿舍楼下的桂树下，有事要和你说。"胡阳在电话那头激动地说着，声音都变得有些颤抖。"哦，好。"夏小沫情不自禁地答道。他怎么知道我在寝室，没有多想赶紧起床。这样下去肯定是不能见人的，何况是他。用洗面奶洗了两次脸，一笔一画画了眼线和眉，还加了眼影，涂了腮红和口红。想了又想，换上了那条他送的裙子，便下楼见他。

夏小沫和胡阳是高中同学，上学时，连宿管阿姨都知道他们关系好得像麦芽糖，粘在一起就分不开，成绩优异，老师也没太在意。只有他们自己知道，一直都没有戳破那层膜。他们有过约定：高考完就在一起，上同一所大学，毕业就结婚。诺言是用嘴说出来的，实践需是用心。

高三伊始，所有人都在做最后的准备，夏小沫却突然变得烦躁，课也听不进去，作业也没心情做。几次大型的诊断考试，成绩像断了线的风筝。胡阳指着夏小沫大骂：夏小沫，你最近是吃错药了还是荷尔蒙分泌失调了，忘了我们之间的约定了吗？听了这些。夏小沫也变得慌乱起来，却越慌越乱。胡阳和她的关系渐渐变凉。最后跌至冰点——胡阳和隔壁班的学霸小倩在谈恋爱。呵！计划永远赶不上变化。曾经的山盟海誓不是一样沦为现实的笑柄。她把他送的东西都扔进了垃圾桶，唯独那条他去酒吧唱了一个月歌，把声带弄伤差点永远失声，挣钱买的长裙，忍了又忍留下了。原来麦芽糖也会有过期失去粘性的一天。白天夏小沫就把自己埋藏在书山题海中，才能让痛苦少几分，夜晚一碰到枕头，眼泪就如喷涌的火山……那些誓言看似牢不可破其实本质却像泡沫。她又成了班上的翘楚。高考填志愿时，踌躇了一下，还是填了那所大学。大学报到那天在校门口相遇，没有约定依旧彼此默契。一块美玉有了瑕疵就不再会有那么多人喜欢，或许当岁月将其磨平时才有可能。相视无言，仅嘴角一扬。四年的大学生活，总是不断地能听到他的优秀，却再没听见说他有女朋友。

　　远远就见他在那儿背着手踱着，口型还在不断变化。

　　"不好意思，来迟了。"夏小沫话还没说完，胡阳突然拿出一束不知从哪里变出来的火红的玫瑰，单膝跪下，"嫁给我吧。"胡阳温柔地说道。夏小沫的大脑突然像电击了一般：紧张，幸福，生气。昂起头问道："你的小倩呢？你背着人家出来勾搭妹子啊？"

　　胡阳哭笑不得但耐心地答道："我当时是请她帮忙来演的一出戏，传言我和她在一起只是想刺激一下你，你自尊心强，不下点'猛药'，哪能有那么大的机会我们相遇在这里，为了以后，我甘愿做次小人。不知多少次我想和你坦白，可你却对我冷若冰霜，拒我于千里之外。错过了一次，我不想再错过第二次。"

　　夏小沫听完，哭得梨花带雨，一边用绣拳打着胡阳，一边泣不成声地说道："怎么不早说，我多少次在夜深人静的时候流泪，多少次为此心痛得流泪。我们全校迎新晚会上那首我最爱的歌，你是唱给我听的吗？早上的鸡蛋和牛奶是你带来是吧？我最爱喝的蓝莓奶茶……"胡阳笑而不语只是紧紧抱着夏小沫。有些时候，有些事，当他终于真实地出现在你面前时，你却幸福得不敢相信他是真的。泡沫有了阳光才是彩色的。

　　"凄凄复凄凄，嫁娶不须啼。愿得一心人，白头不相离。"闹钟如约而至。睁开惺忪的眼，头昏沉沉的，眼角还挂着泪水。美好的东西只能出现在梦中？脑海中曾经和胡阳的一幕幕都浮出，直击心中的最柔软之处。刚才的梦是一种提示？幸福总是把在自己手中。夏小沫准备搏他一击，起床去找胡阳问清楚。

"你在等待着谁，建筑了城堡……"谁呢，现在打电话来。看完电话号码她却怔住了，是那个最熟悉也最陌生的号码——胡阳。

"出来，我在你宿舍楼下的桂树下，有事要和你说。"胡阳在电话那头激动地说着，声音都变得有些颤抖。

手机陡然滑落……

弘扬民族精神

杨乐兰

巍巍魁山下，悠悠东河畔，在这片宁静的土地上耸立着一座千古不倒的丰碑，及其炙热的灵魂温暖着质朴的中江儿女，他虽离我们而去，却不能阻止我们对其绵延的敬意和爱戴之情。

驻足英雄的丰碑前，不禁思索一个问题：何为英雄？英雄是将青春碧血献丹心的人；英雄，是用生命谱写激昂赞歌的人，英雄是用他们的精神谱写了一曲曲英勇悲壮的历史篇章震撼着我们心灵的人。

上下五千年的岁月，消散了春秋战国时无数飞扬的尘土；黯淡了三国两晋时不尽的刀光剑影；模糊了五代十国时繁荣的街市；剥蚀了宋元明清殿前宏伟的玻璃。岁月已然消逝，所留下的，是一个个英雄的名字，正是他们，挺起了中国人的脊梁，凝聚了伟大的民族精神。不怕牺牲、顽强拼搏的戚继光精神正是民族精神的体现。民族精神是什么？伟大的诗人艾青写道"为什么我的眼里常含泪水，因为我对这土地爱得深沉"，一直以来我都觉得这是对我们民族精神的最好解释，那就是热爱自己的祖国。民族精神是一个民族赖以生存和发展的精神动力和精神支撑，是民族的灵魂、国家的支撑，是中华民族伟大复兴的强大动力，是民族文化的最本质、最深刻的体现。中华民族是一个历史悠久的民族，在五千多年的历史长河中，我们创造了璀璨的文化，形成了以爱国主义为核心的团结统一、爱好和平、勤劳勇敢、自强不息的伟大民族精神。这些民族精神，是中华民族五千年生生不息、发展壮大的强大精神动力，也是在未来岁月里薪火相传。

继往开来的强大精神动力。方圆九州，泱泱大国，五千年的历史文化浩如烟海。中华儿女，用自己的勤劳和智慧，缔造了强汉盛唐，领世界风骚几千年，何等风光？自古以来，无数仁人志士以爱国为崇高之志，以报国为终生之责。比如内江师范学院，现已有 60 年的历史为祖国培养知识人才，为祖国做贡献。

时代在前进，历史在发展，我国已进入了全面建成小康社会的历史时期。新的时代在呼唤着青年，全面建成小康社会的伟大事业，而我们青年人，是祖国的未来，是民族的希望，是社会主义建设事业的生力军。祖国的繁荣昌盛需要我们的建设，民族的伟大复兴需要我们的努力。这个时代在召唤着我们为社会主义建设事业添砖加瓦。从悠久的历史和伟大的现实中，我们领略到了我们国家伟大的民族精神，我们也明白了肩头担负的重担。我们要勤劳勇敢，我们要发奋图强，我们要弘扬伟大的民族精神，去学习，去积蓄力量。

听 雨

杨 梅

看呐，起风了！

树枝仿佛听到了口令一般，都纷纷晃动着自己渴求的双手，呼唤着春雨的到来。乌云也慢慢聚拢，等待着时机抖动身子降下雨露。大地就像是渴望母亲乳汁的婴儿，期待着下雨。风在为它呐喊加油，小河也奔腾得更有活力，云越压越低，雨，就要来了。

听到玻璃上"噼噼啪啪"的声音了吗？那是雨在敲打你的窗。就像是急促的鼓点，密密麻麻，让人透不过气。每一滴雨水仿佛都滴在心尖上，溅起一朵朵水花，荡漾了心田，涟漪浅浅，呼吸已经与雨的声音融为一体。雨是天空的眼泪，但天空并不悲伤，它用眼泪洗涤着大地，清洗了尘世间的污浊。雨更是大地的精灵，它所经之处，都换上了新装，仿佛一个个刚出浴的姑娘，毫不隐藏地彰显着自己的美丽。

都说春雨贵如油，世间万物都希望得到春雨的洗礼，从冬眠的困顿中苏醒过来，萌发出生命的活力。春雨不像夏天的雨，来势汹汹却又不驻足停留。春雨是温柔的，是多情的，就像怀春的少女，轻轻柔柔，缠缠绵绵，仿佛有无尽的牵挂牵绊着她，放不开，也离不去，就这样细细长长，无穷无尽地下下去，给大地罩上薄纱，升起缕缕轻烟，看不清也摸不透，慵懒，暧昧，朦胧中透着清晰。

雨过之后，鸟儿"叽叽喳喳"地叫着出来了。听到了吗？这就是雨来过的声音。树上还挂着滴滴水珠，闪着晶莹的光芒，仿佛树叶流泪了一般，哦，对了，这是天空的眼泪。此时的天空，在阳光的照射下，万里无云，雨就像是一块布，抹去了空气中的灰尘。小河在兴奋地奔腾着，拍打出"叮叮咚咚"的声音。河边柳树也在舒展着自己刚洗过的头发，在空中划过美丽的弧线。老人和孩子们也出来了，舒活舒活筋骨，抖擞抖擞精神，把疲困了一个冬季的身体放入春天里，吸收春天的气息，让生命更有活力。这都是雨来过的声音。

雨是无私的，它经常在黑夜中来，又在黎明前离开，"润物细无声"，听不到它的声音，却仍然知道它来过。下一场雨来的时候，暂时放下手中的事情，静下心来听一听，听一听雨的声音，听它或细细浅浅的诉说，或温柔婉转的低吟……

一爱如一梦

陈镜西

写给他那封信的开头，有这样一段话：

我注视着你，所做所想不过是静默远观和满腔热爱。我所想得到的成全，不过是一段虚无的妄想。

而你，应该是我亲手扔进邮筒里那封信穿过旅途后即将亲吻到的指尖。

当你听见邮差车上的铃铛在你门外"叮咚"作响后出门迎接，这些文字安静地落入你的掌心，我也就触碰到了你。

陈薇安静地坐在放学后的教室里，夕阳的余晖从大开的玻璃窗户外边照射进来，将她的侧面衬得温柔又和美。

他经过陈薇教室窗口的时候，她正好收拾了书包准备回家。起身时不经意抬头，他干净的侧脸便猝不及防地闯入她的瞳孔。陈薇几乎是下意识地低下头去，把自己放在了墙壁遮盖住的另一边。

这时的教室已经恢复了原本毫无声色的面貌，没有了夕阳温柔的抚摸，没有了光影细腻的描绘，也没有了在光亮里浅笑的女孩子。

此时的陈薇，显露出她真实的样子来——一张带着点点雀斑的脸，毫无美感的平凡五官，微微发胖的身材。

　　她无声地躲在灰暗的角落里，想象着自己喜欢的人是以怎样的姿态走过身旁这堵墙。

　　是了，这才是陈薇身处的世界，她不是言笑晏晏的娇俏姑娘，只是生活中的大多数。

　　是抛在人群里找不到，生活少了她似乎也无关紧要，抱着软弱的暗恋在青春期里暗自成长的普通少女。

　　就像是春日里晨光会分外明媚，夏季蝉鸣沸反盈天，秋天寒气氤氲缠绵，冬深枯叶残枝颓败萧条一样。

　　普通的陈薇会喜欢上干净优秀的他也是那样自然而然的事，不需要一连串的渲染铺垫，不需要百转千回的拖沓剧情——年少时最直接的情感莫过于此。

　　她在读许多书籍的时候给他写了许多信，每次都是在放学后安静无人的教室。

　　她看见一个作家写了这样一句话：遇见他，我变得很低很低，低到尘埃里去，但我的心是欢喜的，并且在那里开出一朵花来。

　　陈薇觉得她的心，是确确实实地为那个人开了花，只是这朵花是禁忌的，只属于她自己的秘密。

　　她把自己的心事都装进那张薄薄的信纸里，然后想象着它被邮差沾满风尘的双手捡到邮包里去的样子。

　　那串写着他地址的文字像是一条泼墨微醺的青石小路，而她的心早已酝酿成江南湿润的烟雨，她年少的青春便淹没在了这场丰沛淅沥的雨水里。

　　六月即将来临的时候，陈薇和所有年轻的少年一样，被围困在焦灼的高考里。

　　在无数个台灯都快要被习题吞噬掉的夜晚，她写给他的薄薄的信，就像轻快的诗歌一般，让她在入睡时都能带着一丝笑意。

　　陈薇不觉得自己卑微，可她还是会在某个落雨的光景里看向有他的，遥远的北方。

　　然后触摸到浓厚而冰凉的悲哀，这悲哀来源于她始终未曾宣之于口的爱情。

　　她想起很久以前的下雨天，头发湿润的男生将手中的黑色雨伞递到她手中，然后奔跑着离开。铅灰色的天幕迷茫而深远，将他的背影倏忽吞没，她的心却温暖而饱满。

没有童话，没有王子，时光遗留下的只有那把泛旧的雨伞，和那些字迹温柔根本没有寄出去过的信件，她们蜷缩在陈薇书桌旁的角落里，孤独而沉默，等待进入陈薇的梦境。

高考录取通知书来到陈薇家里时，她将那些承载了她少女心事的信装在木匣子里，把它藏在了后山的一棵大树下。或许多年以后，这颗树颓败老去，被人推倒砍伐，陈薇的心事也会曝光在人前，但她的心仍旧平稳而淡然。

年少的暗恋没有老去，它停留在最美的时刻。只是新的生活即将开始，陈薇只希望终有一天，她能够站在他的面前，以新的姿态。

这是一段彻头彻尾的独角戏，没有台词没有观众亦没有对手。

陈薇包揽了所有的起始中场与落幕，她站在空旷的青春里微笑着对信件里的少年说，我喜欢你。

只不过，对方一无所知。

没有人知道，一个人为另一个人入魔，可以仅仅只是因为一句话，一个眼神，一个动作。

同样没有人知道，这世界上究竟有多少人，在风雨之中思念着的爱人，自始至终，只是陌路人。

一爱如一梦。

初醒梦回

樊颖婕

（一）年酒，念旧

新年的第一天

我决定喝点

就喝 9 杯

不多不少

刚刚好，不醉不归

醉里看花忘忧借愁

9 杯酒

杯杯是不甘心

杯杯是对于自己的嫌弃和盼望

这重复的新时光不要再有类似的悲伤

这消失的往昔回忆已经忘了当初流泪的原因

这

哎

什么无所谓的难过悲伤

都在一刻释怀放荡

你看这天上星星被雾霾遮住愿望

这地上玫瑰已经有了不属于它的衣裳

不过如此

不要心伤

渐长的酒量

渐远的他乡

以及一听到声音就会忘词的

心殇

（二）让你开在心间，似一朵盛开的莲

你在池边，刚露头眼，

被好奇的蜻蜓吻的羞红了脸颊；

你在水中，慢慢伸展，

被我一不小心绣入那幅江南画卷；

一瞬间，

你移步入画，躲在我心间，

只因曾经的惊鸿一瞥，你如岁月的经幡，

只为我吟诵在天地群山间，

你入窗，

妆点梦，惊醒雾，

不小心跌入到我心中，

连自己也为你在我心中的影子惊呼。

只看了一眼，

你就驻扎在心中，还是那朵含苞的莲，

未曾开放，未曾凋谢，

静好如初，美好自如。

但是，

岁月在变，你在池边，

已枯萎在我悬崖边的红颜，我已不敢去采撷，

但终有一天，

你会成为他人眼中的莲，心中的结。

可惜，

我只能让你

让你——

开在心间，如一朵含苞的莲……

（三）总有一天你会出发

总有一天你会出发

在某个雨夜惊雷炸响

于是梦不再只存在于远方

在一个阳光刺眼到可以烘干烦恼的午后

我们突然决定去往各自朝圣的天堂

不再考虑是否会有一个记忆深处的人在阻挡

不再彷徨是否会有人比自己先到那个地方

暴风雨后的清晨一片狼藉，一片清凉

裂开的天缝透出一丝劫后余生的阳光

昨夜的尖叫变成今晨欣然微笑

总有一天你会出发

去看早就想去看的日出

去抚摸被阳光溺爱的海浪

那时

请膜拜自己

在那一刻爱上自己

爱上那一刻出发的决心

（四）西风多少恨，吹不散眉弯

夏日的阳光烘烤着已经发霉的童年梦

偶然吹起的西风吹散的是那个有少年的记忆

汗水顺着身体的纹理画着属于它的画

眯起的双眼挤压了烦闷

蹙紧的眉头拧住了焦虑

然而

扬起的裙袂上留着你微笑的眼角

折过的裤脚旁印着你青春的侧脸

多少遗恨

多少不舍

那些有关你我的旧时光

在我害怕迷失的路上

成为让我自己识途的路标

过多的担心成了累赘

西风吹起

吹开了心结

吹散了眉弯

（五）因为一个人，爱上一座城

喜欢一个人

就会喜欢其所在的城

喜欢与之相关的一切

因为你会觉得

与之相关的事物

都沾染了他的温度和气息

当你不能彻底将一个人、一件事遗忘的时候

就好好收藏，封存在某个不容易碰触的角落

午夜阑珊的时候

独自悄悄想起

人生在世

活着是一件多么不易的事

每天被莫名其妙的孤独包裹

像一粒尘埃飘来荡去

一直在寻找归宿、寻找知己

远处的城，住在那里的人

现在

我因为爱上这座城开始牵挂那个记忆里人

（六）盛开半亩花田

月光温柔

我将对你的喜欢放在窗台上晾晒

星光舞台上奏着你喜欢的夜曲

惊醒的夜虫着一抹夜风

为自然献上真切的赞美

你

我看云时近

看你时好远

但是

你不会知道

我怕离得太久会失真

最后

一切输给了间败给了距离

还是留着半亩花田

为你藏着我所有的秘密

你啊

不要多心

我不会轻易说出

就这样等待

直到半亩花田

皆盛开

（七）对不起，我欠你一个拥抱

双眼哭得再红肿

也不会换来问候

身体放得再卑微

也不会再找熟悉的你

还以为会很久

最后

现在的我想一切

不会痛心

只会有东西在胸口猛跳一下

呼吸停滞而已

而后嘴角挂着微笑

思绪继续记录存盘

欠你的拥抱

欠你的仲夏之梦

如果可以

让另一个替我弥补就好

如果可以

熟悉的街口再遇

好久不见

轻意表达不夹杂任何回忆

亲爱的你

长大的我们有一天会感谢

感谢那我们彼此

最单纯的时间

遇见

本来珍贵的你

（八）若只是喜欢何必夸张成爱

我爱你

这三个字

被我用谜语引出

喜欢你

我却从不说出

不要说我怯懦

不要嫌我矫情

若只是喜欢

何必夸张成爱

让浪漫附上锁

让陪伴成为须

……

有些话不知怎么说明

过多的解释只会是回忆的负担

如果决定了

所有一切憧憬就是握在手中的沙粒

握得越紧

散得越快

只是喜欢过你

没有必要将喜欢

扩大成

一定会白首相爱

对吗

（九）眼泪

夏威夷手鼓奏拍不出你的心跳

热带雨林提醒着我存在的意义

你不在身边

在左心房的尖

我以为没了那种熟悉

我会变得不堪一击

但是你错了

我没那么脆弱

没那么不坚强

你看

我的百度地在手机废弃的一角

多想被我删除

没有了熟悉的声音

我开始尝试听别人的歌曲

这样也不错啊

我会好好过

比谁都快乐

我也明白了

这世界是你的遗嘱

而你是我 19 年来唯一的遗物

（十）时间的尽头是等待

如果等待是花

你不小心错过了花期

成为那季节的流浪者

而花去等待的时间

是你不得不争取的无奈

总说

一切承诺败给了等待

那么

做时间的旅者

穿越千年来告白

（十一）你

时光惊艳了你的侧影

让月光晕染睫毛

让涟漪荡漾眼眸

你的一低头一微笑

让路过的风静下倾听

我漏跳的心跳

水中的灯影是回忆的前奏

你听到没

她在说的是

那一年我们的相遇

（十二）撕裂的时光

光

裂开天

时间

抹平记忆的怪圈

我们

左右分开

不会在同一个城市

同一个地点

甚至地球的另外两端

遇见

删除记忆

你们要相信我

放下不用 7 年

就是一瞬

阳光正好

我做我的社会背景

你做我的甲乙丙丁

（十三）刹那

我会让你离开

因为知道

尘埃里开出的花

再美丽也只是土色的刹那

不会怪罪任何

因为懂得

所以慈悲

吾非临水照花人

子非天人跌凡间

我们误唱的调调

现在我自己唱得很好

就这样写吧

用我的回忆

纪念我逝去的幼稚

（十四）我可以

"我可以陪你去看星星"

"对不起，我不喜欢"

"没关系，我陪你看日出"

"对不起，没兴趣"

"那……我能不能喜欢你"

"对不起，说得太晚，我忘了"

邂逅一个人，

只需片刻，

爱上一个人，

往往需要一生。

萍水相逢随即转身，

不是过错，

刻骨相爱天荒地老，

也并非完美。

人生本没有相欠，

别人因为喜欢，

所以对某个人付出。

而某人因为甘愿，

所以对别人付出，

到头来不过——

红尘漫步烟火里，

人生聚散两依依。

（十五）你以为只是怀念吗？

如果可能

我多希望那星星

在我手中

我会忘了

但手不会忘记

忘记的乐谱

忘记的旋律

忘不了的是咯的疼的手

忘不了的是彩色的管子

变成小小的贪心

所有的所有不过是我的妄想

现在所谓的遗憾

不过是自己闲的没事

找个泪点让无聊释放

因果轮回

不要不信

我坚信

总有一个人在等待

最适合的时光里

对我说

对不起

等久了

（十六）无题

亭前春逐红英尽，舞态徘徊。

细雨霏微，不放双眉时暂开。

绿窗冷静芳音断，香印成灰。

可奈情怀，欲睡朦胧入梦来。

（十七）刹那芳华

暴雨过后的阴沉

青石板上的滑

滑过了昨夜难眠的梦境

晚落的叶为了新叶的萌发

妆成一地芳华

刹那芳华

定格了过往的曾经

一夜白发

一眼万年

一瞬红颜

……

此非你我本性

相忘于江湖

宠辱不惊

（十八）你所不知

我看见星星掉进大海

但却不想重来

我听见鱼儿赞美天空

但却不想重来

我闻见蝴蝶的芬芳

但却不想重来

我摸到风的形状

但却不想重来

我感受到所有的不平凡

却再也不想

再一次遇到那种平凡

（十九）当有一天

当有一天河水倒流

当有一天天空绿色

当有一天鱼儿翱翔

当有一天鸟儿浅游

当有一天星星被我关闭

当有一天午夜被我唤醒

当有一天时长只有 7 秒

那么

让我爱你成诗

用 6 秒爱你

用 1 秒回忆

（二十）多话

话说多了

就成为唠叨

事做绝了

就成了蠢事

爱泛滥了

就成了羁绊

付出太多了

就成了犯贱

时间不会停滞

将一秒过成半个世纪

只因为遇到

自认为的对的人

（二十一）请帮我杀了她

不用夜黑风高

不用匕首乙醚

不用阴谋诡计

只用一世柔情

只用关心爱护

只用贴心言语

也只是因为

她喜欢的是你

（二十二）以我之手向你开，相惜怜爱用不悔

青梅已老，竹马已去

我用山的黛青画眉

不料棱角将梦划碎

我以霞的末尾做帔

怎知轻盈将妆揉碎

我以初落梅瓣贴钿

奈何枯萎将羞收尾

我以初心待卿不悔

才知不过竹马青梅

（二十三）喂，你听，我在叫你的名字

嘿，男孩我就是叫叫你的名字

没有特别，没有征兆

啊，干嘛，叫我干嘛

没事，就是觉得你回答我的时候

声音那么美好

嘿，曾经
我还没能叫出你的名号
你转过身对我摆摆手
透过落下的影子我看到
你对我的失望和不看好

嘿，傻妞
我不知道我为什么要叫你的外号
我只是觉得你的难过
不会让你再次回想心痛难过
只会微笑的说都是过去的美好

嘿，明天
请听我的祷告
我不要鲜花，掌声和烦恼
我只要有个人会在听到我的呼唤
微微一笑
嗯，我在，
我知道你只是叫叫我

（二十四）最怕的，常到来

最怕没灯的夜晚
一个人看不见的无奈
可是还是要等到天黑看云彩

最怕给右手涂指甲油
因为不小心就会蹭坏
可是还是重复把两个手涂满

最怕不小心把秘密说出来
一个人憋着会哭出来
可是还是要将它埋在心底腐烂

最怕珍惜的人离开不回来

只剩自己一个人长胖再瘦不回来

可是还是在几天瘦的自己都认不出来

黑暗就黑暗，至少还有月亮作伴；

蹭坏就蹭坏，至少左手还不赖；

腐烂就腐烂，至少回忆删了无奈；

变化就变化，至少我的初心未改。

（二十五）总会遇到一些人

与曾经记忆深处的你相吻合

眉眼，微笑，走路的方式

哪怕只是说话时的口头禅

但是那又如何？

心头赤红的朱砂痣

随时间扎根越来越深

眉间结的回忆结

随记忆越结越难解

遇到许多相似的人

但都不是你

如果我们相遇到上个世纪

车、马、牛、一切都那么缓慢

所有都经得起时间的检验

那么

我们就可以一辈子

只爱一次

为一辈子好短

短的只允许爱一个人

也只够爱一个人

这样

多好

好的今晚

记忆未眠

（二十六）迫不得已

总有些人逼不得已离开

那些想滞留的人

被逼得离开原轨迹

总有你梦寐以求的地方

那里妄图安居的天堂

被习惯所强占难改

越不想见的人

在不对的时间

可能对的地方

狭路相逢

越不想去的地方

在注定的规划中

落入记忆的拐角

迫不得已

顺其自然

然后

欣然接受

直到习惯

一个人的早安

一个人的心的流浪

一个人的胡思乱想

一个人的地久天长

（二十七）一语成湿谶

错过了一些离别

守候着一些承诺

等待着一些未知

经历着一些记忆

已经过了随便许下承诺的年龄

默默守候

静静陪伴

逗笑、关怀、吐槽

做过太多的你不知道的事

活在当下

不再计划

这就是我对你们的守候

我还是这样

不会承诺

但会陪伴

仅此而已